Fantasy

Ein vollständiges Verzeichnis aller
im HEYNE VERLAG erschienenen Romane aus
der aventurischen Spielewelt
finden Sie am Ende des Bandes.

Das Schwarze Auge

MARKUS TILLMANNS

Das Daimonicon

*Neunundsechzigster Band
aus der
aventurischen Spielewelt*

begründet von
ULRICH KIESOW

Originalausgabe

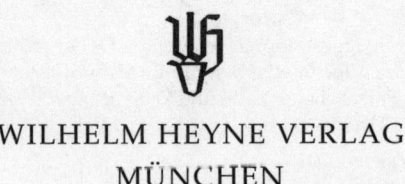

WILHELM HEYNE VERLAG
MÜNCHEN

HEYNE SCIENCE FICTION & FANTASY
Band 06/6069

Originalausgabe 12/2002
Redaktion: Angela Kuepper
Copyright © 2002
by Wilhelm Heyne Verlag GmbH & Co. KG, München,
und Fantasy Productions, Erkrath
http://www.heyne.de
Printed in Germany 2002
Umschlagbild: Zoltán Boros & Gábor Szikszai/Agentur Kohlstedt
Karten: Ralf Hlawatsch
Umschlaggestaltung: Nele Schütz Design, München
Technische Betreuung: M. Spinola
Satz: Schaber Satz- und Datentechnik, Wels
Druck und Bindung: Elsnerdruck, Berlin

ISBN 3-453-86163-9

Alrik gewidmet,
dem ersten wahren Helden

Inhalt

Prolog 11

Ein Kutscher in Schwarz 15

Hoch hinaus 25

Tief hinunter 59

Morgengrauen 87

Fenndrick 113

Tessia 139

Nachts sind alle Magier schwarz 171

Allein 193

Losane 209

Ankunft 217

Faerwyn 229

Die Entdeckung 239

Fieberträume 245

Sinistra 255

Das Daimonicon 285

Der Schwarzmagier 297

Epilog 313

Anhang 315

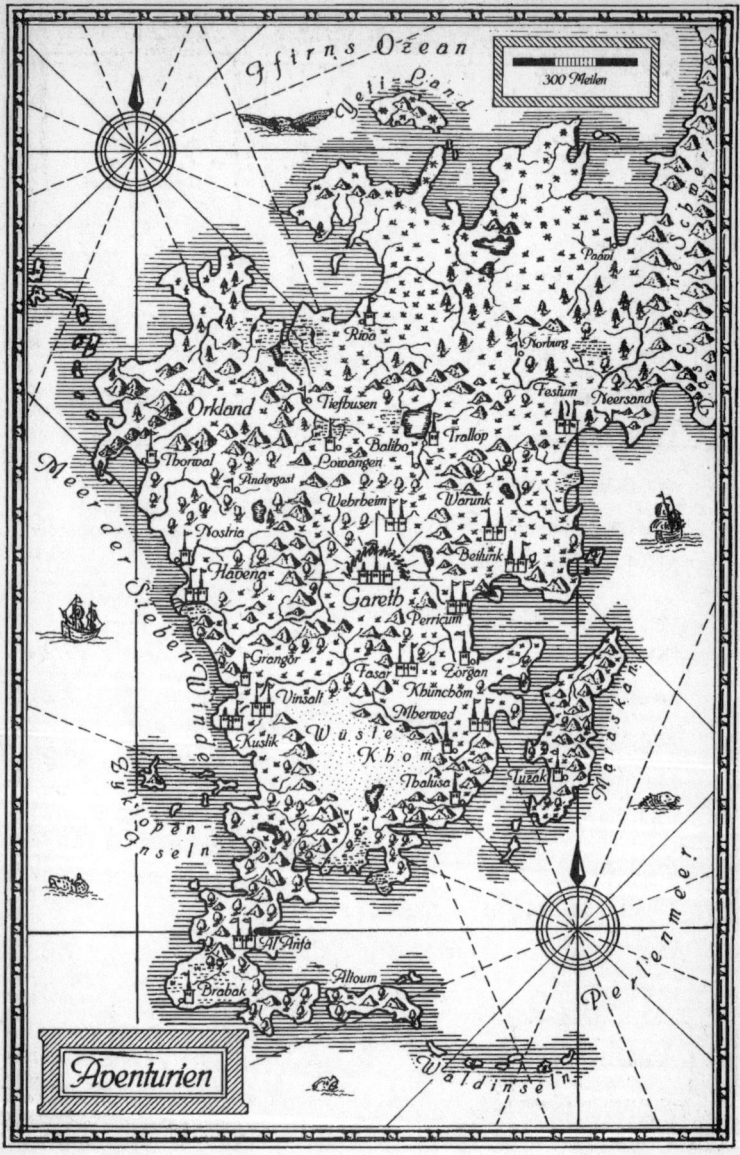

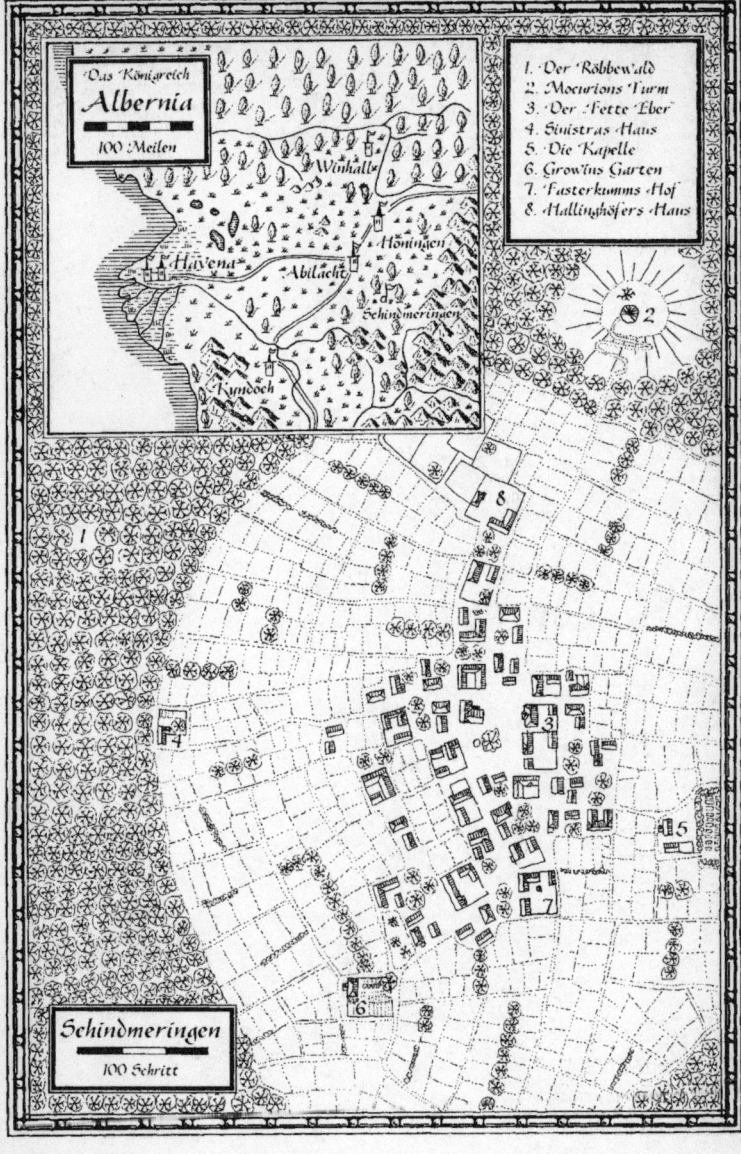

Das Königreich
Albernia
100 Meilen

1. Der Röbbewald
2. Moewrions Turm
3. Der Fette Eber
4. Sinistras Haus
5. Die Kapelle
6. Growins Garten
7. Fasterkumms Hof
8. Hallinghöfers Haus

Winhall

Havena

Honingen

Abilacht

Schindmeringen

Kyndoch

Schindmeringen
100 Schritt

Prolog

Schwüle Hitze hielt das kleine Arbeitszimmer Romero Jacobellas in unbarmherzigem Griff. Der Wind war zum Erliegen gekommen und die Luft dumpf vor Feuchtigkeit. Der schwarzhaarige Mann, auf dessen Haupt sich die ersten grauen Strähnen zeigten, strich sich nachdenklich über den gepflegten Schnurrbart. Bereits zum dritten Mal überflog er das Pergament mit den kaum lesbaren Notizen, welches Jesidero ihm hinterlegt hatte. Eine wahrlich obskure Angelegenheit, welche zu regeln ihm der Rat da aufgetragen hatte!

Draußen auf der Plaza herrschte geschäftiges Treiben; der vielstimmige Lärm einer südländischen Hafenstadt drang durchs offene Fenster herein. Doch Romero nahm die allgegenwärtige Geräuschkulisse ebenso wenig wahr wie den immer gleichen Duft nach frischem Maisbrot. Seine Schreibstube, die er sich mit Jesidero teilte, war verwinkelt und eng und wurde durch das kleine Fenster nur spärlich erhellt. Auch hatte sich mit den Jahren hier ein muffiger Geruch nach alten Akten und speckigen Ledereinbänden festgesetzt, den keine Macht der Welt mehr hinausbekommen konnte.

Romeros Tisch bog sich unter den Bergen von Pergamenten; halb unter ihnen begraben lagen nun Jesideros Notizen. Es hatte einen Todesfall gegeben. Todesursache ungeklärt. Das war nichts Ungewöhnliches in Chorhop. Todesfälle, die klar waren, mochten bei dreiundneunzigjährigen Mütterchen auftreten. In allen anderen Fällen fragte man besser nicht nach. Romero übte seine Arbeit für den Rat der Stadt nun schon seit vielen Jahren aus, und das stets zur Zufriedenheit der Zeforikas, welche in Chorhop Macht und Einfluss besaßen. Diese Zufriedenheit stützte sich zu einem guten Teil auf den Umstand, dass er niemals Fragen stellte. Neugierige Leute fanden sich in großer Zahl in den Galeeren des Stadtstaates wieder … oder wachten eines Morgens einfach nicht mehr auf. In einem solchen Fall musste eine Urkunde angefertigt werden. Und das war Romeros Aufgabe.

Romero nahm ein leeres Blatt Pergament. Er tupfte die Schreibfeder in das Tintenfässchen und notierte Todestag und -stunde des Verstorbenen. In die Zeilen darunter übertrug er einige persönliche Daten, soweit Jesideros verschmierte Angaben überhaupt zu entziffern waren. Wenn er ein Wort nicht lesen konnte, trug er nach Gutdünken ein anderes ein.

Unter »Todesursache« schrieb er »Vergiftung durch Verzehr verdorbener Speisen«. Das war immer gut. Der Tote war Magier gewesen. Die großen Magiergilden stellten zuweilen unangenehme Fragen, wenn einer der ihren starb. »Vergiftung durch Verzehr verdorbener Speisen« klang da einfach besser als »Todesursache: unbekannt«. Romero kicherte in sich hinein. Schließlich stand dort ja nicht geschrieben, *wer* die Speisen verdorben hatte. Und das ging den Schreiber auch gar nichts an. So viel hatte Romero gelernt: Niemandem zur Last fallen. Keine Fragen stellen. Nicht auffallen. Das war die beste Garantie für ein langes Leben.

Wenn man in den weiß getünchten Palazzi vorstellig wurde, dann immer nur als ein überaus treuer Lakai. Vielleicht würde ja dann eines Tages doch ein wenig von dem Glanz der Palazzi auf den kleinen Schreiber abstrahlen …

Der Tote komme vermutlich aus dem Mittelreich, hatte sein Kollege geschrieben. Das hieß, Romero würde die

Urkunde nach Havena schicken. Sollten sie dort sehen, ob es irgendeinen Anverwandten gab, der sich dafür interessierte. Er rollte das Pergament zusammen und siegelte es. Fertig. Romero Jacobella war mit sich zufrieden.

So ging die Urkunde auf Reisen und wurde zum Auslöser jener denkwürdigen Ereignisse, von denen die folgende Geschichte erzählen soll.

Ein Kutscher in Schwarz

Polter Plötzbogen hatte in seinem immerhin 55 Sommer währenden Leben schon einiges zu sehen bekommen. Die blassblauen Augen, die tief in den von Furchen umsäumten Höhlen lagen, hatten keineswegs nur die Äcker rund um Schindmeringen erblickt oder die sanft geschwungenen Hügel mit dem gräulichen Turm auf einer der Kuppen, die Weizen- und Rübenfelder, den Röbbewald, der das Land wie ein grünes Tuch bedeckte, und die ausgetretenen Lehmpfade, die alles miteinander verbanden: die Äcker mit dem Dorf, das Dorf mit dem Turm, den Turm mit dem Wald … Oder den Wald mit dem Turm, den Turm mit dem Dorf, das Dorf mit den Äckern? Wer mochte das schon wissen?

Polter Plötzbogen wusste es nicht, genauso wenig wie er wusste, was das eigentümliche Schauspiel zu bedeuten hatte, das er seit geraumer Zeit von der Bank vor seinem Haus aus beobachtete.

Er rümpfte die Nase. Ja, in all den Jahren, die ins Land gezogen waren, hatte er sich so manches Mal auf den beschwerlichen Weg bis Gondheim gemacht, hatte auch Welbershofen und Schlonz besucht und einmal gar das stattliche Honingen von fern gesehen. Nein, einen so weit gereisten Mann wie Polter Plötzbogen sollte man gewiss nicht mit einem der Bauerntölpel verwechseln, die sonst in Schindmeringen wohnten und nichts weiter taten, als tagein, tagaus ihre Äcker zu bestellen, die den König einen netten Mann sein ließen (denn dass er ein solcher war, daran bestand für die Schindmeringer kein

Zweifel), kaum einmal auch nur die Nachbarorte besuchten und ansonsten ihr Dorf für den Nabel der Welt hielten. Polter bezweifelte stark, dass Schindmeringen tatsächlich in Sumus Nabel lag, denn ein solcher würde gewiss schon beim ersten herbstlichen Regenguss voller Wasser laufen und hätte somit das Dorf samt Vieh und Bauern jämmerlich ersaufen lassen. Nein, der Nabel der Welt, da war sich Polter sicher, musste ein stiller, fast kreisrunder See sein. Schindmeringen hatte nichts von alledem. Es mangelte am See oder auch nur einem kleinen Weiher; die Hügelkuppen firunwärts des Dorfes waren alles andere als kreisrund angeordnet, und die Bauern und ihr Vieh waren mit allen möglichen Dingen beschäftigt und schienen nicht im Traum daran zu denken, hier zu ertrinken. Und selbst wenn einer der ihren dies eines Tages beabsichtigen sollte, so müsste er schon den Kopf in den Badezuber stecken, denn wie bereits erwähnt, nannte Schindmeringen nicht mal einen kleinen Weiher sein Eigen.

Und eben dieser Polter Plötzbogen, dem man so leicht nichts vormachen konnte, kratzte sich nun nachdenklich am Kopf. Seine kurzen, kräftigen Finger zerteilten das graubraune Haar mit einem deutlich hörbaren schabenden Geräusch, während sein Blick starr auf das Geschehen auf dem Dorfplatz gerichtet war.

Das war nicht einfach nur ein Fuhrwerk, das war ja ein regelrechter Planwagen! Die riesige Leinenplane, die das Innere des Wagens vor allzu neugierigen Blicken verbarg, beschäftigte Polters Phantasie. Doch dann lenkte ihn das Gebaren des Kutschers, der so gar nicht zu dem Gefährt passen wollte, von seinen Gedanken ab. Der hagere, sehnige Gesell trug einen kostbaren schwarz-samtenen Mantel und lederne schwarze Beinkleider. Gegen das Dunkel seiner Kleidung hoben sich die funkelnden Ringe an seinen Fingern ab, die bei jeder heftigen Bewegung der Hände einen vorwitzigen Sonnenstrahl fanden, der bereit war, dem Gold den rechten Glanz zu verleihen. Auf dem Kopf des Fremden saß ein Dreispitz von tiefstem Schwarz, wie ihn die Admiräle der kaiserlichen Flotte zu tragen pflegten, die Polter bislang jedoch nie zu Gesicht bekommen hatte. Der Hut stand dem Kutscher nicht schlecht; er warf einen dunklen Schatten auf sein Gesicht, in dem nur hin und wieder ein Blitzen der Augen zu sehen war. Und in diesem Moment schienen es Zornesblitze zu sein, die der düstere Kutscher von sich schleuderte, und seine Stimme bebte vor Wut, während er mit den goldberingten Fingern gestikulierte.

Es müsse doch möglich sein, in diesem Nest ein anständiges Paar kräftiger Hände zu finden, herrschte er sein Gegenüber an, die dickliche Magd Losane. Polter musste unwillkürlich schmunzeln, als er sah, wie das gute Kind mit dem roten Schopf nun auch noch rote Wangen bekam, weil es nicht wusste, welcher Benimm in Gegenwart eines so feinen – und noch dazu so wütenden Herrn – angemessen wäre. Anstelle einer Antwort rückte die Magd ihre Haube zurecht. Ihre Rechte verfing sich dabei in den unter der Haube hervorlugenden Locken, an denen sie unruhig herumnestelte. Schließlich stammelte sie: »Wenn ich dem Herrn doch sage, dass die Frau Gorfinde mich losgeschickt hat. Eben dem Pferd wegen.« Betreten blickte sie zu Boden, dann sah sie wieder auf, und in ihren Zügen spiegelte sich ein Lächeln der Erkenntnis.

»Aber wenn ich nach dem Pferd gesehen habe, was bestimmt nicht länger als den vierten Teil einer Stunde dauern mag, dann kann ich zurückkommen und Euch zu Diensten sein.« Polter konnte das Gesicht des Fremden zwar nicht gut erkennen, doch hätte er schwören können, dass dessen Augen in diesem Moment vor Gram in den Höhlen hin und her rollten. Lediglich die Hände des Mannes verharrten für den Augenblick gänzlich in ungewohnt erscheinender Ruhe. Dann bog sich sein Oberkörper zurück – später schwor Polter seinen Zuhörern im *Fetten Eber* Stein und Bein, dass der Fremde in diesem Augenblick ein ganzes Buch voller Worte mit dem Atem eingesogen haben müsse, denn als sein Oberkörper wie die gespannte Sehne eines Bogens wieder nach vorne schoss, sprudelte es nur so aus ihm hervor: »Du einfältiges Kind, was glaubst du, wer ich bin, dass ich hier den vierten Teil einer Stunde auf dich warte? Was glaubst du, wer du bist, wenn du dein schnödes Pferd mir vorziehst, was glaubst du, wer das Pferd ist, wenn du um seinetwillen den *Herrn* warten lässt, was bildest du dir …«

Polter hörte nicht mehr hin. Die letzten Worte waren von einem viel sagenden Fingerzeig in Richtung Planwagen begleitet worden, der augenblicklich wieder Polters Neugier erweckte.

Was mochte im Wagen erst für ein feiner Herr stecken, wenn schon der Kutscher so herausgeputzt war? Und was mochte den Herrn bewogen haben, die Reise gänzlich abgeschirmt in diesem Wagen anzutreten, dessen Inneres ja kaum ein Lichtstrahl mehr erreichen konnte? Betreffs Polter Plötzbogens Welterfahrenheit wurden bereits einige Worte verloren, und so mag es den Leser nicht wundern, dass er in diesem Augenblick kurz entschlossen vortrat, um Losanes Leiden ein Ende zu bereiten. »Der Herr möge mit mir vorlieb nehmen. Ich verfüge über ein kräftiges Paar Hände. Genau das, was Ihr braucht.« Wie zur Bestätigung hielt Polter seine beiden Hände vor die Brust. Und mochten Polters ganzer Stolz auch seine Reisen sein, so sprachen seine Hände doch eine andere Sprache. Tiefe Furchen und dicke Schwielen erzählten wortlos die Geschichte von einem Leben, das sich hauptsächlich zwischen der Stange eines Pfluges und dem Stiel einer Sense zugetragen hatte. Das ist zwar zugegebenermaßen eine stark vereinfachte Sicht, doch wenn Hände erzählen, sollte man sich über die Einseitigkeit des Blickwinkels nicht beschweren. Der Fremde jedenfalls tat es nicht, wie überhaupt seinen Zügen keinerlei Regung zu entnehmen war. Während in Polter nunmehr ein Gefühl der Unsicherheit aufkeimte, ging ein Ruck durch die Gestalt des Hageren. Er machte auf dem Absatz kehrt, ging zum Kutschbock zurück und erwiderte mit heiserer Stimme: »Meinethalben. Nehmt Ihr Euch der Sache an. Ihr habt doch vernommen, worum es geht?« Polter, der die Auseinandersetzung des Fremden mit Losane im Gegensatz zu uns vom ersten Wort an verfolgt hatte, antwortete wahrheitsgemäß: »Ja … Herr.« Derweil er den Wagen zur Hälfte umrundete, musterte er den Fremden, der ihm nun den Rücken zudrehte, voll unverhohlener Neugier: eine Gestalt von vielleicht einem Schritt und vier Spann, die der Hut jedoch erheblich größer erscheinen ließ. Der Hinterkopf zeigte kurzes, gepflegtes schwarzes Haar, die Hände waren kalkweiß und knochig. Polter, für den die blässliche Haut des Fremden so gar nicht zu dessen Profession zu passen schien, dachte sich, dass dieser wohl meist Handschuhe trage. Ein Mensch, der als Kutscher durch die Lande reist, müsste andere Hände haben, stellte er bei sich fest und ergriff mit den eigenen, sonnengebräunten Pranken den rückwärtigen Teil des Wagens, um sich mit einem Ruck nach oben zu ziehen.

»Was, zum Namenlosen, macht Ihr denn da?« Die Stimme des Kutschers klang völlig entgeistert, sodass Polter erschrocken innehielt, bis er schließlich mit all der ihm eigenen Unschuld antwortete: »Ich nehme auf dem Wagen Platz, Herr.« Der Fremde hatte sich Polter auf zwei Schritt genähert und herrschte ihn an: »Was fällt Euch ein, den Herrn stören zu wollen? Euer Platz ist auf dem Kutschbock.« Sein Tonfall ließ keinen Zweifel daran, dass Polter und allen seinen Anverwandten und Bekannten zeit ihres Lebens kein anderer Platz zustehen dürfe.

Und so warf Polter noch einen sehnsüchtigen Blick auf das dunkle Tuch, mit dem das Wageninnere zur rückwärtigen Seite hin verhängt war (ob er noch einen raschen Blick riskieren sollte?), seufzte dann aber und sprang vom Wagen, um auf der anderen Seite beim Kutschbock wieder aufzusteigen.

Er ließ sich neben dem düsteren Kutscher nieder und versuchte wenigstens von diesem einen erhellenden Blick zu erhaschen, doch der Fremde hatte sich den eigentümlichen Hut noch tiefer ins Gesicht gezogen und den Blick abgewendet. »Heja!«, brüllte er und schwang mit ungelenker Bewegung die Peitsche. Die Pferde, zwei prächtige Tralloper Riesen, schienen kurz zu überlegen, was die eigentümlichen Bewegungen des dunkel gewandeten Gesellen ihnen sagen wollten, und setzten sich dann eher widerstrebend in Bewegung.

Der Wagen rumpelte über den Marktplatz von Schindmeringen hinweg, und es waren nicht wenige Augenpaare, die ihm folgten. »Was mag das für ein unheimlicher Mensch sein, der dort die Peitsche schwingt?«, fragte der alte Jossek, der wohl schon fast 80 Jahre zählte und sich in Anbetracht seines langen Lebens durchaus auf ein vergleichbares Ereignis zurückbesinnen konnte, über das er aber wegen der schlimmen Folgen, die es gezeitigt hatte, lieber kein Wort verlor.

»Und was er erst für ein geheimnisvolles Gefährt lenkt! Was mag sich nur unter den Tüchern verborgen halten?«, fragte die Wirtin des *Fetten Ebers* zurück, deren pralles Mieder bewies, dass in ihrem Wirtshaus nicht nur der Eber fett war. Alle aber, der alte Jossek, die runde Wirtin, die Magd Losane und die anderen Dörfler, die wegen des ungewöhnlichen Ereignisses ihr Tagewerk unterbrochen hatten und herbeigeeilt waren, alle fragten sie sich, was, beim Namenlosen, den guten Polter nur bewogen haben mochte, neben dem Fremden auf dem Kutschbock Platz zu nehmen. »Das macht das viele Herumtreiben in seiner Jugend«, wusste der alte Jossek beizusteuern, »so etwas ist nicht gut für einen ehrlichen Menschen. Man entwickelt die merkwürdigsten Ideen dabei.«

Den weiteren Verlauf des Gesprächs vernahmen auch Polters neugierig gespitzte Ohren nicht mehr, denn nun rumpelte der Wagen vorbei an der Häuserzeile, die zur einen Seite den Rand des Dorfplatzes und zur anderen Seite bereits den Rand des Dorfes begründete. Die Kutsche rollte unter heftigem Schaukeln einen Lehmpfad entlang, der sich in mehreren geschwungenen Bögen den Hügel im Norden des Dorfes hinaufwand. Polters Hände krallten sich am Bock fest; zum Glück drückte ihn die Steigung, die der Wagen erklomm, gegen das Brett des Wagenaufbaus, sodass das harte Holz in seinem Rücken ihm die Illusion von sicherem Halt vermittelte.

Mit zunehmender Höhe gewann man einen immer besseren Überblick über die Umgebung Schindmeringens. Die zwei Dutzend Holzhäuser lagen eingebettet in eine seicht gewellte Ackerlandschaft, deren bereits abgeerntete Erdfurchen mit den braunen Stoppeln gelegentlich von einer saftigen, grünen Viehweide unterbrochen wurden. Die großen, schmiedeeisernen Glocken der Bornländer Bunten, die mit stoischer Ruhe den Boden abgrasten, konnte man bis hier hinauf hören. Von fern konnte Polter auch noch einen der Jungen – Elgard, Gero oder Yann, das ließ sich bei dieser Entfernung nicht mit Gewissheit sagen – dabei beobachten, wie er ein Dutzend braunweiß gescheckte Hausschweine in den Röbbewald trieb, wo es unzählige schmackhafte Eicheln zu fressen gab. Doch selbst der ferne Wald schien an diesem Tag dem Rauschen seiner Blätter Einhalt zu gebieten und erwartungsvoll hin zu dem Gefährt zu sehen, das sich den seit langer Zeit nicht mehr benutzten Pfad hinaufqualte.

Polter schüttelte diese Gedanken ab und blickte über die beiden Tralloper hinweg zur Hügelkuppe, auf der sich dunkel und drohend der Turm erhob. Er hatte keinen Moment daran gezweifelt, dass er das Ziel ihrer Fahrt sein würde. Der schwarze Kutscher, das unheimliche Gefährt und der Turm, von dem es hieß, dass ein Fluch auf ihm läge, das alles schien untrennbar miteinander verbunden – wie die Aussaat nach einem langen Winter und die Ernte des darauf folgenden Herbstes. Polter glaubte nicht daran, dass der Turm tatsächlich verflucht sei, das waren bloß Geschichten, mit denen man die Bauerntölpel unten im Dorf in Angst versetzen konnte, aber nicht einen Mann mit seiner Lebenserfahrung! Andererseits hatte er nie einen Fuß in den Turm gesetzt, denn schließlich hatte er all seine Lebenserfahrung nicht erworben, indem er Warnungen leichtfertig in den Wind schlug. Nein, derlei Ammenmärchen zu glauben war eine Sache; sich allgemein ein wenig in Acht zu nehmen, um das eine Leben, das man nur hatte, nicht unnötig zu gefährden, war eine ganz andere!

Es mochte um die zehn Jahre zurückliegen, dass sich einige Burschen und Mädel des Dorfes in den Kopf gesetzt hatten, des Nachts hier heraufzuschleichen. Getrieben von der törichten Idee, den eigenen Mut vor den Gefährten durch das Erklettern der Außenmauern des grauen Turmes unter Beweis zu stellen, hatten sie sich in verschwörerischer Runde am Fuß des unheimlichen Bauwerks getroffen. Die Dunkelheit war bereits hereingebrochen, und der Mond hatte auf dem Gestein geschimmert, das vom Regen des vergangenen Tages noch nass gewesen war. Doch unter den Augen der Gefährten den Gang zurück zum Dorf anzutreten, das war den Abenteuerlustigen schlimmer erschienen als alles, was der verfluchte Turm ihnen hätte antun können. Und so hatte die kleine Bärja, die sich mit lauter Stimme und eisernem Willen bereits vor längerem zur Anführerin der

Gruppe aufgeschwungen hatte, den Anfang gemacht. In die Ritzen des Mauerwerks hatte sie die geschickten Finger geschoben und sich Schritt um Schritt mit zusammengebissenen Zähnen nach oben gezogen. Bis, ja bis sie auf einer Höhe von fünf Schritt trotz kräftigen Griffs an einem nassen, bemoosten Stein abgeglitten war. Zuerst war ihr Oberkörper nach hinten weggekippt; fast hatte es so ausgesehen, als hätte er dort in der Luft stehen bleiben wollen. Doch dann war ihr Körper wie ein Stein nach unten gesackt und vor den Füßen der entsetzten Kameraden dumpf aufgeprallt. Die Kinder waren zurück ins Dorf gerannt, und binnen einer halben Stunde hatte jeder Bewohner Schindmeringens gewusst, was geschehen war. Der alte Jossek, der sich ein wenig aufs Heilen verstand, hatte wenig für das Mädchen tun können und mit steinerner Miene verkündet, dass seine Tage gezählt seien. Den anderen Kindern aber hatte er eingeschärft, sich niemals mehr in der Nähe des Turmes blicken zu lassen, »denn dort oben treibt sich ein anständiger Mensch nicht herum!« Wie ein Wunder war es den Schindmeringern vorgekommen, als Bärja sich sechs Wochen darauf von ihrem Krankenbett erhoben und allen Voraussagen zum Trotz sämtliche Verletzungen des Sturzes überstanden hatte. Doch die Warnung des alten Jossek war den Kindern – und nicht nur ihnen – bis auf den heutigen Tag im Gedächtnis geblieben.

Polter verscheuchte mit einer unwirschen Geste die alten Geschichten aus seinem Kopf und wandte sich wieder dem Weg zu, der vor ihnen lag: Das letzte Stück war das steilste, und die beiden Tralloper Riesen schienen trotz ihrer gewaltigen Muskeln, die sich deutlich und eindrucksvoll unter dem schweißnassen Fell abzeichneten, Mühe zu haben, den Planwagen die Anhöhe hinaufzuziehen.

Polter mutmaßte, dass sich unter der Wagenplane Dinge von ganz gehörigem Gewicht befinden müssten, denn anders wusste er sich nicht zu erklären, warum sich der Wagen angesichts der beiden kräftigen Zugtiere nun kaum mehr vom Fleck bewegte. Der dunkle Kutscher neben ihm schwang die Peitsche immer heftiger. Von wachsender Ungeduld getrieben, rief er in herrischem Ton unablässig »Heja!« und wieder »Heja!« Polter dachte sich im Stillen, dass dieser Mann wohl alles Mögliche sein mochte, aber ganz gewiss kein Kutscher.

Polter war in der Tat ein Mensch, dem man nichts vormachen konnte. Er merkte sogleich, wenn jemand ihn narren wollte. Jedoch wusste er nicht um jene Dinge, die sogar dem Kutscher einstweilen verborgen blieben. Und so müssen wir trennen zwischen dem Geheimnis, das den seltsamen Kutscher umgab, und den Geheimnissen, die sich auch ihm erst viel zu spät offenbaren sollten.

Polter Plötzbogen vermochte diese Dinge nicht zu trennen, und so verwechselte er die erste Ahnung heraufkommenden Unheils, die er verspürte, einstweilen mit einer Magenverstimmung.

Hoch hinaus

Fenndrick Herkenschlau wuchtete mit einem gleichermaßen von Leid und Erleichterung geprägten Seufzer den schweren Eichentisch herüber. *Leid*, weil es gewiss nicht zu seinen Gewohnheiten gehörte, schwere körperliche Arbeiten zu verrichten, und *Erleichterung*, weil es nun endlich das letzte Möbelstück war, dessen Gewicht er stemmen musste. Schwer ließ er sich auf einen seiner Stühle fallen und genoss es für einige Augenblicke, einfach nur dazusitzen und nichts zu tun. Dann beugte er sich vor und griff nach dem Beutel, den er zwischen all dem Mobiliar abgelegt hatte. Er nestelte ungeschickt daran herum, bis sich das Tuch endlich löste und den Blick freigab auf den kostbaren Inhalt: den guten Honinger Zwieback, die Dauerwurst und den in Zuckerguss gehüllten Apfel, den er sich bis zum Schluss aufbewahren würde. Wie hatte doch Magister Eboreus stets gesagt? »Wer arbeitet, darf auch essen. Wer viel arbeitet, darf viel essen, und wer viel und schwer arbeitet, darf viel und lecker essen.« Wenn man allerdings bedachte, welche kümmerlichen Portionen der Magister sich selbst zumutete, so lag der Verdacht nahe, dass er von seiner eigenen Arbeit eine ausgesprochen geringe Meinung hatte.

Fenndrick seufzte erneut. Der Magister … Er hatte für jede Gelegenheit ein passendes Sprichwort auf den Lippen; stets wusste er die Dinge mit wenigen Worten in die göttergewollte Ordnung einzufügen. Eine Nachbarin hatte zum dritten Mal hintereinander eine Totgeburt? »Nun, ein kranker Baum bringt gesunde Früchte nicht hervor.« Der Winter erwies sich in diesem Jahr als beängstigend lang und streng? Kein Grund zur Sorge, denn »die schlimmsten Prüfungen ziehen den größten Lohn nach sich«. Vermutlich hatte der Magister den größten Teil seiner sechzig Lebensjahre damit verbracht, die Sprichwörterkunde zu erforschen. Besonders interessante magische Forschungen hatte Fenndrick bei ihm jedenfalls nie beobachtet. Vor sieben Jahren, als »Magicus Eboreus«, wie er sich nannte, den damals zwölfjährigen Fenndrick bei sich aufgenommen hatte, um ihn die hohe Kunst der arkanen Weisheiten zu lehren, hatte der junge Herkenschlau zu sich gesagt: »Fein, nun weist mich der Magister in die Macht der Magie ein. In einem Mond werde ich dem großen Leowin, der mich stets ärgert, einen Flammenstrahl ins Hinterteil brennen. In zwei Monden zaubere ich die kostbarsten Speisen herbei, welche die Welt je gesehen hat, und in drei Monden erschaffe ich mir ein geflügeltes Pferd.« Nun, all diese Hoffnungen waren in den darauffolgenden Jahren bitter enttäuscht worden. Nicht nur, dass die Ausbildung sieben volle Jahre in Anspruch genommen hatte, nein, zu allem Übel hatte der Magister von Flammenlanzen und geflügelten Pferden gar nichts wissen wollen und den Jungen stattdessen gelehrt, die gottgewollte Ordnung in Ehren zu halten und durch die Möglichkeiten der Magica Clarobservantia, der Hellsichtsmagie, frühzeitig eine Gefährdung dieser Ordnung zu erkennen. Und selbst das hatte Fenndrick sich nach den ersten Erläuterungen des Alten noch viel aufregender vorgestellt. In die Zukunft blicken zu können, heute schon zu wissen, welche Aufgabe ihm der Magister morgen stellen würde, oder marktags bereits zu sehen, welche Mannschaft praiostags das Immanspiel gewänne, das waren für den Zwölfjährigen wahrhaft erstrebenswerte Ziele gewesen. Stattdessen hatte er alte, unleserlich gewordene Göttersagen und Mythen mittels Magie entziffern dürfen …

Nein, er tat dem Magister Unrecht, wenn er sich so beschwerte, dachte Fenndrick. Eboreus hatte sich schließlich stets um sein Wohlergehen gesorgt und es ihm nie am Nötigsten fehlen lassen. Und all seine guten Ratschläge waren so manches Mal durchaus von Nutzen gewesen. Der Magister lebte eben in seiner eigenen, aufgeräumten Welt. So wie er die Magie in Kategorien zu unterscheiden wusste, so wusste er auch die Alveranier und ihre Mythen in Ordnungen einzuteilen, und so führte er schließlich auch seinen Haushalt. Stets stand die Weinflasche am selben Fleck, von dem sie nur einmal in der Woche hervorgeholt wurde, und das stets nur für den Genuss eines einzigen Glases. Denn, so wusste Eboreus mit einem strengen Blick unter buschigen weißen Brauen zu berichten: »Müßiggang ist aller Laster Anfang. Und wir täten dem Herrn Praios einen schlechten Dienst erweisen, wenn wir an seinem Wochentag, der uns und den Zwölfen zum Gefallen ein Festtag sein soll, ein Laster begründen würden.« So wie die Weinflasche ihren Platz im Haushalt des Magisters hatte, so fand man auch seine Hausschuhe, seine Bettlektüre, sein Pfeifchen und all die anderen Utensilien seines geordneten Lebens stets am selben Fleck. Und erst der Magister selbst: kein weißes Haar, das nicht sorgsam gekämmt gewesen wäre, kein Fleck auf seinem Morgenmantel, kein unschöner Geruch, der je seinen leichten Duft nach Flieder getrübt hätte. Ein ganzes Leben in praiosgefälliger Ordnung. Kurz: Es war nicht mehr zum Aushalten gewesen!

Und so hatte Fenndrick dem lieben Magister schließlich in aller Vorsicht, um ihn nicht zu verletzen, zu verstehen gegeben, dass er ihm, der ihm wie ein Vater ans Herz gewachsen sei, zwar zutiefst dankbar für alles Gelernte sei, doch dass er, Fenndrick, sich seine Zukunft angefüllt mit Studien vorstelle, die ein wenig … nun, eben ein wenig aufregender und abwechslungsreicher wären als das wohlbehütete Leben bei seinem Magister in Honingen. Darauf hatte der Magister ihn lange über seine Studienbrille hinweg angesehen; seiner Miene war keine Regung zu entnehmen gewesen. Schließlich hatte er erwidert, dass es das gute Recht eines jeden jungen Menschen sei, einmal in die Welt hinauszuziehen und sich die Hörner abzustoßen, und dass auch gar er selbst vor längerer Zeit ein ähnliches Bedürfnis verspürt habe; bei diesen Worten hatte ein nachdenkliches Schmunzeln sein Gesicht umwölkt. Dann war seine Miene wieder ernst geworden, und er hatte Fenndrick ermahnt, auf sich Acht zu geben, und – mehr zu sich selbst als zu seinem Schüler – die Bemerkung fallen lassen, er hoffe nur, dass der Junge nicht nach seinem Onkel käme …

Fenndrick, der sich inzwischen Brot und Wurst einverleibt hatte, biss nun herzhaft in den Apfel und genoss den süßen Geschmack des Zuckergusses, der sich in seinem Mund ausbreitete.

Ja … Onkel Mocurion, lange Zeit der einzige noch lebende Anverwandte, war so ganz anders als sein Magister gewesen. Der gute Onkel war ebenfalls Magier, Schwarzmagier jedoch, Vertreter der linken Hand, wie der Magister ihn einzuordnen gelehrt hatte. Mocurion mochte tatsächlich nur wenige Jahre jünger sein als Eboreus, doch war sein Haar noch zur Gänze von tief schimmerndem Schwarz. Selbst bei hellstem Licht schienen einige Partien seines Gesichts in geheimnisvollem Schatten zu liegen, sodass er auf eine wahrhaft magische Weise anziehend und abschreckend zugleich gewirkt hatte.

Der gute Onkel hatte sich bei seinen seltenen Besuchen stets liebevoll um seinen einzigen Neffen gekümmert. Seine Rede war nicht voll von Ermahnungen und Ratschlägen wie die des Magisters gewesen, sondern hatte stets leise und doch eindringlich von mysteriösen Dingen berichtet – Forschungen, die Grenzen überwanden und in unbekanntes Terrain führten …

Und so klar und nützlich die Äußerungen des Magisters gewesen waren, so unverständlich und doch fesselnd waren die Dinge gewesen, über die Mocurion gesprochen hatte. »Du glaubst, du kennst einen Menschen vermittels der Magica Clarobservantia«, hatte der Onkel einmal gesagt, »doch gibt es Dinge, die dem magischen Objectus selbst ein Geheimnis sind und die zu ergründen ihm und nicht minder dir auf diesem Wege verwehrt bleiben. Doch Geheimnisse sollten gelüftet werden, auch und wenn vieles das Licht scheut, weil es im Dunkel des Unbekannten die eigene Hässlichkeit verbirgt.« Unter Fenndricks bohrenden Fragen, was dies denn für Dinge seien, von denen das gute Onkelchen rede, hatte der Magier nur vage Andeutungen gemacht, die jedoch genügt hatten, den Jungen das Fürchten zu lehren. Wann immer aber der Schüler ein Zeichen der Furcht gezeigt hatte, hatte das gute Onkelchen seine Ausführungen beendet und mit einem aufmunternden Lächeln hinzugefügt, dass dies nun wahrlich kein Grund zum Verzweifeln sei, weil ein so aufgeweckter Bursche wie Fenndrick gewiss damit fertig werden würde. Dann war er dem Jungen in wüster Zärtlichkeit durch das Haar gefahren und hatte ihn fest an sich gedrückt.

Und nun war das gute Onkelchen tot.

Fenndrick konnte es selbst noch nicht so recht fassen. Geschlagene fünf Jahre war es her, dass er den Onkel zuletzt gesehen hatte; dieser war damals, wie so oft, im Streit von Magister Eboreus geschieden.

Der Streit indes war endgültig gewesen. Eboreus hatte Mocurion »für alle Zeiten« untersagt, noch einmal einen Fuß über seine Schwelle zu setzen, und der Onkel war dann auch tatsächlich zornsprühend davongerauscht und hatte sich nie wieder blicken lassen. Nur an der Straßenbiegung war er noch einmal stehen geblieben und hatte Fenndrick mit einem traurigen Lächeln zugewunken – zum letzten Abschied, wie dieser später erst begriff. In Fenndricks Phantasie aber war der Onkel nach wie vor gegenwärtig gewesen. Immer, wenn der Magister ihm eine schier unlösbare Aufgabe erteilt hatte, hatte das gute Onkelchen an seiner Seite gestanden und ihm Mut zugesprochen; wenn der Magister ihn allzu streng ermahnt hatte, war das Onkelchen aufgetaucht und hatte ihn aufgemuntert. Und stets, wenn er sich gefragt hatte, wohin die langweiligen Unterweisungen des Magisters noch führen sollten, war das Onkelchen vor seinem inneren Auge erschienen – und er hatte es gewusst! Genau so hatte er werden wollen, ganz gewiss! Ein Forscher, der den Dingen auf den Grund ging, der unnahbar und doch herzlich war, der düster wirkte und dennoch Zuversicht spendete, den weder der Tod noch alle Dämonen der Niederhöllen schrecken konnten. Und je mehr der Magister sich bemüht hatte, Fenndrick ein unfehlbares Vorbild zu sein, umso stärker hatte sich sein Zögling zu der Lasterhaftigkeit des Onkels hingezogen gefühlt, der mit einem verschmitzten Lächeln noch jede Regel des Magisters gebrochen hatte.

Fenndrick erinnerte sich noch lebhaft an einen Vortrag des Magisters über ein Leben in Anstand nach den Geboten der Frau Travia. Der Onkel hatte die ganze Zeit über bereits unverschämt gegrinst, und schließlich, als Eboreus geendet hatte, hatte er nach dessen Praiostagsheiligtum – der Weinflasche – gegriffen, sie in einem Zug fast zur Hälfte geleert und Tröpfchen sprühend verkündet, er halte es lieber mit der göttlichen Rahja, denn wer wolle schon ernsthaft behaupten, die zwölf mal zwölf Regeln des anständigen Benimms könnten es mit der Göttlichkeit von Wein, Weib und Gesang aufnehmen? Der Magister hatte darauf nur ernst dreingeblickt und gesagt: »Junge, geh ins Bett!« Später dann hatte Fenndrick sich wimmernd die Decke über den Kopf gezogen, weil er mit angehört hatte, wie die beiden Menschen, die er am meisten liebte, sich gegenseitig angeschrieen hatten. »Du erziehst den Jungen nicht, du dressierst ihn«, hatte das Onkelchen ausgerufen.

Aber auch der gute Magister war voll der Vorwürfe gewesen, doch vermochte Fenndrick sich an diese kaum mehr zu erinnern. Eboreus hatte irgendetwas von »schlechtem Vorbild« oder dergleichen geredet, was erneut den Widerspruch des Onkelchens erregt hatte. Schließlich hatte der Magister geschrieen, er habe sich immerhin um den Jungen gekümmert, als seine Eltern gestorben seien, im Gegensatz zu dessen einzigem Verwandten, der bis heute alle Verantwortung scheue. Darauf war es sehr still geworden im Haus, und Fenndrick hatte schon befürchtet, dass sie sich nun gegenseitig erwürgt hätten. Doch am Morgen darauf war alles wie immer gewesen, wenn Mocurion zu Besuch kam: Das Onkelchen hatte beim Frühstück seine lästerlichen Scherze gemacht, um den Neffen zum Lachen zu bringen, nur gelegentlich unterbrochen von den Ermahnungen des Magisters, dem es zuweilen zu weit ging.

Und nun war das Onkelchen tot.

Eine schlichte Urkunde war vor anderthalb Wochen von einem Boten zum Haus des Magisters gebracht worden. Eboreus hatte das Dokument mit steinerner Miene gelesen und ihn dann mit einem traurigen Blick unter seinen dicken weißen Brauen angesehen; Fenndrick fragte sich bis heute, ob der Magister tatsächlich des Onkelchens wegen Trauer gezeigt hatte oder eher um seinetwillen, weil er gewusst hatte, wie viel ihm Mocurion bedeutet hatte. Schließlich hatte der Magister mit belegter Stimme zu sprechen begonnen und Fenndrick auf den Inhalt des Dokuments vorbereitet. Schließlich hatte er es ihm überreicht und recht verloren gewirkt, während Fenndricks entsetzter Blick über die knappen Zeilen geflogen war, in denen in aller Kürze geschrieben stand, dass der Onkel auf einer Reise in irgendeinem Land des Südens, das Fenndrick nicht kannte, das Opfer verdorbener Speisen geworden sei, dass man seinen Leichnam auf dem nahe gelegenen Boronanger beigelegt habe und seinen nächsten Verwandten hiermit über den sicherlich äußerst beklagenswerten Vorfall in Kenntnis setze. Gezeichnet … irgendein unaussprechlicher Südländer.

Fenndrick konnte es noch immer nicht fassen. Sein Onkel Mocurion, der mächtige und Furcht einflößende Schwarzmagier, gestorben an schimmeligem Brot oder dergleichen? All seine Träume wegen eines einzigen lächerlichen Pergaments zerstoben, zerplatzt, zunichte?

Zwei Tage lang war der junge Zauberer nicht ansprechbar gewesen, dann aber hatte er einen Entschluss gefasst. Er hatte all seinen Mut zusammengenommen, war zu seinem Magister in die Stube getreten und hatte ihm eben jene denkwürdigen Worte über Zukunftspläne und aufregendere Forschung dargelegt. Weiter hatte er den Magister in Kenntnis gesetzt, dass er nun gedenke, den sagenumwobenen Turm, den das Onkelchen bewohnt hatte und von dem es des öfteren aufregende Geschichten zu erzählen gewusst hatte, als einziger durch Urkunde berechtigter Erbe in Besitz zu nehmen und so das Andenken Mocurions in guter Erinnerung zu halten. Dass er beabsichtige, die Studien des Onkels – worum es sich auch immer gehandelt haben möge – zu einem erfolgreichen Ende zu führen, hatte er verschwiegen, denn das hätte dem lieben Magister gewiss nicht gefallen. Daher wollte Fenndrick ihm diese unbedeutende Einzelheit auch erst dann berichten, wenn er sein Ziel erreicht hätte, denn im Glanz des erzielten Erfolges würde Eboreus' Urteil über ihn gewiss nachsichtiger ausfallen …

Fenndrick stopfte sich das letzte Apfelstück in den Mund und betrachtete die Möbel um sich herum. Gewiss würde er nicht umhinkommen, sie nun auch noch ins Haus zu tragen, aber seine schmerzenden Glieder waren ihm ein deutliches Zeichen, dieses Vorhaben vielleicht besser noch ein wenig hinauszuschieben. »Ich hätte diesen Bauerntrampel nicht so schnell mit dem Wagen fortschicken sollen«, murmelte er, »so einfältig das Landvolk auch sein mag, so kräftig weiß es zuzupacken, und das ist eine Eigenschaft, die mir eher abkommt.« Andererseits, hätte er den Mann mit der Holzfällerstatur mehr tun lassen, als die Möbel in Empfang zu nehmen, die er ihm aus dem Wagen entgegen geschoben hatte, so hätte der Bauer unweigerlich einen Blick ins Wageninnere geworfen, und genau das hatte Fenndrick unter allen Umständen vermeiden wollen. Und den guten Mann die Möbel in den Turm tragen lassen? Nein, das wäre ihm aufs Höchste unpassend erschienen. Ein Schwarzmagier wurde nicht mehr von der Aura des Geheimnisvollen umgeben, wenn er Leute in sein privates Heiligtum führte. Der Bauer hatte für die zwei Silbertaler, die er erhalten hatte, genug getan, wenn er den Wagen noch zurück nach Gondheim fuhr.

Fenndrick schüttelte sich unwillkürlich: Die Ortsnamen dieser zwölfgötterverlassenen Dörfer waren ihm bereits auf dem Hinweg unangenehm aufgefallen. Schindmeringen … ein Name, der nach geschundenen Pferden klang!

Wenn er eines Tages zu Ruhm gelangen sollte (und dass dies der Fall sein würde, daran bestand für Fenndrick kein Zweifel), dann wollte er den Ort seiner Herkunft mit Stolz angeben. Sorgen bereitete ihm indes, dass berühmte Leute stets aus Havena, Gareth oder dem verrufenen Al'anfa zu kommen schienen. Jedenfalls war ihm noch nie eine Geschichte zu Ohren gekommen, in der es hieß: »Seht her, ich bin Xandria, die mächtigste

Magierin aller Zeiten, und ich stamme aus Schlonz.« Nein, wenn er eines Tages zu Ruhm gelangt sein sollte, so würde er Honingen, den Ort, an dem er die letzten Jahre bei Magister Eboreus verbracht hatte, oder besser noch, Havena, seine Geburtsstadt, im Namen führen. Auch mit seinem Namen werde er bis dahin einiges machen müssen, dachte er, Fenndrick Herkenschlau mochte für einen geldgierigen Händler langen, ein Furcht erregender Schwarzmagier aber müsste eher Fenndri … Fenndrakon … Fenndrakon von Havena oder so ähnlich heißen. Er malte sich aus, wie er sich unter diesem Namen den Dörflern vorstellte, und gluckste unwillkürlich voller Vorfreude auf ihre in Ehrfurcht erstarrenden Gesichter. Ob ihnen die kleine Vorstellung des Kutschers gefallen hat, fragte er sich. Nun, einen Zweck hatte das hochnäsige und herrische Gebaren gewiss erfüllt: Jeder im Dorf würde sich das Maul darüber zerreißen, dass ein Herr den Turm in Beschlag genommen habe, der so fein sei, dass schon sein Kutscher sich aufführe wie andernorts Edle und Barone.

Fenndrick kicherte leise in sich hinein. Wie leicht das Landvolk doch zu beeindrucken war! Diesen Auftritt hatte er sich lange überlegt, und nach dem Menschenauflauf zu urteilen, der sich im Dorf gebildet hatte, hatte sein »Kutscher« die volle Wirkung erzielt. Er überlegte kurz, ob er mit den Mitteln der Clarobservantia versuchen sollte, die Gespräche der Dörfler in Erfahrung zu bringen. Doch dann besann er sich der Worte des Magisters: »Die Clarobservantia dient der Abwendung von Gefahr und der Forschung. Neugiernasen mögen weiter durch Schlüssellöcher gucken.« Widerstrebend gestand Fenndrick sich ein, dass ein derartiges magisches Belauschen wohl dem nichtmagischen Lauschen lediglich im Grad der Perfektion voraus war, nicht aber in der Frage von Ehre und Gewissen.

Mit einem Ruck erhob er sich. Solange er nichts unternähme, dachte er, würden diese Möbel wohl kaum von selbst ins Innere des Turmes gelangen; also musste er sich wohl oder übel demnächst darum kümmern.

Zuvor aber brannte er darauf, endlich das Innere des Turmes zu erkunden! Des Onkelchens geheimstes Refugium stand ihm offen und er verschwendete hier Gedanken an tumbes Bauernvolk! Entschlossen trat er auf die Eingangstür zu, die in dunklem Holz gehalten und mit Eisenverschlägen verstärkt war. Doch dann drehte er sich noch einmal um:

»Verzeiht, Herr Kutscher, fast hätte ich Euch vergessen«, sprach er laut, ergriff den dunklen Mantel und den Dreikant, den er zuvor abgelegt hatte, und öffnete die Tür ins Innere des Turms.

Während Fenndrick den ersten Schritt in seine neue Existenz wagte, polterte Polter Plötzbogen mit dem Wagen und den beiden Tralloper Riesen den Hügel hinab. Nun, da der Wagen leer und leicht war, holperte er noch heftiger über den ausgesprochen schlechten Pfad und schüttelte bei jeder Unebenheit seinen Kutscher kräftig durch. Doch Polter machte das nichts, er verstand sich allemal besser auf das Lenken von Fuhrwerken als dieser angebliche Kutscher. Der Kerl war ein rechter Sonderling gewesen, nicht nur, dass seine Gewandung und sein Auftreten Polter gleich ins Auge gesprungen waren, nein; auf der Hügelkuppe angekommen, hatte er ihn auch noch angewiesen, nur die Möbel in Empfang zu nehmen und bloß keinen Blick ins Innere des Wagens zu werfen. Und als ob dies allein nicht merkwürdig genug gewesen wäre, hatte er ihm schließlich aufgetragen, sich umzudrehen, damit der Herr ungestört von allzu neugierigen Augen den Wagen verlassen und sein neues Heim betreten könne.

Doch da ihm der düstere Kutscher für seine Dienste zwei Silbertaler in die Hand gedrückt hatte, hatte Polter es tunlichst unterlassen, dumme Zwischenfragen zu stellen, und stattdessen einfach die Ohren gespitzt, um wenigstens auf diese Weise etwas über den neuen Turmherrn in Erfahrung zu bringen.

Doch, bei allen Zwölfen, der feine Herr musste derart leise dem Wagen entstiegen und ins Innere seines Turmes entschwunden sein, dass Polter nicht den kleinsten Laut vernommen hatte, bis der Kutscher gesagt hatte, er könne sich nun wieder umdrehen. Er hatte ihn noch angewiesen, den Wagen nach Gondheim zu bringen, wo sein Besitzer ihn schon sehnlichst zurückerwarte, und ihn dann, ohne ein Wort des Abschieds, abfahren lassen. Polter zermarterte sich das Hirn, was das alles nur bedeuten mochte, doch selbst einem so weitgereisten Mann wie ihm war es schlechterdings unmöglich, sich einen Reim auf das Geschehene zu machen.

Über seiner Grübelei hatte der Wagen schließlich wieder den Fuß des Hügels erreicht und bog auf den Pfad zum Dorf ein. Bald war er am nahen Dorfrand angelangt und rollte auf die große Eiche in der Ortsmitte zu. Bei seiner Ankunft auf dem Dorfplatz schien noch immer (oder schon wieder?) ganz Schindmeringen versammelt zu sein.

»Herr Plötzbogen, was hat sich denn da im alten Turm zugetragen?«, rief ihm der kleine Yann sogleich entgegen.

»Wer war der wunderliche Mann?« – »Was verbarg sich in dem Wagen?« – »Seid Ihr nun der neue Kutscher?«, riefen andere dazwischen. Mit einem vernehmlichen Brrr! brachte Polter die beiden riesigen Pferde zum Stehen. Er legte in aller Ruhe die Zügel nieder und lehnte sich gemütlich zurück – soweit es der Kutschbock eben zuließ. Dann legte er noch eine Pause ein, bis schließlich sogar der alte Jossek drängte: »Nun erzählt schon, Plötzbogen, so eigentümliche Fremde verschlägt es nicht alle Tage nach Schindmeringen. Da haben wir ein Recht zu erfahren, wer sich im Dorf herumtreibt.«

Nachdem sich Polter der Aufmerksamkeit aller gewiss war, erzählte er die ganze Geschichte von Anfang an. Wie er gesehen habe, dass die Magd Losane der Hilfe bedurfte, und wie er, um ihr die Schmach zu ersparen, auf den Kutschbock gestiegen war. Er erzählte davon, dass er dem unheimlichen Kutscher bei der Fahrt den Hügel hinauf durch gezielte Fragen so manches Geheimnis entlockt hatte. So zum Beispiel, dass der ganze Wagen mit Möbeln beladen sei und dass inmitten der Möbel ein feiner Herr sitze, der so vornehm sei wie andernorts noch nicht einmal Edle und Barone. Er berichtete weiter, wie er, oben angekommen, die Möbel in Empfang genommen hatte, die, wie von Geisterhand geschoben, ihm aus dem Innern des Wagens entgegengekommen waren. Danach war dem Wagen ein vornehm duftender Herr entstiegen, der, ganz in dunkle Gewänder gehüllt und ohne einen Laut zu verursachen, geistergleich ins dunkle Innere des Turms entschwebt war. Der Kutscher aber hatte ihn für seine Hilfe überreichlich entlohnt und ihn mit dem Segen der Zwölfe nach Gondheim geschickt, da er dort von seinen früheren Reisen her den zauberkräftigen Stellmacher kenne, der dieses magische Gefährt gebaut hatte. Ihm solle er nun mit dem besten Grüßen das Gefährt überbringen.

Als Polter geendet hatte, herrschte eine geradezu hörbare Stille, dann sprudelten die Fragen aus den Kindern nur so hervor. Die Erwachsenen standen derweil im Hintergrund, lauschten angespannt und dankten den Göttern dafür, dass sie ihnen Kinder geschenkt hatten, die dabei halfen, die eigene Neugier zu verbergen. Alles wollte die Dorfjugend wissen: Woher der Fremde stamme, was er hier wolle, ob ihm jetzt der Turm gehöre und wie er denn mit dem darauf liegenden Fluch fertig werden wolle.

Polter, der keineswegs beabsichtigte, seine Zuhörer zu belügen, sondern seine Geschichten lediglich ein wenig ... auszuschmücken pflegte, beantwortete die Fragen, so gut er eben konnte. Und weil er es eben nicht besonders gut konnte, wurde er der Fragerei bald überdrüssig und knurrte unwirsch, er müsse nun aufbrechen, da ihm sonst womöglich die Verzauberung in eine Kröte oder Schlimmeres drohe. Die Dörfler bekräftigten sogleich, dass sie ihn gewiss nicht hätten aufhalten wollen. Sie waren doch arg erschrocken, denn etwas noch Hässlicheres als eine Kröte vermochten sie sich kaum vorzustellen.

Also wurde Polter mit dem Segen der Zwölfe verabschiedet und der Wagen rollte zum Dorfausgang hinaus auf den ausgetretenen Lehmweg, der irgendwo, meilenweit entfernt, am schönen Gondheim vorbeiführte.

Polter sog die frische Luft des kühlen Herbstnachmittags in tiefen Zügen ein. Er fühlte sich frisch und frei wie schon lange nicht mehr. Erinnerungen an seine alten, wagemutigen Reisen nach Schlonz und anderswo wurden in ihm wach, und so beschloss er, nicht sogleich nach Schindmeringen zurückzukehren, sondern all seine Verwandten und Bekannten in den Nachbarorten zu besuchen.

Vielleicht hätte jemand Polter sagen sollen, dass die aufregendsten Ereignisse der folgenden Zeit nicht in Gondheim, Schlonz und anderswo stattfinden würden, sondern eben in Schindmeringen …

Das Innere des Turmes war so dunkel, dass das trübe Herbstlicht die Türöffnung in ein sich hell abzeichnendes Rechteck verwandelte. Im Turm selbst schien sich das Licht hingegen schneller zu verlieren, als Fenndricks Augen etwas klar erkennen konnten. Fast schien es, als ob der Turm das Licht in sich aufsaugte, um es dann gierig zu verschlucken …

Fenndrick machte einen unsicheren Schritt in das Dunkel.

Es roch muffig.

Vielleicht sollte er zurück zu seinen Sachen gehen, um das kleine Talglicht zu holen, das ihm der gute Magister eigens für die Reise zurechtgelegt hatte … Während er noch unschlüssig in seinem Zuhause stand, nahm der Raum um ihn herum langsam klare Konturen an: Fenndricks Augen gewöhnten sich an das Dunkel.

Der Raum maß vielleicht 6 Schritt im Durchmesser und war damit nur unwesentlich kleiner als die Außenmaße des Turmes. »Nein«, murmelte Fenndrick, »mit diesem Mäuerchen lässt sich gewiss kein feindliches Heer aufhalten.« Doch andererseits kannte der junge Magicus nur einen einzigen Menschen, der ihm nicht wohlgesonnen war, und das war Leowin, der »Große«, der inzwischen zu Furcht einflößenden zwei Schritt Länge herangewachsen war. Aber der würde sicherlich nicht halb Albernia durchkämmen, nur um den schmächtigen Burschen zu finden, den er wohl mehr aus Langeweile denn aus wirklicher Feindschaft so gern gequält hatte. Nein, Leowin war in Honingen, und da sollte er auch bleiben; dieser Turm war nun einzig und allein das Refugium Fenndrakons von Havena, des Schwarzmagiers!

Fenndrick machte einen entschlossenen Schritt in die Richtung, in der durch einige Ritzen ein wenig Licht sickerte. Sein Fuß verfing sich in etwas Widerspenstigem, das ihm den schnellen Schritt nicht gönnte, sodass er augenblicklich ins Straucheln geriet und erst beim kühlen Mauerwerk wieder Halt fand. Er fluchte mehr aus Gewohnheit denn aus wirklichem Ärger heraus, derweil seine Hände bereits das Gesuchte ertasteten. Er versetzte ihm einen ordentlichen Stoß, und mit einem Krachen flogen die Fensterläden nach außen gegen das Mauerwerk.

Endlich strömte helles Licht herein – und blendete ihn augenblicklich. Es waren Fenster, richtige kleine Fenster, keine Schießscharten! Er freute sich, dass der Turm wohl offenkundig kein trutziges Bauwerk war, wie er es bei der Nähe zum Burgenland erwartet hatte, wo sich allerorten Wehranlagen und Kastelle erhoben, sondern vielmehr ein reiner Wohnturm, den das Onkelchen vielleicht gar eigens für sich hatte erbauen lassen.

Nun konnte er auch ein weiteres Fenster in der gegenüberliegenden Turmwand erkennen. Geschwind ging er darauf zu, machte dabei einen respektvollen Schritt über die Teppichkante hinweg, die ihn zuvor wohl genarrt hatte, und riss die Läden auf. Frische Luft strömte mit Praios' hellem Licht herein und vertrieb die abgestandene Luft.

Neugierig blickte Fenndrick sich um. Zu seiner Rechten kam eine schmale, eng an die Außenmauer gepresste Steintreppe vom oberen Stockwerken herunter und endete in einem geschwungenen Bogen neben der Eingangstür. Während diese praioswärts lag und die beiden Fenster gen Efferd und gen Rahja zeigten, war gegenüber der Tür ein mächtiger Kamin ins Mauerwerk eingelassen, der gewiss für behagliche Wärme sorgen würde.

Vor dem Kamin stand ein großer, mit dunkelgrünem Samt bezogener Ohrensessel mit einem ebenso grünsamtenen Fußhocker. Die Regale, die sorgsam in das Rund der Wände eingepasst waren, nahm Fenndrick nur mehr am Rande wahr, denn er näherte sich bereits mit einem Laut des Entzückens dem Sessel. Es gab doch nichts Schöneres als ein so gemütliches Möbelstück in der guten Stube! Mit einem »Ahhh!« ließ er sich hineinplumpsen. Einen Lidschlag später bereute er sein Tun bereits, da eine große Staubwolke bei der ersten Berührung des prächtigen Stücks aufgewirbelt war und ihn zur Gänze einnebelte. Fenndrick unterdrückte ein Husten und versuchte, sich durch wedelnde Handbewegungen wieder atembare Luft zuzuführen. Seine Hochstimmung hatte einen kleinen, aber deutlichen Dämpfer erhalten.

Es sah ganz so aus, als ob sich sein persönlicher Fortschritt vorerst darin erschöpfte, dass es nun die Wohnung des lieben Onkelchens war, die er gründlich von den Spuren der Zeit befreien musste – und dass, nachdem ihm jahrelang das Abstauben der Möbel des guten Magisters ein solcher Gräuel gewesen war!

Etwas vorsichtiger legte er nun die Füße auf das samtig weiche Höckerchen, räkelte sich im Sessel zurecht und befand, dass der Onkel seinerzeit mit dem Kauf dieser grünen Gemütlichkeit eine ausgezeichnete Wahl getroffen habe.

Er ließ den Blick über den Kamin schweifen, hinauf zum Kaminsims. Der Sims war – von einer dicken Staubschicht und dem Lebenswerk einer Künstlerspinne einmal abgesehen – leer.

Dort stelle ich mein Gemälde hin, dachte Fenndrick zufrieden. Das Gemälde war ein Porträt seiner selbst, das der Magister ihm zum achtzehnten Tsatag geschenkt hatte. Es stellte unverwechselbar Fenndrick dar, jedoch hatte der Künstler es mit all jenen Details, die nicht unbedingt von elfengleicher Anmut waren, nicht so genau genommen und stattdessen dem Gesicht einen schaurig-schönen Ausdruck düsterer Würde verliehen. Das war vermutlich auch der Grund, aus dem Fenndrick es jedem Bild im Stil des Kusliker Realismus vorzog.

Er erhob sich und stand erstaunlich weich. Sein Blick glitt nach unten zu dem vermaledeiten Teppich. Das viereinhalb Rechtschritt messende Stück mochte einmal leuchtend bunte Farben gehabt haben. Mochte man es der grauen Schicht von Staub oder Satinavs jede Farbe ausbleichender Unerbittlichkeit zuschreiben: der ehrwürdige Beweis tulamidischer Webkunst erregte Fenndricks Missfallen. Die scheußliche graue Fußmatte werde er gleich als Erstes durch ein Stück von erlesener Qualität ersetzen, dachte er sich. So teuer konnte ein einfacher Tulamidenteppich ja schließlich nicht sein, befand er und stellte damit doch nur unter Beweis, dass die leidlich gute Beherrschung arkaner Grundmuster und die Beurteilung südländischer Webmuster zweierlei Paar Schuhe sind.

Achtlos über den südländischen Teppich hinwegschreitend, trat er zur Eingangstür hinaus. Der Herbstwind hatte zwischenzeitlich aufgefrischt und wehte Fenndrick ins Gesicht, fuhr durch sein Haar und streichelte seine Wangen. Der junge Magier nahm dies nur am Rande wahr. Er öffnete die Truhe, in der er – deutlich von den gewöhnlichen Reiseutensilien getrennt – seine ganz persönlichen Kostbarkeiten aufbewahrte, nahm einen unförmigen Pergamentballen heraus und entrollte ihn mit vorsichtigen, fast zärtlichen Bewegungen.

Versonnen blickte er in seine eigenen Augen, die der Schöpfer dieses Gemäldes zu einem geheimnisvollen Glitzern in einem von Schatten dominierten, aristokratischen Gesicht stilisiert hatte. Wie so oft musste er sich innerlich einen kleinen, schmerzhaften Ruck geben, um den Blick von seinem Ebenbild zu lösen.

Ob er eitel sei?, zuckte es ihm plötzlich durch den Kopf. Rasch wischte er den abwegigen Gedanken beiseite und trug seinen kleinen Schatz in das Turminnere. Um den Teppich machte einen respektvollen Bogen. Wenn er hier allein dinierte, musste er aufpassen, nicht zu stolpern, dachte er und malte sich aus, wie Suppe und Weinflasche quer durch den Raum flogen.

Beim Kamin angelangt, stellte er das Porträt vorsichtig in die Mitte des Simses. Dann trat er kritischen Blickes anderthalb Schritt zurück. Sein Ebenbild schaute in stiller Würde in den Raum hinein. Es sah aus, als hätte das Bild schon immer hier gestanden.

Die steinernen Stufen hinauf zum ersten Stock legte der junge Magier mit weichen Knien zurück. Es gab nur eine Eigenschaft, die noch ausgeprägter war als die Ungeschicklichkeit seiner Gliedmaßen, und das war seine Höhenangst. An manchen Tagen dankte er den Zwölfen dafür, dass sie seine Körpermaße bei einem Schritt und vier Spann belassen hatten, und sah vor seinem inneren Auge, wie es wäre, wenn ihn ständig die eigene Größe schwindeln machte. Er brauchte sich nur hinauf auf einen Baumstumpf zu wagen, und schon begann die Welt um ihn herum einen eigentümlichen, kreisenden Tanz aufzuführen, obwohl er sich durchaus der Tatsache bewusst war, dass ein Sturz aus einem Spann Höhe ihm wohl kaum Schlimmeres als einen blauen Fleck einbringen würde.

So legte er die zweieinhalb Höhenschritt zurück, indem er den Blick starr auf die Stufen gerichtet hielt und sich noch dichter an die kühle Mauer presste, als es bei dieser schmalen, geländerlosen Treppe ohnehin schon nötig war. Er werde sich beizeiten schon daran gewöhnen, sagte er sich selbst zur Beruhigung. Schließlich konnte es nicht angehen, dass er Tag um Tag die Treppen des Turmes nahm und jedes Mal aufs Neue glaubte, sein letztes Stündlein habe geschlagen.

Vorerst jedoch war er durchaus beruhigt, als die Luke zum ersten Stock aufklappte. Er stieg hindurch und riss auch hier oben zunächst die Fensterläden auf. Das hereinfallende Licht verzauberte den Staub in der Luft in einen lustig auf und ab schwebenden Reigen kleiner Lichtpunkte.

Fenndricks Blick aber wurde von dem riesigen Bett angezogen. Es war ein überaus breites Himmelbett mit einer einladenden Kissenlandschaft darauf, in der tulamidische Muster sich zu ungeahnten Höhenzügen aufschwangen, um dann jäh abzufallen und in tiefen Tälern in sanfter Biegung auszulaufen. Die Eckpunkte dieser Landschaft bildeten die vier in sich gedrehten Bettpfosten aus dunklem Holz, die den Baldachin trugen, einen Sternenhimmel mit hunderten leuchtender kleiner Punkte.

Nach seinen Erfahrungen mit dem Ohrensessel widerstand Fenndrick der Versuchung, sich mit Schwung auf das Bett zu werfen, und beschränkte sich vorerst auf ehrfurchtvolles Staunen. Das gute Onkelchen schien allemal reicher gewesen zu sein, als er es sich je hätte erträumen lassen. Und dabei sah sein Turm von außen so kalt und abweisend aus!

Fenndricks Blick glitt zur Seite über den großen Kleiderschrank hinweg und fiel schließlich auf die lange Kommode am Fußende des Bettes. Einen Augenblick lang zögerte er noch, dann entschloss er sich, zuerst den Schrank in Augenschein zu nehmen. Er umschritt das Bett und näherte sich dem großen Möbelstück, dessen Ecken und Kanten mit Ornamenten geschmückt waren, die den Eindruck erweckten, Efeu würde sich hölzern um die Türen herumranken. Neugierig drehte Fenndrick den Schlüssel im Schloss und zog die beiden Schranktüren auf. Seine Miene spiegelte die Enttäuschung deutlich wider: Er erblickte gähnende Leere bis auf ein löchriges Paar Stiefel unten, das älter sein mochte, als Fenndrick es sich je zu werden erträumte.

Er würdigte die alten Schuhe keines Blickes mehr, schloss den Schrank rasch wieder und wendete sich der Kommode zu.

Und hier sollte seine Neugier befriedigt werden, allerdings gänzlich anders, als es sich vorgestellt hatte.

Fenndrick öffnete die oberste, für seinen Geschmack ungewöhnlich breite Schublade und spähte hinein.

Erst begriff er nicht, was er sah, doch dann schlich sich die Erkenntnis ganz langsam den Hals hinauf, hinterließ einen faden Nachgeschmack im Mund und drang von dort weiter aufwärts bis zum Hirn.

Da lagen zwei Kohlestifte, achtlos in die Ecke gestopfte Phregioswurzeln, die man – wie Fenndrick sich an die alchimistischen Unterweisungen des Magisters erinnerte – zum Einfärben von Kleidung oder Haar verwendete, weiterhin ein Porzellanschälchen mit Umbra und ein Tiegelchen mit Rosenstaub.

Er kannte diese Utensilien nur zu gut, dergleichen hatte stets auf dem Nachttischchen von Lidda Spielmannsmütz gestanden, seiner zwei Jahre jüngeren Collega und guten Freundin, die Magister Eboreus ebenfalls unter seine Fittiche genommen hatte. Lidda war einen halben Spann kleiner als Fenndrick, aber dafür rundlicher. Vor allem ihr Gesicht war rund wie das Madamal selbst. Sie war nicht im eigentlichen Sinne hübsch – jedenfalls wäre es ihm nie eingefallen, sie so zu nennen, doch die Stupsnase, umsäumt von den beiden prallen Wangen, hatte etwas Schelmisches an sich, das Fenndrick sehr gut gefallen hatte. Seit ihrem dreizehnten Lebensjahr hatte sie die Wangen mit Rosenstaub gefärbt, dass sie wie wahre Bilderbuchlachbäckchen aussahen, und mit dem Kohlestift die Augenränder geschwärzt, sodass ihre grünen Augen noch größer wirkten, als sie ohnehin schon waren. Auf Liddas Kommode hatte Fenndrick die Schminkutensilien immer als die natürlichste Sache der Welt empfunden, sie gehörten dazu, wie die Pantoffeln zum Magister gehört hatten. Hier im Schlafzimmer des lieben Onkels aber konnte er sich keinen unpassenderen Platz vorstellen als eben diese übergroße Schublade.

Der junge Magier war ratlos.

Er konnte sich nicht vorstellen, wozu sein Onkel die Kohlestifte verwendet haben mochte. Sollte er sich damit geschminkt haben?

Er schüttelte den unangenehmen Gedanken ab. Schließlich, so sagte er sich, könne man bei einem Magier der linken Hand nie ganz ausschließen, dass er diese Utensilien nicht für alchimistische Experimente benötigt habe.

Um sich auf andere Gedanken zu bringen, fingerte Fenndrick nach der darunter liegenden Schublade und zog sie auf. Ein kleines Blitzen stach ihm ins Auge: Säuberlich in ein weißes Leinentuch eingebettet, lag dort die

Scherbe eines Spiegels. Fenndrick nahm sie vorsichtig heraus, um sich nicht die Finger an den scharfkantigen Zacken zu schneiden. Ein Blick auf die Scherbe zeigte ihm erwartungsgemäß einen Ausschnitt seines eigenen Gesichts: die säuberlich geschabten, schmalen Wangen und einen Teil seines runden, rechten Ohres, von dunklem Haaransatz umsäumt.

Da Fenndrick befand, sich an diesem Tag schon genug Eitelkeiten hingegeben zu haben, legte er die Scherbe achtlos zurück in die Schublade auf das Tuch und stellte fest, dass dieses wiederum mit anderen Dingen wie Seife, Bürste und Schwamm in einem flachen Waschtrog lag. Nun musste er sich wenigstens keine Gedanken mehr um seine Reinlichkeit machen! Sogar ein Duftwässerchen gab es hier. Fenndrick drehte das Fläschchen, bis er das Etikett lesen konnte. Es war Fliederduft.

Unwillkürlich musste er lächeln. Stets hatte er gedacht, dass es keine zwei gegensätzlicheren Menschen als den Magister und das gute Onkelchen geben könne. So gottesfürchtig, bescheiden und ordentlich der Magister war, so blasphemisch, protzig und chaotisch hatte es das Onkelchen geliebt. So bedächtig, einfach und klar sein Mentor sprach, so impulsiv und von einer verworrenen Genialität waren die Reden gewesen, die sein Onkel geführt hatte. Und nun stellte sich heraus, dass beide das gleiche Duftwässerchen benutzt hatten.

Fenndrick war von dieser Nebensächlichkeit fasziniert. Er hatte sich selbst immer für das einzig Verbindende zwischen den beiden gegensätzlichen Charakteren gehalten, doch während er den Fliederduft betrachtete, kamen ihm immer mehr Gemeinsamkeiten in den Sinn. War es nicht so, dass sich beide für die Profession des Magiers entschieden hatten? Waren beide nicht fast gleich alt? War nicht des Onkelchens Himmelbett dem Bett des Magisters durchaus ähnlich? Und der Ohrensessel dem wildlederbezogenen aranischen Sitzmöbel des Magisters?

Vielleicht konnten sich die beiden nicht ausstehen, weil sie sich im Grunde ähnlicher waren, als ihnen lieb sein konnte!

Fenndrick schloss die Schublade und wandte sich wiederum der Treppe zu, die sich entlang der Turmwand weiter hinaufschraubte. In stillem Leid fragte er sich im Hinaufgehen, warum der Onkel auf ein Geländer verzichtet haben mochte. Auf den düsteren und schmalen Stufen dieses Gemäuers konnte man beim Weg nach oben leicht einmal ins Wanken geraten und jäh abstürzen …

Erleichtert kletterte Fenndrick aus der Luke, die von der Treppe in das zweite Stockwerk des Turmes führte. Er öffnete auch hier die Fensterläden, wandte sich um und betrachtete die eigentümliche Szenerie. Das Licht der blassen Herbstsonne spiegelte sich dutzend-, nein hundertfach auf Glaskolben, Reagenzgläsern, verstaubten Röhren und Porzellanschälchen. Die bizarre Landschaft aus Glas und Porzellan erstreckte sich auf dem großen, rechteckigen Tisch, der die östliche Hälfte des Raumes dominierte. Fenndrick erkannte die vertrauten Trichter, Horasschälchen und anderen Apparaturen, die es auch im Arbeitszimmer des Magisters gegeben hatte. An der Tischkante war eine Reihe mit Töpfchen und Tiegelchen aufgebaut; sie waren in der schwungvollen, ein wenig ausladenden Handschrift des Onkelchens etikettiert, die so gar nichts mit den kleinen, verschämten Buchstaben des Magisters gemein hatte. Fenndrick las: ALRAUNEN, HONIG, MÄUSEMILCH, QUECKSILBER, ALKOHOL (REIN), SÜSS-HOLZ (GERASPELT), BALDRIAN, NEUNAUGENBLUT und noch andere wunderliche Dinge mehr. An einem tönernen Fläschchen am Rande blieb sein Blick hängen. LIEBES-TRUNK stand in kraftvollen Lettern darauf. Fenndrick stutzte. Sollte dem Onkelchen tatsächlich gelungen sein, was nur wenigen, auserwählten Magiern von der Hand ging? Sollte er mittels einer Tinktur echte Liebe entfachen können? Neugierig entkorkte Fenndrick das Gefäß, schnüffelte daran und ließ sich einen einzelnen Tropfen auf die Zunge fallen. Er musste grinsen. Wenn ihn nicht alles täuschte, war das ganz gewöhnliches Salzwasser! Das sah dem Onkelchen ähnlich. Wie viele Bauernsöhne und -töchter hatten diesen Trank für blinkendes Gold erworben und mit glänzenden Augen entgegengenommen? Und was mochte der Onkel gesagt haben, wenn die Wirkung nicht dem gewünschten Ergebnis entsprach? »Darf ich Euch fragen, wann Ihr die Zaubertinktur verwendet habt? – Was denn, am Tage des abnehmenden Halbmondes? Ja, wisst Ihr denn nicht, dass das Madamal an diesen Tagen die Magie aus den Sphären zieht und gänzlich unwirksam werden lässt? Nun, wie dumm von mir, das konntet Ihr ja nicht wissen. Drum will ich Euch zum Gefallen noch einmal die endlose Mühe auf mich nehmen, Euch einen neuen Trunk zu brauen, den Ihr gegen ein weiteres kleines Entgeld ...«

Während Fenndrick das Fläschchen betrachtete, kam ihm ein unangenehmer Gedanke. Der Onkel mochte auf diesem Weg seinen prunkvollen Lebensstil finanziert haben, wie aber sollte er, Fenndrick, seine täglichen Unkosten begleichen? Weder verstand er sich sonderlich gut auf das Brauen »echter« Tränke, noch besaß er die tollkühne Unverschämtheit des Onkels, in Wasser gelösten Kehricht als Rahjaikum zu verkaufen.

»Halte es mit der Ehrlichkeit, wenn du dir in der Fachwelt einen Namen machen möchtest, denn der einzige Ruf, der dem Lügner dauerhaft voraneilt, ist eben der des Lügners«, hatte der gute Magister zu sagen gepflegt, wenn Fenndrick ihn nach einer nicht ganz ordnungsgemäß erledigten Aufgabe angeflunkert hatte. Und eben diesen Leitspruch hatte sich der junge Magier zur Maxime machen wollen, denn kaum etwas hatte ihn an der Gestalt des Magisters so beeindruckt wie seine unbedingte Ehrlichkeit! Selbst vor den Collegis, die ihn praiostags besucht hatten, hatte er freimütig die Misserfolge und Rückschläge seiner Forschungen eingestanden, obwohl man ihm oft tagelang hatte anmerken können, wie ihn diese Dinge gegrämt hatten.

»Magister Falbion, Magister Neidgrimm«, hatte er dann mit versteinerter Miene gesprochen, »ich muss Euch die betrübliche Mitteilung machen, dass meine Studien in dieser Woche von eher mäßigem Erfolg gekrönt waren, da ich, der Fehldatierung der Schriften Zulbion von Kunchoms aufliegend, den frührohalischen Einfluss der Werke von … nicht erkannt … unübliche arkane Grundmuster zu … Missverständnis geführt …« Nachdem die Ausführungen des Magisters zu Ende geführt worden waren, hatten die geschätzten Collegae Falbion und Neidgrimm ausgiebig Bedauern geheuchelt, den größten Teil der Weinflasche geleert und waren dann unter scheinheiligen Wünschen für zukünftig ertragreichere Arbeit verschwunden, vermutlich um sich in der nächstbesten Schänke das Maul über den »stümperhaften Eboreus« zu zerreißen. Fenndrick hatte die beiden nie leiden können, doch hatte er schon in jungen Jahren begriffen, dass dieses Eingeständnis des eigenen Versagens dem Magister mehr Kraft und Mut abverlangte, als es jede noch so beeindruckende Lüge getan hätte, und er hatte den Alten dafür stets bewundert.

Doch wenn er sich nicht der Scharlatanerie verschrieb und auch sonst mit den Pülverchen und Flüssigkeiten des Onkels nichts Rechtes anzufangen wusste, wie sollte er dann sein Auskommen haben in diesem hesindeverlassenen Nest? Hinuntergehen ins Dorf, um sich bei einem der Bauern zu verdingen?

Niemals! Das war eines Fenndrakon von Havena nicht würdig!

Er musste irgendwelche magischen Dienste anbieten. So etwas wurde gemeinhin nicht schlecht bezahlt. Wenn er nur mächtige Heilzauber besäße, so könnte er sich regen Zulaufes von Seiten Kranker und Verletzter gewiss sein, doch er nannte weder den BALSAMSALABUNDE noch ähnliche Formeln sein Eigen.

Auch kannte er Geschichten von mächtigen Weißmagiern, meisterlichen Beherrschern der Magica Contraria, die des öfteren von verzweifelten Menschen gerufen wurden, um den Geist der verstorbenen Ehefrau oder einen Furcht erregenden Dämon endlich dorthin zu verbannen, wo er hingehörte. Aber auch diese Kunst beherrschte er nicht.

»Was habe ich schon gelernt, außer ein paar alte Bücher zu entschlüsseln?«, fragte er sich. Der Bedarf der Dörfler an dieser Art von Hellsichtsmagie war vermutlich gering. Er war sich nicht einmal sicher, ob in Schindmeringen überhaupt jemand Bücher besaß. Es sah ganz so aus, als müsste er sich noch gehörig etwas einfallen lassen für den Tag, an dem seine Barschaft aufgebraucht war. Glücklicherweise hatte der gute Magister ihm vor seiner Abreise noch einen prall gefüllten Beutel zurechtgelegt, sonst hätte Fenndrick es in seinem Eifer, den Turm des Onkels zu finden, wahrscheinlich fertig gebracht, ohne einen Kreuzer in der Tasche das Haus zu verlassen.

Einstweilen beruhigte er sich mit dem Gedanken, dass seine Reisekasse wohl genügen würde, das halbe Dorf zu erwerben, und wandte sich der anderen Hälfte des Raumes zu.

Dort stand ein dunkel gewandeter Magier, der ihn erschrocken musterte.

Fenndrick benötigte einen Augenblick, bis er begriff, dass er sein eigenes Spiegelbild anstarrte. Staunend ging er auf den riesigen Spiegel zu; er begann bereits einen guten Spann über dem Boden, überragte Fenndrick um einige Fingerbreit und war von solch einer glatten, silbrigen Makellosigkeit, wie es der junge Magier noch nie zuvor gesehen hatte. Im krassen Gegensatz zu der Schönheit der ebenen Fläche stand jedoch der Rahmen. Der morbide Geschmack seines Schöpfers hatte ihn wie ein grausiges Gerüst aus teils über- und nebeneinander liegenden, teils auch wirr durcheinander gewirbelten Knochen gestaltet. Und sein Werk war ihm wahrhaft Furcht einflößend gelungen. Am oberen Ende des Spiegels ging der Rahmen in einen Berg aus Gebeinen über, auf dessen Spitze ein grinsender Totenschädel thronte. Fenndrick verspürte ein leichtes Kribbeln, wie er es manchmal empfunden hatte, wenn einer seiner drei Mitschüler daheim ihn aus einem Versteck heraus beobachtet hatte. Unruhig drehte er sich um, konnte aber niemanden entdecken. Die sich leise im Wind bewegenden Fensterläden, der Tisch mit den alchimistischen Apparaturen, alles schien unverändert.

Er überlegte, ob er »Zeig dich, lichtscheues Gesindel!« rufen sollte, ließ es dann aber sein. Im Allgemeinen pflegte verstecktes Räubervolk sich nicht zu offenbaren, nur weil es dazu aufgefordert wurde. Zudem hätte er es längst bemerken müssen, wenn noch jemand mit ihm im Raum wäre.

Fenndrick tat das eigentümliche Kribbeln als Einbildung ab und wandte sich wieder dem Spiegel zu. Die leeren Augenhöhlen des Totenschädels waren direkt auf ihn gerichtet.

Ein kühler Herbstwind musste wohl den Weg durch die geöffneten Läden hereingefunden haben, denn mit einem Mal fröstelte es Fenndrick.

Woran mochte das Onkelchen hier geforscht haben?, dachte er zum ersten Mal, noch nicht ahnend, dass ihn diese Frage in den kommenden Wochen noch ganz außerordentlich beschäftigen sollte.

Rasch ging er zu dem großen Eichenschrank hinüber, um die Inspektion des Zimmers abzuschließen.

Er griff nach der Tür und stellte verdutzt fest, dass sie

verschlossen war. Wie merkwürdig, da doch der Onkel ansonsten nichts im Haus gesichert hatte. Nicht einmal die Eingangstüre!

Augenblicklich war seine Neugier erwacht und vertrieb alle anderen Gedanken in jenen dunklen Winkel seines Kopfes, aus dem sich manches, was dort abgelegt war, mit einer störenden Unruhe zurückmeldete, die man nur durch emsige Geschäftigkeit beiseite drängen konnte.

Diese Tür, da war sich Fenndrick absolut sicher, musste etwas von hohem Wert verbergen. Etwas, das dem Onkel wertvoller erschienen war als die alchimistischen Ingredienzien oder der altehrwürdige Ohrensessel. Der junge Magier rüttelte am Türgriff und kam sich dabei vor wie ein Einbrecher.

Unsinn, wenn jemand der einzig rechtmäßige Erbe dieser Dinge war, dann er!

Zu seinem Bedauern hatte sich die Tür keinen zehntel Fingerbreit bewegt. Sie war gewiss meisterlich gefertigt – oder war sie gar magisch verschlossen? Er warf ihr einen herausfordernden Blick zu; so leicht ließe er sich nicht aufhalten! Schließlich hatte er ja doch das eine oder andere beim guten Magister gelernt!

Er besann sich einen Augenblick auf die Zaubermatrix, die er herzustellen gedachte. Dann murmelte er »FORAMEN FORAMINOR – öffnet euch, Tür und Tor« und berührte mit Zeige- und Mittelfinger der rechten Hand das Schloss. Er spürte, wie ein magischer Funke von den Fingerkuppen auf das Metall übersprang, und bemerkte zugleich den Widerstand, den das Schloss ihm entgegenbrachte. Das war nicht die gewöhnliche Widerspenstigkeit, die Metall gegenüber Bezauberungsversuchen an den Tag legte! Vielmehr schien das Schloss sich ein winziges Stück nach innen zu bewegen, um ihm dann, einem gespannten Bogen gleich, die arkane Kraft mit einem schmerzhaften Zischen zurück auf die Fingerkuppen zu werfen.

Aha, also war die Tür tatsächlich magisch gesichert!

Fenndrick berührte das Schloss ein zweites Mal und verstärkte den astralen Strom. Er musste einen schmerzhaften Aufschrei unterdrücken, als die Kraft so heftig zurückgeschleudert wurde, dass ihm blaue Funken um die Hand stoben. Nun gut, dachte er grimmig, soll man doch sehen, wer von uns beiden der Stärkere ist! Er konzentrierte sich noch einmal auf die Thesis des Spruches und sammelte eine für seine Begriffe gewaltige Menge der Kraft in seinem Leib. Er spürte, wie sein Atem schneller ging, sein Brustkorb sich hob und senkte, als pulsierte die Magie nun in seinem Innern. Dann berührte er das Schloss ein drittes Mal.

Plötzlich ging alles rasend schnell: Seine Hand verschwand zur Gänze in einem blauen Blitz, ein brüllender Schmerz schoss den Arm hinauf. Im gleichen Lidschlag gab das Schloss sich mit einem erschöpften »Klick« geschlagen, doch plötzlich zuckte eine messerscharfe Klinge direkt auf Fenndricks Hand zu! Mit einer Geschwindigkeit, die er sich selbst nicht zugetraut hätte, riss er die Hand zurück.

Seine Finger zitterten noch immer heftig, als er sie von allen Seiten beäugte. Nicht die kleinste Wunde war zu erkennen. Die Klinge schien seine Haut nicht mal geritzt zu haben. »Fenndrick«, sagte er zu sich selbst, »du magst ein tollpatschiger Dilettant sein, aber deine Flinkheit hat dir vielleicht gerade das Leben gerettet!« Wer weiß, vielleicht war die Klinge gar vergiftet. Ach was, ganz gewiss war sie das! Der Onkel hatte die scharfe Schneide wohl kaum hier anbringen lassen, um Diebesgesindel schlimm in die Finger zu schneiden! Nein, vermutlich war hier zumindest ein starkes Gebräu aufgetragen, das den Unglücklichen wenigstens bis zur Rückkehr des Hausherrn lähmen würde. Doch da der Hausherr nun tot war und in irgendeinem fernen südländischen Ort begraben lag, würde auch niemand auftauchen und den vorwitzigen Eindringling finden ...

Fenndrick zitterte noch im Nachhinein bei dem Gedanken an das grausige Schicksal, dem er nur um Haaresbreite entkommen war. Er schalt sich einen Narren. Wie hatte er auch glauben können, es sei so einfach, in die Wohnstatt eines mächtigen Schwarzmagiers hineinzumarschieren und dessen Schätze in Besitz zu nehmen? Er konnte noch von Glück sagen, dass nicht schon längst eine magische Falle seinem einfältigen Dasein ein vorschnelles Ende bereitet hatte!

Fenndrick schluckte. Er fühlte sich unbehaglich wie nach einer heftigen Schelte seines Magisters. Dann fiel sein Blick mit einem Mal auf die Tür des klobigen Schrankes. Sie stand nun einen Spaltbreit offen. Neue Zuversicht durchströmte ihn! Er, der mächtige Fenndrakon von Havena, war nicht nur geistesgegenwärtig dem tödlichen Dolch entkommen, nein, er hatte mittels seiner arkanen Macht auch dieses dämonisch gut gesicherte Schloss bezwungen.

Stolz wie Alrik riss der junge Zauberer – erneut jede Vorsicht vergessend – die beiden Schranktüren vollends auf, um einen Blick auf die Schätze im Inneren zu werfen.

Mit glänzenden Augen förderte er eine Kristallkugel zutage. Der Onkel mochte sie bereits mit eigener Magie besprochen haben oder auch nicht – auf jeden Fall dürfte sie einen üppigen arkanen und materiellen Schatz darstellen.

Fenndrick legte sie zurück auf das rote Samtkissen und wandte sich einer Reihe uralter Folianten zu.

Mehrere Bände der Enzyklopädia Aventurica, »Die Magie des Stabes« und »Das große Buch der Abschwörungen« las Fenndrick auf den Buchrücken, allesamt Standardwerke der arkanen Wissenschaften, die er auch vom Bücherbord des Magisters her kannte. Diese Werke mochten ihm als Grundlage seiner eigenen Studien gewiss noch von großem Nutzen sein. Daneben entdeckte er jedoch auch zwei alte Schwarten, die zu erwerben dem guten Magister gewiss nicht eingefallen wäre: »Das Daimonicon« und »Systemata Magica«. Von Ersterem wusste Fenndrick, dass der Magister es zuweilen in tiefster Abscheu erwähnt hatte, das Zweite führte er stets nur mit misstrauischem Unterton im Munde, doch hatte Fenndrick – damals nicht ahnend, dass er je eines dieser Werke in Händen halten würde – den Magister nie näher nach dem Inhalt der beiden Bücher gefragt. Aber nun standen ihm diese Werke endlich offen, und kein besorgter Meister würde ihn mehr davon abhalten können, sie zu studieren!

Fenndrick wollte den Schrank bereits wieder schließen, als sein Blick noch auf ein sechstes Buch fiel, das unscheinbar in einem ansonsten leeren Fach stand. Er zog den auffallend neuen Band heraus und stellte fest, dass es sich um einen Wälzer von erstaunlichem Gewicht handelte. Auf der Vorderseite prangte in silbernen Lettern der Schriftzug MAKRO- & MIKROMAGISCHE STUDIEN. Und darunter: *AUS DER FEDER MOCURIONS VON SCHINDELFINGEN*. Fenndricks Herz machte einen kleinen Hüpfer. Das gute Onkelchen hatte seine eigenen Forschungen zu Papier gebracht! Nun stand seinem Neffen nichts mehr im Wege, sich als würdiger Nachfolger zu erweisen. Bald schon würde er in des Onkels schwarzmagischen Fußstapfen einherschreiten!

Dem jungen Adepten schwindelte, als er die schwere eichenhölzerne Falltür hochwuchtete. Auch die dritte Treppe hatte sich ebenso beängstigend wie ihre beiden Vorgängerinnen erwiesen. Ein kühler Luftzug vertrieb Fenndricks Gefühl von Übelkeit jedoch sofort; ohne Zweifel hatte er die Plattform des Turmes erreicht. Die schweren Gesteinsblöcke, aus denen das ganze Bauwerk zusammengefügt war, bildeten hier nackt und bloß den Boden der Plattform und waren an den Rändern derselben zu eindrucksvollen Zinnen aufgeschichtet worden.

Fenndrick näherte sich dem Rand und wartete schicksalsergeben auf ein weiteres Schwindelgefühl, das ihn denn auch beim ersten Blick in die Tiefe befiel. Er stützte sich so schwer auf den grauen Granit, als hätte ihn das Alter gebeugt, und wartete – wie es ihm schien – eine Ewigkeit, bis die Welt in ihrer eigenwilligen Drehbewegung innehielt und er es endlich riskieren konnte, den Blick über das Umland schweifen zu lassen.

Das Erste, was ihm ins Auge fiel, war der mächtige, alte Baum, der sich unmittelbar neben dem Turm erhob. Seine Krone befand sich genau auf der Höhe der Turmspitze und war (wohl der Jahreszeit geschuldet) völlig kahl. Der Baum wirkte auf eine schwer zu beschreibende, eigentümliche Art und Weise *krank.* Seine Äste sahen aus, als hätte ein mächtiger Riese sie vielfach in sich selbst verdreht und dabei nicht eher geruht, bis ihnen jene erhabene Schönheit, die Tsas Schöpfung ansonsten zu Eigen ist, vollends geraubt war. In der kahlen, schrumpeligen Baumkrone aber saßen bestimmt zwei Dutzend Raben. Die Unglücksboten rührten sich nicht. Kein Krächzen erklang. Ihr Blick ruhte wie ein stummer Vorwurf auf Fenndrick.

Dieser wischte das ungute Gefühl beiseite und wandte sich wieder der Aussicht zu. Am Fuß des Hügels, den er mit dem Planwagen hinaufgefahren war, lagen die wenigen, trostlosen Bauernkaten Schindmeringens. Dies sollte ein Dorf sein? Fenndrick musste daran denken, dass in jeder ordentlichen Honinger Straße mehr Häuser standen als in diesem ganzen Dorf. Mit gebührendem Abstand zu dem Nichts hinter den Turmzinnen ging er zur anderen Seite des Turms. Firunwärts fiel sein Blick auf die endlosen Baumreihen des Röbbewaldes, wie man ihn hier wohl nannte.

Allem Anschein nach bot sich einem hier ganz die angemessene Zurückgezogenheit für jegliche arkane Studien. Das Onkelchen hatte wohl daran getan, einen so weltabgeschiedenen Fleck für seine Experimente auserkoren zu haben. Fenndrick begab sich zu seinem ursprünglichen Aussichtspunkt zurück. Hinter den unverrückbar mächtigen Zinnen mutiger geworden, ließ er den Blick nun direkt nach unten gleiten. »Ach herrje«, rief er angesichts seiner Möbel aus, die noch immer auf offener Flur vor dem Turm standen. Geschwind eilte er zurück zur Luke und dem anstrengenden Tagewerk entgegen, das er dort unten noch zu verrichten hatte. Er zwängte sich durch das Loch und ließ über sich die Falltür wieder zukrachen.

Die Turmkrone blieb verlassen zurück. Ein Rabe krächzte.

Tief hinunter

Solch ein Magierturm hatte seinen ganz eigenen Reiz –
wenn man ihn nicht gerade einrichten, entstauben, ausfegen und wohnlich gestalten musste. Fenndrick wurde
in der folgenden Zeit mit vielen Facetten des Schwarz-
magierlebens konfrontiert, welche er in den zahlreichen
Geschichten, Sagen und Legenden, die ihm bereits über
die Meister der Linken Hand zu Ohren gekommen waren, wohl stets überhört hatte. Zähneknirschend fragte
er sich, wie es die Alten Meister wohl geschafft haben
mochten, sich um solcherlei Tätigkeiten zu drücken,
während er die schmutzigen Wollsocken über dem Was-
serzuber auswrang, auf den Stuhl kletterte, um die
Spinnweben in der Ecke beseitigen zu können, oder mit
dem Reisigbesen die Stube ausfegte. Selbst den Gang
zur Latrine an der rückwärtigen Seite des Turmes schien
keiner der arkanen Meister früherer Tage nötig gehabt
zu haben. Nur Fenndrick drängte es mit steter Regel-
mäßigkeit in den windschiefen Bretterverschlag, der
gleich mehrere Sinne so erbärmlich beleidigte, dass wir
dem geneigten Leser eine nähere Schilderung ersparen
möchten. Auch beschritt der junge Adept in diesen Tagen das erste Mal den Weg zum Röbbewald, um Feuer-
holz zu hacken. Der Winter mochte früher kommen, als
man dachte, und dann hieß es, vorbereitet sein!

Leider hatte Fenndrick in der durchaus löblichen
Absicht, sich einen ordentlichen Brennholzvorrat zuzu-
legen, einen so mächtigen Baum mit der Axt bearbeitet,
dass er sich und seinem ausgelaugten Körper nach einer

Stunde eingestehen musste, sich übernommen zu haben. »Was den Körper formt, kann auch dem Magus kein Gräuel sein, denn womit fokussiert er seine arkanen Kräfte, wenn nicht mit dem Körper?«, hatte der gute Magister ihn immer aufgemuntert, wenn er praiostags faul auf der Liege gelegen hatte, statt jene eigentümliche Feiertagsgeschäftigkeit zu zeigen, die der alte Eboreus an den Tag zu legen pflegte. Das Merkwürdige war – wie Fenndrick durch den Kopf ging, derweil er vom Waldboden abgestorbene Hölzer aufsammelte –, dass ihm das gute Onkelchen dagegen stets nur als genussliebender Müßiggänger im Gedächtnis geblieben war. Hatte der Onkel nicht gar ein wohlfein gerundetes Bäuchlein gehabt, das er seinen »Ausdruck von Lebenskultur und Wohlbefinden« genannt und dabei so unverschämt gegrinst hatte, wie es im ganzen Mittelreich wohl nur ihm möglich gewesen war? Wer mochte dem Onkel den Haushalt geführt haben? Sich sein großes Vorbild selbst bäuchlings unter dem Bett daherkriechend vorzustellen, um Spinnweben und Staubfäden zu ergattern, das erschien Fenndrick schier unmöglich. Nein, der Onkel musste einen hilfreichen Geist besessen haben – und es sei dahingestellt, ob dies nun ein Gespenst im Wortsinn oder lediglich ein guter Haushälter gewesen war. Wo der dienstbare Gesell nun stecken mochte? Ob der Onkel ihn mit auf die Reise in den Süden genommen oder ihn vor Antritt derselben aus seinen Diensten entlassen hatte?

Wie dem auch sei, Fenndrick wurde einstweilen von den alltäglichen Verrichtungen so in Anspruch genommen, dass er für seine lang ersehnten magischen Studien weder Zeit noch Muße fand.

In diesen Tagen stieg er auch das erste Mal hinab ins Dorf, um seine Besorgungen zu machen. Sorgfältig in dunkles Gewand gehüllt, die Haare vor dem Spiegel mühsam in wissenschaftlich wirkende Unordnung gebracht und mit der verschlossensten und finstersten Miene, derer er fähig war, stiefelte er den Lehmweg hinab nach Schindmeringen und fand sich alsbald auf dem kleinen, freien Platz in der Dorfmitte ein. Zu seiner (gut verborgenen) Zufriedenheit hielt eine Gruppe spielender Kinder augenblicklich inne und blickte ihn aus großen, ängstlichen Augen an. In herrischem Ton fragte er jene, die ihm als Anführerin der kleinen Gruppe sogleich ins Auge fiel, nach dem örtlichen Krämerladen.

»Wir haben keinen … Herr«, erwiderte das dunkelhaarige Kind, »seit die alte Jalinka unter den Pflug geraten ist, gibt es keine Krämerin mehr am Ort … Herr.«

Fenndrick gab sich keine Mühe, seine Verzweiflung über dieses götterverlassene Nest zu verbergen. »Nun, Mädchen, abgesehen davon, dass ich nicht im Mindesten zu wissen begehre, warum ihr eure Krämer mit dem Pflug überfahrt – wo, bei allen Zwölfen, macht ihr dann eure Besorgungen?«

Das Mädchen, niemand anderes als Enid, die jüngere Schwester von Bärja, von der wir bereits hörten, deutete auf ein zur Linken liegendes Haus, das ein Schild über der Eingangstür als Wirtshaus auswies.

»Dort. Im *Fetten Eber*. Die Wirtin hält immer das Nötigste bereit … Herr.«

Fenndrick murmelte etwas sehr Unverständliches, hauptsächlich deshalb, weil er sich nicht entsinnen konnte, ob es sich für große Zauberer geziemte, sich bei kleinen Kindern zu bedanken. Er schritt auf die Tür des *Fetten Eber*s zu, die sein Eintreten mit einem lauten Bimmeln verkündete. Der Schankraum war zu dieser vormittäglichen Stunde leer: vier Tische, nein fünf, wenn man den in der rückwärtigen Ecke mitzählte, um die herum jeweils drei oder vier Stühle gruppiert waren. Die breite Theke an der westlichen Wand wirkte ordentlich gewienert. Ein Regal mit Trinkbechern und verschiedene Trinkpokale, die an Stelle anderen Schmuckes an die

Wände gehängt worden waren, vervollständigten die Einrichtung des Raumes.

Fenndrick rief nach dem Wirt.

*

Die Kerzen hüllten die kleine Kapelle in ein warmes, flackerndes Licht. Viele hielten die Heimstätten der Toten für kalte, abweisende Orte, die von den Lebenden besser gemieden wurden. Das Jahrgedächtnis des Derulf Dondrich sollte ausgerichtet werden. Und natürlich hatte sich wieder keiner der Lebenden darum gekümmert. Ein kleiner Betrag – viel für einen Bauern, doch wenig, wenn man davon eine Kapelle unterhalten musste – war in den Opferstock gelegt worden mit der diskreten Bitte, dem »lieben Derulf« eine kleine Messe lesen zu lassen, wie sie ihm gewiss gefallen hätte, wenn er nicht just vor einem Jahr gestorben wäre. Tessia entzündete die letzte Kerze und stellte sie vor den Schrein auf den Boden, eben dort, wo auf den Tag genau vor einem Jahr der Verstorbene aufgebahrt worden war. Die kleine Kapelle mit den schießschartenartigen, winzigen Fenstern war selten in ein so warmes, gemütliches Licht getaucht wie heute. Viele spendeten höchstens ein Jahr für die Verblichenen, und auch die Familie Dondrich würde sich bis zum nächsten Todesfall wohl nicht mehr blicken lassen. Es war nicht so, dass es den Schindmeringern an Götterfürchtigkeit gemangelt hätte, nein, den Zwölfen brav verpflichtet waren sie durchaus. Doch wandten sie sich mit ihren Nöten und Sorgen stets an Mutter Travia oder ihre Schwester Peraine. Den Herrn Boron mieden sie, als bärge der bloße Gedanke an ihn bereits den Tod in sich. Tessia hatte sich mit der Zeit an die furchtsame Zurückhaltung der Dörfler ihr gegenüber gewöhnt. Wer der Geweihtenschaft des schweigenden Gottes beitrat, konnte ohnehin nicht erwarten, ein Dasein im Mittelpunkt des gesellschaftlichen

Lebens zu führen. Anfangs hatte es sie geschmerzt, wenn die Menschen ängstlich und wortkarg reagiert hatten, wo sie auf ein freundschaftliches Gespräch gehofft hatte, oder wenn die Bäuerinnen, welche die kleine Kapelle betraten, nicht ihren Rat gesucht hatten, sondern sich schleunigst einer unangenehmen Pflicht hatten entledigen wollen. Doch mit den Jahren ihres Dienstes in diesem abgelegenen Dorf hatte sie gelernt, alles, was sie bedrückte, in stummer Zwiesprache ihrem Gott mitzuteilen. Und wenn das Bedürfnis nach einem netten Plausch übermächtig wurde, sprach Tessia mit den Toten.

Sie wandelte über den kleinen Boronanger und blieb hier und dort neben einem Grab stehen, von dem sie wusste, dass ein besonders freundlicher und verständiger Mensch dort beerdigt lag, und richtete dann in dieser oder jener Angelegenheit das Wort an ihn. Tote waren ausgezeichnete Zuhörer. Sie unterbrachen sie nie und lauschten jeder noch so langen oder unangenehmen Geschichte duldsam bis zum Ende. Gelegentlich schien es Tessia, als ob einer der Verstorbenen ihr ein zustimmendes Murmeln zusandte oder ihr über das Rascheln der Sträucher hinweg ein leises »Ja, ja, so ist es« zuwisperte. Sie hatte mit der Zeit gelernt, diese Zeichen der Toten zu deuten, und wusste sich auf diese Weise lange Nachmittage und Abende mit ihnen zu vertreiben. Sicher gab es auch Gräber, in denen griesgrämige Alte beerdigt waren, denen das Leben ein Graus gewesen war und die sich einer merkwürdigen Logik folgend mit dem Tode noch weniger abfinden mochten. Neben der alten Bleichulme lag ein solcher Nörgler, den man zu Lebzeiten den »Knötterer« genannt hatte. Wenn der einen schlechten Tag hatte, so wusste Tessia, kam man seiner letzten Ruhestätte besser nicht zu nah. Dann trug das Rauschen des Windes ihr schon von weitem unflätige Bemerkungen zu. So drangen viele üble Worte an ihr Ohr, die sie schon in frühesten Kindertagen zu hören bekommen hatte. Es war, als wiederholte der Verstorbene all die beleidigenden und verletzenden Bemerkungen, die sie nur zu gut kannte, um sie besonders zu ärgern. Sie strafte den Alten, indem sie ihm niemals eine ihrer Geschichten gönnte, doch verzichtete sie darauf, vor den anderen Verstorbenen schlecht über ihn zu reden. Man sollte Menschen, die den Rest der Ewigkeit nebeneinander liegend verbringen mussten, nicht gegeneinander aufhetzen, nein, das wäre nicht rechtens! Tessja hatte die Ausbildung einer Boroni genossen und wusste, was sich den Toten gegenüber gehörte. Ein unbedachtes Wort konnte bereits eine Verletzung der Gebote Borons darstellen. Im Tode sollte der Mensch Ruhe finden, alle Laster und Mühsal hinter sich zurücklassen und sich ganz der göttergefügten Harmonie hingeben. Tessias Aufgabe war es, diese Ruhe zu bewachen, auch wenn die einfachen Dörfler dies nicht wussten!

Sie kniete vor dem Schrein auf dem kühlen Steinboden nieder und flüsterte die rituellen Worte des »Annus Sanctus«, einer Litanei, die noch aus dem Bosparano stammte und sich in gesalbten Worten der Ruhe des vor Jahresfrist Verstorbenen vergewisserte. Sie wiederholte die überlieferten Worte mehrfach, bis sie jedes Zeitgefühl verloren hatte. Da sie mutmaßte, dass es dem Verblichenen nun genauso gehen müsste, erhob sie sich schließlich und löschte eine Kerze nach der anderen. Nur vor der letzten Kerze, die vor dem Schrein auf dem Boden stand, verharrte sie einen Augenblick. Dann blies sie auch diese aus. »Schlafe gut, getreuer Derulf, hast es dir verdient«, flüsterte sie in den Raum hinein und wartete eine Weile, ob der solcherart Geehrte ihr ein Wort des Dankes zukommen lassen würde. Sie vermeinte leise Schlafgeräusche zu hören und lächelte. Der Verblichene nahm die »letzte Ruhe« sehr wörtlich.

Zeit für den Tee.

Der Tee schmeckte furchtbar.

Er war Gorfinde zu stark geraten. Kein Wunder, war sie doch heute von Anfang an nicht recht bei der Sache gewesen. Gleich bei ihrem Eintreten hatte Tessia bemerkt, dass die Aufmerksamkeit der beleibten Wirtsfrau heute ganz dem jungen Neuankömmling galt, der ihr mit wachsender Verzweiflung eine endlos lange Liste von Dingen wieder und wieder vorlas, die er – seiner Rede zufolge – mehr als alles andere benötigte. Die pflichteifrige Gorfinde war wie auch die anderen Dörfler nicht des Lesens mächtig, und so mühte sie sich mit erstaunlicher Ausdauer, die Dinge, welche der Fremde vorlas, im Gedächtnis zu behalten.

Tessia kannte den schwarz Gewandeten nicht. Seine Ankunft hatte in Schindmeringen zwar große Aufmerksamkeit erregt, und wer das Schauspiel mit dem Kutscher nicht mit eigenen Augen verfolgt hatte, dem war es wenig später zu Ohren gekommen, als die Kunde vom »neuen Turmherrn« sich wie ein Lauffeuer im Ort verbreitet hatte. Doch niemand lief bei solchen Gelegenheiten auf den Boronanger und schrie die Neuigkeiten heraus, und so war *die* Nachricht der vergangenen Tage vollends an Tessia vorübergegangen.

Sie beobachtete, wie der junge Fremde sich ihrem Tisch näherte. Gorfinde war in den hinteren Räumlichkeiten verschwunden, um zu sehen, was sie für den »werten Herrn«, wie sie es ausdrückte, tun könne.

»Darf ich mich zu Euch setzen, meine Teure?«, fragte der werte Herr.

Tessia brauchte einen Augenblick, bis sie begriff, dass sie gemeint war, um sich dann umso mehr geschmeichelt zu fühlen. Der Fremde hatte gleich erkannt, dass sie keine einfache Bäuerin war, und behandelte sie wie eine rechte Dame! Tessia war in ihrem Leben nie hofiert worden. Zwar war sie von schlankem Wuchs und mit ihren ebenmäßigen, bleichen Zügen und dem seidigen dunklen Haar alles andere als unschön anzusehen, doch hatte ihre Profession schon früh mögliche Verehrer abgeschreckt. Niemand hob einer Boroni ein Taschentuch auf oder half ihr aufs Pferd. Menschen begegneten ihr zwar mit Achtung, jedoch auf jene distanzierte Weise, die man auch hohen weltlichen Würdenträgern entgegenbrachte. Man achtete sie, doch man verbrachte nicht den Praiostag mit ihnen. Inzwischen zählte Tessia mehr als 30 Sommer und somit wohl ungefähr zehn Sommer mehr als der galante Jüngling vor ihr. Dennoch errötete sie.

»Gewiss doch, werter … wie war noch Euer Name?«

»Fenndri … Fenndrakon von Havena, zu Euren Diensten.« Der Fremde deutete eine Verbeugung an und ließ sich dann in einer schwungvollen Bewegung nieder. Sein Gesicht war hager, jedoch nicht hässlich. Er war nicht minder hellhäutig als sie, und seine dunklen Haare bildeten einen deutlichen Kontrast zu der weißen Haut.

Er sieht mir ähnlich, dachte Tessia. »Jemanden wie Euch sieht man selten hier«, sagte sie laut.

Fenndrakon lächelte. »Ich will Euch den Grund meines Hierseins gern offenbaren, doch würde ich es begrüßen, wenn Ihr mir zuvor auch Euren Namen nenntet.«

»Verzeiht. Ich heiße Tessia, Tessia Ulmenast. Ich bin eine Dienerin unseres Herrn Boron.« Sie biss sich auf die Zunge. Verdammt! Nun hatte sie ihn vermutlich verschreckt, bevor sie ihn annähernd kennen gelernt hatte! Doch der Miene ihres Gegenübers nach zu schließen schien er die Nachricht eher mit Freude denn Missfallen aufgenommen zu haben.

»Wer sich den Respekt vor den Toten bewahrt, weiß auch das Leben in Ehren zu halten. So sprach mein … ehemaliger Lehrmeister stets, bevor er das Grab seiner verstorbenen Frau Gemahlin besuchte.«

»Euer Lehrmeister war ein weiser Mann.« Sie atmete innerlich auf. Dieser Fenndrakon schien ihr mehr als nur äußerlich zu ähneln. »Ihr stammt aus Havena?«

Der junge Mann wirkte irritiert; dann machte er eine wegwerfende Handbewegung. »Das ist lange her. Die Zukunft meiner arkanen Studien liegt hier in Schindmeringen.«

Er wird hier wohnen, jubilierte Tessia innerlich.

»Ihr seid Magier?«, fragte sie.

Damit schien sie ins Schwarze getroffen zu haben. Fenndrakon lehnte sich entspannt zurück und begann leutselig über die Mysterien des Siebten Elementes – wie er es nannte – zu reden. Er erwähnte die magischen Studien seines Lehrmeisters und wusste überdies von einem weithin gerühmten Magier in seiner Familie zu berichten. Tessia verstand bei weitem nicht alles, was er über gewisse »Studien der Clarobservantia«, »nekromantisch-metamagische Aspekte« und »planastrale Verzerrungen« erzählte. Dennoch hing sie wie gebannt an seinen Lippen. Er besaß eine angenehme Stimme und führte eine geschliffene Rede. Gern verweilte er bei einzelnen Gesprächsgegenständen und führte sie in faszinierender Detailverliebtheit aus, um dann mit dem Glitzern neu entflammter Begeisterung in den Augen abrupt das Thema zu wechseln. Mit dem Fortdauern seiner Erzählung nahm er immer mehr die Hände zu Hilfe, da ihm die Worte für das, was er mitteilen wollte, kaum mehr auszureichen schienen. Gestenreich führte er eine Reihe von Theorien zu den Studien des vormaligen Turmbesitzers aus, dessen Nachfolge in dem alten Gemäuer er nun angetreten hatte. Doch schließlich ließ er die Hände jäh auf die Tischplatte sinken und fragte: »Ich langweile Euch, nicht wahr?«

Tessia schüttelte heftig den Kopf. »Ich finde das sehr anregend … ich meine, was Ihr erzählt habt.«

»Das ist erfreulich. Ihr müsst wissen, es gibt nicht viele Menschen, die so verständig sind wie Ihr. Aber ich rede und rede und habe Euch noch gar nicht nach Eurer Berufung gefragt. Was führt eine Dame wie Euch dazu, in die Dienste des Totengottes zu treten?«

»Es … es ist die Stille, müsst Ihr wissen.« Tessia begann stockend zu erzählen. Sie war nicht so wortgewandt wie ihr Gegenüber, doch sie tat ihr Bestes. Sie berichtete von ihrer Jugend im Garether Viertel Meilersgrund. Von dem Lärm der Stadt und ihren acht Geschwistern. Von dem großen Haus, in dem niemals Ruhe eingekehrt war. Von den Schlägereien, die auf der Straße an der Tagesordnung gewesen waren. Und von der Mutter, die ihren Kindern eingeschärft hatte, das Haus stets nur zu zweien oder dreien zu verlassen, weil der einsame Passant der Schurken erstes Opfer sei. Nur den Vater, den Tessia insgeheim ebenfalls einen Schurken hieß, ließ sie unerwähnt. Sie berichtete von dem großen Haus, in dem sechs Familien gewohnt hatten und das ihnen dennoch allen nicht gehört hatte. »Auf Miete wohnen« nannte man so etwas in Gareth. Dann kam sie zu dem großen Wendepunkt ihres Lebens, der ersten Begegnung mit der Kirche des Boron. Die heilige Ruhe im Tempel. Die überweltliche Erhabenheit. Der Frieden. An ihr Noviziat hatten sich die einfachen Aufgaben einer Tempeldienerin angeschlossen. Der Dienst, der an den Toten zu leisten, der Trost, der den Hinterbliebenen zu spenden war, der Zehnt, der dem Tempel gehörte. Dann schließlich war eines Tages der Tempelvorsteher an sie herangetreten und hatte sie gefragt, ob sie, nachdem Bruder Terdirion das Siechenhaus wohl nicht mehr würde verlassen können, die kleine Kapelle übernehmen wollte, die aufgrund einer uralten Grundbucheintragung noch immer dem Garether Tempel angehörte. Sie hatte eingewilligt und wusste bis heute nicht zu sagen, warum. Dennoch hatte sie diesen Schritt nie bereut, denn ihre schweigsame Pflicht füllte sie bis auf den heutigen Tag ganz und gar aus.

Als sie ihre Geschichte beendet hatte, lächelte sie wie zur Entschuldigung. Wie lange hatte sie erzählt?

»Wenn Ihr dann jetzt bezahlen wollt …« Die Stimme

der Wirtin Gorfinde schien ein magisches Band zu zerschneiden, das eben erst geknüpft worden war; die beleibte Frau stand nun wieder hinter der Theke und hatte vor sich ein ansehnliches Sammelsurium von Allerweltsdingen angehäuft. Der Zauber war gebrochen.

»O ja, gewiss.« Fenndrakon erhob sich. »Es war mir eine Freude, Euch kennen gelernt zu haben … Frau Ulmenast.«

Die Borongeweihte erhob sich ebenfalls. »Ich würde es sehr begrüßen, wenn wir uns beim Vornamen nennen würden.« Ihre Wangen glühten.

Fenndrakons Gesicht war keine Regung zu entnehmen. »Ich würde mich freuen, dich beizeiten wieder zu sehen … Tessia. Boron zum Gruße!«

»Gehab dich wohl, Fenndrakon!«

Fenndrick befand sich auf dem beschwerlichen Rückweg hinauf zum Turm. Hinter ihm bot sich inzwischen ein reizvoller Ausblick auf Schindmeringen und die umliegenden Ländereien, doch er hatte keine besondere Lust, innezuhalten und die Aussicht zu genießen, denn er spürte die Blicke der Dörfler im Rücken. Sie würden sich nun wahrscheinlich das Maul zerreißen über die merkwürdigen Utensilien, die er der Wirtsfrau abgekauft hatte. Seine Besorgungen …

Eigentümlich. Auf dem Weg hinunter hatte er sich noch den Kopf darüber zerbrochen, was er tun sollte, wenn er die so dringend benötigten Dinge hier nicht bekommen könnte. Und nun hatte die Wirtin ihm mehr als den dritten Teil der Eintragungen auf seiner Liste nicht beschaffen können, und er war dennoch guter Dinge. Ausgesprochen guter Dinge.

Ob das mit der Boronpriesterin zu tun hatte? Fenndrick war froh, in diesem verschlafenen Örtchen wenigstens einen Menschen zu haben, mit dem es sich angenehm parlieren ließ. Und dazu noch einen so ausnehmend hübschen …

Da hatte er eigentlich nur ein paar belanglose Worte über das Wetter und die letzte Ernte verlieren wollen, und ehe er sich versah, hatten seine neue Nachbarin und er sich gegenseitig die halbe Lebensgeschichte erzählt. »Reden ist Silber, Schweigen ist Gold«, war einer der liebsten Leitsätze des Magisters gewesen, wenn Fenndrick ihm mit seinen aufdringlichen Fragen allzusehr zugesetzt hatte. Doch wenn selbst die Dienerschaft des Schweigenden Gottes an diesem Tag so beredt war, wie konnte man dann ausgerechnet von ihm Zurückhaltung erwarten? Nein, Fenndrick war sich gewiss, durch seine Offenheit soeben eine begrüßenswerte und nette Bekanntschaft geschlossen zu haben. Eine ziemlich nette.

So gut hatte er im Leben bisher nur mit zwei Menschen reden können: mit seinem Onkel und Lidda. Der gute Magister hatte zwar stets ein offenes Ohr für ihn gehabt und war ihm auch sicherlich äußerst wohlgesonnen, aber ein Geheimnis mit ihm teilen? Einfach alles mit ihm bereden, was ihm, Fenndrick, auf der Seele lag? Nein, dafür schien ihm der Magister nie der rechte Ansprechpartner gewesen zu sein. Die wenigen Male, die Fenndrick ihm seine geheimen Wünsche offenbart hatte, waren ihm noch in unangenehmer Erinnerung verblieben. Der Magister pflegte in solchen Fällen mit versteinerter Miene zuzuhören. Niemand, selbst seine engsten Vertrauten nicht, zu denen Fenndrick sich gewiss zählen durfte, sahen sich dazu in der Lage, diesen Gesichtsausdruck zu deuten. Der klare Blick unter den buschigen weißen Brauen hatte ihm des öfteren das Gefühl vermittelt, sich vor höchstrichterlicher Inquisition zu befinden und nur mit Mühe noch einmal den Kopf aus der Schlinge ziehen zu können. Seinem Onkel gegenüber hatte er keinerlei Hemmungen gehabt, so wie auch der Onkel recht hemmungslos gewesen war …

Und Lidda. Lidda war seine beste Freundin. Jemand, mit dem man Pferde stehlen konnte. Sie konnte über ihren Pausbacken mit den Augen blitzen, dass es den Anschein hatte, sie verschicke auf diesem Wege geheime Botschaften. Mal war der Blick ihrer Augen verschwörerisch verkniffen, dann lachte sie einfach nur aus voller Seele, und ihre Augen schienen dabei größer und größer zu werden. Lidda konnte sich stundenlang auf ihrer Liege herumlümmeln und Fenndrick zuhören oder auch in ihrer sprunghaften Art selbst Geschichten zum Besten geben. Sie sprudelte stets zwei, drei Sätze heraus. Dann verweilte sie nachdenklich beim letzten Wort, als müsste sie seinen Geschmack noch ein wenig auf der Zunge kosten, um schließlich mit einem Achselzucken den nächsten Wortschwall von sich zu geben.

Aber diese Tessia …

Fenndrick umlief ein ums andere Mal eine Pfütze brackigen Wassers, die ein morgendlicher Schauer zurückgelassen hatte. Der Lehm des Pfades hatte sich schnell mit dem hernieder fallenden Nass vermischt und bildete nun gelbliche Lachen, denen man gar nicht aufmerksam genug ausweichen konnte, wenn man nicht zu allem Übel den Nachmittag auch noch mit Stiefelputzen verbringen wollte. Schließlich sollten sie immer noch schön blinken und glänzen, wenn er das nächste Mal hinunter ins Dorf ging, damit er einen entsprechenden Eindruck bei … bei den Dörflern hinterließ.

Als Fenndrick die Hügelkuppe mit dem grauen Gemäuer erreicht hatte, sprach er: OHNE BÜRSTE, KAMM …, und eine Zaubermatrix, die er besser kannte als seine eigenen Taschen, tauchte kurz vor seinem inneren Auge auf. Dann entlud sich der Zauber, und mit einem leisen Knistern fiel der Schmutz des kurzen Ausfluges wie durch Geisterhand von ihm ab. So viel zum Stiefelputzen. Nun sollte ihn von einem weiteren Dorfbesuch nichts mehr abhalten können.

Im Dorf sollten etliche Bewohner noch nach Jahren Stein und Bein schwören, dass alles Übel mit der Ankunft des neuen Turmherrn seinen Anfang genommen habe. Andere sagten, dass es im Grunde schon mit der Ankunft des alten Turmherrn begonnen habe. Und wieder andere meinten, es sei schon immer in dem alten Turm gewesen. Fenndrick selbst jedoch glaubte lange Zeit, dass alles an eben jenem sonnigen Herbstnachmittag begann, an dem wir ihn in der Studierstube seines Onkels tief über einen alten Wälzer gebeugt antreffen. Es war das Daimonicon, dessen Inhalt sich Fenndrick mühevoll Seite um Seite aneignete; ein übles Werk – wie er bald feststellte –, dessen Autor es sich zum Ziel gesetzt hatte, alles damals verfügbare Wissen über die Schrecken der Niederhölle zusammenzutragen. Es hätte gar nicht der vielen Illustrationen bedurft, auf denen tentakelbewehrte, mit grauenhaften Klauen und Fangzähnen versehene niederhöllische Schrecken den Betrachter fixierten, um in Fenndrick eine namenlose Angst aufsteigen zu lassen. Mühsam kämpfte er sich Seite um Seite voran, denn das Werk war in einer längst vergessenen Sprache alter Echsenvölker verfasst. Der Magister hatte zu Lebzeiten Fenndrick manches über die mächtigen Reiche längst vergangener Tage beigebracht, welche die geschuppten Völker geschaffen hatten. Und sein Vortrag war eindringlich genug gewesen, Fenndrick erkennen zu lassen, dass der Untergang der Echsenmagie für rechtschaffene Menschen nicht wirklich ein Verlust war. Eine unstillbare Neugier trieb ihn jetzt jedoch allen Warnungen zum Trotz immer weiter in der Übersetzung voran. Er musste arkane Hilfsmittel anwenden, und vermutlich ist es nur seiner für einen so jungen Adepten ungewöhnlich guten Kenntnis des XENOGRAPHUS zu verdanken, dass er in seiner schwierigen Arbeit überhaupt nennenswerte Fortschritte erzielte. Nun machten sich die vielen Jahre langweiliger Entschlüsselungsarbeit in der Bibliothek des Magisters doch bezahlt! Hatte er die ungeliebte Arbeit früher aus ganzem Herzen zum Namenlosen gewünscht, wusste er die Kenntnisse, die er sich dabei erworben hatte, nun doch zu schätzen. Mühevoll formte sich eine in alten Glyphen längst vergangener Tage abgefasste Zeile nach der anderen unter leichtem magischem Prickeln in mühelos lesbare Schriftzeichen des modernen Garethi. Doch mit jeder Zeile, die er weiter vordrang, verdichtete sich das Grauen im sonst so unbefangenen Herzen des jungen Magiers. Dieses Werk enthielt nicht nur Kenntnisse der Niederhöllen, die keinem gesunden Menschenverstand zugänglich sein sollten (und einem kranken ohnedies nicht!), nein, das dreizehnmal verfluchte Buch nannte auch noch die wahren Namen ungezählter dämonischer Wesenheiten!

Fenndrick wusste, dass der wahre Name eines Dämons die Gefährlichkeit eines gedemütigten Raubtiers besaß, dessen Kette jemand angesägt hatte. Schon das bloße Lesen dieser Namen mochte das Tor zu den Niederhöllen einen Spalt breit aufstoßen. Was aber erst mochte geschehen, wenn er die Namen laut aussprächte ...

Ein mächtiger Knall ließ Fenndrick zurückzucken. Augenblicklich raste sein Herz bis zum Hals. Gehetzt blickte er sich um. Wie viele dunkle Winkel das Studierzimmer doch hatte ...

Fenndrick ergriff seinen Zauberstab und ließ ihn mittels seiner magischen Kräfte entflammen. Das prasselnde, sich nie verzehrende Feuer ließ die Schatten der alchimistischen Apparaturen des Onkels einen bizarren Reigen an den Wänden tanzen. Die Dunkelheit hatte sich nun weiter in ihre Ecken und Löcher zurückgezogen, doch schien sie intensiver geworden zu sein und auf einen unbeobachteten Augenblick zu lauern. Ein weiterer Knall ließ Fenndrick herumfahren.

Er atmete auf.

Der Fensterladen!

Rasch riss er die Läden auf. Über seiner Lektüre war es Abend geworden, die sinkende Sonne war hinter schweren Wolken verborgen und der Wind aufgefrischt. Unzweifelhaft war ein Gewitter im Anzug, dessen erster stürmischer Vorbote die Fensterläden gegen das Mauerwerk schlagen ließ. Sorgfältig verriegelte Fenndrick die Läden und vergewisserte sich, dass die Luke zur Turmplattform gut verschlossen war. Er stieg hinunter und schloss auch im Schlaf- und Wohngemach die Läden. Dann blickte er sich ratlos um.

Er fröstelte, und eine kribbelnde Gänsehaut überzog die Arme unter der dunklen Robe. Fenndrick schob es auf den kühlen Wind, wenngleich eine böse kleine Stimme hinter seiner Stirn flüsterte, es sei das Daimonicon, das ihn frösteln mache.

»Sich in kühler Nacht bei schlechtem Licht über ein Lehrbuch gebeugt den Rücken zu verderben, das hat ein Mann von Welt nicht nötig«, dachte er bei sich. Er trug die Holzscheite, die er neben der Eingangstür aufbewahrte, zum Kamin herüber. Mit einem mitleidigen Lächeln für all jene, die sich mit Feuerstein, Stahl und Zunder abmühen mussten, entzündete er das Feuer mit Hilfe seines Zauberstabes. Knisternde Wärme kroch aus dem Kamin heraus und legte sich wie eine warme Decke um Fenndricks Glieder.

Welche Weise Tat Madas, den Menschen die Magie zu bringen, dachte er und ließ sich in den schweren Ohrensessel fallen. Das grüne Ungetüm schien ihn regelrecht verschlingen zu wollen. Wie es alten Möbeln oft zu Eigen ist, so hatte sich auch bei diesem im Laufe der Zeit eine Mulde eingegraben, die das Gesäß des Sitzenden umfing und es tief in das knirschende Innenleben des Sessels hinabgeleitete. Eine traumverlorene Weile lang starrte Fenndrick, solcherart verwöhnt, in die prasselnden Flammen. Dann dachte er: »Ei, was bin ich doch nur für ein Faultier! Hier den ganzen Abend zu liegen und die Zwölfe nette Leute sein zu lassen, das könnte Magister Eboreus' Schüler so passen. Der Magier Fenndrakon aber weist solchen Müßiggang weit von sich!« Unschlüssig, ob ihm nun der Magier Fenndrakon oder der Schüler Fenndrick besser gefiel, erhob er sich und eilte wieder nach oben, um das Daimonicon zu holen.

Er fand es auf dem Tisch, auf dem er es abgelegt hatte. Jedoch war eine ganz andere Seite aufgeschlagen, die irgendeine niederhöllische Scheußlichkeit zeigte. Der Wind musste mit den Seiten gespielt haben, sagte sich Fenndrick. Draußen grollte der Donner.

Er klemmte das Buch unter den Arm und drehte sich um. Der Totenkopf über dem riesigen Knochenspiegel grinste ihn hämisch an. »Verlass dich nur nicht zu sehr darauf, dass ich dich nicht einfach wegwerfe!«, knurrte Fenndrick und kehrte zurück nach unten.

Er grub sich erneut tief in den Sessel ein, legte die Füße auf das bereit stehende Höckerchen und schlug das Buch auf. Emsig machte er die Stelle ausfindig, bis zu der er bislang vorgedrungen war, und arbeitete sich von dort aus unter neuerlicher Anwendung des XENOGRAPHUS vor. Der Autor beschrieb eine Domäne der Niederhöllen. Die Schilderung war beängstigend, was gar nicht einmal so sehr an den packenden Worten des Verfassers oder der nicht enden wollenden Liste pervertierter Monstrositäten lag. Fenndrick benötigte eine Weile um festzustellen, *was* ihn so sehr ängstigte: Es war die Art, *wie* die Zeilen niedergeschrieben waren. Der Autor bediente sich des beiläufigen Plaudertons, mit dem weit gereiste Menschen exotische Länder zu schildern pflegten, die sie erst kürzlich selbst in Augenschein genommen hatten …

Ein Blitz zuckte. Donner grollte. Eine Regenflut ergoss sich laut und vernehmlich über den Turm.

Fenndrick nahm es nur am Rande wahr.

»*… so du den verfluchten Fluss überquert hast, gelangst du zu den dreimal drei unheiligen Ebereschen, die von Schwären* *bedeckt sind wie die Körper Sterbender. Näherst du dich aber jenen Bäumen, so siehst du, dass sie genau dies sind, denn die Leiber der Verlorenen werden in dieser Domäne zerrissen und wieder zusammengefügt nach einem Plan, der so aberwitzig ist, dass er nur von den Dämonenhirnen ersonnen werden konnte. Aber nimm dich vor den vor Qual Brüllenden in Acht und zeige kein Mitleid mit ihnen, denn ihr Herz ist finster und ihr Trachten gänzlich auf Mord und Zerstörung ausgerichtet. In ihrer Qual bereitet es ihnen noch Freude, die wenigen Verirrten, die bis hierhin gelangt sind, mit sich in ihr wucherndes, lebendiges Grab zu ziehen. Und so wachsen die dreimal drei verfluchten Eschen mit jedem neuerlichen Opfer und strecken aus die Wurzeln nach der Wirklichkeit. Jene kräftigsten unter ihnen aber haben mit dem verkrüppelten Wurzelwerk, das aus den Händen und Füßen der Verdammten zusammengesetzt ist, bereits die Schale zwischen den Sphären zerstoßen und legen Fallstricke aus in der wirklichen Welt ...«*

Der Wind rüttelte an den Fensterläden.

Der Autor wandte sich nun einer weiteren Domäne zu. »*Es ist ihr vieles zu Eigen, was uns vertraut erscheint, und manchen scheint sie vollends ungefährlich. Doch sieh, Reisender, dich dennoch vor, denn der Schrecken in diesen niederhöllischen Gefilden lauert* hinter *den Dingen. Nicht was du siehst, hörst oder zu fühlen glaubst, ist wirklich, sondern wirklich ist, was du erst erfahren wirst, wenn dein Leben bereits verwirkt ist!*

So gibt es hier manchen unbedarften Reisenden, der kaum mehr merkt, wo er sich hinbegeben hat. Doch ist dies vielleicht die vollendeste und tödlichste aller niederhöllischen Fallen, denn die Gefahr liegt nicht darinnen, sondern draußen!«

Fenndrick legte das Buch ab. Darinnen? Draußen? Was war dies für eine Unterscheidung in der Siebten Sphäre? Da ihm keine rechte Antwort darauf einfallen wollte, nahm er das Buch wieder zur Hand und las weiter:

»*In diese Domäne aber, Reisender, gelangst du durch das*

dreizehnmal verfluchte Tor. Es ist eine Perversion der Pforte Uthars, die man nur in einer Richtung beschreiten kann«, las er weiter, *»denn die Tore jener Domäne lassen sich nie in nur einer Richtung durchschreiten. Nutzt du sie, Reisender, gelangt unweigerlich auch etwas hinaus ...«*

Fenndrick blätterte um und stutzte.

Die folgende Seite fehlte.

Links war noch eine Illustration zu erkennen, die einen verschlungenen Weg darstellte, der hinauf zu etwas führte, was man in der Ferne für die geschilderte *falsche Pforte Uthars* halten mochte. Das darauffolgende Blatt mit der Fortsetzung des Textes fehlte.

Der Regen prasselte unaufhörlich gegen die Läden. Irgendwo rumpelte der Donner.

Fenndrick blätterte das Buch durch in der Hoffnung, die verlorene Seite irgendwo als Lesezeichen eingefügt wieder zu finden. Da sein Bemühen nicht von Erfolg gekrönt war, kehrte er zu besagter Stelle zurück. Es sah ganz so aus, als ob jemand die fehlende Seite fein säuberlich herausgetrennt hätte. Doch warum hatte der Onkel so etwas tun sollen, zumal er das Buch doch in einem eigens gesicherten Schrank aufbewahrt hatte? War ihm die Seite so kostbar gewesen, dass er sie an einem anderen, vor möglichen Zugriffen noch besser geschützten Ort aufbewahrte? Fenndrick ließ den Blick die Wände entlang gleiten. Ein reizvoller Gedanke kam ihm. Das alte Gemäuer, durchlöchert wie ein Warunker Käse, mit Geheimtüren, verborgenen Fächern und versteckten Schatzkammern? Er nahm sich vor, gleich morgen mittels der ihm bekannten Hellsichtzauber der Sache auf den Grund zu gehen. Einem Meister der Magica Clarobservantia konnte eine versteckte Tür gewiss nicht lange verborgen bleiben!

Was aber, wenn der Onkel die fehlende Seite bei sich getragen hatte? Vielleicht war der Text von Bedeutung für seine letzten Studien gewesen? Aber das würde heißen, dass die Seite, für die Fenndrick in diesem Augenblick alles gegeben hätte, irgendwo in einem fernen südländischen Flecken einen Schritt unter der Erde ruhte! Das durfte auf keinen Fall sein! Er hoffte inständig, dass seine erste Annahme zutreffen möge, und setzte all seine Hoffnungen auf die Anwendung seiner Hellsichtfähigkeiten.

Der Wind zerrte an den Fensterläden.

Einstweilen klappte Fenndrick das Daimonicon zu und starrte in die Flammen. Das bisher Gelesene wollte ihm nicht aus dem Kopf gehen. Pure Angst war bei den wahnwitzigen Schilderungen seinen Rücken hinaufgekrochen und hielt nun wie eine kalte Hand seinen Nacken umklammert. Er rückte dichter an das Feuer. Die Kälte blieb.

Der Magister hatte ihn immer vor dem Lesen solcher Bücher gewarnt. »Die Spitäler der Noioniten sind voll von Menschen, die Dinge gesehen haben, die nicht für sie bestimmt waren«, hatte er mehrmals angemerkt. Auch der Onkel hatte einmal gesagt: »Es gibt Dinge, mein Junge, die dir beim bloßen Lesen das Hirn aus dem Kopf brennen!« Fenndrick hatte daraufhin gefragt, für wen denn solche Dinge dann überhaupt geschrieben würden. Der Onkel hatte auf seine unnachahmliche Art gelacht – das Lachen pflegte mehr aus ihm herauszuplatzen, als dass er es zu beherrschen schien – und gesagt: »Für Größere als dich, mein Kleiner. Und nun zerbrich dir nicht den Kopf über Dinge, die Magister Eboreus ohnehin Zeit seines Lebens von dir fern halten wird.« Da allerdings hatte der Onkel geirrt, denn nach Fenndricks letztem Kenntnisstand erfreute sich der Magister noch immer bester Gesundheit, und er, Fenndrick, saß nun hier und grübelte über ein schwarzmagisches Buch nach.

Indes, die unerklärliche Furcht wollte nicht weichen und hielt ihn weiter in ihrem eiskalten Klammergriff. Fenndrick rückte noch näher ans Feuer.

Ein Kratzen an der Tür …

Fenndricks Herz schien still zu stehen. Er atmete nicht, hatte nur die Augen weit aufgerissen und beide Hände in die Armlehnen gekrallt. Das Geräusch hatte er sich nicht eingebildet. Da draußen war *etwas*.

Wieder ein Kratzen …

Fenndrick wäre am liebsten noch tiefer in den Sessel gesunken. Einfach im grünen Samt verschwunden. Unsichtbar geworden. Dann aber sprang er mit einem Satz auf.

»Was bin ich doch für ein Feigling!«, sprach er laut. »Da draußen wird ein vorwitziger Bauernlümmel stehen und versuchen, den großen Fenndrakon von Havena zum Narren zu halten. Aber nicht mit mir!«

Er ergriff mit der Rechten den Zauberstab und machte einige Schritte auf die Tür zu, die nicht ganz so entschlossen ausfielen, wie er es sich gewünscht hatte. Dann langte er nach dem Türknopf. Die Hand auf dem kühlen Metall ruhend, hielt er inne. Die letzte Möglichkeit. Er konnte den schweren Sessel vor die Tür schieben und sich drinnen verschanzen und … und dann? Nach oben gehen und sich wie ein kleiner Junge die Bettdecke über den Kopf ziehen? Nein!

Er riss die Tür auf.

Der Wind schlug ihm augenblicklich den Regen ins Gesicht.

Die Türöffnung war leer. Fenndrick wusste nicht, ob er erleichtert oder erschrocken sein sollte. Ein Blitz zuckte und tauchte den Hang des Hügels für einen Lidschlag in gespenstisches Licht.

Der junge Zauberer machte eine Schritt durch die Türöffnung in den Regen hinaus. Mittels eines unausgesprochenen Befehls entflammte er den Zauberstab. Die magische Fackel zischte und spuckte schwarzen Qualm, als der prasselnde Regen sie traf.

Es kostete Fenndrick einige Mühe, die Flamme mittels

seiner Konzentration dennoch aufrechtzuerhalten. Wer immer ihm da einen Streich spielte, sollte merken, dass er es mit einem Meister der arkanen Kräfte zu tun hatte!

Nun wirklich entschlossenen Schrittes machte er sich daran, den Turm zu umrunden. Es gab nur ein Versteck hier, das jemand in so kurzer Zeit aufsuchen konnte! Auf der rückwärtigen Seite des Turmes verharrte er vor der windschiefen Latrine. Die Tür schwang quietschend in den Angeln hin und her. Der Zauberstab verlöschte. Fenndrick packte ihn am unteren Ende und hielt den Knauf in Richtung der Latrinentür. Mit dem Stab hebelte er sie vollends auf.

Der Abort war leer.

Der Regen war durch das löchrige Dach hereingelaufen und sammelte sich nun in dem tiefen Loch, welches Fenndrick seit seiner Ankunft so manches Mal genutzt hatte, um sich von einem menschlichen Drang zu befreien. Er machte einen Schritt vorwärts. Wie nicht anders zu erwarten war, vermischten sich Regenwasser, Lehm und Fäkalien in der Grube zu einem unappetitlichen Brei.

Was stapfe ich hier beim übelsten Wetter seit Los Zweikampf mit Sumu zur Latrine? Dabei sollte ich den Zwölfen danken, dass ich an diesem götterverfluchten Abend nicht muss!, dachte sich Fenndrick, inzwischen fast bis auf die Haut durchnässt.

Er umrundete den Turm und kehrte zur Eingangstür zurück. In der Türöffnung schüttelte er sich kurz, als wollte er wie ein Hund die Nässe abstreifen. Dann trat er wieder ins Innere des Turmes und zog die Tür hinter sich ins Schloss.

Er merkte sofort, dass er nicht mehr allein war.

Niemand stand vor ihm. Der Ohrensessel war leer. Und doch spürte er die Anwesenheit von *etwas*. Er entzündete den Stab erneut und durchschritt den gesamten Raum mit dem Rücken zur Außenwand. Er leuchtete in jede dunkle Ecke, die er erreichen konnte und blickte gehetzt zu seiner Linken und zur Rechten. Kaum wagte er zu blinzeln, gerade so als fürchtete er, bei der kleinsten Unaufmerksamkeit von einer Bestie aus dem Dunkel angesprungen zu werden.

Er entdeckte nichts und niemanden.

Als er wieder bei der Eingangstür angelangt war, schalt er sich selbst einen Feigling. »Einen Narren wie mich gibt es in Aventurien kein zweites Mal«, ärgerte er sich. »Erst ängstigt mich ein simples Buch, dann bilde ich mir vor lauter Angst noch sonderbare Geräusche ein, und schließlich sehe ich mich in der eigenen Wohnstube von Unsichtbaren verfolgt!«

Er befand, für heute genug erlebt (oder sich eingebildet) zu haben, und beschloss, sich zur Ruhe zu legen. Er griff nach dem Daimonicon.

Kurz erwog er, zum Einschlafen noch ein wenig zu lesen, doch dann befand er, dass dies wohl nicht die angemessene Lektüre sei, um ihm angenehme Träume zu bescheren. Er legte das Buch auf den Kamin neben sein Bildnis, löschte umständlich das Kaminfeuer und beleuchtete sich mit dem Stab den Weg die Treppe hinauf ins Schlafgemach …

Das riesige Bett seines Onkels schenkte ihm für gewöhnlich einen tiefen, traumlosen Schlummer. Eingeschmiegt in die weiche Decke, den Kopf in den Kissenbergen vergraben und mit einem letzten Blick auf den künstlichen Sternenhimmel über ihm, den auch der kleinste Rest Licht noch zum Glitzern brachte, ließ es sich hier selig wie in Mutter Travias Schoß schlafen.

Doch heute wollte das Himmelbett seinen Zauber einfach nicht entfalten. Fenndrick lag da im Nachtgewand, die Decke bis zum Kinn hinaufgezogen. Er drehte sich von der einen auf die andere Seite. Und wieder zurück. Indes, der Gott des Schlafes musste ihn heute schlicht vergessen haben. Das ungute Gefühl, das ihn in der Stube beschlichen hatte, wollte nicht weichen und machte jeden Gedanken an Schlaf zunichte.

Fenndrick legte sich auf den Rücken und blickte hinauf zu den Sternen. Jemand hatte sich große Mühe gegeben, die natürlichen zwölf Sternkreiszeichen detailgenau nachzubilden. Fenndrick hatte für den Magister des öfteren den Stand der Sterne beobachtet und über das Gesehene getreulich Bericht erstatten müssen. Der Magister war in der Lage gewesen, die versteckten Botschaften zu deuten, welche die Götter den Kundigen über den Lauf der Sterne vermittelten. Manchmal hatte er bereits geplante Unternehmungen mit den Worten abgesagt: »Die Sterne stehen ungünstig, mein Junge.« Anderntags hatte er die Studierstube Studierstube sein lassen und Fenndrick mit den Worten »Heut ist ein guter Tag im Angesicht der Zwölfe« aus dem Haus gescheucht, um bestimmte Erledigungen auszuführen. Der gute Magister hatte ihm versprochen, auch ihn eines Tages in die Geheimnisse der Sterndeuterei einzuweihen. Leider war Fenndrick nun nach Schindmeringen gezogen, bevor Eboreus sein Wort hatte einlösen können. Der betagte Magister würde aus dieser Sternenkonstellation am Betthimmel gewiss einiges herauslesen können, doch Fenndrick vermochte nicht mehr, als das Glitzern im Dunkel zu bewundern. Er versuchte sich zu erinnern, ob er eine vergleichbare Konstellation schon einmal gesehen hatte, doch entweder lag dies bereits zu weit zurück, oder der Schöpfer des Betthimmels war nur seiner Phantasie gefolgt.

Fenndrick schloss die Augen wieder und drehte sich auf die Seite. Er lauschte eine Weile den eigenen Atemzügen in der Hoffnung, so zur ersehnten Ruhe zu finden. Als er sich eingestehen musste, dass der erwünschte Erfolg ausblieb, konzentrierte er sich ganz auf seinen Herzschlag. Er versuchte die Anzahl der Schläge zu zählen, indem er eine Hand auf den Brustkorb presste.

Zwei kalte Augen musterten ihn unbemerkt aus dem Dunkel.

Fenndrick hatte sich verzählt. Seufzte. Begann von vorn.

Als er sich erneut verzählte, gab er missmutig auf. Was hatte der Magister getan, wenn er nicht schlafen konnte? Fenndrick entsann sich eines üblen Gebräus, das für solche Fälle auf dem Nachttisch seines Lehrmeisters gestanden hatte. Ob das gute Onkelchen nicht etwas Vergleichbares oben im alchimistischen Labor hatte? Er überlegte kurz, ob er hinaufgehen und nachsehen sollte, entschloss sich dann aber dagegen.

Lustlos wälzte er sich herum.

Die Vorstellung, die trügerische Sicherheit seines Bettes jetzt zu verlassen, gefiel ihm überhaupt nicht. Es musste doch möglich sein, dass er auch ohne Hilfsmittel zu später Stunde noch ein wenig Schlaf fand! Er vergrub den Kopf tiefer im Kissen und versuchte krampfhaft, an nichts zu denken.

Das war der Moment, in dem ihm die Kreatur aus dem Dunkel ansprang.

Fenndrick schrie und kreischte. Seine Stimme überschlug sich. Etwas bohrte sich in seinen Leib. Er spürte einen rasenden Schmerz an seiner linken Seite. Warmes Blut lief ins Bett hinein. Meinen Zauberstab, schoss es ihm durch den Kopf, ich brauche meinen Zauberstab! Mit aller Kraft warf er sich zur linken Bettkante hinüber und versuchte gleichzeitig, mit der Rechten die Decke mit dem Angreifer in die entgegengesetzte Richtung zu katapultieren. Der eigene Schwung beförderte ihn im Dunkel weiter, als er beabsichtigt hatte. Er schoss über die Bettkante hinaus und klatschte hart auf den nackten Steinboden. Seine Hände ertasteten im Düsteren den Stab, der am Bettpfosten lehnte. Mit einem Ruck sprang er auf die Beine, schrie halb vor Angst, halb vor Triumph, und entzündete den Zauberstab – alles in einer einzigen Bewegung.

Das flackernde Licht zeigte eine zerwühlte Bettlandschaft, gleich einem alchimistischen Labor, in dem jemand zwei Substanzen vermengt hatte, die man besser nicht zusammenführte. Und inmitten des Kampfschauplatzes saß Pardona.

Sie räkelte sich wohlig und genoss es offensichtlich, das Bett ganz für sich allein erobert zu haben.

Fenndrick hatte nie ganz verstehen können, warum der Onkel seine Katze nach Pardona benannt hatte. Doch nachdem er ihre Kratzbürstigkeit am eigenen Leib erfahren hatte, schien ihm der Name durchaus angemessen.

»Was treibt dich denn hierher, mein kleiner Racker?« Er versuchte, sich dem Tier zu nähern, doch Pardona fauchte und bildete einen beachtlichen Buckel.

»Hast wohl mindestens so viel Angst vor mir gehabt wie ich vor dir, nicht wahr?«

Fenndrick betastete seine Seite. Das Nachtgewand war von den scharfen Krallen glatt durchschnitten worden, und die Wunde schmerzte noch immer.

»Sieh dir das an, du kleiner Dämon. Was hast du nur mit dem Neffen deines Herrchens gemacht?«

Die Katze rollte sich auf dem Bett zusammen, als wäre dies schon immer ihr Platz gewesen (und vermutlich war er das auch). Trotzdem ließ sie Fenndrick nicht aus den Augen, während sie sich die Pfoten leckte.

Der Zauberer überlegte. Er hatte Pardona das letzte Mal gesehen, als er auch seinen Onkel zum letzten Mal gesehen hatte – und das war Jahre her. Das Tier musste inzwischen für seine Art sehr alt sein. Oder handelte es sich längst um einen Nachkommen von Pardona? Auf alle Fälle fühlte das garstige Tier sich hier offensichtlich ganz zu Hause.

»Warum hat der Onkel dich wohl hier gelassen bei seiner Reise in den Süden, hm?« Er wollte der Katze den Nacken kraulen, doch ein heftiges Fauchen ließ ihn seine Hand hastig wieder zurückziehen. »Na, vielleicht weiß ich, warum der Onkel dich nicht mitgenommen hat … Oder bist du gar den ganzen Weg vom Süden bis hier gelaufen?«

Fenndrick hatte einmal eine Geschichte von einem Kater gehört, der auf einer längeren Reise verloren ging und erst nach zwei Jahren völlig entkräftet in seiner Heimat wieder auftauchte.

»Bist du wohlmöglich beim Onkel gewesen in seiner letzten, schweren Stunde?«

Da Pardona offensichtlich nicht gewillt war, ihm Antwort zu geben, zuckte er mit den Achseln und meinte: »Nun, auf alle Fälle bist du jetzt meine Katze. Und daher werde ich dir, mit Verlaub, als Erstes einen neuen Namen geben.«

Er überlegte kurz. Dann hellte sich seine Miene auf.

»Ich taufe dich auf den Namen Xylda. Nun, was hältst du davon?«

Die Katze sprang vom Bett.

Morgengrauen

Gesigunde hatte ein angenehmes Nickerchen hinter sich. Zwar hatte der beständige Regen der vergangenen Herbsttage eine Pause eingelegt, doch pfiff dafür nun ein unangenehm kalter Wind durch jede Öffnung des Verschlages, in dem sie genächtigt hatte. Unter solchen Bedingungen konnte man den Wert eines kleinen Nickerchens gar nicht hoch genug einschätzen!

Sie erhob sich mit einem Schnaufen. Sie war weder die Jüngste noch die Leichteste. Aber immerhin begann sie diesen Tag frisch und ausgeruht!

Sie hasste jene Tage, an denen man mit einem Knacken und Krachen in den Knochen aufwachte und von früh bis spät nicht wusste, wie man sich stellen oder legen sollte, um den Schmerz zu lindern. Dieser Morgen war anders. Und dennoch war es kein guter Morgen, das spürte sie sogleich.

Eine eigentümliche Stimmung lag in der Luft. Die anderen drüben im Stall waren sehr unruhig. Sie gesellte sich zu der Menge, um den Grund der Aufgeregtheiten in Erfahrung zu bringen. Sie waren eigentlich eher phlegmatischere Charaktere; selten einmal vermochte sie etwas wirklich in Unruhe zu versetzen. Wenn eine derartig aufgebrachte Stimmung herrschte, musste es also einen handfesten Grund dafür geben.

Kaum hatte sie sich den anderen genähert, bekam sie auch schon einen kräftigen Nasenstüber ab.

Kein Respekt mehr vor dem Alter, dachte sie, während der Schmerz allmählich nachließ. Nichtsdestotrotz konnte sie es ihnen nicht ernsthaft übel nehmen. Die Stimmung war außerordentlich gereizt, und in dieser Situation hätte sie selbst genauso reagieren können. Neugierig drängte sie sich zwischen die anderen, um endlich die Ursache der Verwirrung zu ergründen. Mit ein paar derben Knüffen verschaffte sie sich Respekt.

Dann tauchte der massige Schatten Selindes vor ihr auf. Das fehlte noch! Dieses zänkische Stück war nicht nur jünger und kräftiger, sondern auch von einer überbordenden Angriffslust. Die beiden fixierten sich gegenseitig, als hofften sie, mit den Blicken töten zu können. Dann wendete Selinde sich ab und überließ ihr kampflos das Feld.

Gesigunde konnte es kaum fassen. Die Jüngere hatte ihr gegenüber noch nie einen Hauch von Respekt gezeigt. Hier gingen wahrhaft sonderbare Dinge vor!

Sie drängte sich weiter vorwärts. Ein ekelhafter Gestank lag in der Luft. Da vorn musste etwas sein, was hier ganz und gar nicht hingehörte!

Typisch, dachte sie, einmal im Leben passierte etwas Ungewöhnliches, und sie verschlief es.

Gestern Abend noch hatte sie sich vor Langeweile so richtig den Wanst voll gefressen, was vermutlich auch der Grund war, warum sie so ausnehmend gut geschlafen hatte. Und am Morgen darauf musste sie deswegen gleich wieder ein schlechtes Gewissen haben. Das Leben war eine wahrlich undankbare Angelegenheit.

Eigentlich hasste sie Griesgrämigkeit. Aber wenn man erst einmal so alt war wie sie, hatte man ein Recht darauf!

Sie schob sich durch die letzte Reihe Gaffender hindurch, um selbst einen Blick auf die Quelle des abstoßenden Geruches werfen zu können. Ein letztes Mal rempelte sie sich einen Schritt breit Boden frei, dann stand sie in vorderster Reihe.

So also sahen sie aus, wenn sie erst einmal tot waren …

»Sieht aus wie ein Volksfest oder dergleichen«, dachte unser junger Adept, als er am späten Vormittag durch das Fenster seiner Studierstube den Menschenauflauf unten im Dorf bemerkte. »Sie werden irgendeinen Spargel erfolgreich aus dem Boden gezogen haben und jetzt einen Freudentanz drum herum aufführen«, sagte sich Fenndrick, der von Ackerbau nicht allzu viel verstand. Doch die Menge ließ keine Musik aufspielen, und überhaupt wirkte sie nicht besonders fröhlich. Stattdessen waren einige sehr aufgeregt und schrieen sich Dinge zu, die der junge Magier über die Entfernung nicht verstehen konnte. Eine Weile befand er, sich die läppischen Sorgen einfacher Bauern nicht auf die Schultern laden zu wollen, doch dann errang seine Neugier die Oberhand. Ein rascher Blick in den großen Spiegel versicherte ihm, dass er eben jenes finstere Aussehen an den Tag legte, das einem Schwarzmagier bestens anstand – jedenfalls in seiner Vorstellung. Dann eilte er die beiden Treppen hinunter, wobei er am Rande bemerkte, dass die dauernde Übung seit seiner Ankunft offenbar half, seine Höhenangst zu bezähmen. Im Erdgeschoss zog er hastig die schwarzen Stiefel an und lief nach draußen. Dort verlangsamte er seinen Schritt zu einem würdevollen Schreiten. Er ließ den ohnehin pfützenübersäten Pfad links liegen und schlug den direkten Weg den Hang hinunter ein. Gemächlichen Schrittes näherte er sich mit scheinbar gelangweilter Miene den Dörflern. Dort unten musste wirklich einiges im Gange sein! Nun kamen auch noch die Alten und Kranken herbei, die sich teils kaum auf den Beinen halten konnten, um zu sehen, was auch immer es dort zu sehen gab. Fenndrick war noch nie aufgefallen, wie lang der Weg vom Turm zum Dorf war. Mühsam unterdrückte er den Wunsch, seine Schritte zu beschleunigen, und besah sich notgedrungen die Szenerie zunächst aus der Entfernung. Der Mittelpunkt des Interesses schien einem alten, windschiefen Stall zu gelten, der sich an die Seite eines großen, fachwerkartigen Bauernhauses drängte. Die meisten Umstehenden schienen bereits zu wissen, was sich dort drinnen abspielte, und waren offenbar in heftige Wortwechsel darüber entbrannt. Nur einige Neuankömmlinge begaben sich noch in das Innere des Schuppens – und kehrten wenig später mit kalkweißem Gesicht zurück. Ein Mann kam herausgelaufen und übergab sich. Irgendwo weinte ein Kind.

Fenndrick hatte nun endlich den Rand der Menschenmenge erreicht und stellte befriedigt fest, dass sich sogleich ein Korridor für ihn bildete. Das Landvolk schien ihm bereits den gebührenden Respekt entgegenzubringen. Wenn nur nicht diese eigentümliche Feindseligkeit in den Blicken läge …

Er trat zwischen den disputierenden Dörflern hindurch in den alten Verschlag. Das Erste, was ihm auffiel, war der durchdringende süßliche Geruch.

Zu seiner Rechten war ein größerer Bereich mit einer Umzäunung abgetrennt worden. Darin liefen unzählige Bornländer Bunte unruhig hin und her. Der Boden unter ihnen war mit Stroh ausgelegt, das sich an den Wänden kniehoch angesammelt hatte. Am Rande der Abgrenzung stand ein finster dreinblickender Bauer. Er hatte vielleicht 45 oder 50 Sommer gesehen, das war beim Landvolk immer schwer zu sagen, da Wind und Sonne die Gesichter früh zerfurchten. Der Mann war mit einem Schritt und siebzig Halbfinger Länge nicht von übermäßiger Größe, doch verfügte er über eine kräftige Statur. In diesem Augenblick drehte er sich zum Eingang um und starrte Fenndrick an. Sein Blick wurde dadurch nicht freundlicher.

»Was wollt Ihr?«

»Selbst für einen Bauern ein merkwürdiger Name, findet Ihr nicht auch?« Fenndrick warf dem ungehobelten Klotz einen spitzen Blick zu; innerlich war er nicht im Mindesten so selbstsicher, wie er auftrat.

»Ich habe Euch nicht gebeten herzukommen. Und Ihr steht auf meinem Grund, denn dies ist Hallinghöfers Hof. Da könnt Ihr jeden hier fragen.«

Fenndrick wusste nicht recht, ob er die nachträgliche Vorstellung des Mannes nun als Friedensangebot werten sollte oder nicht. So entschied er sich für den diplomatischen Weg und erwiderte: »Dann bitte ich Euch hiermit um Erlaubnis, auf Eurem Grund, Herr Hallinghöfer, den Ursprung dieser eigentümlichen Gerüche feststellen zu dürfen.«

Der Bauer deutete wortlos auf eine Stelle unmittelbar hinter der Holzpalisade. Fenndrick machte einen Schritt vorwärts, um einen Blick erhaschen zu können, und zuckte augenblicklich zurück.

Hinter der hölzernen Abtrennung lagen zwei Menschen. Beide waren noch sehr jung – und nackt. Aber das war es nicht, was Fenndrick zurückschrecken ließ. Die beiden waren tot. Auch ein ungeübter Blick hätte die grausig zerrissenen und nach keinem erkennbaren Muster durcheinander gewirbelten Leichenteile nicht anders deuten können. Überall dazwischen … darüber … darunter war Blut. Es war von innen gegen die Palisade gespritzt, es bedeckte das Stroh des Bodens und es bedeckte viele der Kühe, die unruhig hin und her liefen.

»Ruhig, Gesigunde, ruhig!«, sagte der Bauer mit tiefer Stimme in Richtung eines altersschwachen Tieres.

Als Fenndrick sich wieder einigermaßen gefasst hatte, fragte er mit heiserer Stimme: »Wer sind die beiden? Und warum sind sie tot? Wer hat sie hier gefunden?«

Der Bauer blickte ihn wortlos an, als ob er den Verstand verloren hätte.

»Die Leute im Dorf glauben, dass du die beiden auf dem Gewissen hast.« Im Hintergrund löste sich eine Gestalt aus dem Schatten, die Fenndrick zuvor gar nicht bemerkt hatte. Tessia.

»Frau Ulmenast … ich meine, Tessia. Ich wünschte, der Anlass unseres Wiedersehens wäre ein ganz anderer.«

»Ja«, sagte die Boroni schlicht.

Eine peinliche Stille entstand. Fenndrick hatte das Gefühl, an dem üblen Geruch zu ersticken.

Dann sagte Tessia: »Herr Hallinghöfer hat sie heute Morgen gefunden. Er ist nachsehen gegangen, weil die Tiere so laut waren, dass man es bis in die Stube hören konnte. Das Blut war noch frisch.«

Fenndrick sah sie an. Ihr Gesicht war von jener bleichen Schönheit, die er in Erinnerung behalten hatte. Doch während sie sprach, war in ihren Zügen keinerlei Regung zu erkennen. Sie war eine Boroni, rief er sich in Erinnerung. Sie war den Umgang mit dem Tod gewohnt. Er war es nicht.

»Aber warum sollte *ich* etwas mit der Sache zu tun haben?«, fragte er.

Bauer Hallinghöfer starrte ihn hasserfüllt an. »Tergil und Jadin kamen öfter hierher. Sie trafen sich heimlich. Aber ich wusste schon seit langem davon und habe nichts gesagt. Das Vieh hat ihnen niemals etwas angetan, wenn sie hier waren. Es waren ganz normale Kühe. Bis Ihr hierher kamt.«

»Bis ich hierher …?« Fenndrick blieb die Spucke weg. Das fehlte noch! Als ob ein angehender Schwarzmagier nichts Besseres zu tun hätte, als des Nachts Rindviecher aufzuschrecken. Vielleicht sollte er den Mann für seine unverschämten Anschuldigungen gehörig zurechtweisen. Doch er schwieg nur betroffen.

»Kühe können eine erstaunliche Kraft entfalten«, sagte Tessia, »doch Ihr wisst, Herr Hallinghöfer, dass Kühe höchstens austreten oder jemanden, der ihnen nicht gefällt, auf die Hörner nehmen. In Stücke aber reißen sie niemanden.«

Schweigen.

»Man müsste die Kühe fragen können«, sagte der Bauer und tätschelte einem Tier den Kopf.

Auf Fenndricks entgeisterten Blick fügte er hinzu: »Kühe sind schlauere Tiere, als man denkt.«

»Hm«, machte Fenndrick und dachte: Schlauer als du allemal!

»Ich versichere Euch jedenfalls, dass ich mich auf die Muta … Verwandlung von Lebewesen gar nicht verstehe. Meine Forschungsschwerpunkte sind anderer Natur. Ich kann Eure Kühe also gar nicht verhext haben, versteht Ihr?«

»Ein Raubtier hätte wenigstens irgendwas gefressen«, sagte der Bauer mit verkniffenem Blick.

»Die Götter haben die Welt nicht mit Rätseln geschaffen, damit wir sie jederzeit und zur Gänze verstehen«, erwiderte Tessia. »Die beiden haben ein schreckliches Ende gehabt, aber ich werde alles so fügen, dass sie nun ihren Frieden in Borons Reich finden. Und Euch, Herrn Hallinghöfer, werde ich einen alten Exorzismus nachschlagen. Das wird Dämonen und böse Geister aus Eurem Stall vertreiben.«

Fenndrick war froh, dass Tessia die Angelegenheit in die Hand nahm. Er hatte das Gefühl, es keinen Augenblick länger in diesem stickigen Stall aushalten zu können. Er ging auf die offene Tür zu.

»Fenndrakon?«

»Ja?«

»Bitte hilf mir. Ich kann die beiden Verblichenen nicht allein fortschaffen.«

Hätte man Fenndrick später gefragt, wie er seine Pflicht vor dem Totengott erfüllt hatte, er hätte es nicht zu sagen vermocht. Irgendwann im Verlauf der grausigen Arbeit hatte sich sein Verstand einfach abgeschaltet, und er hatte stumm getan, wozu auch immer die Boroni ihn angewiesen hatte. Wieder und wieder hatte er die sterblichen

Überreste anfassen müssen. Seine Kleidung war schon bald blutig geworden, der Geruch des Todes hatte sich darin festgesetzt. Nur Tessia schien das alles nichts auszumachen. Sie verrichtete ihre Arbeit mit einer göttergleichen Ruhe, die so intensiv war, dass Fenndrick fühlen konnte, wie auch er Kraft daraus schöpfte. Nachdem die scheußliche Pflicht getan war, wuschen sie sich an der alten Zisterne vor der kleinen Kapelle. Tessia wies ihn an, die ganze Kleidung auszuwaschen und den eigenen Leib gleich dazu. Sie reichte ihm ein Stück Seife und holte aus ihrer Wohnhütte neben der Kapelle zwei einfache, schwarze Gewänder. Nachdem sie sich gewaschen und die trockenen Kleider übergezogen hatten, legten sie die nassen Sachen auf den Steinboden vor dem Gebäude. Die Sonne schien an diesem Herbsttag und spendete noch einmal nahezu sommerliche Wärme.

Fenndrick und Tessia setzten sich neben ihre Kleider und blinzelten in das strahlende Auge des Götterfürsten hinein. Von hier aus hatte man einen guten Blick auf den Boronanger, der nicht prachtvoll, aber doch ordentlich angelegt war und somit deutlich machte, dass auch im Tode noch alles seine Richtigkeit haben sollte. Er wurde umfriedet von einer prächtigen Rosenhecke, deren prachtvolle Blüten das Ende des Sommers noch nicht bemerkt zu haben schienen.

»Wie kann an einem so schönen Tag ein so grausiges Unglück geschehen?«, fragte Fenndrick.

»Das Wetter machen die Götter, aber für ihre Verbrechen sind die Menschen selbst verantwortlich«, entgegnete Tessia. Fenndrick dachte nach. Ein kleiner Käfer ließ sich auf seiner Hand nieder. Er schien etwas zu suchen, fand es nicht und schwirrte wieder davon.

»Wer sagt dir, dass es ein Verbrechen war? Mir sah das mehr nach einem wilden Tier aus.« Fenndrick warf ihr einen durchdringenden Blick zu.

»Die Verstorbenen haben es mir gesagt.«

Fenndrick warf ihr einen Blick zu, der Bände sprach. »So? Mit mir haben die Toten nicht gesprochen. Dabei kann ich nicht behaupten, mich von ihnen besonders fern gehalten zu haben.«

»Du bist auch kein Boroni«, entgegnete Tessia. Sie kannte die abwehrende Reaktion der Leute. Man musste sehr, sehr lange allein mit den Verstorbenen in göttlicher Stille sein, bevor man lernte, ihren versteckten Botschaften zu lauschen. Tessia hatte in den Jahren seit ihrem Noviziat sehr viel Zeit in borongefälliger Zurückgezogenheit verbracht, und nach und nach hatte sie es immer besser verstanden, der Nachrichten gewahr zu werden, die über das Nirgendmeer kamen.

»Es heißt, dass mächtige Schwarzmagier eine Brücke in Borons Reich schlagen und dort die Toten befragen können«, sagte Fenndrick ausweichend.

»Nein«, sagte Tessia bestimmt, »das ist namenloser Frevel. Borons Reich ist ein Hort des Schweigens, der ewigen Ruhe. Niemand darf ungestraft dort eindringen! Der bloße Pulsschlag eines Lebenden ist dort wie ein Donnerhall, der tausendfach von den Bergen zurückgeworfen wird. Jeder Atemzug ein Sturmgebrüll, das über allem dröhnt.«

»Und was tust du, wenn du mit den Toten sprichst?«

Tessia schwieg. Sie hatte die Augen geschlossen. Im Sonnenschein sah ihr Gesicht so überderisch hell aus, dass Fenndrick fast fürchtete, sie könne vor ihm zu Staub zerfallen.

»Ich lausche nur den Dingen, die der Wind von Golgaris Schwingen herüberträgt.«

Fenndrick seufzte. Er war zwar kein Anhänger der Magierphilosophie, dazu hatte ihn der Magister viel zu sehr unter seine Fittiche genommen. Dennoch hatte er mit theologischen Begründungen so seine Schwierigkeiten.

»Und wen haben die beiden Leichen dir als Täter beschrieben?«, fragte er mit spöttischem Unterton.

Tessia blickte ihn mit einem merkwürdigen Ausdruck in den Augen an. »Die Antwort würde dir nicht gefallen.«

»Wieso? War es doch die Kuh?« Seine Stimme troff vor Spott.

Sie schüttelte den Kopf, sagte aber nichts mehr. Gequält blickte sie an ihm vorbei.

O nein!, dachte er. Was war er nur für ein Trampel! Sie offenbarte ihm etwas, was sie vielleicht sonst keinem Menschen – keinem lebenden Menschen, verbesserte er sich – anvertraut hätte. Und alles, was ihm dazu einfiel, war, sich über sie lustig zu machen.

Ein leichter Windhauch trieb abgefallene Blütenblätter an ihnen vorbei. Ameisen liefen am Rande der Pflasterung entlang.

»Du hast deine Arbeit sehr gut gemacht. Ich meine … etwas Schreckliches ist geschehen, und du vermittelst den Leuten das Gefühl von Ruhe und Ordnung«. Fenndrick blickte sich verzweifelt um, als ob die Steinplatten um ihn herum ihm helfen könnten. Verflixt, war das schwer, sich aus einem einmal angerichteten Schlamassel wieder herauszureden!

Tessia lächelte. »Womit verbringst *du* deine Zeit?«

Fenndrick nahm den Ball dankbar auf. Er erzählte von dem Beginn seiner magischen Studien. Von dem Daimonicon, das er seit einigen Tagen studierte, der fehlenden Seite und schließlich Pardonas/Xyldas nächtlichem Überfall. Lediglich seine eigene Rolle in der Erzählung wich von den Geschehnissen der vergangenen Tage ein wenig ab. Aber er sprach schließlich auch von Fenndrakon, nicht von Fenndrick.

»Mocurion war dein Onkel?« Es war mehr eine Feststellung als eine Frage.

Fenndrick konnte sich nicht entsinnen, *das* erzählt zu

haben! Manchmal konnte diese Boroni richtig unheimlich sein …

Oder hatte er im Zusammenhang mit Xylda eine entsprechende Formulierung gebraucht? Er wusste es nicht mehr und nickte. Vielleicht würde sich noch die Gelegenheit ergeben, sie danach zu fragen.

Tessias Stimme hatte einen nachdenklichen Tonfall angenommen, als müsste sie sich der Dinge, die sie erzählte, erst noch einmal vergewissern. »Die Leute im Dorf haben ihn gehasst. Und er hat die Leute verachtet. Er fühlte sich zu Höherem berufen, doch wusste er im Grunde seines Herzens, dass er schon vor langer Zeit gescheitert war. Er ist tot, nicht wahr?«

Fenndrick blickte sie entgeistert an. »Woher weißt du das schon wieder?«

Sie lächelte.

Gegen Abend stapfte Fenndrick den Hang hinauf zu Mocurions Turm, der nun der seine war. Die Sonne hatte sich bereits tief über den westlichen Horizont gebeugt, sodass sie einen ganz unverschämt blendete, wenn man so unvernünftig war, direkt nach Westen zu blicken. Der Weg zu Fenndricks Füßen lag schon im Halbdunkel, doch glitzerten die verbliebenen Wasserlachen gelegentlich aus dem Dunkel hervor. Fenndrick nutze diesen göttlichen Fingerzeig und umrundete sie geschickt. Seine Gedanken aber waren unten im Dorf verblieben. Er hatte den Rest des Tages mit Tessia zusammengehockt. Einen solchen Müßiggang mitten in der Woche hätte der Magister auf das Schärfste verurteilt – aber der Magister war weit fort, und in diesem Augenblick wünschte Fenndrick sich ihn wahrlich nicht herbei.

Es war unglaublich gewesen. Eigentlich hatten sie den ganzen Tag nur in die Sonne geblinzelt, sich gegen Abend an den Steinplatten gewärmt, welche die Hitze des Tages in sich aufgesogen hatten, und unentwegt geredet. Und genau das war das Unglaubliche gewesen. Fenndrick hatte all seine Vorsätze über die Schweigsamkeit, die ein Meister der Linken Hand an den Tag zu legen hatte, über Bord geworfen, und auch Tessia schien dem Schweigenden Gott an diesem Tag eine schlechte Dienerin zu sein. Sie hatten geredet und geredet und geredet. Die Worte waren aus ihnen nur so hervorgesprudelt: alte Begebenheiten aus ihren Kindertagen (die – zugegeben – bei Fenndrick nicht gar so lange zurücklagen), über die sie sich amüsiert hatten, Fenndricks Versuch, an seinem zehnten Tsatag bis zur Kommandantin der Stadtgarde vorzudringen, Tessias erste Begegnung mit einem südländischen Vogel, den man Papa-Gei hieß … Sie hatte das Tier, das einige wenige Worte krächzen konnte, lange Zeit für einen verzauberten Piraten gehalten, wie sie nunmehr – immer wieder von albernem Kichern unterbrochen – eingestanden hatte. Sie hatten sich die Träume gestanden, die sie einmal gehegt hatten. Tessia hatte Konditormeisterin werden wollen, und bei dem Gedanken, sie zwischen Brezeln und Torten stehen zu sehen, hatten beide im selben Augenblick geprustet vor Lachen. Fenndrick indes hatte mit seinem einstigen Wunsch, Drachentöter von Beruf zu werden, in nichts zurückgestanden …

Im Licht der untergehenden Sonne warf der alte Turm einen langen, schwarzen Schatten. Fast sah es so aus, als näherte sich Fenndrick einer Stelle, an der die Nacht selbst beheimatet war.

Ihr Gespräch war aber auch immer wieder auf den grausigen Mord zurückgekommen, denn dass ein solcher verübt worden war, daran bestand für die beiden kein Zweifel mehr. Wer war zu einer so grauenvollen Tat fähig? Schnell waren sie übereinstimmend zu dem Schluss gekommen, dass keiner der Dörfler als Täter in Frage käme. Tessia kannte die Bewohner Schindmeringens seit Jahren. Seit ihrer Ankunft war niemals etwas so

Furchtbares geschehen, und bei keinem der örtlichen Bauern wollte sie eine solche Bösartigkeit vermuten. Die beiden Gemordeten waren im Dorfe gut gelitten gewesen. Wohl hatte es Eifersüchteleien um Tergil gegeben, der bei Mädchen des Dorfes heiß umschwärmt gewesen war, doch machte es in Tessias Augen wenig Sinn, dass eine von Eifersucht getriebene Verliebte gerade das Objekt ihrer Zuneigung meucheln würde, und das noch dazu in einer so unmenschlichen Art und Weise. Nein, ihrer Vermutung nach, und da konnte Fenndrick ihr nur beipflichten, handelte es sich um die Tat eines Wahnsinnigen. Dies aber war eine beunruhigende Erkenntnis, denn damit bestand die Möglichkeit, dass der Mörder (oder die Mörderin?) noch immer ganz in der Nähe weilte …

Tief im Röbbewald heulte ein Wolf.

Fenndrick beschleunigte den Schritt, als spürte er den Atem des Raubtiers bereits im Nacken. In Honingen hatte man stets sicher sein können, dass kein wildes Tier sich nahe heran traute. Und die wenigen menschlichen Übeltäter, die es dort gegeben hatte, waren Sache der Büttel gewesen, die ihm immer ein Gefühl von Sicherheit vermittelt hatten. In Schindmeringen gab es keine Büttel. Und Fenndrick war sich nicht sicher, ob die Tiere des Waldes tatsächlich vor den wenigen Holzhäusern zurückschreckten. Ganz sicher aber würde ein einsam und abgelegen stehender Turm sie nicht abhalten.

Zu seiner aufrichtigen Erleichterung hatte er in diesem Augenblick die Eingangstür des Turmes erreicht. Auf dem mächtigen, verkrüppelten Baum, der sich neben dem Turm nun als dunkler Schatten abzeichnete, krächzte ein Rabe.

»Beschwer dich nur, Todesbote«, rief Fenndrick ihm trotzig zu. »Ich weiß längst, dass dein Gott auch angenehmere Geschenke bereithält!«

Fenndrick öffnete die Tür, die er, genau wie sein

Onkel es gehalten hatte, in seiner Abwesenheit nicht abzuschließen pflegte. Nach dem, was er am heutigen Tage gesehen hatte, hielt er es jedoch für klüger, wenn er *im* Turm weilte, von innen den schweren Riegel vorzulegen. Fenndrick entflammte den Zauberstab und machte in dem neu erwachten Lichtschein einen Schritt ins Innere des Turmes hinein. Bevor er die schwere Tür ins Schloss krachen ließ, schlüpfte Xylda, von einem abendlichen Streifzug heimkehrend, rasch hinein.

Sinistra beobachtete durch den schmalen Spalt, wie der neue Turmherr im abendlichen Licht den Hügel hinaufging. Seine dunkle Robe und das schwarze Haupthaar zerflossen zu einem einzigen finsteren Fleck, der allen göttlichen Gesetzen zum Trotz hügelaufwärts rann und schließlich mit dem Schatten des Turmes verschmolz. Sie blickte noch eine Weile in das Dunkel, doch es regte sich nichts mehr. Mit einem leisen Quietschen schlossen sich die Fensterläden unter ihren runzeligen Händen. Er sah ihm ähnlich – ähnlicher, als es bei zwei Menschen eigentlich sein konnte. Sie hatte ihn lange nicht mehr zu Gesicht bekommen und wusste, dass er mit den Jahren gealtert sein musste; doch in ihrem Kopf bewahrte sie immer noch sein Erscheinungsbild in jungen Jahren. Es war das gleiche Bild, das sie fast den dritten Teil einer Stunde durch die Läden beobachtet hatte. Sie hatte ihn lange nicht mehr gesehen. Seine Forschungen, so hatte er zuletzt manchmal gesagt, ließen ihm einfach keine Zeit mehr. Stets war seine Stirn bei diesen Worten sorgenvoll gerunzelt gewesen. Sie hatte ihn über die Jahre nur noch von fern gesehen – durch die Läden ihres Fensters, so wie eben. Wenn er, was selten einmal der Fall gewesen war, hinunter ins Dorf gegangen war, hatte sie seine schlanke Gestalt mit der dunklen Robe beobachtet, unter der sich im Lauf der Jahre ein rundlicher Bauch abgezeichnet hatte. Ob er gewusst hatte, dass sie ihm die ganze Zeit heimlich nachgesehen hatte? Er musste ihre Blicke doch in seinem Rücken gespürt haben! Bestimmt zerrissen sich die anderen Dörfler das Maul darüber. Sie hatten immer nur Verachtung für sie übrig gehabt, obgleich sie sich nie getraut hatten, ihr das ins Gesicht zu sagen. Hinter ihrem Rücken hatten sie geflüstert, sich ereifert und immer neue Lügengeschichten erfunden, die ihr immer unglublichere Schandtaten unterstellt hatten. Dieses armselige Pack. Sie hatte noch klar und deutlich, als wäre es gestern gewesen, in Erinnerung, wie die halblauten Gespräche plötzlich verstummt waren, wenn sie in die Stube getreten war. Alle Blicke waren dann auf sie gerichtet gewesen. Ganz unschuldig hatten sie geguckt, aber Sinistra hatte ihre Heuchelei fühlen können. Sie hatte die niederträchtige Verlogenheit mit der Zunge geschmeckt, sie durch Mund und Nase eingesogen. Dort hatte das Gefühl einen bitteren Nachgeschmack hinterlassen, wenngleich sie sich nie etwas hatte anmerken lassen. Niemals! Sollte man sie beschimpfen, verunglimpfen, ihr übel nachreden oder sie für verrückt erklären. Aber niemals würden diese vor Neid erstarrten, bemitleidenswerten Geschöpfe es erleben, dass sie den Kopf vor ihnen beugte, dass sie ihnen auch nur einen Augenblick der Schwäche gönnte.

Sie schlurfte hinüber zu dem alten Lehnstuhl. Das schwere Eichenmöbel knarzte bedenklich, als sie sich erschöpft darauf niedersinken ließ. Ihre Finger, die das Alter gekrümmt hatte, spielten an dem Saum der Tischdecke. Längst hatten sich Fäden aus ihr gelöst, so oft waren ihre Fingerkuppen darüber gestrichen. Die Stube war ein Museum. Sie wusste das. Seit damals hatte sie alles unverändert gelassen. Das gute Besteck, das einst ihr Brautgeschenk gewesen war, hatte mit der Zeit Flecken bekommen und war dunkel angelaufen. Manche Messer waren krumm und stumpf geworden. Losane hatte auf sie eingeredet, sie zu überzeugen versucht, wieder unter die Leute zu gehen. Etwas von ihrem vielen Geld auszugeben, endlich die alten, wurmstichigen Möbel hinauszuwerfen und durch neue zu ersetzen. Sie hatte nichts von alledem getan. Alles sollte genau so sein wie damals, wenn er wiederkehrte. Anfangs hatte sie noch fest damit gerechnet. Aber mit jedem Jahr, das verstrich, war die hässliche Stimme in ihrem Kopf, die flüsterte, dass er das niemals tun würde, lauter geworden. Mit jedem Jahr war der bohrende Zweifel gewachsen. Heute hatte sie die Hoffnung längst aufgegeben. Aber die alten Sachen waren alles, was ihr an Erinnerungen verblieben war, und so etwas gab man nicht leichtfertig aus der Hand. Sie hätte sich längst aus einer großen Stadt teure Möbel kommen lassen können. So teure, dass die Lästermäuler, von denen sie umgeben war, vor Neid erblasst wären. Er hatte ihr schließlich Geld gegeben. Viel Geld. Es hatte, wie ihr erst im Nachhinein klar wurde, so ausgesehen, als ob er sich freikaufen wollte. Ein Sack voll Dukaten für ein reines Gewissen. Sie glaubte nicht, dass er mit seiner Absicht Erfolg gehabt hatte. Er konnte die Erinnerung verdrängen, aber sie nicht auslöschen.

Er musste zum Schluss sehr einsam gewesen sein. Von den Dörflern hatte er keinen Trost erwarten können, nach allem, was er ihnen angetan hatte. Aber zu ihr, zu ihr hätte er die ganze Zeit kommen können, als seine Bemühungen fehlschlugen, als seine Hoffnungen sich zerstoben, als er von Enttäuschung und Selbstzweifeln gequält in seinem Turm gesessen haben musste. Da hätte er zu ihr kommen können. Sie hätte ihm die Tür geöffnet und gesagt: »Wie schön, dass du mich besuchen kommst.« Und sie hätte ihm den Platz auf der Bank dargeboten und ihm ein Glas Wein gereicht, als ob er niemals fort gewesen wäre. Aber der sture, alte Bock war zu stolz gewesen. Vor einigen Monden (oder Jahren?) – Sinistra konnte sich der genauen Zeit nicht mehr entsinnen – war er schließlich fortgegangen. Er war einfach aufgebrochen, beladen mit allerhand Dingen sowie mit dürren Abschiedsworten und vagen Andeutungen über seinen weiteren Verbleib.

Nun bewohnte wieder jemand den Turm, er selbst schien es zu sein. Nicht alt und gebeugt, wie er Schindmeringen verlassen hatte. Sondern jung und hoffnungsfroh wie in ihrer Erinnerung, als wären die letzten Jahrzehnte wie weggeblasen. Vielleicht würde er nun bald zu ihr zurückkehren …?

Rasch erhob sie sich und schlurfte auf das Regal zu. Sie ließ den Blick über die Töpfe, Flaschen und Teller schweifen, die dort neben- und übereinander gestapelt lagen. Es war kein Wein mehr da. Sie musste dringend Losane Bescheid sagen, damit sie neuen aus der Stadt kommen ließe. Aber vielleicht sollte sie ihn dieses Mal auch im *Fetten Eber* holen lassen? Sollte die dicke Wirtin ruhig in ganz Schindmeringen herumtratschen, dass sie sich auf ein Fest vorbereitete und in all der Zeit die Hoffnung nicht aufgegeben hatte. Sie kicherte bei dem Gedanken an die neidischen Gesichter im Dorfe. Es würde sich schon noch zeigen, wer am Ende triumphierte! Mit einem Ächzen ließ sie sich wieder in den Lehnstuhl fallen. Ein Schnurren kam von der Diele. Odil huschte herüber und sprang mit einem Satz auf ihren Schoß.

»Treuer Odil, du hast die ganze Zeit an mich geglaubt, nicht wahr?«

Sie kraulte ihm den Bauch. Das schwere Tier wälzte sich auf ihrem Schoß wohlig herum und reckte alle sechs Klauen in die Höhe.

Es war zwei Tage, nachdem der grässliche Unfall im Stall geschehen war, als Bauer Hallinghöfer auf dem Dachboden nach dem Rechten sah. Der neue Turmherr ging ihm nicht aus dem Kopf. Er war noch sehr jung gewesen, aber er war genau wie sein Vorgänger ein Schwarzmagier. Rodbert Hallinghöfer war weder blind noch blöd, und wenn er einen Schwarzmagier gesehen hatte, dann wusste er, dass er einen Schwarzmagier gesehen hatte! Und dieser war so schwarz wie ein frischer Kuhfladen. Arme Gesigunde, sie hatte sich von dem Schreck offenbar nicht mehr erholen wollen. Seitdem biss sie ständig und trat aus. Sie hatte sogar schon einige der anderen Tiere verletzt. Das hatte man davon, wenn man das Vieh so alt werden ließ, dachte Hallinghöfer bitter. Da steckte man jahrelang alles, was der Hof abwarf, in die Tiere hinein; irgendwann wurden sie alt, und in dem Gedanken an das ganze Geld wurde einem so mulmig, dass man nicht wagte, sie zu schlachten. Das gute Tier war immer älter und nun auch noch seltsam geworden. Im Grunde, dachte er, waren die Bornländer da auch nicht anders als Menschen. Die alte Sinistra ging ihm durch den Kopf, die kaum mehr einen Fuß vor die Tür setzte. Spähte immerzu nur durch die Fenster und beobachtete ihre Umgebung wie eine alte Schlange. Nein, dachte er, so viel Einsamkeit war nicht gut für einen Menschen, da wurde er mit der Zeit sonderlich. Diese Schwarzmagier waren schließlich der beste Beweis dafür. Bei dem Gedanken an den alten Turmherrn packte ihn noch immer die nackte Wut.

Er fegte einige leere Kisten und Körbe mit allerlei Plunder darin heftig beiseite. Dahinter förderte er alten Hausrat zu Tage. Neben einem durchgelegenen Bett stand der Spucknapf seines Großvaters. Als das gute Stück durch eine Unachtsamkeit einen Sprung erhalten hatte, war es am selben Tag zu den anderen Sachen hinauf auf den Dachboden gelangt. Wenn wieder einmal schlechte Zeiten kamen, konnte man so etwas gewiss noch einmal einem sinnvollen Zweck zuführen. Er wühlte sich weiter voran. Da stand die Wiege, in der alle seine Kinder die ersten Jahre geschlafen hatten. Nun war das treue Stück ihnen zu klein geworden und stand nutzlos auf dem Speicher herum. Er zerwühlte bei seiner Suche kurz selbst die Decke in der Wiege, doch wurde er auch dort erwartungsgemäß nicht fündig. Verflucht, wo mochte das verflixte Ding nur stecken? Seit dieser Magier im Dorf war, schien alles wie verhext. Die Tiere trampelten den armen Tergil und seine neueste Flamme tot, und hier im Haus schien auch alles verrückt zu spielen. Seine Tochter Gerdya weinte sich seit zwei Tagen die Augen aus wegen Tergil. Sie hatte sich wohl noch immer Hoffnungen gemacht. Hallinghöfer kannte das gut. In jungen Jahren hatte er die Blicke der Dorfmaiden auf seinen starken, braun gebrannten Armen genossen. Er hatte nie durch Schönheit bestochen, auch hatte er sich lange als zu klein empfunden. Aber mit seinen von der harten Arbeit gestählten Muskeln, das wusste er, hatte er die Dorfschönheiten stets beeindrucken können. Damals hatte es ja auch noch stolze junge Frauen im Dorf gegeben. Heute sah er, wohin er blickte, immer nur halbe Kinder, kaum älter als seine eigene Tochter. Geschöpfe, die albern herumkicherten, wenn sie einen Burschen sahen, und die in mondhellen Nächten herumschlichen und Unsinn anstellten. Sicher hatte er früher auch manchen Unfug getrieben, aber doch nicht solche Torheiten! Wo waren sie nur geblieben, all die stolzen jungen Frauen? Hilwa, Aldare, Velionda? Er trat einen Schritt beiseite, um sich trotz der Dachschräge aufrichten zu können, und kratzte sich am Kopf. Hilwa war alt und runzelig geworden und zeterte den ganzen Tag vor sich hin. Aldare hatte das Fleckfieber erwischt, von dem sie sich nie mehr ganz erholt hatte. Heute keuchte sie und lief puterrot an, wenn sie nur einen Eimer Wasser vom Brunnen zum Haus tragen wollte. Und Velionda, seine Velionda, war bei der Geburt ihres fünften Kindes im Kindbett gestorben. Das Kind lebte und die Mutter war gestorben. Was hatten Tsa und Boron da nur für einen seltsamen Handel geschlossen? Hallinghöfer gehörte nicht zu den Leuten, die über so etwas in

Verzweiflung gerieten. Er hatte seine Frau rasch unter die Erde gebracht und einige Tage getrauert. Dann war er wie immer seiner Arbeit nachgegangen. Die Götter würden sich schon etwas dabei gedacht haben, und man sollte sie nicht erzürnen, indem man ihren Ratschluss in Frage stellte!

Nach einem Jahr hätte er erneut heiraten können. Doch die jungen, unverheirateten Dinger im Dorf waren einfach nicht mehr das, was sie früher gewesen waren. Und Töchter hatte er schon genug, da musste er nicht auch noch ein Weib ehelichen, das noch keine zwanzig Sommer gesehen hatte! Die Frauen aber, die wie er auf die fünfzig zugingen und noch unverheiratet waren? Jelkina zum Beispiel … bei der konnte er sich deutlich vorstellen, warum kein Mann sie hatte haben wollen.

Er hätte, dachte er sich, die alte Sinistra zur Frau nehmen sollen. Die paar Jahre, die Boron ihr noch gönnte, hätte er ihre Wunderlichkeiten schon ertragen. Und wenn Golgari sie erst holte, hätte er gewiss ein erkleckliches Sümmchen erben können. Jeder im Dorf wusste, dass sie schon seit langer Zeit keiner göttergefälligen Arbeit mehr nachging und sich dennoch aus dem *Fetten Eber* das beste Essen kommen ließ. Und der Magd Losane zahlte sie zehn Silberlinge in der Woche, obschon sie ihr kaum für zwei Tage Arbeit gab. Irgendwo im Haus der Alten musste ein ganzer Goldschatz verborgen sein. Vermutlich trank die alte Vettel nur aus güldenen Pokalen, dachte er grimmig, während er gerade eben mit Mühe die Kinder durchbrachte! »Ach, was soll's?«, murmelte er dann. Sie würde schon sehen, was ihr die aufgetürmten Schätze nützen würden, wenn sie erst jenseits des Nirgendmeeres war.

Hallinghöfer beendete seine kurze Pause und wühlte erneut die Stapel unbrauchbar gewordener Dinge durch. Wenn man einmal etwas suchte … Er hätte die Kinder mit heraufnehmen sollen. Die Kleine war zu jung, aber mit den anderen vieren zusammen hätte er im Nu gefunden, was er suchte.

Aus dem Kuhstall drang ein tiefes Muhen herauf.

Warte nur, Gesigunde, dachte er entschlossen, bald würde er dafür sorgen, dass sie sich in der Küche nützlich machte. Das alte Tier würde gewiss scheußlich zäh schmecken. Dennoch sah Hallinghöfer keinen Sinn darin, das Unvermeidliche noch weiter hinauszuschieben. Die Kuh noch zwei Jahre mit durchzufüttern, damit sie dann noch älter und zäher war, was brachte das schon? Der Milchstrom der Bornländer Bunten war schon vor Zeiten versiegt, also war sie nun wirklich überfällig.

Hallinghöfer hatte bislang alle Schlachtungen selbst durchgeführt. Es war ein Schauspiel, zu dem jedes Mal auch viele Nachbarn herbeieilten. Sollten sie sich ruhig an dem ledrigen Braten die Zähne ausbeißen! Er grinste. Er würde sich mit einem Gegenbesuch bedanken, wenn irgendwo der Schlachttag für ein zartes, junges Schwein anstand!

Hallinghöfer zerwühlte einige löchrige Decken, hob eine Forke auf, der eine Spitze fehlte. Fündig wurde er noch immer nicht.

»Der Namenlose sei verflucht – wo kann das verdammte Ding nur stecken?« Er wusste schließlich genau, dass er das alte Schlachtermesser irgendwo hier oben hingelegt hatte.

Fast schon verblüht war der diesjährige Bocksbart, als er dennoch einen ordentlichen Schwall von Efferds Nass erhielt. Sobald der feuchte Segen die Heidenelke erreichte, löste er gar die letzten ihrer tiefroten Blütenblätter ab. Ein trostloses Bild, die grünen Stängel ihrer einstigen Pracht entkleidet zu sehen, doch bei guter Pflege würde sie am Jahresende erneut blühen! Das im Wind wogende Gelb der Madariten zeigte sich dagegen noch unbeeindruckt vom Fortschreiten Satinavs. Vielleicht hatte der

Herr der Zeit ein Einsehen mit ihnen gehabt und ließ ihnen die tsageschenkte Schönheit diesmal unbenommen? Growin schüttelte unmerklich den Kopf. Nein, der Wächter der Zeit würde auch dieses Mal wieder unerbittlich zuschlagen. Noch ein paar Wochen höchstens, dann würden auch die hübschen Mondblumen sich auf den kommenden Winter einstellen. Der Winter war eine trostlose Jahreszeit. Die Götter schienen der Welt für einige Monde die Farbe nehmen zu wollen. Ein weißer, lebensfeindlicher Teppich bedeckte langsam von Nord nach Süd das ganze Land und erstickte alles Pflanzenwerk unter sich, das schon zuvor kahl und unansehnlich geworden war. Der Himmel aber färbte sich grau in grau, und selbst der Glanz Alverans mochte in dieser Zeit ein wenig stumpfer sein als sommers. Auch Growins kleine Lieblinge würden vom unerbittlichen Wechsel der Jahreszeiten nicht verschont werden. Jeden Frühling half er den zarten Gewächsen, auf die Beine – oder vielmehr Stängel – zu kommen, hielt unermüdlich jede Raupe, jeden Käfer von ihnen fern, goss sie, wenn Efferds Nass zu lange ausblieb, beschattete sie, wenn Praios' sengendes Auge zu unerbittlich war, oder verbarg sie hinter einem kleinen Erdwall, um Rondras Stürme abzuwehren. Und seine Kinder dankten es ihm, indem sie einander jedes Jahr an strahlender Pracht übertrafen. Bis der Herbst und dann der Winter kamen, um sein ganzes Werk wieder zunichte zu machen. »Peraines Werk« – verbesserte er sich in Gedanken –, »ich habe nur das Glück, ihr derischer Gärtner sein zu dürfen.« Er überblickte die dreißig Rechtschritt perainegefälligen Bodens, die sein ganzer Stolz waren. Sicher, es gab größere Gärten beim Fürstenpalast in Havena oder im Kaiserpalast zu Gareth, so hatte es sich Growin jedenfalls erzählen lassen. Aber hier in Schindmeringen gab es keinen umfassenderen und prächtigeren Garten als den seinen. Eigentlich gab es überhaupt keinen zweiten. Aber hätte es einen zweiten gegeben, er hätte nicht schöner sein können!

Die Kinder belächelten ihn wegen der Blumen, die Nachbarn schüttelten die Köpfe darüber. Sie sagten, er solle wenigstens etwas Nützliches anpflanzen. Ein Kraut, das Siechen heilte oder Schmerzen linderte oder wenigstens böse Geister fern hielt. Aber Growin hielt nichts davon. Von der Heilkunst verstand er zu wenig, und Gewächse, die finstere Zauberei fern hielten, wollte er in seinem Beet nicht sehen. Insgeheim befürchtete er, dass solches Strauchwerk vielleicht auch eines Tages eine Blütenfee davon abhalten mochte, sich bei ihm niederzulassen. Ja, eine kleine Blütenfee, das wäre die Erfüllung seines Wunschtraumes, die Vollendung seines winzigen Parks.

Growin beugte sich umständlich herunter und beäugte den buschigen Goldklee, der noch in voller Blüte stand. Doch einige Blätter waren dunkel und unansehnlich geworden. In minutiöser Kleinarbeit machte er sich daran, die abgestorbenen Stellen herauszuschneiden, indem er die grobe Gartenschere mit erstaunlichem Geschick zehntelfingergenaue Arbeit verrichten ließ. Mit ein wenig Glück erholte sich die goldgelbe Blütenpracht schnell und gedieh prächtiger als zuvor! Er sah öfter in der Woche hier nach dem Rechten, doch so viel Zeit konnte er seinen Lieblingen nur praiostags widmen. Seit die Arbeiten auf dem Feld und die Dinge, die es auf dem Hof zu verrichten gab, zu anstrengend für ihn geworden waren, machte er sich wochentags im Haus nützlich. Er besserte die Fugen aus, um die kälter werdenden Herbstwinde abzuhalten, er wusch das Geschirr oder er sah nach dem Enkelkind, das Fiona ihm geschenkt hatte. Und zwischen all diesen Dinge fand er immer wieder einige Augenblicke, die er einfach nur inmitten seiner Lieblinge stehend verbrachte. Wenn ihn an langen Sommerabenden der Rücken schmerzte, holte er den kleinen

Schemel aus dem Haus und stellte ihn neben die Eingangstür. Dort setzte er sich mit dem Rücken zur Wand und sah den Blumen beim Wachsen zu. Seine Kinder aber lästerten manchmal, er sei für die Arbeiten auf dem Feld nicht wirklich zu alt, sondern heuchele nur sein Rückenleiden, um den lieben langen Tag in seinem Garten verbringen zu können. Doch meinten sie diese Worte nie wirklich ernst und versuchten nur, ihn aufzuziehen. Kaum hatte man die siebzig Sommer vollzählig, da tanzte einem das junge Volk auf der Nase herum, dachte er, während er sich in mehreren Schritten langsam wieder aufrichtete. Von seinen einstmals stolzen ein Schritt und neun Halbspann war wenig übrig geblieben. Was ihm das Alter nicht auf anderem Wege genommen hatte, machte der krumme Rücken wett, der ihn kleiner erscheinen ließ, als er war. Aber solange ihm nicht die Zähne …

Peraines Fluch komme über dich, du garstiges Geschöpf! Mit zwei Schritten, die sorgfältig zwischen den Blumenreihen platziert waren, erreichte er die blauen Flockenblumen. Auf einem der mühevoll gepflegten Gewächse saß ein fetter schwarzer Boronskäfer! Und ein missgestalteter noch dazu. Wo das hintere Beinpaar des Tieres sein sollte, mündete der Leib stattdessen in einen stacheligen, anderthalb Finger langen Schwanz. Angewidert pflügte Growin das Tsa verhöhnende Geschöpf vom Blatt und ließ es neben seinen Beeten zu Boden fallen. Um ganz sicher zu gehen, setzte er rasch nach und begrub das Tier mit einem knirschenden Geräusch unter seinem Fuß. Phex sei gedankt, dachte er, dass er wenigstens festes Schuhwerk trug, sonst hätte Fiona ihm das garstige Geschöpf heute Abend womöglich noch aus dem Fuß ziehen müssen.

Aus irgendeinem Grunde, der ihm selbst nicht einleuchten wollte, schweiften seine Gedanken in diesem Augenblick zu dem furchtbaren Todesfall vor einigen

Tagen ab. So etwas war wirklich übel, so etwas hätte einfach nicht passieren dürfen! Der Hallinghöfer war ein rechtschaffener Mann, und so etwas hatte er einfach nicht verdient. Ausgerechnet in seinem Stall!

Er beobachtete, wie ein halbes Dutzend Bienen vor ihm den Nektar seiner Blumen aufsammelten.

Einige im Dorf glaubten nun, das junge Liebespärchen sei von verhexten Rindern getötet worden. Nein, zu so einer furchtbaren Tat waren die Bornländer Bunten, die Hallinghöfer sich hielt, so oder so gar nicht fähig! Das waren friedliebende Tiere, und der junge Tergil hatte zudem mit Tieren immer gut umzugehen verstanden. Nicht nur mit Tieren …

Dennoch wunderte Growin die entsetzliche Tat nicht. Früher oder später hatte so etwas geschehen müssen. Viele im Dorf konnten es gewesen sein, da war er sich gewiss. Die Kinder aus der Nachbarschaft trampelten auch gelegentlich durch seine Blumenbeete. Wer so etwas tat, war zu allem fähig!

Er stellte fest, dass die Bienen heuer offenbar den Klee und die Madariten dem Bocksbart vorzogen.

In der Ecke neben dem Eingang wartete noch ein gutes Stück Arbeit auf ihn. Er begab sich, offenbar einem Muster folgend, das nur er kannte, auf verschlungenen Pfaden zwischen seinen Blumen hindurch seitwärts auf den Eingang zu. Im Vorbeigehen hob er noch den Wassereimer auf, dann blieb er, anderthalb Schritt von seinen Ziel entfernt, stehen. Er blickte zum Goldklee, wo er zuvor die Gartenschere abgelegt hatte.

Sie war fort.

Er hatte der Stelle nur kurz den Rücken zugedreht, als der freche Käfer ihn abgelenkt hatte, und nun war die Schere fort. Ein Nachbarsjunge oder -mädchen musste sich neben dem Haus versteckt haben und den ersten kleinen Augenblick seiner Abgelenktheit genutzt haben, um ihm das wertvolle Stück zu entwenden. Wütend stampfte er mit dem Fuß auf, doch er dämpfte seinen Zorn, um nicht versehentlich einen seiner Lieblinge zu zertreten. Dann blickte er sich noch einmal unsicher um, ob er die Schere nicht doch irgendwo liegen gelassen hatte. Einmal im Jahr ließ er sie für teuer Geld extra nach Honingen zum Scherenschleifer bringen, damit sie bestens schnitt. Und nun das! Wer konnte so etwas Gemeines nur getan haben?

Fenndrick

Der junge Schwarzmagier widmete die Tage nach den Geschehnissen in Hallinghöfers Stall ganz seinen Studien. Wenn der scheußliche Anblick der zerrissenen Körper ihm beim Löffeln seiner morgendlichen Suppe erneut in Erinnerung kam, ihn bei seinem Tagwerk verfolgte oder ihn nachts in der Ruhe seines Schlafgemachs quälte, griff er zu einem der Zauberbücher seines Onkels und entzifferte es verbissen Zeile um Zeile. So kämpfte er sich Abschnitt für Abschnitt voran, bis die Bilder in seinem Kopf schwächer wurden und ihn schließlich ganz in Frieden ließen. Nach einer Weile nahm er sich auch wieder das Daimonicon vor und folgte den Darstellungen des wahnwitzigen Autors, der seine Beobachtungen über einige Domänen der Niederhölle ausführte. Fenndrick las die Zeilen – mit Hilfe des XENOGRAPHUS mühsam entschlüsselt – mit einer Mischung aus unstillbarer Neugier und wachsender Furcht: Furcht vor der Selbstverständlichkeit, mit der manchen Menschen offenbar der Wechsel in die Sphäre des Chaos möglich war, sowie Furcht vor der Leichtfertigkeit, mit der beiläufig in irgendeiner Schilderung die Götter verhöhnt wurden. Für den Autor dieses Buches schien das keinerlei Konsequenzen gehabt zu haben; jedenfalls hatte er die 200 Seiten dieses Wälzers offensichtlich in bester Gesundheit abgeschlossen.

Auf die ketzerischen Domänenschilderungen folgte ein Exkurs, der sich mit den Parallelen zum Totenreich beschäftigte. Der Autor befasste sich wortreich mit der

Durchlässigkeit der Grenzen auch zu dieser Sphäre. Er beschrieb Einzelheiten des Nirgendmeeres, der *Pforte Uthars* und weiterer Stätten des jenseitigen Reiches in einer Genauigkeit, die vermuten ließen, dass er selbst sie schon einmal erblickt hatte. Dann zog er in ketzerischer Akribie Vergleiche zu niederhöllischen Örtlichkeiten und Entitäten, dass es einem jeden rechtschaffenen Menschen das Blut in den Kopf schießen ließ. Die niederhöllischen Domänen waren anscheinend zum Teil als bewusste Perversionen heiliger Orte und deutliche Verhöhnungen des Zwölfgötterglaubens geschaffen. Trieb das Machwerk es hiermit doch bereits auf die Spitze, so fand Fenndrick kaum mehr Worte für das, was auf den folgenden Seiten niedergeschrieben war: nämlich Andeutungen zu einer Zaubermatrix, welche, wenn die Beschreibung vollständig gewesen wäre, zur Überwindung des Nirgendmeeres, zum Eindringen in Borons Reich verwendet werden könnte.

Nachdem Fenndrick den Exkurs hinter sich gelassen hatte, folgte eine Auflistung dämonischer Wesenheiten. Nach Domänen katalogisiert, alphabetisch aufgeführt und unter Nennung ihrer brandgefährlichen »wahren Namen« mit einer ausführlichen Anleitung zur Beschwörung versehen, welche geradezu auffordernden Charakter hatte. An dieser Stelle brach Fenndrick seine Lektüre ab.

Er hatte sich so sehr in seine Studien gestürzt, um dem Daimonicon schnellstmöglich all seine finsteren Geheimnisse zu entreißen. Doch das verfluchte Werk weckte in ihm mehr und mehr die Vorstellung von einem Ende der Welt, wie er sie kannte, vom Untergang Deres und der sechs göttergefälligen Sphären, ja der ewigen Zwölfe selbst im brodelnden Chaos der Siebten Sphäre. Vielleicht würden gar Los und Sumu, die Immerwährenden, im alles zermalmenden Mahlstrom der Siebten Sphäre verschwinden. Der beim Anblick der beiden Leichen empfundene Schrecken schien sich, gepaart mit solchen Vorstellungen, eher noch zu verschlimmern, und so stellte Fenndrick das Werk des Namenlosen lieber zurück in den Schrank seines Studierzimmers. Der gute Onkel hatte wohl daran getan, dieses furchtbare Werk so gut vor der Welt zu verbergen, und er, Fenndrick, wollte es nun genauso halten und das entsetzliche Pamphlet nicht mehr anrühren.

Der junge Zauberer vertrieb die Gedanken an Geschehenes und Gelesenes, indem er sich einen Tag lang ganz der Hausarbeit widmete. Er ging hinunter ins Dorf und kaufte auf einigen Höfen und im *Fetten Eber* zusammen, was er in der kommenden Woche verzehren wollte. Er ordnete die alchimistischen Apparaturen des Onkels und sortierte die Substanzen in alphabetischer Reihenfolge im Schrank des Studierzimmers ein, um den Tisch für andere Arbeiten frei zu haben. Er trug insgesamt fünf Eimer Wasser vom Brunnen im Dorf herauf – jeder einzelne machte bei Fenndricks nicht übermäßigen Kräften einen eigenen Gang erforderlich – und füllte sie in den Badezuber, der sich unter der Treppe des Schlafgemaches befand. Das Wasser sollte ihm dazu dienen, sich in den kommenden Tagen morgens ein wenig waschen zu können, denn er war ein reinlicher Mensch und war es aus dem Hause des Magisters gewohnt, sich von lästigem Ungeziefer frei zu halten. Er putzte eigens Schuhe und Stiefel, ohne die Hilfe seiner magischen Fähigkeiten in Anspruch zu nehmen. Seine begrenzten Kräfte hatten unter der dauernden Anwendung des XENOGRAPHUS ohnehin gelitten und konnten den Tag der Ruhe gut gebrauchen. All dies war nicht übermäßig aufregend und gehörte für gewöhnlich ganz und gar nicht zu Fenndricks Lieblingsbeschäftigungen. »Was wirst du tun, wenn ich eines Tages nicht mehr hinter dir stehe, um dich zu nützlichen Dingen anzutreiben?«, hatte der Magister einmal gefragt. »Vor Schmutz starren und in einer Höhle hausen?« Die Augenbrauen des Magisters schienen sich in solchen Fällen über der Nase treffen zu wollen, so eng rückten sie zusammen, und auf der Stirn entstand eine steile Zornesfalte. In solchen Augenblicken war es besser gewesen, wortlos zu tun, was auch immer der Magister einen zu tun geheißen hatte. Wenn er dann abends erschöpft und zerknirscht auf seinem Bette gelegen hatte, war meist Lidda in sein Gemach geschlüpft, um ihn mit einer ihrer Geschichten aufzuheitern. Sie hatte oft vom Tulamidenland erzählt, in dem die Zauberer keinen Finger rühren mussten, um ihre Paläste zum Glänzen zu bringen. Sie beschworen einfach einen Wasserdjinn und einen Seifedjinn, und gemeinsam wuschen die beiden das Haus vom Keller bis hinauf zum letzten Zwiebeltürmchen. Lidda hatte ihn stets angestoßen und aufgefordert, in späteren Studienjahren die Magie dieser nützlichen kleinen Geister zu erlernen; damit hätte er sich die unangenehmen Arbeiten für alle Zeiten gespart.

Während dieser Zeit streunte Xylda durch den Turm, das Dorf und den Röbbewald, wie es ihr beliebte. Anfänglich hatte sie vor der Eingangstür einen solch frevelhaften Lärm gemacht, bis er schließlich heruntergelaufen war und sie herein- oder hinausgelassen hatte. Später dann hatte er nur mehr einen der Fensterläden im Erdgeschoss angelehnt gelassen, um von dem kleinen Dämonenbraten unbehelligt zu bleiben. Dies hatte den weiteren Vorteil, dass er an der Größe des Spaltes zwischen den Läden stets erkennen konnte, ob sie bereits hindurchgeschlüpft war oder nicht. So wusste er, wann sie sich im Turm befand und wann sie einen ihrer ausgedehnten Raubzüge unternahm, und ersparte sich unangenehme Überraschungen wie in der Nacht ihres ersten Zusammentreffens.

Wenn Fenndrick jedoch abends im mächtigen Ohren-

116

sessel saß und die Füße am Kaminfeuer wärmte, sprang Xylda nicht selten zu ihm auf den Schoß und ließ sich kraulen. Sie schnurrte dabei zufrieden und schien ihre anfängliche Abneigung gegen ihn längst vergessen zu haben.

An dem Morgen seines neuerlichen Studienbeginns war Xylda nicht im Turm, Hesinde allein mochte wissen, wo sie sich aufhielt. Fenndrick jedenfalls stand vor dem Schrank im Studierzimmer und griff nach anfänglichem Überlegen, welchem der Werke er sich nun widmen sollte, das vom Onkel selbst verfasste Buch heraus. Seit er es zum ersten Mal gesehen hatte, brannte er förmlich darauf, es zu lesen, und nun war der Zeitpunkt dafür endlich gekommen. Mit dem Buch in der Hand drehte er sich um. Er blickte direkt in den großen Knochenspiegel. Seine säuberliche schwarze Robe, der Stab in der Rechten, das Buch in der Linken, seine kurzen schwarzen Haare und das Gesicht, das halb im Schatten lag – es schien der Onkel zu sein, den er dort im Spiegel sah, und nicht er selbst. Fenndrick betrachtete sich – nicht zum ersten Male – eine ganze Weile. Der Totenschädel über dem Spiegel grinste auf ihn herab. Er schien sich über einen kleinen Jungen zu amüsieren, der sich selbst im Spiegel nicht wiedererkannte. »Lach du nur«, murmelte Fenndrick, »der fremde Schwarzmagier unter deinem kahlen Schädel ist Fenndrakon von Havena, der Meistermagier, und du wirst dich an ihn gewöhnen müssen, denn der Turm gehört jetzt ihm.« Mit diesen Worten ging er hinüber zum Tisch und ließ das Buch darauf niederklatschen. Er selbst nahm auf dem schlichten Holzstuhl Platz und klappte neugierig den Buchdeckel auf.

TEIL I – MIKROMAGISCHE STUDIEN stand verheißungsvoll auf der ersten Seite und darunter in der ausladenden Handschrift des Onkels eine Widmung:

Gewidmet meiner treuen Pardona,
die als Einzige immer an mich geglaubt hat.

Fenndrick hätte das Buch vor Enttäuschung fast wieder zugeklappt. Was sollte das nur heißen, »als Einzige«? Hatte denn der gute Onkel nie gemerkt, mit welcher aufrichtigen Bewunderung sein kleiner Neffe zu ihm aufgeblickt hatte? Hatte er ihm denn weniger bedeutet als sein Haustier?

Doch dann befand er, ein wenig vorschnell geurteilt zu haben. Schließlich konnte er nirgends ein Datum entdecken. Es war schwer zu sagen, in welchem Jahr, gar unter welchem Kaiser der Onkel seine »mikromagischen Studien« verfasst hatte. Es mochte kurz vor seinem Tod gewesen sein, als er den Neffen seit jenem denkwürdigen Streit mit dem Magister (Fenndrick verfluchte den Tag noch im Nachhinein) nicht mehr zu Gesicht bekommen hatte. Vielleicht hatte er gedacht, der kleine Junge, welcher Fenndrick damals gewesen war, habe seinen Onkel gewiss längst vergessen, wie es Kindern leicht geschieht mit Menschen, derer sie nicht mehr ansichtig werden. Der junge Zauberer befand, dass es nicht lohne, sich über derartige Unwägbarkeiten weiter den Kopf zu zerbrechen, und blätterte neugierig um. Die folgende Seite war in einer merkwürdigen Schrift abgefasst. Fenndrick betrachtete die Zeichen fasziniert, fast meinte er, sie wiederzuerkennen, doch immer, wenn er glaubte, ein bekanntes Schriftzeichen entdeckt zu haben, schien es sich vor seinen Augen zu verschieben. Die Proportionen wurden andere, ein Bogen wurde ausladender, ein Strich schrumpfte zusammen; fast unmerkliche Veränderungen. Doch als er einige Zeilen überflogen hatte, stellte er fest, dass er sich an die Zeichen zu Beginn des Textes kaum mehr erinnern konnte. Schnell blätterte er die Seiten durch: Das ganze Buch war in dieser Form verfasst!

Er konzentrierte sich auf die Zaubermatrix und sprach den XENOGRAPHUS, den er so meisterlich beherrschte. Noch während er die Formel intonierte, fühlte er, dass etwas nicht stimmte. Er verstärkte seine Anstrengung, spürte, wie die Hitze in ihm aufstieg, und er rief sich die Matrix neuerlich ins Gedächtnis. Nichts. Die Zeilen vor ihm blieben unleserlich wie zuvor. Sollte er bei einem seiner besten Sprüche versagt haben? Fenndrick überlegte. So etwas kam vor. Selbst den besten Zauberern konnte das passieren, und er hatte gerade erst die magischen Weihen empfangen! Dennoch war er sicher, keinen Fehler begangen zu haben.

Ratlos blätterte er zurück zur ersten Seite.

Die Schrift vor ihm war von einer unleserlichen Vertrautheit – oder einer vertrauten Unleserlichkeit. Aber trotz des Gefühls, sie eigentlich entziffern können zu müssen, wollten die Zeichen keinen rechten Sinn ergeben. Er hatte ganze Wochen in der Hausbibliothek des Magisters mit dem Entschlüsseln alter Schriften zugebracht. Er beherrschte das Bosparano, der XENOGRAPHUS war eine seiner leichtesten Übungen, und fast ein Dutzend alter Schriften konnte er zumindest am Schriftbild erkennen. Dies hier war keine davon.

Die Unterweisungen des Magisters im Umgang mit alten Dokumenten hatten ganz am Anfang seiner Lehrzeit gestanden. Er versuchte, sich bis zu seinem zwölften Tsatag zurückzuerinnern. Vor seinem geistigen Auge sah er den Magister, wie er ihm bei der Arbeit über die Schulter blickte. Seine tiefe Stimme sagte: »Besieh dir die Zeichen, die du nicht kennst, genauer. Vergleiche sie mit jenen, die du kennst. Stelle Ähnlichkeiten fest und ordne sie entsprechend zu. Kategorisiere sie! Das ist bei jedem Entschlüsselungsversuch, sei er nun magisch oder nicht, von großem Nutzen!«

Fenndrick starrte auf die Schrift, bis ihm der Kopf schmerzte. So vertraut die Zeichen auch aussahen, so wenig vermochte er sie irgendeiner bekannten Sprache zuzuordnen. Erneut versuchte er sich zu erinnern. Er sah den Magister am Schreibpult stehen und über seine

Lesebrille zu ihm herüberblicken. »Fenndrick«, sagte er in seiner Erinnerung, »will dir die Übersetzung heute überhaupt nicht von der Hand gehen? Dann leg das Buch beiseite! Geh zum Schrein der Hesinde und bete! Sprich den Choral der sieben mal sieben Weisheiten – nur, bitte, singe ihn nicht, das würde die Ohren der Göttin beleidigen. Bringe der Hüterin der Weisheit ein Opfer dar, und wenn dein Kopf ganz frei ist von anderen Dingen, dann setze dein Werk fort! Und siehe, es wird dir glücken!«

Das Göttervertrauen des Magisters war nicht eben gering gewesen. Auch Fenndrick hielt die Götter in Ehren, aber die Herrin Hesinde um Rat zu bitten wäre ihm allein nie in den Sinn gekommen. Doch schaden konnte es sicher nicht … Andererseits hatte er der Allwissenden schon lange kein Opfer mehr dargebracht, wie ihm nun siedend heiß einfiel. Vermutlich zürnte die Göttin der Gelehrsamkeit ihm ohnehin, und da wollte er sie auch noch mit einer Bitte belästigen! Nein, ganz gleich, ob sie ihm die Hilfe gewähren würde oder nicht, ein Opfer musste er allemal darbringen, das war er der Herrin der Magie schuldig. Was schließlich wäre er ohne die göttliche Gabe der Hesinde?

Fenndrick überlegte, was er der Göttin darbringen konnte. Es wollte ihm nichts einfallen, was er zu entbehren bereit war. Nun, vermutlich nannte man es deswegen »Opfer«. Man musste eben etwas opfern, dessen Verlust schmerzte. Fenndrick überlegte noch einmal und ging schließlich zum Schrank. Er nahm die Substanzen heraus, die eigentlich sein Studium der Alchimie hätten begründen sollen.

Bevor er es sich anders überlegen konnte, ging er die steinerne Treppe hinauf. Er öffnete die Luke zur Turmplattform und kletterte umständlich hinaus, um die Tiegelchen und Schalen nicht zu beschädigen, die er in wildem Durcheinander an sich gepresst trug. Oben lege er seine Mitbringsel auf die Steinquader und kniete davor nieder. Ein frischer Herbstwind fuhr ihm ins Haar. Der Himmel war wolkenverhangen. Es sah nach Regen aus, doch einstweilen blieb es trocken. Hier oben fühlte Fenndrick sich der Göttin am nächsten.

Er sprach leise den Choral der sieben mal sieben Weisheiten, den er seinem Gedächtnis ohne allzu große Mühen fehlerfrei entlockte. Dann fügte er einige persönliche Worte an, in denen er für die vielen göttlichen Geschenke der letzten Zeit dankte. Er dankte für das Glück, den Turm beziehen zu dürfen, er dankte für seinen magischen Sieg über den Schrank, er dankte für des Onkels Kristallkugel, und er dankte für die Bücher Mocurions, die er nun studieren durfte. Während er dankte, wurde ihm selbst erst klar, wie reichhaltig ihn die Göttin in letzter Zeit beschenkt hatte. So entschuldigte er sich noch, so lange nichts von sich hören gelassen zu haben, und gelobte Besserung für die Zukunft. Dann versprach er, noch am Abend die alchimistischen Substanzen der Göttin zu Ehren dem Kamin zu überantworten – nein, korrigierte er sich, besser im Röbbewald zu vergraben. Schließlich konnte es bei so vielen Tinkturen und Pülverchen am Ende noch geschehen, dass einem der Turm um die Ohren flog.

Er wollte sein Gebet bereits beenden, da besann er sich eines anderen und richtete ein letztes Anliegen an die Göttin. »Bitte, heilige Mutter Hesinde, weise Hüterin der Magie, haltet auch Fürsprache für mich bei Eurer Schwester Rahja, denn ich habe ihre Hilfe nötig wie noch nie zuvor in meinem Leben, doch gehöre ich für gewöhnlich nicht zu ihren – nun, ja – treuesten Dienern. So bittet sie für mich um göttlichen Beistand!«

Er wollte sich erheben und zu seiner Arbeit zurückkehren, da ließ ihn das heisere Krächzen der Raben innehalten. Die großen Vögel saßen, ihrer alten Gewohnheit folgend, auf dem mächtigen Baum neben dem alten Turm.

»… und bittet auch Euren Bruder Boron um Gnade. Ich danke Euch, dass Ihr so viel Zeit für den unwürdigsten Eurer Diener gehabt habt.«

Fenndrick erhob sich und strich die Robe glatt.

Er sammelte die Opfergaben vorerst wieder ein, indem er sie, so gut es eben ging, mit beiden Armen unter der Robe zusammenklaubte. Dann stieg er durch die Luke und über die geländerlose Treppe zurück nach unten. Wieder im Studierzimmer angelangt, räumte er die alchimistischen Gerätschaften vorerst wieder in den Schrank. In erwartungsvoller Stimmung angesichts der Hoffnungen, die er in das Gebet an die Göttin der Weisheit setzte, nahm er wieder vor dem geheimnisvollen Buch Platz.

Die Schriftzeichen waren genauso unleserlich wie zuvor.

Fenndrick stützte den Kopf schwer auf beide Hände und versank erneut in dumpfem Grübeln. Was hatte ihm der Magister noch über das Übersetzen von Texten beigebracht? In seiner Erinnerung sah er Eboreus an seinem Bücherbord stehen und etwas nachschlagen. Dann blickte der Magister zu ihm auf und sagte: »Fenndrick, Junge, heute will ich dir einen Spruch von minderer Nützlichkeit nahe bringen. Doch sollst du ihn dennoch lernen, da er in der heutigen Zeit zum Standard magietheoretischer Ausbildung gehört, und ich will mir nicht nachsagen lassen, meinem Scholar das Gängigste vorenthalten zu haben.« Dann hatte der Magister sich wortreich zu einer Zauberstruktur geäußert, mit deren Hilfe die Magier der großen Akademien einander geheime Botschaften zuschickten, die niemand entschlüsseln konnte, der die magische Matrix nicht ebenfalls beherrschte.

Fenndricks Herz machte vor Freude einen Hüpfer. Natürlich, das war es! Eine magische Verschlüsselung! Seine bisherigen Bemühungen waren gescheitert, weil er für eine fremde Sprache gehalten hatte, was in Wirklichkeit eine arkane Verschlüsselungstechnik war! Fenndrick dankte der Göttin der Weisheit viele Male für diese Eingebung, ehe er sich wieder den Studien des Onkels zuwandte.

Wie aber war eine magische Verschlüsselung zu brechen? Wenn er sich recht besann, hatte der Magister ihm die Grundzüge des CRYPTOGRAPHO erläutert, eine Formel, die nicht nur der Ver-, sondern auch der Entschlüsselung diente, wenngleich Letztere ungleich anstrengender war. Fenndrick hatte die erlernte Theorie jedoch nie anwenden müssen, denn der Magister hatte keinerlei verschlüsselten Schriftverkehr geführt. Der junge Zauberer entsann sich, dass der Magister dergleichen einmal als »eitlen Mummenschanz« bezeichnet hatte. »Junger Mann, wenn du ein Dokument vor den Augen des einfachen Volkes schützen möchtest, dann schreibe es in Bosparano nieder. Das mag nicht ganz so eindrucksvoll aussehen, doch erfüllt es den gleichen Zweck und schont deine Kräfte für Wichtigeres. Unsere gelehrten Collegae aber werden die Sprache der Wissenschaften selbstverständlich zu verstehen wissen. Und gib dich nicht der Illusion hin, mit dem CRYPTOGRAPHO auch nur eine Zeile deiner Schriften vor üblem Gesindel wirksam verbergen zu können, denn die Formel gehört seit den Tagen, in denen ich die Zauberschule besuchte, zu dem Grundwissen aller Akademien; glaube nicht, dass es dort weniger Schurken gibt als anderswo!« Der Magister hatte dies mit seiner geübten Dozentenstimme gesagt, jener, die so klang, als wollte er alle Frevler vor dem Angesicht der Zwölf persönlich zur Rechenschaft ziehen.

Nun, offensichtlich hatte der Onkel eine andere Auffassung vertreten. Sein Werk war mit dem CRYPTOGRAPHO gesichert worden, und zumindest in Hinsicht auf Fenndricks Bemühungen erwies sich diese Verschlüsselung als schwer zu nehmende Hürde. Einen Zauber, den er nicht ein einziges Mal gebraucht hatte, fehlerfrei zu anzuwenden, war bereits ein Kunststück, das Fenndrick mehr Kraft kosten mochte, als ihm lieb war. Zudem war sein Onkel ihm an Erfahrung im Allgemeinen und in der Anwendung dieses Spruches im Besonderen sicherlich um einiges voraus. Sein Vorhaben konnte leicht eine solche Anstrengung erfordern, dass er seine eigenen Studien anschließend für Tage unterbrechen musste, bis er sich vollends von dieser Tortur erholt hatte.

Nein, es musste noch einen anderen Weg geben. Fenndrick entsann sich, dass es Verästelungen der Zaubermatrix gab, die auf Elemente der Magica Communicatia hindeuteten, dazu Verknüpfungen mit Komponenten der Magica Clarobservantia, auf die er sich bestens verstand. Ein Zauber, der über der Hellsicht ähnelnde Strukturen verfügte, musste selbst eine Wahrnehmungsleistung praktizieren können …

Natürlich, das war es! Der Zauber war fähig, ein Schlüsselwort zu erkennen, einen Begriff, dessen lautes Aussprechen den CRYPTOGRAPHO außer Kraft setzte. Fenndrick hatte den Onkel gut gekannt, da musste es ihm doch gelingen, das Schlüsselwort zu erraten! Er richtete sich im Stuhl gerade auf, überlegte kurz und sagte dann mit fester Stimme: »Pardona.«

Die Schrift blieb, wie sie war.

Nein, das wäre auch zu einfach gewesen, schließlich hatte der Onkel den Namen seiner Katze bereits unverschlüsselt in der Widmung angegeben.

»Hesinde?«

Keine Reaktion.

Vermutlich eher ein Schlüsselwort für einen götterfürchtigen Menschen, wie …

»Eboreus?«

Nichts.

»Magister?«

Keine Änderung des Schriftbildes.

»Turm?«

»Daimonicon?«

»Zauberstab?«

»Kristallkugel? Labor? Studierstube? Stube? Zimmer? Studium? Schrank? Spiegel? Totenkopf? Katze? Labor? Alchimie? Tiegel? Topf? Ingredienzien? Zutaten? Mikromagie? Magie? Zauberei?«

Nichts.

Fenndrick fühlte nur mehr gähnende Leere in seinem Kopf. So kam er nicht weiter. Die letzten Begriffe waren bereits von einer solchen nichtssagenden Allgemeingültigkeit gewesen, dass jeder Zauberer ganz Aventuriens sie hätte gebrauchen können. Ein Schlüsselwort war aber vermutlich ein Begriff, der nur für Mocurion selbst von Bedeutung gewesen war, etwas sehr Persönliches, auf das ein Fremder nicht kommen würde, vielleicht sein Forschungsschwerpunkt …

Fenndrick dachte fieberhaft nach. Womit hatte sich der Onkel beschäftigt? Es war Jahre her, dass er ihn zuletzt gesehen hatte, und der Onkel hatte nie wie der Magister in klaren, verständlichen Worten gesprochen. Stets waren die Äußerungen über seine Arbeit von orakelhafter Doppeldeutigkeit und reich an unbestimmten Andeutungen gewesen. Dennoch musste irgendwo der Schlüssel zu diesem Buch liegen. Vielleicht in geheimnisvollen Worten wie … »Essenz? Speziezismus? Charakterlichkeit? Homöoarkanismus? Astralzentrifugie? Globulprotuberanz?«

Der Text vor seinen Augen blieb unverändert.

Fenndrick überlegte einen Augenblick, ob er sich doch noch an der Matrix des Spruches versuchen sollte, verwarf den Gedanken aber wieder. Es hatte keinen Sinn, in vermutlich mehreren Anläufen seine magischen Kräfte auf Tage hinaus zu vergeuden, weil ihm im vierten Teil einer Stunde das rechte Wort nicht einfiel. Er nahm sich vor, wenigstens noch den Abend abzuwarten. Manchmal hatte er die besten Ideen, während er einfach nur vor sich hin döste oder die Wolken am Himmel bewunderte. Vielleicht kam ihm ja der rettende Einfall, wenn er es sich am Abend vor dem Kamin gemütlich gemacht hatte.

So brach er seine Bemühungen vorerst ab und erhob sich. Sein Magen gab eine unmissverständliche Botschaft von sich. Fenndrick nahm die Treppen hinunter zur Wohnstube im Laufschritt, als gälte es bereits den Hungertod abzuwenden, und registrierte dabei erfreut, dass seine Höhenangst in den vergangenen Tagen noch ein bisschen kleiner geworden war. Wenn er darauf achtete, nicht direkt nach unten zu gucken, stellte sich fast kein Schwindelgefühl mehr bei ihm ein!

Er hatte das Erdgeschoss erreicht und schritt die Regale mit seinen Essensvorräten ab. Da er es weder liebte noch sonderlich gut beherrschte, sein Essen selbst zuzubereiten, hatte er bei seinem Einkauf im Dorf viele haltbar gemachte Speisen erworben. Doch da die aventurische Kunst der Konservierung im Allgemeinen und die kulinarische Verwegenheit der Schindmeringer im Besonderen sich größtenteils auf das Trocknen und Pökeln beschränkte, hingen ihm die erworbenen Dinge inzwischen zum Halse heraus. »Erst die Dosis macht das Gift«, hatte der Magister einmal gesagt, während er an seinem einzigen Becher Praiostagswein genippt hatte. Nun, so gesehen befand Fenndrick, kurz vor einer gehörigen Salzvergiftung zu stehen. Je länger er das in Tuch eingewickelte Pökelfleisch betrachtete, desto übler wurde ihm. Nein, heute Mittag wollte er endlich einmal wieder ein richtiges Mahl genießen. Er würde zum *Fetten Eber* hinuntergehen und vom Besten des Hauses ordern! Eilig griff er nach der Geldbörse und tauschte die Hausschuhe, die er im Turm trug, gegen festes Schuhwerk. Den Stab gewohnheitsgemäß in der Rechten, verließ er den Turm durch die Eingangstür. Sein letzter Blick galt dem angelehnten Fensterladen. Xylda war nicht hier.

Er schloss die Tür hinter sich und schlug den Weg hangabwärts ins Dorf ein. Es war ein typischer Herbsttag, dessen auffrischender Wind drohend große Wolkenberge vor sich herschob. Einstweilen blieb es jedoch bei der Drohung, denn außer einem gelegentlichen Regentropfen, der sich genau Fenndricks Nase zum Landen ausgesucht hatte, blieb er von Efferds Element unbelästigt. Die Geldbörse an seiner Seite gab bei jedem Schritt ein leichtes Klimpern von sich. Schmerzlich erinnerte er sich, dass er noch immer keinen Weg gefunden hatte, seine schrumpfende Barschaft aufzubessern. Eine Weile lang mochte er noch so unbeschwert in den Tag hineinleben, doch irgendwann würde unweigerlich der Tag kommen, an dem er sich auf irgendeine entwürdigende Weise im Dorf würde verdingen müssen … Fenndrick schüttelte sich. Ein scheußlicher Gedanke!

Der Adept ging in einigen Dutzend Schritt Entfernung an friedlich grasenden Bornländer Bunten vorbei, von denen einige in der unnachahmlichen Art, die Kühen zu Eigen ist, zu ihm herübersahen.

Sein Blick glitt unwillkürlich zu Hallinghöfers Stall, der zu dieser mittäglichen Stunde vermutlich leer stand. Ob er sich dort unbemerkt noch einmal umsehen sollte? Vielleicht hatte der grausame Mörder Spuren hinterlassen, die den Augen der Dörfler entgangen waren? Vielleicht gar Hinweise, die nur ein Magier zu entschlüsseln verstand? Der Gedanke übte einen gewissen Reiz auf ihn aus, doch verwarf er ihn vorläufig wieder. Eine innere Stimme, die verdächtigerweise aus seiner Magengegend kam, überzeugte ihn vom Gegenteil. So schritt er kräftiger aus, bis er schließlich mit einem Bimmeln die Tür des *Fetten Ebers* öffnete.

Das Wirtshaus war leer, was zur Praiosstunde nicht weiter verwunderte. Fenndrick setzte sich an die Theke und wartete. Nach einer Weile erschien die beleibte Wirtin. Ihr Gesicht war von einer Anstrengung, deren Ursache er nicht ausmachen konnte, gerötet. Ihre Haare waren über dem Kopf zu einem festen Knoten zusammengebunden. Einzelne Strähnen hatten sich gelöst und klebten nun an der schweißnassen Haut ihres Gesichts.

»Oh, Ihr seid es, Herr? Wie kann ich Euch zu Diensten sein? Ein Helles vom Fass?«

»Ich denke, das kann nicht schaden. Sagt, gute Frau, was ist das beste und teuerste Mahl, das Ihr zuzubereiten versteht?«

Gorfinde legte den Kopf schief, als bedürfte die Antwort reiflicher Überlegung.

»Ich kann Euch ein Stück vom Hasen braten, den der Alrik geschossen hat, Herr. Da müsst Ihr mir dann aber neun Heller für zahlen, denn es ist ein junges, zartes Stück.«

»Ich zahle Euch einen ganzen Taler, wenn Ihr Euch eilt, denn mein Magen äußert sein Begehr ständig lauter.«

Gorfinde presste noch etwas wie »... nicht enttäuschen« hervor, während sie bereits wieder zurück in die Küche rauschte. Schon bald darauf kehrte sie mit dem duftenden Braten und einigen eilig in Speck aufgekochten Bohnen zurück. Sie zapfte Fenndrick ein helles Ferdoker dazu und ließ den Krug mit einem zünftigen Krachen auf die Theke niederknallen.

»Wahrlich«, nuschelte Fenndrick mit vollem Mund, »Ihr habt nicht zu viel versprochen. Ein Stück von erlesener Qualität. Und so etwas habt Ihr in diesem abgelegenen Ort ständig vorrätig?« Mit einem Schlürfen saugte er sich das Fett von den Fingern.

»Es war ursprünglich ... von Tergil bestellt gewesen, Herr.« Gorfindes Lippen hatten sich zu einem schmalen Strich verengt. Die Farbe schien aus ihrem rundlichen Gesicht gewichen zu sein.

Fenndrick schluckte seinen Bissen hinunter und fragte dann unwirsch: »Und Ihr glaubt wohl auch, dass ich ihn auf dem Gewissen habe, wie?«

Gorfinde schien sich in ihrer Haut gänzlich unwohl zu fühlen. Ihre Finger zupften nervös an ihrem Rocksaum herum, eine Geste, die bei ihrer Leibesfülle sehr merkwürdig aussah.

»… nein, Herr. Die Leute im Ort erzählen sich das. Aber ich glaube es nicht. Ihr seid ganz anders als Euer Onkel.«

Fenndrick schob sich einen ordentlichen Bissen fetttriefender Bohnen in den Mund. Er kaute kurz und spülte sie dann mit einem Schluck Bier hinunter.

»Nun, da könnt Ihr etwas auf Eure Menschenkenntnis halten, denn die grausame Tat hat mich nicht minder erschreckt als Euch.« Er wollte sich eben das nächste Stück Fleisch greifen, da fragte er mit misstrauischem Unterton nach: »Aber, gute Frau, woher wisst Ihr um meine Verwandtschaft zum vormaligen Turmherrn?«

Gorfinde schluckte. »Ihre Gnaden, Frau Ulmenast hat es mir erzählt.«

»So? Hat sie das?«

»Ja. Ihre Gnaden glaubt auch nicht, dass Ihr es gewesen seid. Ihre Gnaden sagt, das sind dumme Bauernmärchen, und auf solche Gedanken kommt man nur, wenn man zu lange in der Sonne steht. Ihre Gnaden hält sehr große Stücke auf Euch.«

Fenndrick versuchte sich nicht anmerken zu lassen, wie sehr ihn die Worte der Wirtin erfreuten, während er sich wieder dem Braten widmete. Eine Weile kaute er still vor sich hin. Gorfinde stand vor ihm, als wäre es ihre Gastgeberinnenpflicht, ihm beim Speisen zuzusehen. Schließlich fragte er:

»Womit hat sich mein Onkel beschäftigt? Ich meine, er muss doch seine Besorgungen auch hier gemacht haben, nicht wahr? Hat er je erzählt, womit er sich den Tag vertrieb?«

Die Wirtin stierte auf einen Punkt irgendwo neben ihm. Sie schien plötzlich wenig begierig, ihm Antwort zu geben. Schließlich antwortete sie, ohne den Blick von der Stelle neben seiner Schulter abzuwenden: »Der Magier Mocurion war ein seltsamer Mensch. Die Leute im Dorf sagen, er hatte ein schwarzes Herz. Aber ich glaube eher, dass es ein gebrochenes war. In jüngeren Jahren war er voller Eifer gewesen wegen der Dinge, die er in seinem Turm ausheckte. Aber … nachdem es misslang, war er sehr böse und verbittert. Nur mit mir hat er manchmal noch gesprochen. Aber seine Stimme war immer voll von Hass und Enttäuschung. Ihre Gnaden sagt, es ist gut, wenn so jemand stirbt. Er findet dann endlich Frieden.«

Fenndrick nagte an einem Knochen herum, um sich kein Stück des zarten Fleisches entgehen zu lassen. »Welche Forschungen hatte er denn abbrechen müssen?«

»Ich kenne mich mit solchen magischen Dingen nicht aus, Herr.«

»Ihr sagtet doch, dass ihm etwas misslungen sei?«

»So etwas merkt man, Herr. An der Art wie er sich benommen hat. Er war hinterher nicht mehr derselbe.«

Fenndrick strich mit dem letzten Rest Bohnen das verbliebene Fett zusammen, um es dann genüsslich auf der Zunge zergehen zu lassen. Das verbliebene Ferdoker leerte er in einem Zug.

»Ah! Ihr habt Euch den Taler redlich verdient. Und nehmt noch diesen Heller für das Bier dazu, gute Frau.«

»Ein Krug Ferdoker vom Fass macht aber …«

»Ich weiß. Nehmt den Rest als Dank für Eure Auskünfte.«

»Habt Dank, Herr. Travia sei mit Euch.«

»Und Hesinde mit Euch! Gehabt Euch wohl.«

Fenndrick erhob sich, strich seine Robe glatt, griff nach dem Stab, der neben ihm lehnte, und trat durch die Tür nach draußen.

Die Praiosstunde neigte sich dem Ende entgegen, aber das goldene Auge des Götterfürsten war nirgends zu sehen. Der Wind trieb weiter unablässig dunkle Wolkenberge vor sich her, doch Efferd war gnädig und verschonte ihn noch. Fenndrick blickte, wohl gesättigt wie schon lange nicht mehr, auf den Dorfplatz hinaus. Welcher Herausforderung sollte er sich nun zuwenden? Hallinghöfers Stall in Augenschein nehmen? Das wäre eine rechte Aufgabe für einen Magier der Hellsichtzauberei. Doch weit mehr Spaß würde es sicherlich machen, mit Tessia zusammen dort einen Blick hineinzuwerfen! Ohne sich lange den Kopf zu zerbrechen, machte sich Fenndrick auf den Weg zu der kleinen Kapelle. Er hatte die Boroni seit Tagen nicht mehr gesehen, seit sie die beiden Verblichenen, wie Tessia sich ausgedrückt hatte, auf dem Boronanger begraben hatten. Er hatte täglich an ihr hübsches Lächeln in dem bleichen Gesicht denken müssen, doch er hatte nicht aufdringlich erscheinen wollen und deswegen einen Besuch immer weiter hinausgeschoben. Was sollte sie auch denken, wenn er eigens um ihretwillen den Weg hinunter ins Dorf einschlug? Schließlich hatte sie ihre eigene Aufgabe vor dem Schweigsamen Gott zu erfüllen, da konnte dauernder Besuch schnell lästig werden. Und zur Last fallen wollte er ihr ganz gewiss nicht. Doch nun, da er ohnehin schon einmal hier war, konnte er ja kurz vorbeischauen …

Er bog auf den Pfad zu der abgelegenen Kapelle ein. Der Wind drehte das gusseiserne Boronrad auf der Dachspitze des heiligen Hauses hin und her, sodass es quietschte. Fenndrick passierte die Rosenhecke, die den Totenanger umfasste, und ging mit einem leisen Gefühl der Ehrfurcht an den letzten Ruhestätten vorbei. Durch das einladend geöffnete zweiflügelige Tor trat er ein.

Die Kapelle war leer.

Der Raum lag in einem erhabenen Halbdunkel. Fenndricks Schritte waren von den unverputzten stei-

131

nernen Wänden vielfach zurückgeworfen worden. Als der Widerhall abebbte, blieb nichts als borongefällige Stille zurück. Der Schrein lag bis auf eine in schlichten Blautönen gehaltene Decke schmucklos vor ihm. Er maß zweieinhalb Schritt in der Breite, einen in der Länge und hatte eine Höhe von fast anderthalb Schritt. Das Heiligtum, das augenscheinlich das Zentrum der Kapelle bildete, war ganz aus schwarzem Basalt gefertigt, einem Material, das dem Kult des Totengottes wahrscheinlich mehr bedeutete als jeder andere Baustoff. Eine solche Steinplatte musste ein immenses Gewicht haben. Vermutlich hatte sie ein eigener Wagen von einer der Zwergenbingen bis hierher befördert, kam es dem Zauberer in den Sinn. Ein leichter Schauer durchfuhr ihn, und das nicht nur der Kühle wegen. In den Fensternischen sah er Kerzen stehen, die dem dunklen Ort jedoch kein Licht spendeten.

Fenndrick hatte das Gefühl, dass allein schon seine Anwesenheit die heilige Ruhe dieses Ortes störte. Und Tessia war augenscheinlich nicht hier. Er verließ die Kapelle.

Draußen atmete er kurz auf und ging zu dem kleinen Anbau hinüber, in dem sie wohnte. Ein kurzes Klopfen, auf das keine Antwort erfolgte, bestätigte ihm, dass sie auch hier nicht weilte.

Er dachte kurz nach. Schindmeringen war ein geradezu winziger Ort. Anders als in Honingen konnte man hier notfalls von Tür zu Tür laufen, wenn man jemanden suchte. Doch das war nicht die Art und Weise, wie ein Fenndrakon von Havena sich gebärden würde! Also blieb ihm nichts anderes übrig, als enttäuscht kehrtzumachen und den Weg zum Turm einzuschlagen. Der Mittag war gerade erst vorüber, der Tag noch lang. Er würde es heute Abend noch einmal versuchen, sagte er sich und ging hangaufwärts.

Der größte Teil des Nachmittags wartete noch auf ihn,

und es lag in seinem Ermessen, etwas daraus zu machen. Die *Mikromagischen Studien* gingen ihm durch den Kopf, ohne dass er auf der Suche nach dem Lösungswort einen Schritt weiter gekommen wäre. Seine Gedanken glitten zurück zu der Zeit, als sein Onkel ihn noch gelegentlich in Honingen besucht hatte. Der Magister war meist schon ungehalten gewesen, wenn er ihn die Straße hinunter … der Magister! Fenndrick kam sich wie jemand vor, der in der Vorratskammer mit der Hand im Schmalztöpfchen erwischt worden war (und das Gefühl kannte er sehr gut). Er hatte seit seiner Abreise dem Magister nicht mal die kleinste Nachricht zukommen lassen. Dabei ließen die unsicheren Straßen in Albernia es durchaus angemessen erscheinen, wenigstens seine unbeschadete Ankunft im Turm des Onkels in einer kurzen Mitteilung zu bestätigen. Der gute Magister hatte des Nachts vor Sorge sicherlich wieder zum Schlafgebräu greifen müssen, während der junge Herr Magier sich hier unbekümmert den Bauch mit Hasenbraten voll schlug! Nun gut, also galt es heute Nachmittag das Versäumte nachzuholen.

Mit diesem Entschluss erreichte er zugleich die Hügelkuppe und trat durch die Eingangstür des Turmes ins Innere. Der Fensterladen war nicht weiter geöffnet als zuvor, Xylda war also von ihren Unternehmungen noch nicht zurückgekehrt. Fenndrick tauschte flugs sein Schuhwerk gegen Hausschuhe und verriegelte die Tür hinter sich sorgfältig. Wenn der wahnsinnige Mörder nicht schon im Turme war, würde er nun auch nicht mehr hineingelangen, denn das Fenster war für einen Menschen zu schmal, und der Türriegel war so mächtig, dass er einen Oger eine ganze Stunde aufhalten könnte! Sich einigermaßen sicher fühlend, legte Fenndrick die beiden Treppen bis zur Studierstube zurück.

Er riss die Fenster auf, um Licht und Luft hereinzulassen, und entnahm dem Schrank seine treue Schreibfeder mit dem kleinen Tintenfässchen, die er von Honingen bis hierher mitgebracht hatte. Dazu griff er eine Seite guten Pergaments heraus und legte sie auf den Tisch. Er selbst nahm davor Platz, tunkte die Federspitze kurz in die Tinte und … verharrte ratlos. Wie sollte er beginnen? Fenndrick hatte nicht oft Briefe geschrieben, und auch die ungezählten Schreibstunden im Arbeitszimmer des Magisters wollten ihm nun keine rechte Hilfe sein. Er strich sich nachdenklich mit dem flauschigen Ende der Feder um das Kinn und legte sich im Kopf zurecht, was er seinem alten Lehrmeister mitzuteilen gedachte. Als er mit dem Ergebnis seiner Vorbereitungen zufrieden war, setzte er die Feder an und schrieb, nur noch vom gelegentlichen Ringen um ein treffenderes Wort unterbrochen:

Lieber Magister Eboreus,

bitte entschuldigt, dass ich so lange nichts von mir hören ließ. Doch so ein Umzug ist eine anstrengende Angelegenheit, und meine Studien und die Geschehnisse hier in Schindmeringen haben mich sehr in Anspruch genommen. Der Turm des Onkels ist ein stilles, abgelegenes Gemäuer, in dem es sich trefflich arbeiten lässt. Es würde mich freuen, wenn Ihr ihn Euch einmal bei einem Besuche ansehen würdet.

*Die Dörfler bringen gebildeten Leuten leider nicht den Respekt entgegen, den Ihr aus Honingen gewohnt seid. Dennoch handelt es sich im Großen und Ganzen, glaube ich, um einen freundlichen Menschenschlag. Besonders die örtliche Boron-*geweihte *ist mir sehr verbunden.* (Um diesen Ausdruck hatte Fenndrick besonders lange gerungen.)

Meine Studien sind bis heute gut vorangeschritten. Der Onkel führt im Bücherschrank manches Werk, das Euch die Haare zu Berge stehen ließe. Es wird Euch freuen zu hören, dass ich mich mit diesen Dingen zukünftig nicht mehr beschäftigen werde.

Und, stellt Euch vor, die gute Xylda, die der Onkel früher

Pardona geheißen hat, lebt immer noch hier. Sie ist mir ein treues Haustier und hält die Ratten fern.

Ich hoffe, dass es Euch genauso wohl ergeht wie mir. Bitte grüßt mir auch Lidda, der ich für ihre weiteren Studien alles Gute wünsche. Dass sie einen hervorragenden Lehrmeister hat, ist meine feste Überzeugung.

Hesinde und die anderen Elf mit Euch,

Herzlichst, Euer Fenndrick

Fenndrick las den Text noch einmal durch. Alles, was er dem Magister hatte mitteilen wollen, stand darinnen. Die anderen Dinge, die Fenndrick lieber für sich behielt, hätten ihn entweder zu sehr beunruhigt oder ihn gar zum Schmunzeln gebracht. Der junge Magier blies noch einmal über das Pergament, um die Tinte zu trocknen. Dann rollte er die Seite zusammen und ließ sie unter seiner Robe verschwinden. Wie man an diesem Ort wohl ein Scriptum beförderte? Eine Botenstation hatte Fenndrick bisher nirgends gesehen. Am besten würde er Tessia heute Abend danach fragen!

Es war Nachmittag, der Abend ließ – wie er durch die geöffneten Läden erkennen konnte – noch ein wenig auf sich warten. Fenndricks Blick schweifte zum noch immer aufgeschlagenen Buch des Onkels. Wie konnte ein solches Werk entschlüsselt werden, wenn nicht von dem letzten lebenden Anverwandten dessen, der es verschlüsselt hatte? Fenndrick starrte die seltsamen Buchstaben an, die sich seinem Blick immer wieder zu entziehen schienen. Ohne rechte Überzeugung sprach er nacheinander:

»Schlüsselwort? CRYPTOGRAPHO? Schwarzmagie? Astralkraft? Lösungszauber?«

Es stellte sich nicht die geringste Wirkung ein. Bis zur Stunde hatte er versucht, sich in den Onkel hineinzuversetzen, was nach den Jahren, die er ihn nicht mehr gesehen hatte, schwer genug war. Er hatte versucht, sich vorzustellen, wie der Magister ein solches Problem angehen würde, doch auch dies hatte nicht zum Erfolg geführt. Vielleicht konnten andere Menschen ihm besseren Rat erteilen? Er versuchte sich Lidda vorzustellen, die mit kraus gezogener Stirn auf ihrem Bett lag und in das unleserliche Buch starrte. Was würde ihr für ein Zauberwort in den Sinn kommen? Fenndrick wusste tatsächlich eine Antwort auf diese Frage und sagte leise:

»Weiche, Djinn der Schrift!«

Nichts rührte sich. Tulamidische Märchen konnten sehr unterhaltsam sein, magische Studien indes ließen sich auf ihnen offensichtlich nicht aufbauen. Fenndrick erhob sich und schritt nachdenklich durch das Zimmer. Er blickte lange durch das Fenster hinaus auf das herbstliche Laub des Röbbewaldes, bis er jedes Zeitgefühl verloren hatte. Dann ging er hinüber zum Spiegel und blickte sein Ebenbild an, das dem Äußeren des Onkels in seiner Erinnerung so ähnlich war. Vielleicht würde er das Lösungswort erraten können, wenn er sich ganz in die Züge seines Onkels vertiefte? Fenndrick starrte geradeaus, bis ihm das Bild vor den Augen verschwamm. Des Rätsels Lösung wollte ihm einfach nicht einfallen.

Rastlos ging er auf und ab. Als er der ewig gleichen Bewegung überdrüssig wurde, begann er, den Tisch zu umkreisen. Was würde Tessia ihm raten? Fenndrick sah sich im Geiste vor die Boroni treten und sein Problem schildern. Die Geweihte hörte ihm verständnisvoll zu. Dann lächelte sie andeutungsweise und sagte: »Gewiss hast du Recht. Ein solches Lösungswort ist etwas sehr Persönliches, etwas, das deinem Onkel sehr, sehr viel bedeutet hat.« Fenndrick hielt mitten im Schritt inne. Wie Recht sie hatte! Tessias Ratschläge waren selbst dann noch bestes Gold wert, wenn sie diese gar nicht selbst gab! Etwas, das dem Onkel wirklich viel bedeutet hatte? Etwas sehr Persönliches, an dem er sehr gehangen hatte? Natürlich, dass er darauf nicht schon früher gekommen war! Mit neu erwachtem Eifer eilte er auf den Tisch zu. Voller Ungeduld nahm er das Buch in beide Hände und sagte mit fester Stimme: »Fenndrick.«

Nichts rührte sich.

Einen Augenblick lang hätte er vor Wut und Enttäuschung die Tischkante durchbeißen können. Dann sackte er kraftlos auf den Stuhl. Entmutigt stützte er den Kopf mit der Hand ab, als hätte sein Gewicht sich soeben vervielfacht. Dieses Rätsel war vermutlich überhaupt nicht lösbar! Der Onkel hatte irgendein aberwitziges Wort genommen, das nur ihm selbst irgendetwas bedeutet hatte. Vielleicht die Antwort, die ihm in seiner Adeptenprüfung das meiste Kopfzerbrechen bereitet hatte. Oder der Name, den er schon immer einem fliegenden Pferd hatte geben wollen, wenn er denn je eines besessen hätte. Solche Rätsel waren nicht lösbar. Sie dienten nur dazu, Barden und greisen Großmütterchen alte, langweilige Geschichten zu liefern, mit denen sie ihr Publikum in den Schlaf reden konnten.

Ein aufforderndes Miauen ließ Fenndrick aus seiner Verzweiflung aufhorchen. Seine treue Katze hatte ihren kleinen Ausflug beendet und war unbemerkt bis hier hinauf gehuscht. Sie steuerte nun zielstrebig den Stuhl an, auf dem er saß. Mit einem Satz war sie auf seinen Schoß gesprungen und gab laut schnurrend zu verstehen, dass sie gestreichelt werden wollte. Fenndrick kraulte das verspielte Tier hinter den Ohren.

»Dir ist das alles egal, nicht wahr, kleine Xylda?«

Es knisterte. Winzige, blaue Funken umspielten die MIKROMAGISCHEN STUDIEN. Der schwere Foliant schien aus einem inneren, blauen Feuer heraus zu glühen. Dann war der ganze Spuk so unvermittelt vorbei, wie er begonnen hatte. Fenndrick fasste mit zittrigen Fingern danach und ließ seinen Blick über die ersten Zeilen schweifen. »*Dem geneigten Leser sei verraten, dass mich auf*

den folgenden Seiten das Begehren umtreiben wird zu ent-
schlüsseln, welcher …«

Fenndrick schrie und sprang auf, sodass die Katze protestierend maunzte, als sie auf allen vieren auf dem Boden landete. Er klemmte sich hastig das Buch unter den Arm und raste nach unten.

Tessia

»… *Boron ist der Herr über Sterben und Tod,*
ihn beten wir an.
Boron ist der Herr über Sterben und Tod,
ihn beten wir an.
Lasst uns hintreten vor ihn in Gemeinschaft mit jenen beiden,
die er aus unserer Mitte zu sich gerufen hat!
Ihn beten wir an.
Nahe ist uns Boron.
Bedenken wir den Tod:
Nur ein Hauch trennt Zeit von Ewigkeit.
Boron ist der Herr über Sterben und Tod.
Ihn beten wir an.«

Tessia ließ sich erschöpft auf die Strohballen sinken, unweit der Stelle, an der vor Tagen noch die beiden Verblichenen gelegen hatten. Der Stall war leer, glücklicherweise. Zu dieser mittäglichen Stunde waren die Kühe draußen auf der Weide. Nur Bauer Hallinghöfer hatte den ganzen Vormittag mit ihr gemeinsam im Stall verbracht. Er hatte neben der Eichenholztür gestanden, die in sein Wohnhaus führt, und alles, was sie unternahm, mit verkniffenem Blick verfolgt. Und bei den Zwölfen, sie hatte wahrhaft viel getan!

Erst hatte sie aus einem alten Schmöker die »Verse wider die Niederhöllen« rezitiert, ein unsägliches Werk, das nach Ansicht seines Verfassers zwölf mal zwölf Wiederholungen erforderte, um seine volle Wirkung zu entfalten. Als sie sich selbst bereits fast in Trance geredet hatte, war ihr endlich der letzte Vers über die Lippen gekommen. Sie hatte zu Hallinghöfer geblickt; er hatte unzufrieden ausgesehen. Dann hatte sie aus dem Kopf den traditionellen Segen der Boronkirche über den Stall gesprochen, ihn wiederholt, ihn ein zweites Mal wiederholt, ihn ein drittes, viertes, fünftes Mal wiederholt. Nach der zwölften Wiederholung hatte sie zu Hallinghöfer gesehen. Er hatte unzufrieden gewirkt. Als Nächstes hatte sie für die Seelen der Verstorbenen gebetet. Einen offiziellen Psalm der Boronis. Einige persönliche Worte von ihr. Noch einen Psalm. Noch mehr Persönliches. Sie hatte zu Hallinghöfer geblickt. Er war unzufrieden gewesen. Schließlich war ihre Geduld am Ende angelangt. Sie hatte das Räucherwerk entzündet und, die »Litanei der letzten Ruhe« rezitierend, rauchschwenkend den ganzen Stall abgeschritten, bis Hallinghöfer endlich hustend und keuchend im Innern seines Hauses verschwunden war. Und nun saß sie auf den Strohballen und sog den würzigen Duft der verräucherten Luft ein, an den sie sich schon während ihres Noviziats gewöhnt hatte.

Sie kannte die Reaktion der Leute; oft wurde sie von einem ängstlichen Bauern oder einer abergläubischen Bäuerin herbeigerufen, wenn es galt, Hexen, Geister, Kobolde, Dämonen oder andere Sendboten des Namenlosen zu verscheuchen. Meist war der Anlass eine missglückte Ernte, krankes Vieh oder ein unerklärlicher Unfall auf dem Hof. Dann wurde nach der Borongeweihten geschickt. Sie erschien mit einem alten Buch in den Händen, rezitierte, betete, sang und verbrannte Räucherwerk. Tessia hatte keine Ahnung, ob Räucherwerk etwas gegen Dämonen auszurichten vermochte, aber in jedem Fall half es gegen neugierige Kinder oder an allem herummäkelnde Besserwisser, die ansonsten nie so recht glauben wollten, dass der Spuk nun ein Ende habe. Nach Tessias Ansicht hatten geheimnisvolle nächtliche Unfälle in Bauernhöfen weniger mit Spuk zu tun als vielmehr mit Hausherren, die nachts betrunken auf einen Rechen traten und anderntags eine aberwitzige Geschichte erfanden, um die farbenfroh schillernde Beule an ihrem Kopf zu erklären. Daher war es das Beste, ein wenig Budenzauber zu veranstalten, den Segen Borons herbeizubitten und den Spuk für beendet zu erklären. Wenn die Dörfler nur fest genug daran glaubten, fand das Gerede über geisterhafte Erscheinungen dann schnell ein Ende … und der Segen Borons hatte schließlich auch noch keinem geschadet, sterben mussten sie schließlich alle einmal.

Doch dieser Fall war anders. Tessia hatte die beiden grausam zerrissenen Leichen mit eigenen Augen gesehen. Hier war ein Wahnsinniger am Werk gewesen, und wo die Gebote der Zwölf nicht mehr recht begriffen wurden, vermochten diese unter Umständen auch nicht viel auszurichten.

Tessia war erleichtert, dass Hallinghöfer endlich gegangen war. Ohne die misstrauischen Blicke des Mittvierzigers im Nacken konnte sie sich nun ungestört umsehen. Die Leichen hatte sie ja bereits eingehender zu Gesicht bekommen, als es selbst ihrem abgehärteten Gemüt genehm gewesen war. Der Täter musste sehr kräftig gewesen sein, nach allem, was er den beiden angetan hatte …

Sie wühlte das Stroh zur Seite. Hallinghöfer hatte einfach frisches Stroh über die Blutlache gekippt, sodass die Stelle, an der die Toten gelegen hatten, immer noch leicht zu finden war. Der Bauer hatte gesagt, dass Tergil und Jadin sich öfter heimlich hier getroffen hatten, also war die Tat vermutlich auch hier im Stall geschehen. Wenn es keine gänzlich zufällige Wahnsinnstat gewesen war, musste der Mörder um die heimlichen Treffen der beiden gewusst haben. Er war ihnen im Dunkeln bis zum Stall gefolgt, hatte beobachtet, wie sie die Kleider abgestreift hatten, und …

Tessia pfiff durch die Zähne. Die Kleider! Es waren keine Kleider hier gewesen, als sie die Leichen gefunden hatten. Die beiden dürften kaum so, wie sie von Tsa geschaffen worden waren, durch das halbe Dorf gelaufen sein!

Sie starrte nachdenklich auf den eingetrockneten Blutfleck. Es war sehr viel Blut geflossen, doch es waren ja auch zwei Tote gewesen. In Anbetracht ihres Zustandes hätte es mehr sein müssen. Sie blickte sich um. Der Täter musste blutbesudelt gewesen sein, und der Mord hatte innerhalb der Umzäunung für das Vieh stattgefunden. Ohne die Hände zur Hilfe zu nehmen, konnte hier niemand hinausgelangen. Sie nahm die gesamte Länge des hölzernen Verschlags bis zum Tor in Augenschein. Tatsächlich! Etwa in Griffhöhe des Holztörchens war ein kleiner Blutfleck. Sie öffnete das Tor und blickte auf den Boden des Stalles. Da war ein weiterer Tropfen und noch einer! Die Spur deutete in Richtung der Tür zu Hallinghöfers Diele. Tessia stutzte. Warum sollte der Täter den Weg in Hallinghöfers Haus gesucht haben? Das ergab überhaupt keinen Sinn. Wenn man den Stall zum großen Tor verließ, konnte man sich im Dunkeln ungesehen an die Hauswand pressen oder die zwei Dutzend Schritt zum Rand des Röbbewaldes hinüberlaufen. Kein Mensch würde nach einer solchen Tat den Fluchtweg durch ein bewohntes Haus wählen.

Keiner.

Außer … es sei denn, es war …

»Kann ich Euch helfen?«

Hallinghöfers Stimme klang barsch, während seine Hand sich auf ihre Schulter legte.

Losanes dicke Finger pflückten ungesehen das köstliche kleine Fleischbällchen aus dem Suppentopf, der seit kurzem über dem Feuer hing. Das Bällchen war noch nicht warm, aber es zerging bereits auf der Zunge, als hätte der beste Koch Havenas es zubereitet. Als Gorfinde sich umdrehte, schluckte die beleibte Magd den Rest hastig herunter.

»Kind, was machst du denn da?«

»Ich schaue, ob die Suppe schon kocht.«

Gorfinde verschränkte die Arme vor dem üppigen Busen, der den Maßen ihrer Magd in nichts nachstand. Wie sie einander so gegenüberstanden, die rundlichen Gesichter gerötet, Gorfinde die Haare hochgesteckt, Losane die ihren unter der Haube verborgen, da hätte man sie für Mutter und Tochter halten können.

»Red keinen Unsinn, Kind. Du naschst.«

Losane nestelte verlegen an ihrem Mieder herum. »Nur ein wenig.«

Die Wirtin des *Fetten Ebers* schüttelte den Kopf, dass sich manche Haarsträhne aus dem Dutt löste und ihr wild um die Ohren flog. »Da kommt schon der Herr herein und isst uns den halben Hasen weg, und alles, was dir einfällt, ist, noch der Suppe das Fleisch zu nehmen. Was willst du tun, wenn es gar nichts mehr zu beißen gibt in der Suppe? Sie in Krüge füllen und statt Bier ausschenken?«

»Ich wollte nur einen Bissen. Wo doch der Herr uns schon den Hasen weggegessen hat.«

Gorfinde machte sich wieder daran, die Bierkrüge auf Hochglanz zu polieren. Losane wusste, dass sie ihr so zu verstehen gab, dass die Angelegenheit damit für sie erledigt war. Gorfinde widmete sich ganz einem der Krüge, als gäbe es nichts auf der Welt, was wichtiger wäre. Dann sagte sie in beiläufigem Tonfall: »So kehr mir denn die Reste zusammen und schlag sie in dem Tuch ein. Das bringst du nachher dem Fasterkumm für die Schweine.«

»Ich muss noch nach der Sinistra sehen. Sie hat nach einer Flasche vom besten Wein verlangt. Und wenn ich dort bin, gehe ich ihr am besten auch gleich mit dem Besen durch die Stube. Nötig wird sie's allemal haben.«

»Ts, ts, ts«, machte Gorfinde nur. Kaum war der schöne Braten fort, wurde auch noch nach dem besten Wein gefragt! War unter den Schindmeringern plötzlich der Wohlstand ausgebrochen?

»Wenn nun nächste Woche die Königin hier nächtigen würde, sie bekäme nichts als Dauerwurst und Bier vom Fass«, sagte sie.

»Es ist noch Dauerwurst da?« Losane ging auf die Bemerkung Gorfindes nicht weiter ein. Sie wusste, dass die Wirtin solche Dinge nur im Scherz sagte. Sie kannte Gorfinde von klein auf. Ihre Eltern waren fortgezogen, um in der Stadt ihr Glück zu machen, und hatten das schreiende Kind einfach auf der Türschwelle ausgesetzt. Die gutmütige Wirtin hatte sie sogleich bei sich aufgenommen, obwohl das Wirthaus damals noch nicht so gut besucht gewesen war wie heute. Ihr Mann, der »braune Holk«, wie man ihn damals genannt hatte, hatte zu der Zeit noch gelebt und ihr tagein, tagaus Vorwürfe wegen des Kindes gemacht. Der »braune Holk« war ein trunksüchtiger und jähzorniger Bursche gewesen, und er war sehr laut geworden, wie ihr später einmal erzählt worden war. Aber Gorfinde war standhaft geblieben und hatte sich mit der Auffassung durchgesetzt, dass es der Frau Travia wohl kaum gefallen könne, wenn ein gastliches Haus wie das ihre ein hilfloses Kind abweise. Später dann war der Holk gestorben, als das große Unglück über das Dorf gekommen war. Losane war beim Tod ihres Ziehvaters noch sehr klein gewesen, aber sie erinnerte sich, dass niemand im Haus geweint hatte. Der Tod des Säufers war vom damaligen Boroni festgestellt worden, der ein göttergefälliges Begräbnis ausgerichtet hatte. Gorfinde hatte kein Wort über das Geschehene verloren, doch fortan hatte sie die Bewirtschaftung des Hauses selbst in die Hand genommen. Und die beleibte Hausherrin verstand ihr Handwerk. Wo der trunksüchtige Vater nur noch mühsam

zusammengehalten hatte, was er von seinen Eltern er-
erbt hatte, da blühte das heimelige Haus unter Gorfindes Händen bald auf. Die Stube wurde reinlicher, das
Bier billiger, was die jungen Burschen und Mädel aus
dem Dorf lockte, dafür das Essen besser und teurer.
Und Gorfinde hatte für jeden Gast ein freundliches
Wort und einen guten Rat, wenn er denn erwünscht
war. Bald war es in Schindmeringen guter Brauch, sich
abends nach getaner Arbeit im *Fetten Eber* noch auf ein
Bier zu treffen und den Praiostag mit einem hervorragenden Mahl zu ehren. Das Kupfer und Silber klingelte
in den Händen der tüchtigen Wirtsfrau, und für ihren
Sohn Alrik und die Ziehtochter Losane war fortan immer genug zu essen auf dem Tisch. Wenn eine gute Ernte die Bauern freigiebig machte, sparte Gorfinde einen
kleinen Betrag an, um auch in den Jahren der schlechten
Ernten immer ein Auskommen für sich und die Kinder
zu haben. Auch wenn die Schindmeringer immer hage-
rer wurden und selbst die jungen und noch nicht ausge-
wachsenen Tiere schlachteten, um sich über die schlechten Zeiten zu behelfen, hatte es in Gorfindes Haus
immer ausreichend Fleisch gegeben. In solchen Zeiten
hatten manche im Dorf hinter vorgehaltener Hand erzählt, die Wirtin sei eine Dämonenbuhle und stehe mit
dem Hexer im Turm im Bunde, der ihr immer Fleisch
zukommen lasse, das indes nicht von dieser Welt sei.
Und Losane, die sich bei der sonderbaren Sinistra mit
hilfreichen Arbeiten verdingte, trug damit ihr Übriges
zu den bösen Gerüchten bei. Seitdem die Leute sich so
viel Schlechtes über Gorfinde erzählten, hielt auch Gorfinde viel Schlechtes von den Leuten. Doch da der *Fette
Eber* das einzige Wirtshaus im ganzen Umkreis war, kamen die Dörfler dennoch wieder, wenn die Zeiten besser wurden und das Silber lockerer saß. Gorfinde aber
hatte bis heute nicht vergessen, wie übel sie ihr mitge-
spielt hatten, wenngleich sie selten ein Wort darüber

verlor. Losane vermutete, dass die Wirtin zu dem seltsamen Zauberer und der noch seltsameren Sinistra deswegen immer so freundlich gewesen war. Man durfte nicht alles glauben, was man sich an langen Abenden im *Fetten Eber* über den »Dämon im Turm« und die »Hexe, die niemals ihr Haus verlässt« erzählte!

»Ja«, sagte Gorfinde nach geraumer Pause, »aber du magst sie der Alten mitnehmen. Die wird's brauchen.«

»Wie?«

»Kind, wo bist du nur mit deinen Gedanken?«, fragte Gorfinde mit gespieltem Ärger.

Losane griff nach dem Reisigbesen, um zu zeigen, wie gegenwärtig ihr die notwendigen Arbeiten doch waren.

»Der Herr Zauberer, den du vorhin gesprochen hast, glaubst du, dass der die Tiere vom Hallinghöfer verhext hat?«

Gorfinde zucke mit den Achseln, spuckte zielsicher einen Fleck auf dem Bierkrug an, den sie gerade in den Händen hielt, und polierte die Stelle energisch mit dem Lappen.

»Warum sollte denn der die Kühe verzaubern? Ich glaube, dass der den Tergil noch nicht mal kannte. Als er noch gelebt hat, meine ich.«

Losane fegte, wie Gorfinde sie geheißen hatte, die Essensreste zusammen, doch in ihrem Kopf arbeitete es.

»Wenn der Turmherr aber doch genauso aussieht wie der alte Zauberer, nur um Jahre jünger, dann muss das doch die Leute reden machen!«

»Der alte Turmherr ist tot, mein Kind, der kann uns nichts mehr tun. Das hat mir die Frau Ulmenast erzählt. Und du weißt, dass die Diener der Zwölf nicht lügen.«

Losane schien noch nicht überzeugt. »Aber manchmal geben die Götter einem schlechten Menschen eine zweite Gelegenheit. Dann kehrt er zurück und kann dieses Mal alles besser machen.«

Gorfinde, deren prüfenden Blicken der glänzende

Krug nun endlich standhielt, war deutlich anzumerken, was sie von dieser Vermutung hielt. »Wenn schon einer wiederkehrt, dann muss er doch entsetzlich stinken vom Grab, und er sieht so furchtbar aus, dass er sich nur noch nachts herumzulaufen traut, weil er ein garstiger Wiedergänger geworden ist. Dann holt man die Boroni, die ihm die Flausen aus dem Kopf treibt und ihn endlich merken macht, dass er längst tot und gestorben ist. Dann betet sie noch zum Herrn Boron, der den Ghul endlich bei sich aufnimmt, und der Spuk ist vorbei. So geht das mit den Wiedergängern, mein Kind.«

Losane schnürte nachdenklich das Tuch zu, in dem sie inzwischen die Speiseabfälle gesammelt hatte. Als ihre fleischigen, aber geschickten Finger die Arbeit beendet hatten, warf sie sich den Beutel über die Schulter.

»Wenn aber der Zauberer die beiden Armen nicht gemordet hat, dann ist, was sie zerfleischt hat, vielleicht noch immer im Dorfe?«

Gorfinde setzte den Bierkrug ab und ließ den Lappen achtlos daneben fallen. Sie drehte sich zu ihrer Ziehtochter um und sagte mit ernstem Gesicht: »Recht hast du, Kind. Und deswegen wirst du dich eilen, wenn du beim Fasterkumm und bei der Alten vorbeigehst. Bleib nicht zu lange fort! Wenn's dunkel wird, kommst du mir sofort nach Hause, hörst du? Und komm ja nicht auf den Gedanken, dich in diesen Tagen auch heimlich irgendwo mit einem Burschen zu treffen!«

»Ja«, sagte Losane, die alles gegeben hätte, um nur endlich von einem Burschen eingeladen zu werden.

»So, dann hol jetzt den Wein und vergiss die Wurst nicht, Kind, und eil dich, dass du zeitig zurück bist!«

»Ja, doch«, erwiderte Losane. Sie ging in die Vorratskammer, griff die Honinger Hartwurst vom Haken und klemmte sie sich unter den Arm. Dann griff sie mit der Linken den kostbaren Yaquirtaler aus dem Regal. Eine lachende Sonne und viele pralle Weintrauben kündeten auf dem Etikett von der erlesenen Qualität des Inhalts. Losane hätte gern ein Schlückchen probiert, doch sollte man es sich mit der Mutter besser nicht vollends verderben!

So schritt sie mit knappem Gruß an Gorfinde vorbei und machte sich auf den Weg zum Fasterkumm. Da der Hof verlassen schien und ihr Gorfindes Wort, sie solle sich eilen, noch im Ohr lag, legte sie den Beutel nur neben dem Tor ab. Sie kicherte. Sollte der Fasterkumm doch sehen, ob er den Inhalt den Schweinen gab oder lieber selbst fraß!

Dann machte sie sich auf den Weg zum Haus der alten Sinistra. Der Himmel war herbstlich wolkenverhangen, und ein frischer Wind zerrte ihr an der Haube. Sie ging zwischen Growins Blumengarten und Donndrichs schiefem Haus durch, in dem auch die kleine Bärja wohnte, von der wir bereits hörten und die inzwischen längst zur Frau gereift war.

Sinistras Haus lag am Dorfrand, was nicht weiter verwunderte, denn in einem Dorf von der Größe Schindmeringens traf dies auf jedes zweite Haus zu. So wohnten die einen mit dem Rücken zu den Feldern und Weidegründen oder dem Röbbewald und die anderen unmittelbar am Dorfplatz.

Sinistras Haus lag im Schatten des alten Waldes. Es war schon lange nicht mehr frisch verputzt worden, und auch am Fachwerk war stets nur das Notwendigste ausgebessert worden. Das Dach war wie bei den meisten Häusern mit Stroh gedeckt, auch wenn die Alte einmal gesagt hatte, sie hätte lieber Schindeln, so wie die feinen Städter in Honingen oder anderswo. Das Stroh aber hatte der letzte Sturm aufgewirbelt, und jeder sah, dass das Dach mehrmals nur notdürftig ausgebessert worden war. Da Losane sich auf derlei Arbeiten nicht übermäßig gut verstand und die Alte sie auf keinen Fall öfter als zwei Tage in der Woche im Hause haben wollte, würde es wohl auch dieses Mal wieder nur eine flüchtige Ausbesserung geben. An den Fachwerkbalken unterhalb des Daches waren zahlreiche verblasste Malereien zu sehen, die davon zeugten, dass es einmal ein sehr schönes Haus gewesen sein musste mit aufgemaltem Pflanzenwerk als perainegefälligem Schmuckwerk. Die einst bunt bemalten Fensterläden hatten ebenfalls viel an Farbe verloren und hingen nun schief in den Angeln. Doch zu den Fenstern blickte man besser nicht, denn irgendwo im Dunkeln dahinter stand Sinistra und starrte hinaus in die Welt. Von außen sah man nur hin und wieder ihre Augen blitzen, und dann gingen die meisten rasch weiter, denn im Dorf hieß es, die Alte habe den bösen Blick.

Losane glaubte solche Ammenmärchen nicht. Ein böser Blick und böse blicken waren immer noch zwei grundverschiedene Dinge. Die Greisin hatte sie schon oft böse angeschaut, doch verhext war sich Losane dabei nie vorgekommen.

Die Magd pochte an die Eingangstür. Sie rechnete nicht damit, dass die Alte wirklich zur Tür geschlurft kam. Sinistra öffnete nie. Aber es war allemal besser, sein Eintreten vorher anzukündigen, weil es die Gebote der Travia so forderten und weil die Alte sonst den ganzen Tag unausstehlich wäre. Losane öffnete die Tür, durchquerte mit drei forschen Schritten die Diele und trat zu der Alten in die Stube. Kaum dass sie eingetreten war, blieb sie stehen, denn sie traute ihren Ohren kaum: Die Greisin sang!

Sinistra saß in dem wurmstichigen Lehnstuhl und hatte ihr Festtagsgewand angezogen, das vor einem halben Jahrhundert einmal der schmucken Garether Mode entsprochen hatte. Sie hatte sich sogar eine frische Blume in das sorgsam geflochtene Haar gesteckt. Sie wippte mit dem Stuhl leicht vor und zurück, und ihre dürre Greisenstimme sang leise ein altes Lied:

»… dient dem Herrn mit Freude
Kommt vor sein Antlitz mit Jubel!
Erkennt: Der Herr allein ist Macht.
Er hat uns geschaffen, wir sind sein Eigentu …«

In diesem Augenblick wurde sie der Magd gewahr und hielt inne. Ihre sonst so boshaften Züge waren heute zu einem seligen Lächeln entrückt. »Losane, meine Fleißige, bist du's?«

»Ja, Frau Mutter«, sagte Losane, denn die Alte mochte es, so angeredet zu werden.

»Hast du den Wein geholt, den ich bestellt hatte?«

»Gewiss.« Losane stellte die Flasche zur Bestätigung vor der Alten auf den Tisch. Sinistra befingerte das Etikett mit ihren dürren Händen.

»Vom Yaquirtaler? Das hast du wohl getan.«

Losane wusste nicht so recht, wie sie reagieren sollte. Die zänkische und boshafte, wirre, alte Sinistra kannte sie zur Grnüge, doch die freundliche Person auf dem Stuhl war ihr fremd.

»Was seid Ihr so guter Dinge, Frau Mutter? Ist's Besuch, den Ihr erwartet?«

»Ja, Besuch, ja«, kicherte die Alte in sich hinein. Dann richtete sie den Blick ihrer blassen Augen auf Losane und sagte: »So setz dich doch zu mir und lass uns etwas trinken, wegen der guten Zeiten.«

Losane fühlte sich etwas mulmig, wie sie da halb auf einen gänzlich ungewohnten netten Plausch hoffte und halb fürchtete, Sinistra hecke diesmal nur eine besondere Boshaftigkeit aus. Gerne hätte sie sich auf die Bank mit dem Kissen neben der Alten gesetzt, doch musste dieser Platz aus irgendeiner Marotte der Hausherrin heraus stets frei bleiben. So griff sie zwei Becher aus dem Regal und schob dann den Hocker aus der Ecke heran, um sich darauf zu setzen. Schon wollte sie der Alten einschenken.

»Nicht vom guten Wein, du dummes Ding!« Für einen Augenblick schien Sinistras Stimme wieder ganz den gewohnten Klang angenommen zu haben, doch dann fügte sie versöhnlicher hinzu: »Nimm vom Wasser, das du in den Krug gefüllt hast. Das soll für heute genug sein.«

Losane füllte also die beiden Becher mit klarem Wasser, nippte flüchtig an ihrem und fragte dann neugierig: »Wer ist es denn, den Ihr erwartet?«

Die Alte kicherte. »Warte nur. Wirst schon sehen!«

Losane starrte auf ein kleines Loch in der bestickten Decke vor ihr. Wenn Besuch kam, müsste sie sich darum auch einmal kümmern. »Wann kommt er denn, der gute Gast?« Kaum hatte sie die Frage ausgesprochen, bereute sie es auch schon wieder. Sie wusste nicht, was sie diesmal falsch gemacht hatte, doch die gute Laune der Greisin war schlagartig verflogen. Ihre Gesichtszüge schienen einen Lidschlag lang jegliche Form zu verlieren, dann hatte sich die Alte wieder gefangen und erwiderte: »Was weiß ich? Kann heute kommen … morgen … jederzeit! Wirst schon sehen, einfältiges kleines Ding! Heimlich über die verrückte Alte lachen, wie? Aber wirst schon sehen, wer am Ende lacht, o ja. Musst der Alten nicht mal Glauben schenken, nein. Will ihn nicht mal geschenkt, deinen Glauben!« Sinistra entblößte eine Reihe bräunlicher Zahnstummel und grinste Losane an wie ein Hungriger die Schlachtsau.

Losane fühlte sich unwohl, wie stets, wenn die Alte wirr redete. Sie legte die Hartwurst energisch vor sich auf den Tisch und sagte: »Seht, was Euch Gorfinde schickt, aus der Vorratskammer.«

Der Blick der Alten verengte sich. »Gib der Alten Wurst, wie?«

»Soll ich sie Euch in kleine Stücke schneiden, Frau Mutter?« Losane legte all die ihr eigene Unschuld in diese Frage. Bösen Leuten begegnete man am besten nett und höflich, dann vergaßen sie meist bald, warum sie zornig gewesen waren.

»Soll ich mir die Zähne ausbeißen, dummes Ding?«

»Nein, Frau Mutter. Ich mache Euch kleine Stücke daraus, die könnt Ihr in dem Topf …«

»Nicht schneiden«, sagte die Alte schlicht.

Losane hielt inne und warf der Alten einen prüfenden Blick zu. Ob sie wusste, was sie dort sprach?

»Ist nicht für mich, ist für den kleinen Odil«, wehrte Sinistra mit einer unwirschen Handbewegung ab.

Ein Lächeln huschte über Losanes Gesicht. »Odil heißt Euer kleiner Freund? Ein schöner Name, nicht wahr? Ich glaube, hinter den Koschbergen heißen viele so.«

»Nichts weißt du. Gar nichts!« Sinistras Stimme hatte sich zu erstaunlicher Schrille hochgeschraubt. Losane wäre am liebsten ganz in ihrem Mieder versunken. Mit einer zänkischen Person ließ sich leben, aber heute war die Alte launenhaft und völlig unberechenbar. Vielleicht war es das Beste, wenn sie sich ganz der Hausarbeit zuwandte? »Soll ich Euch jetzt die Stube ausfegen, Frau Mutter?«

»Mach, was du willst. Nein, stell erst den Wein in den Krug mit dem Wasser, damit er kühl bleibt. Und das Wasser holst du mir jeden Tag am Brunnen frisch. Und vergiss es nicht, sonst wird er sehr böse, o ja.«

Also doch ein ›Er‹, dachte Losane, sagte aber vorsichtshalber nur: »Ja, Mutter.«

Während die Greisin, einer alten Gewohnheit folgend, mit den Fingern den Rand des Tischtuchs knetete und diese Tätigkeit sie voll und ganz in Anspruch zu nehmen schien, beschloss Losane die günstige Gelegenheit zu nutzen und schlüpfte durch die Tür in die hinteren Räumlichkeiten. Sie holte den Besen aus der Kammer und war froh, erst einmal unbehelligt vor sich hin kehren zu können. Die hinteren Räume nutzte Sinistra selten, sodass eigentlich auch nie viel Dreck anfiel. Doch wenn die Alte nur selten hier hereinschaute, konnte sie auch nicht beurteilen, wie lange das Saubermachen dauerte …

So fegte Losane eine Weile in aller Gemütlichkeit ein kleines Häufchen Dreck zusammen und setzte sich anschließend erst einmal auf die Kante des himmelblau bezogenen Bettes, das schon seit Jahren nicht mehr genutzt wurde. Losane konnte sich überhaupt nicht erinnern, ob hier je jemand geschlafen hatte. Aber sicher sollte dieser Odil hier untergebracht werden. Falls er nun Odil hieß.

Losane nahm die Haube ab und ordnete ihre Haare. Bis vor kurzem hatte sie gehofft, eines Tages Tergil auf sich aufmerksam machen zu können, aber diese Hoffnung war nun zerstoben. Ernsthaft geglaubt hatte sie es ohnehin nie, denn Tergil war von den Dorfmädchen umschwärmt worden, und es waren schlankere und hübschere als sie darunter. Sie zwickte sich selbst prüfend in die Seite und bekam nicht eben wenig Fleisch zu fassen. Vielleicht, dachte sie, wäre es doch besser, wenn der *Fette Eber* nicht so gut liefe. Wenn sie ein bisschen weniger in der Breite hätte, vielleicht hätte sie sich dann den Tergil längst geangelt? Losane zog die Haube wieder auf. Aber vielleicht war auch alles besser wie es war. Sonst hätte sie vielleicht mit Tergil im Stroh gelegen, als das furchtbare Ungeheuer daherkam!

Tergil … Odil..? Irgendetwas in ihrer Erinnerung regte sich. Zu deutlich, als dass sie es einfach hätte ignorieren können, doch zu fern und schemenhaft, als dass sie hätte sagen können, was es war. Tergil war ein Jahr älter gewesen als sie, von schlankem Wuchs und bestimmt einen Schritt und neunzig Halbfinger groß. Er hatte auch ein hübsches Lächeln gehabt, ja, das war es vor allem gewesen, was die Mädchen im Dorf von ihm hatte schwärmen lassen. Und seine Art! Er hatte vielen Mädchen nachgestellt. Er pfiff ihnen hinterher, schlich sich abends zu ihnen in die Kammer und ließ jede glauben, dass sie für ihn die Wichtigste wäre. Losane schüttelte unmerklich den Kopf. Nett wäre es mit Tergil sicher geworden, aber nie hätte sie sich sicher sein können, ob er das, was er sagte, auch so meinte. Odil dagegen … Sie überlegte angestrengt. Odil … war überhaupt kein Mensch, jetzt fiel es ihr wieder ein! Odil war Sinistras Kater gewesen, aber der konnte unmöglich noch leben, der müsste heute uralt sein! Sie erinnerte sich undeutlich, dass der Kater längst fortgelaufen war, als sie noch ein kleines Mädchen gewesen war. Und nun dachte die Alte, er würde noch leben? Typisch für Sinistra, immer mit einem Bein in der Vergangenheit. Vermutlich würde sie die Hartwurst irgendwo auf die Schwelle legen und dort verschimmeln lassen. Losane war es schade um die gute Wurst. Andererseits war es in einem solchen Fall sicher nichts Unrechtes, wenn sie noch einen ordentlichen Bissen davon nahm, bevor Sinistra den Rest verkommen ließ! Allerdings lag das schmackhafte Stück nun in der Stube direkt vor der Alten. Losane erhob sich und ging zurück zu Sinistra. Sie fand die Greisin hinter dem Fensterladen stehend vor. Vornübergebeugt vom Alter und der Neugier gleichermaßen, starrte sie durch einen dünnen Schlitz nach draußen.

»Aber Frau Mutter, Ihr sollt doch nicht immer den Leuten hinterher gucken!«

Sinistra drehte sich um und warf ihr einen abfälligen Blick zu. »Recht hast du, schlaues Kind. Soll die Alte doch in die Stube gucken, nicht wahr, da ist es ja auch viel aufregender. Glaubst du, ich will deinen dicken Hintern beim Kehren sehen?« Sinistra wendete sich wieder dem Geschehen vor ihrem Haus zu und schien Losanes Anwesenheit völlig zu vergessen.

Die Magd durchquerte eilig die Stube, trat in die Diele hinaus und schloss die Tür sorgfältig hinter sich. Die Tränen standen ihr in den Augen. Sie hatte sich schon eine Menge Gemeinheiten gefallen lassen, aber das war einfach zu viel. Ob die Alte wusste, wie sehr sie ins Schwarze getroffen hatte? Losane mochte nicht zurück in die Stube gehen, weil sie sonst der Greisin gewiss ein böses Wort gesagt hätte, das sie hinterher bereuen würde. Sie sah sich – noch immer den Besen in der Hand – in der Diele um.

Einmal durchfegen konnte ja nicht schaden. Eine Weile lang war nur das schabende Geräusch des Besens hörbar. Als sie ein Häufchen Kehricht aufgetürmt hatte, öffnete sie die Eingangstür und beförderte Staub und Dreck mit Schwung hinaus. Durch die geöffnete Tür blickte sie nach draußen, doch hinter den vielen Wolken war die Praiosscheibe nirgends zu sehen, sodass Losane die Zeit nicht recht schätzen konnte. Sie schloss die Tür wieder und blickte sich um. Eine Tür führte in das Gästezimmer, wo sie bereits mit dem Besen durch war. Gegenüber gab es eine Tür zur Küche und eine zum Schlafzimmer der Alten. Beide hatte Losane erst vor zwei Tagen geputzt und gefegt, und da Sinistra fast nie das Haus verließ, konnte sie auch keinen Dreck hereintragen. Hier würde es also fürs Erste nichts mehr zu tun geben. Im rückwärtigen Teil der Diele führte eine Treppe hinauf auf den Dachboden. Es musste mehrere Monde her sein, dass Losane dort zuletzt nach dem Rechten gesehen hatte. Die Alte ging nicht mehr hinauf – vermutlich war ihr die Treppe zu anstrengend. Ohnedies stand oben nur altes Gerümpel herum, das zwar Staub ansetzte, aber wen hätte dies stören sollen? Andererseits war so ein Tag wie heute genau recht, um sich einmal in aller Ruhe auf dem Dachboden umzusehen …

Losane ging durch das Gästezimmer in die Kammer und holte dort einen Lappen. Dann kletterte sie, mit Lappen und Besen bewaffnet, die Stiege zum Dachboden hinauf. Die alten Stufen knarzten so vernehmlich unter ihren Füßen, dass sie Angst bekam, das morsche Holz könnte unter ihr einbrechen. Doch welch Glück, es hielt; wäre sie doch andernfalls geradewegs in die Abstellkammer gefallen. Losane musste bei dem Gedanken grinsen. Sie schniefte noch einmal die letzten Tränen fort und beschloss, sich die Worte der verwirrten alten Frau nie wieder so zu Herzen zu nehmen. Was wusste die schon, was sie daherredete? Losane stemmte die Luke zum Dachboden auf und zog sich hinauf. Im Speicher konnte sie wegen der Dachschräge nur auf einigen Fußbreit Boden aufrecht stehen. Durch das einzelne Fenster an der Stirnseite des Hauses fiel bei diesem Wetter nur wenig Licht herein; dennoch sah man deutlich, wie in dem blassen Schein unzählige kleine Staubflocken durcheinander gewirbelt wurden. Losane ging durch die bizarre Landschaft aus alten Möbeln, Bildern, die angelehnt an alten Hüten standen, und Kleidern, die an allem aufgehängt worden waren, was sich als Haken eignete, bis zum hinteren Giebel. Die Arbeit im Hause hatte ihr Gorfinde früh nahe gebracht, und sie wusste, dass es auch der Göttin Travia wohlgefällig war, einen ordentlichen Haushalt zu führen. Dass es unbedingt der eigene sein musste, hatte Gorfinde nie gesagt. Der Göttin zu Ehren gab es hier eine Menge zu tun, dachte Losane und schwang den Besen, als schaute die heilige Mutter ihr persönlich über die Schulter. Aber wer weiß, vielleicht blickte die Göttin tatsächlich in diesem Augenblick auf sie herab, und dann sollte sie stolz auf ihre Menschentochter sein! Losane war bald ganz in ihre Arbeit vertieft; der Besen schien ein Eigenleben entwickelt zu haben und wie von allein hin und her zu wedeln. Sie fegte den ganzen Mittelgang entlang und nahm, wo sich größere Lücken auftaten, auch den Schmutz zwischen den alten Möbeln mit. Erst als sie nach geraumer Zeit vor einem nicht unbeträchtlichen Haufen aus Staubwolken und totem Ungeziefer stand, merkte sie, wie sehr sie außer Atem geraten war. Sie öffnete das Fenster weit, um kühle Luft hereinzulassen. Nach einer kleinen Verschnaufpause zwang sie den Unrat mithilfe des Besens in das Tuch und schüttete ihn zum Fenster hinaus. Wenn die Alte unten immer noch durch die Läden gaffte, würde sie meinen, der Herr Firun lasse es schneien, dachte Losane. Sie blickte sich um. Nein, sauber war es hier oben noch immer nicht. Da hatte eine freche Spinne ihr Netz von Balken zu Balken gesponnen, und die Staubfäden hingen so dicht von der Decke, als gälte es, einen Vorhang daraus zu weben. Losane lehnte den Besen an eine Kommode, die hier seit undenklichen Zeiten nutzlos herumstand, und hielt den Lappen in der Rechten. Wäre der Lappen ein Schwert und die Staubfäden ein Drache gewesen, so wäre das Ungetüm angstvoll zurückgewichen, als Losane sich entschlossenen Schrittes näherte. Die Magd ging mit dem Lappen alle Ecken und Kanten entlang, fuhr in die Zwischenräume der Dachbalken und wischte über die Oberfläche der größeren Möbelstücke. Wann immer der Lappen voller Staub und Spinnweben war, schüttelte sie ihn beim Fenster aus und setzte ihr Werk dann unbeirrt fort. Der Göttin Travia – so sei an dieser Stelle verraten – blieb Losanes Werk tatsächlich nicht verborgen, denn es gibt nur wenig, was sich dem Wissen der Götter entzieht. Und wenn dieser allzu derische Vergleich für alveranische Verhältnisse erlaubt ist, sei gesagt, dass ob der fleißigen Magd ein Lächeln über das Gesicht der Göttin huschte. Denn was der Rondra die goldenen Recken und ewigen Helden sind, das sind der Travia die kleinen Leute, die zuweilen ebenso mit dem Leben zu kämpfen haben wie der Ritter mit dem Unhold. Losane aber spürte an Stelle des göttlichen Segens einstweilen nur eine bleierne Erschöpfung. Nachdem sie den letzten Winkel des Dachbodens gesäubert hatte, setzte sie sich auf einen schiefen, aber nunmehr staubfreien Stuhl und ließ den Blick schweifen, bis er sich in einem wahrhaft zauberhaften Gegenstand verfing.

Ehrfürchtig ging die Magd zu dem Kleid hinüber, das mit einer Schlaufe am Nagel eines mächtigen Dachbalkens hing. Es war blau geblümt mit vielen Ornamenten am Kragen und einem tiefen Ausschnitt. Zu tief vermutlich, als dass es die Alte jemals wieder anziehen würde. Es war ein sehr schönes Kleid, wie Losane fand. Man erzählte sich im Dorf, dass Sinistra früher eine feine Dame gewesen sei. Da hatte sie sich bestimmt nach der Garether Mode gekleidet, wie es alle feinen Damen taten. Jedenfalls behauptete Gorfinde immer, dass feine Damen so etwas taten. Losane war noch nicht oft zum Markt nach Honingen gefahren, doch war eine solche Fahrt, wenn sie denn einmal anstand, stets ein großes Ereignis für sie. Sie liebte es, auf dem großen Platz den kostbar gewandeten Stadtfrauen nachzublicken und ihre Ringe, Reifen, Kettchen und Bänder zu bewundern. Ihre geschminkten Gesichter zu sehen, in denen stets die Farbe blühenden Lebens war. Losane hätte gern auch ein wenig Rosenstaub besessen, der ihr auf den Wangen sicher gut angestanden hätte, aber Gorfinde hielt nichts von solchen Eitelkeiten. »Ein wirklich kluger Mann«, hatte sie ihr einmal gesagt, »ein wirklich kluger Mann, mein Kind, sucht seine Frau nicht nach den Lippen oder den Wangen aus, sondern nimmt eine mit starken Armen und kräftiger Statur. Da weiß er, dass sie gut zupacken und ihm gesunde Kinder schenken kann.« Losane seufzte. Die Wirtsfrau meinte es sicher gut mit ihr, doch schien bisher noch kein wirklich kluger Mann auf sie aufmerksam geworden zu sein. Ob ihr das Kleid wohl stehen würde? Die Magd zögerte. Es gehörte ihr nicht, also war es eigentlich Diebstahl, oder? Aber nicht, wenn sie es hinterher wieder so auf den Haken hängen würde wie zuvor. Ob die Alte das hübsche Stück Stoff eigentlich je vermissen würde? Nein, dachte Losane, was flüsterte ihr Phex da für unredliche Gedanken ins Ohr? Zur Diebin wollte sie ganz sicherlich nicht werden. Aber ausleihen war schließlich etwas anderes als stehlen! Sie nahm das Kleid vom Dachbalken und löste die zahlreichen Schnürchen, um hineinschlüpfen zu können. Nachdem sie sich des eigenen Mieders entledigt hatte, streifte sie das knappe geblümte über. Es straffte sich über den Schultern, aber es passte! Sinistra musste früher größer gewesen sein, als man es heute glauben mochte. Überglücklich machte sich Losane daran, die vielen kleinen Bündchen zuzuschnüren. Ihr Busen wurde von unten zusammengedrückt und wölbte sich zum tiefen Ausschnitt hinaus. Die Magd kicherte leise. Wenn sie damit draußen herumliefe, würde sie sicher schamrot werden. Andererseits fand sie, dass das Kleid ihre Vorzüge gut zur Geltung brachte. Es hatte auch seine Vorteile, oben herum … etwas mollig zu sein. Da gab es einfach mehr zu gucken als bei den dünnen Dorfmädchen, fand sie. Vielleicht sollte sie das Kleid zum Fest der eingebrachten Früchte tragen? Da würden die Dörfler staunen! Sinistra würde sicher nicht kommen und somit auch nichts merken.

In diesem Moment fiel Losanes Blick auf das noch immer geöffnete Fenster. Es dämmerte bereits! Gorfindes mahnende Worte kamen ihr in den Sinn, und sie lief eilends zum Fenster, um es zu schließen. Sie ergriff Besen, Staubtuch und ihre eigenen Kleider und stieg ungelenk durch die Luke nach unten. Der Gedanke, von der Alten in dem Kleid erwischt zu werden, ängstigte sie, doch der Gedanke, dem Mörder Tergils und Jadins im Dunkeln über den Weg zu laufen, ängstigte sie noch viel mehr. So ließ sie Besen und Tuch einfach in der Diele fallen und rief in Richtung der Stube: »Ich muss eilends fort, Frau Mutter. Travia mit Euch!«

Sie wartete einen Herzschlag lang, aber da die Alte nicht antwortete, schlüpfte sie zur Eingangstür hinaus. Vor dem Haus bog sie scharf rechts ab, um nur ja nicht vor dem Fenster daher zu laufen, hinter dem sie Sinistra vermutete. Aller Eile zum Trotz schlug sie stattdessen einen Bogen zur anderen Seite am Haus des alten Growin vorbei. Als sie im Laufschritt um die Ecke bog, erklang eine freundliche Stimme: »Wohin so spät noch unterwegs, schöne Maid? Oh, du bist es, Losane? Und dein Aufzug macht glauben, dass es ein Verehrer ist, den du so eilfertig aufsuchst.«

Losane blieb stehen. Growin saß auf einem einfachen Holzstuhl inmitten seiner Blumen, die jedoch zu dieser späten Stunde die Blüten bereits geschlossen hatten. Einzig das weiße Haar des Siebzigjährigen war im Dämmerlicht noch zweifelsfrei auszumachen. Doch Losane vermeinte, sein freundliches Lächeln erkennen zu können.

»Ja, das heißt, nein. Also, ich bin's fürwahr, Losane. Aber kein Verehrer ist es, um dessentwillen ich so laufe. Es ist allein die Dunkelheit, die in diesen Tagen Übles bereithält, wie Euch der Tergil bestätigen kann, wenn Ihr versteht, was ich meine.« Losane hatte stoßweise gesprochen, weil sie außer Atem war.

Growins Kopf schien sich irgendwo in der dunkler werdenden Nacht vorzuneigen. »Vorsicht kann da nicht schaden, Losane. Also einen guten Heimweg und Peraine zum Gruße! Ich will nur hoffen, dass meinen armen Kindern nichts geschieht.«

Losane war froh, dass es der Ältere nicht auf einen langen Schwatz anlegte, und lief mit einem hastigen »Travia mit Euch« bereits weiter. Growins Haus verschwand hinter ihr im dichter werdenden Dunkel. Um sie herum war menschenleere Stille. Zwischen manchen Fensterläden sickerte noch ein flackernder Streifen Licht hervor, doch außerhalb der Häuser schien sich zu dieser späten Stunde niemand sonst mehr herumzutreiben.

Irgendwo in der Nacht schrie ein Tier.

Losane spürte das Blut in den Ohren pochen, doch verlangsamte sie ihren Lauf nicht, denn die Warnungen der Ziehmutter, die ihr am Mittag noch so abwegig erschienen waren, hatten mit Einzug der Dunkelheit auf eine kaum vorhersehbare Art und Weise in ihrem Kopf Gestalt angenommen. Die Leute waren in ihren Häusern bei den Familien. Wer Verstand sein Eigen nannte, hatte Türen und Läden fest verschlossen. Wenn ein Schurke sich des Nachts ungesehen herumschleichen wollte, um seine nächste finstere Tat zu planen, dann würde er keine bessere Gelegenheit als diese erhoffen können! Losane setzte erstaunlich geschwind über den Dorfplatz hinweg. Bei der heiligen Mutter, so lange war ihr der Weg noch nie vorgekommen.

Dann endlich, endlich hatte sie die Tür des *Fetten Ebers* erreicht und riss sie auf, als wären alle Dämonen der Niederhöllen ihr auf den Fersen. Das Klingeln der Glöckchen an der Eingangstür erschien ihr wie der Triumphgesang aller Chöre Alverans.

Bei ihrem überhasteten Eintreten blickten die meisten abendlichen Gäste des *Fetten Ebers* neugierig zu ihr; allerorten verstummten die Gespräche im Schankraum. Gorfinde, die in der Nähe der Türe mit fünf vollen Bierkrügen gleichzeitig hantierte, sagte ungerührt: »Kind, du bist reichlich spät. Aber was trägst du denn da?«

Losanes Blick glitt an ihr selbst herab, als müsste sie sich eigens in Erinnerung rufen, dass sie Sinistras hübsches Kleid trug. Dann strahlte sie wie die Praiosscheibe, ging zu Gorfinde hinüber und tuschelte ihr zu: »Es ist wunderhübsch, nicht? Denk dir nur, Growin hat ›schöne Maid‹ zu mir gesagt!«

»Was schreit Ihr denn so? Seid Ihr von Sinnen?« Hallinghöfers Stimme war selbst alles andere als leise. Er fasste Tessia an den Schultern und schüttelte sie kräftig durch. Einen Augenblick lang erwog er, ihr eine ordentliche Ohrfeige zu verpassen, unterließ es dann aber doch lieber. Die sonst so ausgeglichene Boroni schien sich auch langsam wieder zu beruhigen.

Tessia zitterte zwar noch immer am ganzen Leib, doch half ihr die jahrelange Disziplin der Boronkirche, sich selbst eine eiserne Ruhe aufzuerlegen. Hallinghöfer hatte sie gesehen, aber mehr auch nicht. Er schien die Blutflecken noch nicht bemerkt zu haben, und so konnte er sich vorerst keinen Reim auf den Schrecken machen, der ihr in die Glieder gefahren war. Er starrte sie nur entgeistert an. Das Beste war vermutlich, sich davonzumachen, bevor er anfing, allzu neugierige Fragen zu stellen.

»Verzeiht, Herr Hallinghöfer. Aber ich dachte über das furchtbare Dämonengezücht nach, das ich gerade vertrieben habe … und … da seid Ihr so leise herangetreten, dass ich mich furchtbar erschrocken habe.«

Die Ausrede war alles andere als perfekt. Der misstrauische Blick des Bauern sprach Bände. Tessia nahm allen Mut zusammen und sagte: »Wenn Ihr dann bitte meine Arme loslassen würdet … Ich fühle mich jetzt wieder besser.«

Qualvolle Augenblicke lang schien es, als wollte Hallinghöfer den Schraubstockgriff seiner beiden kräftigen Hände aufrechterhalten, doch dann lockerte er ihn, wenn auch widerstrebend. Tessia entschlüpfte der Umklammerung.

»Meine Arbeit hier ist getan … ich wünsche Euch einen angenehmen Tag!« Tessias Schritte in Richtung Tor glichen mehr einer Flucht denn einer gewöhnlichen Verabschiedung.

»Wartet, Frau Ulmenast!« Die Stimme des Bauern war leiser als zuvor. Tessia blieb mit klopfendem Herzen in der Nähe des Tores stehen. Wenn er auch nur eine falsche Bewegung machte, würde sie laufen … bis ans Ende der Welt, wenn es sein musste!

»Ihr habt Euer Buch vergessen«, sagte Hallinghöfer und hob den Folianten auf, der Tessia vor Schreck hinuntergefallen sein musste.

»Danke«, sagte sie kurz und streckte die Hand nach

dem Buch aus. Hoffentlich sah er nicht, wie sehr sie zitterte!

Sie nahm das Buch entgegen, lächelte noch einmal nervös in seine Richtung und schickte sich an, den Hof zu verlassen. Mit jedem Schritt Entfernung, den sie zwischen sich und den Bauern brachte, beschleunigte sich ihr Gang. Erst hielt sie direkt auf den *Fetten Eber* zu, um den Schreck mit einem guten Schluck hinunterzuspülen. Dann änderte sie ihr Vorhaben und schlug den Weg zur abgelegenen Kapelle ein. Wenn Hallinghöfer ihr nachsah, war es das, was ihn am wenigsten misstrauisch machen würde. Und in der borongefälligen Ruhe des Totenangers vermochte sie ihren Geist am besten zu klären. Sie musste nun gut überlegen, was sie als Nächstes tun sollte!

Als Tessia sich dem kühlen Steinbau näherte, hörte sie das vertraute Quietschen des eisernen Boronrades auf dem Dach der Kapelle. Und während unser junger Zauberer in seinem Turm die Feder schwang, um seinem Magister eine Nachricht zukommen zu lassen, trat Tessia zwischen den Rosenhecken hindurch auf den einsamen Boronanger. Sie ging vorbei am Grab des ›braunen Holk‹, mit dem sie jetzt ganz gewiss nicht sprechen wollte, und ließ sich schließlich neben der letzten Ruhestätte Gyswinas nieder. Tessia hatte Gyswina zu Lebzeiten nie gekannt, doch wusste sie, dass sie eine freundliche, verständige Person gewesen war. Viele im Dorf hatten getrauert, als sie im Kindbett bei der Geburt ihres vierten Kindes verstorben war. Zudem war sie die Großmutter Bärjas, von der Tessia wusste, dass sie für andere Menschen stets ein offenes Ohr hatte.

Tessia entschuldigte sich zunächst, die Verstorbene mit den Belangen der Lebenden zu belästigen, und erzählte dann, mühsam gefasst, was ihr in Hallinghöfers Stall widerfahren war. Gyswina erwies sich als gute Zuhörerin. Sie unterbrach nicht ein einziges Mal Tessias

Redefluss, sondern sandte nur gelegentlich über das Rascheln der Blätter eines Strauches oder das Pfeifen des Windes ein Signal des kummervollen Verstehens.

Schließlich fügte Tessia an: »Nun frage ich mich, warum der Hallinghöfer ein solches Verbrechen gegen die Menschen und gegen die Götter begehen sollte? Wenn er es aber nicht war, was hat dann der Unhold in seinem Hause gesucht?«

Der Wind hatte ausgesetzt, und um sie herum war eine Zone der völligen Ruhe entstanden. Die Verstorbene schien über das Erzählte nachzudenken.

Tessia fuhr fort, nachdem sie selbst reiflich überlegt hatte: »Es müssen auch die Kleider noch beim Hallinghöfer sein. Damit kann man ihm die Tat nachweisen. Hat er sie aber bereits fortgeschafft oder ist es gar nicht gewesen, dann könnte man ihm mit einer Durchsuchung seines Hofes nichts nachweisen; aber der Täter wäre – ob er nun Hallinghöfer oder anders heißt – hernach gewarnt.«

Der Wind frischte wieder auf und ließ das erste, abgefallene Herbstlaub durch die Luft wirbeln. Einige Blätter wurden in ihren eigenartigen Kapriolen von Tessias Gewand aufgehalten und fielen neben ihr zu Boden.

»Also, wenn jemand den Hof durchsucht, muss er es heimlich tun oder genug wehrhafte Männer und Frauen bei sich haben, um sich nicht in große Gefahr zu begeben.« Bei dem Gedanken wurde Tessia unbehaglich zumute. Ganz selten einmal, wenn sich die Dörfler gegen Raubgesindel oder wilde Tiere nicht mehr allein zu helfen wussten, wurde nach den Bütteln des Barons geschickt. Es dauerte lange, bis sie kamen, und es erforderte einen guten Grund. Die Bewaffneten auf einen bloßen Verdacht hin auf Hallinghöfer zu hetzen mochte vollkommen ergebnislos enden. Sie würden sich auf seinem Hof umsehen, die Eintragungen aus dem Totenbuch in der Kapelle über Tergils und Jadins Ende zu Protokoll nehmen, vielleicht noch den Röbbewald auf eine Meile im Umkreis absuchen, und wenn sie dort auch nichts fanden, wieder abreisen und so schnell nicht wiederkehren. So kam man dem Mörder nicht auf die Schliche. Die Büttel würden keine gründliche Untersuchung vornehmen, so etwas taten nur ... die Vertreter der heiligen Inquisition! Tessia achtete die Inquisitoren der Praioskirche für ihre harte, aber notwendige Arbeit zur Bekämpfung der Ketzerei und borbaradianischer Umtriebe. Aber die Inquisition zu rufen konnte stets nur letztes Mittel sein, denn Tessia ging sehr wohl davon aus, dass eine Untersuchung durch die heilige Inquisition manchem Dörfler den Tod auf der Folterbank bringen konnte. Es musste doch noch eine andere Möglichkeit geben! Sie entsann sich, dass auch die Kirche des Boron Untersuchungsgremien kannte, »Golgaris Schwingen« genannt. Doch diese wurden erst dann eingesetzt, wenn nachweislich die Ruhe der Toten gestört war, etwa, weil der Namenlose nach ihren Seelen griff oder ein Verstorbener nachts wehklagend umherspukte. Aber so etwas, dessen war sie sich sicher, gab es in Schindmeringen nicht. Wer immer hier starb, wurde von ihr selbst nach allen borongefälligen Ritualen zu Grabe getragen. Ihre kleine Kapelle war ein Hort des Friedens und dem Herrn der Toten ein Heiligtum. Auch Tergils und Jadins Seelen, so grausam ihr Tod auch gewesen war, hatten seither keinen Lebenden mehr belästigt. »Wer«, fragte Tessia, »kann mir dann in dieser Lage noch helfen?«

Ein Windstoß fuhr in einen schon fast kahlen Strauch an ihrer Seite. In das Rascheln der letzten verbliebenen Blätter schien sich ein Name zu mischen.

Hätte jemand in diesem Augenblick Tessias Gesicht gesehen, er hätte den Eindruck gehabt, als hätte für kurze Zeit ein Sonnenstrahl die bleichen Züge erleuchtet. Die Boroni erhob sich und sprach mit neu aufkeimender

Zuversicht: »Ich danke Euch, Gyswina. Ihr habt mir die Augen für das geöffnet, was ich schon längst hätte sehen sollen!«

Am frühen Abend, während Losane mit Staub und Spinnen rang, Gorfinde ihren ersten Gästen von der Suppe zu kosten gab, Growin seiner Enkelin langsam Blumennamen vorsprach, jemand heimlich im Röbbewald herumschlich und Polter Plötzbogen einen wirklich netten Plausch mit seiner Base in Schlonz hielt, was alles von unterschiedlicher Bedeutung für die Geschehnisse jener Tage in Schindmeringen war, an eben diesem frühen Abend bog Fenndrick ein zweites Mal um die Ecke der Kapelle, um Tessia zu treffen. Im Gegensatz zu seinem ersten Versuch war ihm nun mehr Erfolg beschieden; er traf die Geweihte auf dem Totenanger an, den sie mit dem Rechen von allerlei jahreszeitlichen Spuren befreite.

»Tessia, denk dir nur«, sprudelte es aus ihm heraus, »denk dir nur, was sich bei mir im Turm zugetragen hat …«

Die Angesprochene, selbst nicht wenig erfreut, Fenndrick zu sehen, lehnte den Rechen an einen Grabstein und setzte sich auf den frisch gesäuberten Pfad zwischen den Ruhestätten. Sie bedeutete Fenndrick, es ihr gleich zu tun.

»Die Studien, du weißt, ich eifere dem Genie meines Onkels nach, die Studien also, die er zu Lebzeiten verfasst hat, sind magisch gesichert!« Einige Male klappte er den Mund auf und zu, ohne dass ein Ton herauskam, da ihm im gleichen Moment einfiel, wie wenig eine arkane Laiin von magischen Sicherungen verstehen konnte. »Also«, fuhr er dann etwas gebremster fort, »der Onkel hat einen Schutzzauber darüber gesprochen, sodass nur derjenige das Werk lesen kann, der das Schlüsselwort kennt. Und ich kenne, ich meine, ich kannte das Schlüsselwort selbstredend nicht. Also habe ich einen guten Teil des heutigen Tages darüber verbracht, mir das Hirn zu zermartern, welches Wort der Onkel nun gewählt haben konnte. Alles, aber auch alles habe ich versucht. Und stell dir vor, als ich das Wort schließlich herausfand, war es der Name meiner Katze!« Fenndrick starrte sie an, als erwartete er jeden Moment, dass sie vor Aufregung aufspränge.

»Aber erzähltest du nicht, dass das gute Tier schon deinem Onkel gehörte? So liegt doch der Name nicht allzu fern …«

Fenndrick schüttelte entschieden den Kopf. »Nicht Pardona, sondern Xylda! Das Wort war Xylda!«

Nun schlich sich tatsächlich ein Ausdruck der Verwirrung in das Gesicht der Boroni. »Aber diesen Namen hast du der Katze doch selbst erst vor Tagen gegeben. Also zu Zeiten, zu denen dein Onkel längst das Nirgendmeer überquert hatte.«

»Eben!« Fenndrick nickte. »Dass heißt, dass der Name auch dem Onkel etwas bedeutet haben muss. Und er muss ihn mir gegenüber früher gebraucht haben. Aus irgendeinem merkwürdigen Ratschluss der Götter heraus ist er mir eben im Augenblick der größten Hilflosigkeit wieder eingefallen. Hesinde schenkte mir Wissen, ihre Gabe, die mindestens ebenso göttlich ist wie die Magie, dabei habe ich ihr zuvor ein Opfer ….« Fenndricks Redefluss versiegte, als er sah, wie Tessia unmerklich den Kopf schüttelte.

»Fenndrakon. So ist es nicht gewesen.«

Der junge Magier blickte sie entgeistert an. Wollte sie ihn der Lüge bezichtigen? Er musste doch wissen, was er gesehen hatte!

»Die Götter haben dir gewiss das eine oder andere Mal geholfen in deinem kurzen Leben. Vielleicht stehst du auch in Hesindes Gunst, gönnen würde ich es dir allemal. Doch flüstert keiner der Zwölfgeschwister dir heimlich Zauberworte ins Ohr. Und ganz gewiss nicht, um ein Buch zu entziffern, welches aus der Feder deines ungläubigen Onkels stammt.«

Fenndrick schürzte trotzig die Lippen. »Was weißt du denn vom Ratschluss der heiligen Hesinde? Deinen Totengott magst du durchaus kennen, dir meinethalben auch von den Verstorbenen was flüstern lassen, aber was ein Magus mit seiner Göttin selbst ausmachen muss, da solltest du dich vielleicht nicht einmischen.«

Das Gesicht der Boroni war ausdruckslos. Es war nicht zu erkennen, ob seine Worte sie vor den Kopf gestoßen, belustigt oder gar nicht berührt hatten. Dann sagte sie tonlos: »Was dein Onkel geschaffen hat, ist keinem der Zwölfe heilig.«

Fenndrick fühlte Wut in sich aufkeimen. Er wollte nicht mit ihr streiten, doch seinem Onkel so übel nachzureden, das mochte er nicht unwidersprochen lassen. »Mag sein, dass er kein allzu gläubiger Mensch war … vielleicht haben ihn die Zwölfe gar nicht im Mindesten gekümmert. Doch lass dir gesagt sein, dass er von Herzen gut war und dass ein solcher Mensch den Zwölfen ein Wohlgefallen ist.« Gern hätte er nun den Magister an seiner Seite gehabt. Sein Lehrmeister hatte solche Reden viel länger und mit seiner sonoren Stimme in einer unerschütterlichen Glaubwürdigkeit zu halten gewusst. Doch Eboreus war im fernen Honingen und hielt seinen Vortrag über das Wesen von Welt, Göttern und Magie vermutlich nun seinen drei verbliebenen Schülern, während er, Fenndrick, sich hier allein behaupten musste. Als Tessia nicht antwortete, fügte er noch hinzu: »Er hat mich stets wie einen Sohn behandelt und sich aufrichtig um mich gekümmert. Das kann nicht der gottlose Gesell gewesen sein, den du aus ihm gemacht hast.«

Tessia blickte auf die Grabstätte an ihrer Seite. Sie schwieg noch immer, ihre Augen waren halb geschlossen. Sie schien nachzudenken. Oder ob sie wieder eine Nachricht von jenseits des Nirgendmeeres empfing?

Schließlich blickte sie ihn an und sagte: »Vielleicht hast du Recht.« Dann, nach einer kurzen Pause: »Du wirst ihn besser gekannt haben als unsereins. Doch sag, vermagst du dich nun zu erinnern, welche Bedeutung der Name Xylda für ihn hatte?«

Fenndricks Zorn war so rasch verflogen, wie er in ihm aufgestiegen war. In Tessias Nähe fühlte er sich glücklich, was sollte er da mit ihr streiten? Er verneinte die Frage. Es wollte ihm einfach nicht einfallen, was es mit dem Namen auf sich hatte. »Wenn es eine Bekannte des Onkels ist, wird vielleicht jemand hier im Dorfe sie kennen. Es muss doch aufgefallen sein, wenn jemand des öfteren oben im Turm ein und aus ging! Tessia, würdest du mir den Gefallen erweisen, dich ein wenig im Dorf nach einer Frau dieses Namens umzuhören? Ich wäre dir zu großem Dank verpflichtet, denn was meinen Onkel umtrieb, ist auch für mich von außerordentlichem Interesse.«

Tessia lächelte. »Nichts lieber als das. Doch brauchst du nicht lang in meiner Schuld zu stehen, denn auch ich trete an diesem Abend mit einer Bitte an dich heran.«

Und so berichtete sie in knappen Worten und – aus ihrem jetzigen Abstand heraus – ganz in ihrem üblichen ruhigen Tonfall die Geschehnisse des heutigen Tages in Hallinghöfers Stall und ließ auch ihre eigenen Vermutungen und Verdächtigungen nicht aus.

Nachts sind alle Magier schwarz

Die Nacht war angebrochen. Lang und länger waren die Schatten geworden, die Praios' gleißendes Auge warf, bis der äonenalte Kampf auch an diesem Tage wieder entschieden war. Die Schatten hatten die Welt verschlungen und hüllten sie in Dunkelheit. Es war die Stunde des Phex. Und doch war nicht jeder dem Gott der Heimlichkeit ein Wohlgefallen, der zu dieser Stunde durch die Nacht schlich.

Bauer Hallinghöfer saß im Schaukelstuhl seiner guten Stube. Die Kinder waren bereits zu Bett geschickt worden, denn die Stunde war spät. Er starrte in das Feuer, das im Kamin prasselte, während er langsam vor und zurück wippte. Der Mittvierziger wusste, dass es nur einen Weg von draußen zur Treppe nach oben gab, wo seine Kinder schliefen. Und der führte durch die gute Stube.

Ein Holzscheit knackte. Ein leichtes Flimmern, das von der Hitze des Feuers ausging, erfüllte die Luft über dem Kamin. Der Blick des Bauern war auf die schweren Steine gerichtet, aus denen der Kamin gefügt war. Sie schienen in der heißen Luft zu wabern, als ob die Welt sich heute nicht entschließen könnte, wie sie sich zusammenfügen sollte. Jemand hatte Tergil und Jadin umgebracht. Hier, in seinem Stall. Und dieser jemand lief noch immer frei herum. Hallinghöfer war kein Abenteurer. Nein, im Grunde war er überhaupt kein mutiger Mann. Aber Mord war Mord, da gab es nichts dran herumzudeuten.

Einige Funken stoben aus dem Feuer. Sie beschrieben einen merkwürdig hohen Bogen, als ob sie unsichtbaren Hindernissen ausweichen wollten, und ließen sich dann auf dem Dielenboden nieder. Dort verglühten sie langsam. Der Boden, den Hallinghöfers Urgroßvater einst selbst aus schweren Eichenbrettern gefügt hatte, wies bereits Unmengen kleiner schwarzer Punkte auf, die von den unzählbaren Malen kündeten, in denen die Funken des Feuers sich nicht damit zufrieden gegeben hatten, auf der steinernen Umfassung des Kamins zu landen.

Der Bauer führte die Rechte zum Kinn und kratzte sich. In seinen Augen spiegelte sich das Feuer des Kamins. Sein Hass aber loderte noch höher.

Hallinghöfer bewegte den Stuhl geraume Zeit monoton vor und zurück. Auf seinem Schoß lag die große Forke. Seine Gedanken waren bei seinen Kindern.

»PENETRIZZEL, HOLZ UND STEIN, in fremde Räume schau hinein!« Fenndrick hatte die Formel zum zweiten Mal sprechen müssen, da ihm beim ersten Mal kein Erfolg beschieden gewesen war. Wie gewohnt hatte er sich ganz in Schwarz gewandet. Was für gewöhnlich nur seiner Profession geschuldet war, sollte ihm in dieser Nacht auch als Schutz in der Dunkelheit dienen. Als Schutz vor allzu neugierigen Augen. Augen wie den seinen, wenn man es recht bedachte. Was hatte er eigentlich zu fortgeschrittener Stunde auf Hallinghöfers Anwesen verloren? Er war geraume Zeit um den nicht eben kleinen Hof herumgeschlichen. Da er nicht daran zweifelte, dass außer ihm in Schindmeringen auch noch ein mordendes Ungeheuer des Nachts herumschlich, hatten ihm vor Angst die Glieder geschlottert, als er einen Blick in den Stall geworfen hatte, in dem die grausame Tat geschehen war. Doch der Stall hatte ruhig und verlassen dagelegen. Nur die Atemgeräusche der Tiere waren aus dem muffigen Dunkel nach draußen gedrungen, und so hatte Fenndrick seine Erkundungen auf das Haupthaus konzentriert. Obschon die Läden ausnahmslos geschlossen waren, hatte man dem Lichtfall, der durch die Ritzen drang, entnehmen können, dass jemand mit einer Öllampe oder dergleichen nach oben gegangen war. Kinderstimmen, die wild durcheinander riefen, waren zu hören gewesen. Aber die Stimmen hatten fröhlich, nicht ängstlich geklungen. Dann war es oben still und dunkel geworden. Nur hinter zwei Läden im Erdgeschoss des Haupthauses, dort, wo Fenndrick die Wohnstube vermutete, war noch flackerndes Licht auszumachen. Fenndrick hatte sich lange gemüht, durch die Ritzen etwas erkennen zu können, was jedoch nicht von Erfolg gekrönt war. Zwischendurch hatte er sich immer wieder ängstlich umgesehen. Wer mochte wissen, was sich dort im Schutz der Dunkelheit an ihn heranschleichen konnte? Da er jedoch Tessia versprochen hatte, dem alten Bauern nachzuforschen, blieb ihm wohl nun nichts anderes übrig, als die eigenen Ängste niederzukämpfen und einen Blick in das Innere des Hauses zu werfen. Gewöhnliches Diebesgesindel hätte sich nun wohl an der Eingangstür zu schaffen gemacht oder hätte einen der hölzernen Läden aufbrechen müssen, nur um im Innern des Hauses direkt dem Hausherrn in die Arme zu laufen. Nicht so Fenndrick! Sein Fachgebiet, die Magica Clarobservantia, der er bisher mit wenig Enthusiasmus zugeneigt gewesen war, sollte ihm in dieser Nacht gute Dienste leisten. Er hatte die erwähnte Formel gesprochen und dabei, wie sein alter Lehrmeister es ihn stets geheißen hatte, die Stirn an die Wand des Hauses gelegt. Nachdem sein zweiter Versuch schließlich geglückt war, hatte er das vertraute magische Prickeln gefühlt. Und dann hatte die faszinierende Magie sich entfaltet. Er hatte mit eigenen Augen gesehen, wie die Struktur der hölzernen Wand vor ihm beschaffen war. Jede Verästelung, jede Faserung des Holzes vor ihm hatte er einzeln erspähen können, als sein magisch geschärfter Blick einfach durch die Wand hindurch geglitten war. Dann hatte er die Wand vollständig durchdrungen. Während sein Körper nach wie vor draußen scheinbar traumverloren an der Hauswand lehnte, erschloss sich seinem Blick das Innere des Hauses. Fenndrick war von der Magie, welche er selbst entfesselt hatte, derart hingerissen, dass er erst aufmerkte, als das hässliche, reißende Geräusch erklang.

Hallinghöfer, der das Geräusch ebenfalls gehört hatte, wartete nicht lange. Er sprang auf und packte die Forke mit beiden kräftigen Armen, bevor ein unbeteiligter Beobachter auch nur einmal hätte blinzeln können. Wer auch immer sich da draußen herumtrieb, würde sehen, was er davon hatte! Die Stiege ins Obergeschoss achtlos hinter sich lassend, riss der wutentbrannte Mann die Eingangstür auf. Kühle Nachtluft schlug ihm entgegen. Von Wut und Zorn getrieben, machte Hallinghöfer einen Satz nach draußen. Sogleich hatte er die Lage erfasst. Obschon das Madamal hinter Wolken verhüllt war, reichte das Licht, um die schwarze Gestalt zu sehen, die sich an der Hauswand zu schaffen machte. Mit einem Brüllen, das einer heranstürmenden Ogerhorde zur Ehre gereicht hätte, raste Hallinghöfer auf den Schurken zu und rammte die Forke, so weit er nur konnte, in die Gestalt. Er hörte erst auf zu brüllen, als in den Nachbarhäusern die ersten Lampen entzündet wurden.

Tessia schlief in dieser Nacht nicht gut. Immer wieder schreckte sie aus dem Schlaf auf. Ihr war, als ob sie heftig geträumt hatte, sich der Traumbilder aber nicht mehr entsinnen konnte. Nun lag sie auf dem Bett und blickte zur Decke ihres Schlafraumes. Der Anbau der Kapelle, den sie bewohnte, war klein und einfach gehalten. Mit

174

der Weihe, die sie empfangen hatte, hatte sie schon vor Jahren allen weltlichen Dingen endgültig entsagt, und die Notwendigkeit, Gäste zu bewirten, ergab sich für eine Boroni äußerst selten. Neben ihr auf einem Schemel lag aufgeschlagen *Tot und doch nicht tot,* ein viele hundert Seiten starker Wälzer über ketzerische Umtriebe, die sich an den Gesetzen Borons versündigten, in welchem sie am Vorabend noch einmal geblättert hatte. Daneben stand eine Kerze, die sie des Nachts noch rasch gelöscht hatte, bevor ihr endgültig die Augen zugefallen waren. Nun die Kerze zu entzünden wäre sicher der falsche Weg, denn Tessia wusste, dass der zu klare Blick auf die Wirklichkeit oftmals den Blick auf den Traum versperrte. Am besten bliebe sie einfach noch ein wenig liegen und starrte auf die dunkle Zimmerdecke. Draußen wisperten die Stimmen der Toten. Nun waren auch Tergils und Jadins Stimmen darunter. Und es lag ein Wehklagen in ihnen, da sie der frühe Tod so viel eher aus dem Leben gerissen hatte, als es der Plan Borons gewesen war. Und es lag noch etwas in den flüsternden Stimmen der Verstorbenen: Furcht!

Was durch das geöffnete Fenster hereindrang, waren nicht einfach die Geräusche raschelnder Blätter; es waren angstvolle Schauer, die über die Blätter liefen.

»Was ängstigt ihr euch?«, flüsterte Tessia ins Dunkle. »Sind es die Ereignisse dieser Tage, die euch fürchten machen?«

Ein Wispern antwortete ihr, das man für eine Bestätigung halten mochte.

»Das braucht es nicht«, flüsterte sie weiter, »ihr seid schon tot. Euch kann nichts mehr geschehen.«

Da schwoll das Wispern an, und Tessia vernahm die Sorge, welche die ihr Anvertrauten umtrieb. Wer sich um sie kümmern sollte, fragten die Toten, wenn sie nicht mehr sei. Wer pflegte dann die Gräber? Wer spräche die rituellen Worte? Wer sorgte dafür, dass alles seinen rechten Lauf nähme? Nein, da werde sie ganz gewiss gebraucht, und man habe Angst um sie, wisperte es. Sie solle auf sich Acht geben, das allein müsse sie versprechen. Sonst griffe die Seelenkälte nach ihnen.

Tessia lauschte den Befürchtungen noch eine Weile. Als sie feststellen musste, dass die Bilder ihres Traumes nicht wieder in ihr Gedächtnis zurückfinden wollten, befand sie, dass nur die Nähe zu Boron ihr helfen könne.

So erhob sie sich, um zum Beten die anliegende Kapelle aufzusuchen. Was einem weniger borongläubigen Menschen vielleicht nur eine unwirsche Bemerkung entlockt hätte, bereitete ihr tiefe Sorge. Träume sind die Sinnbilder des Herrn. Boron selbst schickt sie als Botschaften an die Lebenden über das Nirgendmeer. Ein unbedachter oder ungeschulter Mensch mochte einen solchen Traum einfach vergessen oder ihm keine Bedeutung beimessen. Die Boroni aber hatte schon früh während ihres Noviziats gelernt, sich ihrer Träume zu entsinnen. Nichts, was ein Gott sandte, war vergebens oder sinnlos. Und jeder einzelne Traum war eine Offenbarung, welche die Sterblichen freilich nicht immer zu deuten wussten. Welchem Umstand nun war es zuzuordnen, dass sie sich plötzlich ihrer scheinbar doch so aufwühlenden Träume nicht mehr erinnern konnte? Versuchte der Gott des Schlafes ihr etwas zu sagen, was ihrem einfältigen Gemüt entschlüpfte, bevor sie es richtig erfassen konnte? Die Traumdeutung war eine schwierige Wissenschaft, auf die sich jedoch niemand so gut verstand wie die Diener des schweigenden Gottes. Dennoch blieben Träume oft mehrdeutig, war in ihnen doch stets mehr enthalten, als ein menschlicher Geist zu erfassen vermochte. Tessia wusste, dass dies der Ordnung der Dinge geschuldet war. Wenn ein Gott zu einem Sterblichen sprach, war es stets so, als versuchte man einen Platzregen mit einem Fingerhut aufzufangen. Ein geschickter Fänger mochte etwas mitnehmen, aber es war nichts im Vergleich zu dem, was auf immer verloren ging.

Tessia hatte inzwischen ein einfaches Gewand übergestreift und den kurzen Weg zur Kapelle zurückgelegt. Sie entzündete nur eine einzelne Kerze, denn ihrem Gott waren der Glanz und die Pracht anderer Kirchen fremd. Die junge Boroni stellte das Licht auf den basaltenen Altar und kniete davor nieder. Die Hände gefaltet, versenkte sie sich ganz in tiefe Meditation, um die Nähe zu ihrem Gott zu finden, die ihr im Schlaf diesmal verwehrt geblieben war. Bald waren nur noch ihre eigenen ruhigen Atemzüge zu hören.

Die meisten Menschen waren durchaus gottesfürchtig genug, um beim Betreten der kleinen Kapelle zu schweigen. Bestenfalls noch im Flüsterton wurden die notwendigen Dinge ausgetauscht, denn niemand wollte den Gott des Schweigens erzürnen, indem er ein lautes, allzu lautes Wort sprach. Aber die wenigsten der einfachen Leute verstanden dabei, worum es ging. Nicht das Sprechen war es, nicht der Lärm, der den Totengott erzürnte. Es war die Unbedachtheit, mit der die Menschen sprachen. Die Angewohnheit, sich hinter dem, was sie sagten, zu verstecken, mit vielen Worten wenig zu sagen und sich ein Trugbild von den Dingen aufzuschwatzen, als ob sie und nicht die Götter den Lauf der Dinge gefügt hätten. Im Schweigen dagegen wurde der Mensch auf sich selbst zurückgeworfen. Die Stille war der Weg zu sich selbst. Und im eigenen Selbst war jener schwache Abglanz des göttlichen Alveran, den die Gelehrten in den Begriffen Sikaryan und Nayrakis zu beschreiben suchten, den der Volksmund aber einfach Seele nannte. Und diese Seele war es, die …

Tessias Kopf war vornüber gesunken. Der Schlaf hatte ihrer Meditation ein Ende gesetzt, ohne sie ihrem Gott zu entfremden. Sie saß wieder im *Fetten Eber*. Die Luft war rauchgeschwängert, und in der brechend vollen

Wirtsstube lärmte es von allen Tischen zugleich. Hinter der Theke eilte eine dicke Sau geschäftig hin und her und bediente die Gäste. Und hin und wieder steckte sie den Rüssel auch selbst in ein schales Bier.

Eine alter Gaul, der einen Huf bandagiert hatte, erzählte einer Gruppe junger Hunde, wie er sich jene Verletzung einst im Krieg zugezogen hatte. Seine vier Zuhörer, kaum dem Welpenalter entwachsen, folgten seinen Worten gebannt und wedelten mit den Schwänzen. Drei betagte Hennen pickten auf der Theke herum. Ihr Mut, sich dort wieder hinunterzubegeben, hatte sie verlassen, denn mit gestutzten Flügeln mochte das eine unsanfte Landung ergeben. So gackerten die drei zwischen Wirtssau und Gästen umher. Ein alter Ochse, der heftig eine Flasche Wein schwang, zwitscherte in den höchsten Eunuchentönen dazu, bis ihn ein dreibeiniger Kater am Nasenring durch den Schankraum zog. Eine Gruppe einäugiger Schweine diskutierte heftig und vom Trunk in Rage versetzt darüber, was das Schweinsein an tieferen Einsichten in sich berge.

Da betrat Fenndrick den Raum – und alles war still.

Alle Augenpaare starrten ihn an. Er sah alt und müde aus. Doch in seinen Augen glomm ein Funke auf. Dann kicherte er: »Ich hab' sie umgebracht. Ich hab' sie umgebracht! – Und es hat Spaß gemacht!« Ein irrsinniges Kichern brach aus ihm heraus. Es erfasste erst seine Züge, dann den ganzen Kopf und ergriff schließlich vom gesamten Leib Besitz. Er schüttelte sich vor Lachen. Da fielen auch die Umstehenden nach und nach in das Lachen ein. Bald wurde gewiehert, gegackert, geschnaubt, geprustet und vor Lachen gedonnert. Die Pferde und Schweine, Hühner und Hunde, Rindviecher und Katzen lachten und klapperten dabei mit den Hufen und Zähnen, wedelten mit den Schwänzen und wackelten mit den Ohren, schlugen mit den Flügeln und warfen die Köpfe hin und her.

Und bei all dem Geklapper, Gescharre, Gegacker und

Gewieher bildete sich rasch ein Takt heraus; eine Melodie erhob sich und schwoll an. Es klapperte nun rhythmisch, und viele Dutzend Kehlen grölten dazu und schunkelten, dass sich die Tische bogen.

Und das ganze Wirtshaus sang: »Da warn sie alle, alle tot!«

Nur von draußen rief jemand durch das Fenster herein: »Tessia, wach auf! Ich brauche dich hier draußen! So wach doch endlich auf!«

Der Kopf der Boroni ruckte wieder nach oben. Hatte sie es geträumt, oder hatte da tatsächlich jemand nach ihr gerufen? Ihr Blick glitt suchend umher, aber die winzige Kerze auf dem Altar warf nur einen kleinen Lichtkreis, jenseits dessen sie die Wände der Kapelle mehr erahnte denn sah. Die Fensteröffnungen nach draußen aber waren nur gähnende schwarze Löcher. Ein kühler Luftzug brachte die Kerze zum Flackern. Die Geweihte hatte sich erhoben und unschlüssig den Altar umrundet. Halb zog es sie nach draußen, halb sank sie wieder vor den Altar.

Nun hatte sie sich ihres Traumes entsinnen können. Die Bilder des lautstarken und lästerlichen Schankraumes standen noch deutlich vor ihrem inneren Auge. Als Geweihte des schweigsamen Gottes besaß sie genug Kenntnis und Erfahrung in der Traumdeutung, um jene Bilder zu entschlüsseln, die anderen Schläfern nur die Sinne verwirrten.

Die Kapelle war schlicht gehalten. Die wenigen Wandbehänge, welche ihr Schmuck verleihen sollten, betonten eher noch die Kahlheit der Wände, als sie zu verdecken. Auf dem Altar lag ein schmales Deckchen, das den schwarzen Raben zeigte, das heilige Tier Borons. Dieser Gott legte keinen Wert auf Schmuck. Wenn die Menschen tot waren, mussten sie alle nackt und bloß vor ihn treten. Was sie zu Lebzeiten besessen hatten, war Werkzeug, nicht Wert ihrer Seele gewesen. Auch war es den Gläubigen eine große Hilfe, eine bescheidene Andachtstätte aufsuchen zu können. Sie konnten sich zurückbesinnen auf die Dinge, denen wirklich Bedeutung zukommt, wie es Menschen im Angesicht des Todes tun. Die Geweihte besaß darüber hinaus die Disziplin, ihren Geist gänzlich frei zu machen von allem weltlichen Schein.

Sie war sich nicht sicher, ob es tatsächlich ein Rufen war, das sie gehört hatte. Obschon die Neugier an ihr nagte, bewegte sie sich nicht aus dem Lichtkreis der Kerze heraus. Sie hatte einen guten Grund dafür: Sie hatte Angst.

Ein Gefühl, das Geweihte des Boron nicht eben oft beschleicht, doch das andere Menschen überkommt, wenn sie sich allein und zur Gänze verlassen wähnen oder sich vom Tode bedroht fühlen. Oder Angst vor dem Dunkeln haben, was nur der Ausdruck einer tieferen Angst ist, die sich in der Abwesenheit des Lichts manifestiert: der Angst vor dem Bösen.

Aber es war nicht jene Angst vor dem Dunkeln, mit dem sie als Boroni früh zu leben gelernt hatte. Schon in ihrem Heimattempel in Gareth hatte sie sich lange und oft in der dunklen Krypta aufgehalten und ihre Zeit mit nichts als Düsternis und aufgebahrten Leichnamen verbracht. Diese Dinge hatten ihren Schrecken für sie verloren; einen Schrecken, der ohnehin nur dem Missverständnis entstammte, dass Dunkelheit und Tod den Menschen bedrohten. Nein, sie waren Gnade und Erlösung.

Was sie nun umtrieb, war eher die Angst davor, dass es nicht dunkel genug sein mochte. Angst davor, dass sie, wenn sie den schützenden Altarraum verließe, etwas sehen müsste, was sie nicht sehen wollte.

Sie hatte die Hände unter den weiten Ärmeln ihres Gewandes wie zum Gebet gefaltet. Ein unbedarfter Beobachter, der sie so dort hätte stehen sehen, hätte ihre Angst nicht bemerkt. Sie stand aufrecht, wirkte halb in sich gekehrt, halb lauschend. Ihr Blick war leicht gesenkt, und auf ihren bleichen Zügen lag jene eigentümliche Ruhe, die vielen Dienern des Totengottes zu Eigen ist. Nur wer ihr in die Augen blickte, würde ein wenig von der Angst in ihr erahnen.

Hatte sie da nicht erneut jemand gerufen? Tessia war sich dessen nicht sicher. Sie wusste jedoch, dass es keine Rolle spielte. Der Ruf, den sie fühlte, war ohnehin stärker als jener, den sie hörte.

Sie kannte das Gefühl, das sie befallen hatte, aus den Jahren ihres Dienstes an Boron. Der Traum, den sie geträumt hatte, schien ihr mit einem Male fern und unwichtig. Sie wollte vorbereitet sein. Sie wusste, was sie dort draußen erwartete. Irgendwo im Dorf war ein Brüllen zu hören, darauf ein Augenblick der Stille. Dann flogen viele Türen auf, und es ertönten noch mehr Rufe und Schreie. Viele Stimmen riefen durcheinander. Es waren ängstliche und wütende darunter. Männer und Frauen.

Tessia nahm all dies nur am Rande wahr. Es war lediglich die Begleitmusik ihres Abgesanges.

Sie ging auf das einladend offen stehende Eingangsportal zu. Auf halber Strecke drehte sie sich um und blickte zurück zum Altar. Die Kerze war aus der Entfernung nur ein kleiner, auf und ab hüpfender Lichtpunkt. Ihr Schein fiel auf den aufgestickten Raben, der die Altardecke zierte. Er schien ein merkwürdiges Eigenleben zu entwickeln und den Tanz der Flamme mitzuvollziehen. Im Dorf schien sich die Aufregung inzwischen wieder gelegt zu haben. Von dem Tumult war nichts mehr zu hören.

Sie atmete ruhig. Kein Geräusch störte jetzt noch die heilige Stille. Dann betete sie nach Art der Boroni ohne viele Worte zu verlieren: »Herr, gib mir Kraft!«

Am darauf folgenden Morgen lag Fenndrick lange unschlüssig im riesigen Himmelbett seines Onkels. Er war unzufrieden, uneins mit sich und der Welt. Er hatte Tessia einen Gefallen tun wollen, ihr mit seinen magischen Fähigkeiten beistehen, sich als mutiger Helfer in der Not erweisen wollen. Und er hatte alles falsch gemacht, was man nur falsch machen konnte. Sein gutes Magiergewand, das eigens beim Schneider in Honingen für ihn in Auftrag gegeben worden war, hing nun an Hallinghöfers Hauswand. An eben jenem Nagel, in dem es sich am Vorabend verfangen hatte. Der Stoff war mit einem hässlichen Geräusch eingerissen, was an sich schon ein Ärgernis war. Doch damit nicht genug! Im nächsten Moment hatte Fenndricks magischer Blick den Bauern drinnen aus dem Sessel springen sehen – mit erhobener Forke! Hallinghöfer musste das Geräusch ebenfalls gehört haben und war nach draußen gestürmt. Glücklicherweise war Fenndrick wenigstens noch geistesgegenwärtig genug gewesen, nicht lange an Gewand und Nagel herumzunesteln, sondern hatte einfach das ohnehin eingerissene Stück abgestreift und war, wie von Höllenhunden gehetzt, den Hügel hinaufgerannt. Keinen Augenblick zu spät, wie er feststellte, als Hallinghöfers Forke sich mit einem Krachen in das Gewand bohrte, das da an der Hauswand hing.

Und womöglich war das gute Stück noch immer dort. Zerrissen und durchlöchert. Aber was noch schlimmer war: Der schwarze Stoff war ein untrügliches Indiz für die Person dessen, der es zurückgelassen hatte. Ein solches Kleidungsstück besaß außer ihm vermutlich niemand im Dorf. Er hätte genauso gut seine Unterschrift zurücklassen können. Und wer sich nachts an Hauswänden herumdrückte, der mochte vielleicht auch so ganz nebenbei noch einen bestialischen Mord begehen. Sicher war es für die aufgebrachten Dörfler nun eine ausgemachte Sache, dass er hinter Tergils und Jadins Ableben steckte. Gern hätte Fenndrick den umsichtigen Rat Tessias eingeholt, was zu tun und wie mit der Situation umzugehen sei. Doch nach dem kläglichen Scheitern seiner nächtlichen Observation wollte er ihr vor Schmach und Schande kaum mehr unter die Augen treten. Sie würde ihn einen Trottel schelten. Und Recht hätte sie! Ein Magier wollte er sein, und nicht einmal einem aufgebrachten Bauern konnte er die Stirn bieten. Nein, so würde er ganz gewiss nicht vor sie hintreten. Er könnte ihren zornigen oder mitleidvollen Blick einfach nicht ertragen. Der junge Zauberer grübelte und grübelte. Bettdecke und Haar hatte er längst gleichermaßen zerwühlt, doch es wollte ihm nichts Rechtes einfallen, wie er das Geschehene ungeschehen machen könnte. Dann fällte er endlich den Entschluss aufzustehen. Es half alles nichts, er musste sich den Dingen stellen. Am besten versuchte er einfach weiter dem Mord auf den Grund zu gehen. Wenn ihm in dieser Angelegenheit Erfolg beschieden wäre, würde Tessias Urteil über sein gestriges Versagen gewiss milder ausfallen.

Fenndrick wechselte das Nachthemd gegen ein einfaches graues Reisegewand. Er ging nach unten und schlüpfte in die Stiefel. Da ihm hernach noch immer kein rechter Ansatzpunkt eingefallen war, schritt er nachdenklich in der Stube auf und ab.

Ein Mord war geschehen. Wie klärte man eine solch unerhörte Tat auf? Tessia hatte den Tatort in Augenschein genommen und dabei die Blutspur zu Hallinghöfer entdeckt. Aber das allein reichte kaum, den Bauern an die Büttel auszuliefern. Zudem blieb das Motiv unklar. Wenn Hallinghöfer störte, dass die beiden sich des Nachts in seinem Stall herumtrieben, dann hätte er sie unter wüsten Verwünschungen von dort verjagen können. Aber sie gleich grausam zerfleischen? Das ergab keinen Sinn. Doch vielleicht war die Suche nach einem Motiv insgesamt müßig? Er war mit Tessia schon früh überein gekommen, dass dies nur die Tat eines Wahnsinnigen sein konnte. Ein solcher mochte Motive haben, die ein gesunder Verstand ohnehin nicht nachvollziehen konnte. Blieb also als einziger Anhaltspunkt nur die Tat selbst. Was wusste er darüber? Sie war sehr grausam. Und sie offenbarte, dass der Täter sehr stark sein musste, vielleicht aber auch über Hilfsmittel verfügte. Nach dem glatten Schnitt einer Klinge hatten die Verletzungen der Leichname nicht ausgesehen, aber es gab Waffen, die über gezackte Klingen verfügten, und andere Gerätschaften, die geeignet sein mochten, ein Körperteil abzutrennen. Vielleicht waren es aber auch die Zähne und Klauen eines Tieres? Eines kranken, vielleicht tollwütigen Tieres?

Nun, gleich ob Mensch, Tier oder Ungeheuer: Wenn der Täter nicht Hallinghöfer war, dann musste er von außen in den Stall gelangt sein. Vielleicht hatte ihn dabei jemand beobachtet? Jemand, der sich nun fürchtete und daher kein Wort darüber verlor? Vielleicht hatte aber auch jemand eine scheinbar bedeutungslose Beobachtung gemacht, die erst im Zusammenhang der Ereignisse ihren Sinn entfaltete?

Fenndrick hatte sich zu diesem Ansatzpunkt durchgerungen. Er würde zunächst Informationen bei den Schindmeringern einholen und dann über das weitere Vorgehen entscheiden. Er griff also nach seinem Stab und machte sich auf den Weg ins Dorf.

Leider müssen wir dem geneigten Leser mitteilen, dass die schlimmsten Befürchtungen unseres jungen Adepten hinsichtlich der Folgen seines nächtlichen Streifzuges sich als wahr erwiesen. Der Zauberer erntete nichts als ablehnende Blicke oder böse Worte, wen auch immer er ansprach. Die Bauern, die er auf dem Felde aufsuchte, warfen schon von weitem Steine und Dreck nach ihm. In Schindmeringen wurden in Donndrichs Haus krachend sämtliche Läden geschlossen, als er sich näherte. Der alte Growin überhäufte ihn mit üblen Verwünschungen und schlug ihm dann die Haustür vor der Nase zu. Bei Hallinghöfer versuchte Fenndrick es lieber erst gar nicht, und er wagte auch nicht, Hallinghöfers Jüngsten anzusprechen, der von allem unbekümmert auf dem Boden saß und mit dem Staub der Straße spielte. Also versuchte er es weiter. Er sprach Bärja an, die mit einem vollen Eimer Wasser vom Brunnen zurückkehrte, doch erntete er nur einen grimmigen Blick. Als er die Magd Losane fragen wollte, rauschte diese ängstlich davon und verschwand unter lautem Gebimmel der Türglocken im *Fetten Eber*. Der Magier fühlte sich immer unwohler in seiner Haut. Wie lange würde es wohl noch dauern, bis ihm ein wütender Mob mit Sensen und Dreschflegeln zu Leibe rückte? Er erinnerte sich der vergleichsweise freundlichen Aufnahme, die er bisher bei der Wirtin des *Fetten Ebers* erfahren hatte, und fragte sich, ob er dem Gasthaus einen Besuch abstatten sollte. Eben in diesem Augenblick fiel sein Blick auf das etwas abseits gelegene Haus mit den verblassenden Pflanzenornamenten. Wer dort wohl wohnte?

Einer plötzlichen Eingebung folgend, begab sich Fenndrick zu dem Haus. Die Läden waren geschlossen, doch zeichnete sich hinter einem undeutlich ein Schatten ab.

Er wollte schon fast wieder kehrtmachen, da man ihn hier augenscheinlich auch fürchtete, da öffnete sich die Eingangstür. Eine alte Greisin in einem verschlissenen, doch einstmals kostbaren Kleid stand vor ihm und lächelte ihn so verzückt an, wie es ihr mit ihren wenigen braunen Zahnstummeln eben möglich war.

»Äh, Verzeihung, ich würde Euch gern einige Fragen zu …«

»Du bist zurückgekehrt!«

Die Augen der Greisin leuchteten, als sie ihn mit dieser schlichten Feststellung unterbrach.

Sie schlurfte zurück ins Innere des Hauses und bedeutete Fenndrick, ihr zu folgen. Er tat, wie ihm geheißen, und gelangte durch die Diele in die gute Stube des Hauses.

An Geld schien es der Alten nicht zu mangeln, stellte er mit einem flüchtigen Blick auf die Einrichtung fest. Dennoch hatte der Raum etwas Museales. Nicht, dass er schmutzig oder verstaubt gewesen wäre, nein, das konnte man wahrlich nicht behaupten. Aber alles hier schien älter zu sein, als Fenndrick selbst es war.

Die Alte fingerte eine Flasche Yaquirtaler aus einem Regal und stellte sie neben zwei hübsche Tonbecher auf den Tisch. Dann nahm sie auf ihrem Lehnstuhl Platz.

»Setzt dich, mein Lieber!«

»Werte Frau, Ihr scheint mich zu verwechseln …«

Etwas in ihrem Gesicht ließ ihn innehalten. Für einen Moment wurden ihre Augen zu zwei zusammengekniffenen, schmalen Schlitzen. Sie meinte ihn zu kennen.

Vielleicht war es besser, auf das Gerede einer wirren alten Frau einzugehen? Die Greisin mochte sich als gesprächiger erweisen, wenn sie sich einem Bekannten gegenüber wähnte.

Aber wie lange mochte eine solche Maskerade funktionieren?

So sagte Fenndrick mit klopfendem Herzen: »Ja, ich bin zurück.«

»Das hast du recht getan«, sprach die Alte, während sie den Wein mit zittrigen Händen einschenkte.

Fenndricks Gedanken purzelten durcheinander. Wie sollte er nun in der fremden Rolle, über die er nicht das Geringste wusste, auf sein eigentliches Anliegen zurückkommen?

»Ich war lange fort«, sagte er versuchsweise, und ein heftiges Nicken der Greisin bestätigte ihm sogleich, den richtigen Auftakt gewählt zu haben.

»Ich war lange fort – und nun höre ich, dass Furchtbares sich zwischenzeitlich hier ereignet haben soll.«

»Lange, ja, furchtbar lange.«

Der Blick der Alten war abwesend. Dann hellte sich ihre Miene wieder auf. Sie legte eine faltige Hand auf

Fenndricks und meinte in versöhnlichem Tonfall: »Aber nun bist ja wieder da, mein Schwarzer.«

Fenndrick war verwirrt. Sie reagierte kaum auf seine Worte. Und wer war wohl dieser ... Schwarze?

Mit einem Mal fiel es ihm wie Schuppen von den Augen. Natürlich, die Ähnlichkeit mit seinem Onkel musste sie in ihrem Wahn bestätigen! Aber sie hatte ihn ›Lieber‹ genannt, und so, wie sie sich gebärdete, hielt sie ihn für ihren Liebhaber! War das möglich? Konnte es sein, dass sein alter Onkel eine Liebschaft mit dieser Greisin gehabt hatte? Sie erschien ihm weit älter als Mocurion, wenngleich er ihn Jahre nicht gesehen hatte. Dennoch fiel es ihm schwer, sich eine rahjagefällige Verbindung mit der runzeligen Person vor ihm vorzustellen. Aber der Onkel war ein rechter Lebemann gewesen, der weltlichen Vergnügungen zwischen seinen Forschungen sicherlich nicht abgeneigt gewesen war. Ein solcher Rajahdienst mochte zu ihm passen ...

Wenn, ja, wenn die Alte vor ihm tatsächlich die Geliebte Mocurions gewesen war, dann eröffneten sich ja ungeahnte Möglichkeiten! Endlich konnte er in Erfahrung bringen, was seinen Onkel in den letzten Jahren umgetrieben hatte! Die Alte war entrückt genug, bei ein paar neugierigen Fragen nicht gleich misstrauisch zu werden, und wenn sie noch ein wenig mehr vom Weine trank, würde sie sicher noch gesprächiger!

»Nun, meine Liebe«, wagte Fenndrick einen Versuch, »du erinnerst dich doch gewiss noch, aus welchem Grunde ich beschloss, in den Süden zu ziehen, nicht wahr?«

»Woher soll ich das wissen? Hast ja wenig gesagt bei deiner Abreise«, brummelte sie missmutig.

Sie schien weniger zu wissen, als er gehofft hatte. Aber vielleicht wusste sie, was ...

In diesem Augenblick schob sich die nur angelehnte Tür zur Diele ein Stück weiter auf und ... *etwas* huschte herein. Fenndrick vergaß augenblicklich, was er hatte fragen wollen. Das Geschöpf vor ihm hätte ein braunbeige getigerter Kater sein können, wären da nicht die sechs echsenhaften, monströsen Klauen gewesen, auf denen sich die unheilige Kreatur fortbewegte.

Starr vor Überraschung und Entsetzen beobachtete er, wie das Wesen an ihm vorüberschlich und mit einem katzenhaften Sprung auf dem Schoß der Alten landete.

Diese schenkte dem Neuankömmling kaum Beachtung, während ihre Rechte gewohnheitsgemäß seinen Nacken kraulte.

»Was, was bei allen Zwölfen, ist das?«, stieß der Magier hervor.

»Odil, mein lieber Odil. Musst ihn doch kennen«, krächzte die Alte.

»Aber das ist doch nicht einfach eine Katze?«, sagte Fenndrick, den der Schreck jede Vorsicht vergessen ließ. »Diese Klauen – ist es ein daimonides oder chimärologisches Geschöpf?«

»Musst ihn doch kennen«, sagte die Alte nunmehr mit einem misstrauischen Unterton, »hast ihn doch selbst gemacht.«

Fenndrick stierte sie starr vor Schreck an. Er wusste, dass er eine Bemerkung machen müsste, um sie abzulenken und ihr Misstrauen zu zerstreuen. Doch er konnte nicht. Er konnte nur wie gelähmt auf das Ungeheuer starren, das sich im Schoß der Alten räkelte. Seine Gedanken rasten wild durcheinander. Plötzlich fiel es ihm wie Schuppen von den Augen. Natürlich! Die Abneigung der Dörfler gegen Mocurion, die seltsamen Studien seines Onkels, Schindmeringen – alles fügte sich ineinander und ergab einen schrecklichen Sinn. Schindmeringen – hatte er nicht selbst bei seiner Ankunft noch gedacht, dass dieser Name ihn an ein gequältes Pferd erinnere? Wie hatte er die ganze Zeit so blind sein können? Der Onkel musste ein Chimärologe gewesen sein, der willkürlich Tsas Geschöpfe auf grausame Art verstümmelte, indem er sie qualvoll miteinander verschmelzen ließ. Was brachten Chimärologen hervor? Ein Pferd mit einem Schweinekopf? Einen Vogel mit Frauenkopf? Oder eben einen Kater mit Echsenklauen …

Was war der Sinn solcher Geschöpfe, außer die Schöpfung selbst zu verhöhnen? Nur allmählich gelang es ihm, seine durcheinander wirbelnden Gedanken zur Ruhe zu zwingen. Jetzt erst wurde er wieder der Alten gewahr, die vor ihm im Stuhl saß. Glücklicherweise schien sie längst den Gesprächsfaden verloren zu haben und summte mit geschlossenen Augen ein altes Kinderlied vor sich hin. Fenndrick erkannte die Melodie von »Klein-Alrik geht auf Reisen«. Alles in ihm strebte danach, einfach Reißaus zu nehmen. Fort von der verrückten Greisin. Fort aus diesem ungastlichen Dorf. Zurück in die Einsamkeit seines Turmes, um dort in Ruhe über das Gehörte nachdenken zu können. Doch er musste sich beherrschen. Die Alte mochte noch mehr wissen, als sie bislang preisgegeben hatte.

»Äh … meine Liebe, gewiss weißt du auch noch, warum ich deinen Odil schuf?«

»Natürlich«, keckerte Sinistra mit einem verklärten Ausdruck im faltigen Gesicht, »weil du mich liebst. Ja, ja. Mich liebst.«

Ihre dürre Hand fingerte erneut nach der seinen. Fenndrick unterdrückte den Impuls, sie fortzunehmen, und ließ den liebevollen Händedruck der Greisin über sich ergehen. Ihre Hand fühlte sich trocken an wie altes Pergament.

»Ja, meine Liebe, und bestimmt entsinnst du dich auch noch der anderen … Wesen, die ich schuf?«

Sinistra leckte sich die Lippen, als erinnerte sie sich einer besonders schmackhaften Mahlzeit. »Ja, ja. Warst ein großer Schöpfer. O ja.«

Fenndrick konnte nicht den Hauch von Misstrauen in

ihrer Stimme ausmachen, und so drang er zum Kern seines Anliegens vor. »Und ist dir jemals eines dieser Geschöpfe gefährlich erschienen? Ich meine, *wirklich* gefährlich?«

Die Alte blickte ihn an. Ihre Augen wirkten trüb, als ob der Schleier der Zeit darüber läge. »Hast doch niemandem etwas zu Leide getan, nicht wahr, mein Schwarzer? Haben doch alle dein Geld bekommen, nicht wahr?«

»Ja ... gewiss«, stammelte Fenndrick, der nicht im Mindesten ahnte, wovon sie sprach. Doch wie sollte er danach fragen, ohne seine Maskerade zu gefährden?

»Ist denn noch etwas übrig ... von dem Geld, das ich ... ihnen gab?«

»Nein«, Sinistra kicherte bösartig, »ist alles fort. Wie die Tiere, die sie verkauft haben. Alles fort. Nur ich hab noch vom Golde, das du mir gabst, dem guten Golde.«

Später am gleichen Tag saß Fenndrick im grünen Ohrensessel seines Onkels und dachte über das Geschehene nach. Er hatte die Füße hoch gelegt und starrte in den erkalteten Kamin. Sinistra, wie die Greisin hieß, war nach ein paar weiteren Schlucken Yaquirtaler leutseliger geworden. Glücklicherweise vertrug die Alte nicht mehr viel. Schon bald hatten sich ihre Wangen rosig verfärbt und dem eingefallenen Gesicht tatsächlich einen Hauch von Leben verliehen. Mit dem Schwipps war ihr letztes Misstrauen gewichen. Und mit dem Misstrauen ihr Schweigen. Bald hatten sie munter über alte Zeiten geplaudert, als ob Fenndrick tatsächlich ihr Geliebter gewesen wäre. Schnell waren seine letzten Zweifel ausgeräumt gewesen. Sinistra war tatsächliche die Liebste seines Onkels gewesen, der sie wieder und wieder in ihrem Haus besucht hatte. Den Turm hatte sie nur selten betreten und bei jenen Gelegenheiten auch stets das Gefühl gehabt, dass ihn ihre Anwesenheit dort eher mit

Unbehagen erfüllte. Sie hatte Mocurion heiß und innig geliebt – damals wie heute. Doch seine Liebe musste mit der Zeit erkaltet sein. Sie hatte eine Veränderung beschrieben, die mit ihm vorgegangen war und die sie nicht genau in Worte hatte fassen können. Immer seltener waren seine Besuche geworden, immer fahriger seine Art. Immer verbitterter sein Gemüt.

Sinistras Erzählung war an dieser Stelle immer wieder von Vorwürfen unterbrochen worden, die sie Fenndrick/Mocurion gemacht hatte, weil er sie seit jener Zeit so sträflich vernachlässigt hatte. Nachdem die Worte der Greisin sich immer mehr in Wiederholungen verloren hatten, war es Fenndrick angebracht erschienen, sich unter einem Vorwand zu verabschieden. Er war den Weg hügelaufwärts zurück zum Turm in derselben tiefen Nachdenklichkeit gegangen, die ihn nun noch immer umfangen hielt. Vor seinem inneren Auge sah er wieder und wieder das gleiche Bild: ein riesiges Ungeheuer, eine bizarre Chimäre, die sich mit grotesken Bewegungen in Hallinghöfers Stall schleppte, um dort mit einer aus dem Wahnsinn ihrer eigenen unheiligen Existenz geborenen Brutalität über Jadin und Tergil herzufallen.

So sehr sich Fenndrick auch bemühte, es gelang ihm nicht, zwischen diesem Geschöpf und dem gutmütigen Onkel, an den er sich erinnerte, irgendeine Verbindung herzustellen. »Es kann nicht sein«, murmelte er vor sich hin, während er in die graue Asche stierte, die vom letzten Kaminfeuer geblieben war.

»Es kann nicht sein, nicht Mocurion.« Seine Gedanken kreisten, um dem Schmerz, der in ihrer Mitte wartete, auszuweichen. Es musste irgendeinen Fehler geben. An dieser Geschichte musste irgendein Fehler sein. Gewiss hatte sein Onkel, der ja nun auch längst in Borons Reich weilte, nichts mit den furchtbaren Morden zu tun. Böse Geschöpfe gab es viele. Warum sollte die Tat ausgerechnet von einer Chimäre begangen worden sein?

Und dann fand Fenndrick tatsächlich etwas, das er als Unstimmigkeit einordnete. Wie lange waren die chimärologischen Experimente eigentlich her? Sinistra hatte sich dazu nicht geäußert, vermutlich hatte sie ohnehin längst jegliches Zeitgefühl verloren. Aber er hatte einmal Tessia nach seinem Onkel gefragt, und sie hatte von solcherlei Vorfällen nie etwas erwähnt. Der junge Zauberer erinnerte sich, dass die Geweihte ihre Reise vom Garether Heimattempel nach Schindmeringen vor gut vier Jahren angetreten hatte. Wenn die Ereignisse, von denen Sinistra sprach, sich der Kenntnis der Boroni entzogen, mussten die chimärologischen Experimente noch länger zurückliegen. Warum aber hätte ein bösartiges, wahnsinniges Ungeheuer über vier Jahre warten sollen, bevor es seinen Vernichtungsfeldzug antrat? Fenndrick kannte sich in der Seelenheilkunde nicht sonderlich gut aus, aber ein Wahnsinn, der Jahre benötigte, um zu reifen, erschien ihm kaum wahrscheinlich. Es sei denn …

Es sei denn, es handelte sich um den Geist einer Alten, welcher vor Jahren noch klar gewesen sein mochte, sich mit der Zeit aber immer mehr verwirrte! Nun tauchte ein neues Bild in Fenndricks Kopf auf: Sinistra, in deren dürren Gliedern die Kraft schlummerte, die allen Wahnsinnigen zu Eigen war. Die Greisin schlurfte in Hallinghöfers Stall und …

Zufrieden seufzend entspannte Fenndrick sich. Das war es! Sein Onkel hatte mit den furchtbaren Morden nichts zu tun. Stattdessen würde er den Umtrieben dieser seltsamen Greisin einmal gründlich nachgehen. War es nicht so gewesen, dass eine Blutspur durch den Stall zu Hallinghöfers Haus geführt hatte? Noch ein Hinweis, denn ein Tier hätte sicherlich den kurzen Weg zum Stalltor hinaus gewählt! Nein, dies war Menschenwerk, und er würde der wahnsinnigen Alten die Tat nachweisen. Zufrieden streichelte er Xylda, die mit einer fließenden Bewegung auf seinen Schoß geschlüpft war.

Allein

Fenndrick merkte sofort, dass etwas nicht stimmte. Er war auf den schmalen Kiesweg eingebogen, der an der kleinen Kapelle vorbei zum rückwärtig gelegenen Boronanger führte. Das Geräusch seiner Schritte auf dem knirschenden Untergrund klang wie immer; auch der Boronanger, der nun in seinem Sichtfeld auftauchte, lag wie gewohnt sorgsam gepflegt da. Und dennoch fühlte der junge Magier, dass etwas geschehen war. Vor dem vierten Teil einer Stunde war er mit dem ersten Sonnenlicht aufgestanden und hatte sich angekleidet, um Tessia aufzusuchen. Er war so begierig darauf, ihr mitzuteilen, was er über Sinistra herausgefunden hatte, dass er sich nicht einmal mehr mit einem Frühstück aufgehalten hatte. Rasch hatte er die Wangen glatt geschabt, die schwarzen Stiefel angezogen und den Zauberstab in die Hand genommen. Während er den Hang hinuntergeeilt war, hatte er sich in allen Einzelheiten ausgemalt, wie sie wohl auf seinen Bericht und seine Mutmaßungen reagieren würde. Und nun blieb er mitten auf dem Boronanger stehen und fragte sich, was dieses seltsame Gefühl in seiner Magengegend ausgelöst haben mochte. Die Gräber lagen sorgsam in Reih und Glied vor ihm. Zur einen Seite wurden sie begrenzt durch Tessias Wohnhaus, das lediglich ein kleiner, an die Seite der Kapelle geschmiegter Anbau war. Zu den anderen drei Seiten umsäumte die letzte Ruhestätte eine Rosenhecke, welche ... die Hecke! Fenndrick stutzte. Die Hecke war vollkommen kahl. Als er sie zum letzten Mal gesehen hatte,

hatte sie noch in voller Blütenpracht gestanden. Sicher mochte der Herbst inzwischen sein trauriges Werk begonnen haben. Aber Fenndrick sah keine vom Wind zerzauste Hecke, sondern eine, der in akribischer Sorgfalt selbst das letzte Blütenblatt abgezupft worden war, ohne dass das grüne Blattwerk auch nur ansatzweise entfernt worden wäre. Fenndricks mulmiges Gefühl verstärkte sich. Hier ging etwas nicht mit rechten Dingen zu. Eilends rief er sich die Matrix des IGNIFAXIUS in Erinnerung, des einzigen Kampfzaubers, den Magister Eboreus ihn je gelehrt hatte. Den Unterweisungen des alten Lehrmeisters zu Folge war es eine Standardformel, welche jeder Magus zu seinem eigenen Schutze beherrschen sollte. Fenndrick hatte die Formel bisher ausschließlich zu Übungszwecken angewendet und war sich nicht sicher, ob er sie im Ernstfall effektiv einsetzen konnte. So fasste er seinen Zauberstab fester, in dem grimmigen Entschluss, einer plötzlich auftretenden Bedrohung zur Not auch auf handfestere Art entgegentreten zu können. Er wollte augenblicklich nach Tessia sehen. Wenn hier irgendetwas nicht in Ordnung war, so musste er ihr als Allererstes eine Warnung zukommen lassen. Entschlossenen Schrittes ging er auf die Kapelle zu. Seine dunkle Vorahnung verstärkte sich, als er sah, dass das zweiflügelige Eingangsportal halb geöffnet war. Dann gewahrte er die Gestalt, die zwischen den beiden Türflügeln vor der Kapelle lag. Um den Leib herum erstreckte sich ein Meer von Rosenblättern. Tausende und abertausende der hübschen Blütenblätter verzauberten den Bereich vor der Kapelle, als wäre er einem wundervollen Feenmärchen entsprungen. Inmitten all der Pracht aber lag Tessia, den gebrochenen Blick himmelwärts gerichtet. Auf ihren Lippen lag ein seltsames Lächeln, und ihre Arme lagen weit ausgestreckt zu beiden Seiten, als hätte sie den Tod selbst willkommen heißen wollen.

Fenndrick fühlte, wie die Welt ihm entglitt. Er sah die

noch im Tode wunderschöne Tessia auf ihrem Bett aus Rosen wie in einem weit entfernten Traum. Sein Oberkörper krampfte sich zusammen und seine Beine gaben nach. Kraftlos sackte er in gebückter Haltung auf die Knie, seiner Kehle entfuhr ein unmenschlicher, gurgelnder Laut. Während er litt, legte sich ein dunkler Schatten über sein Denken, der fortan nie wieder ganz weichen sollte.

Sein Geist weilte an einem fernen Ort, in dem der Tod nichts weiter war als eine Mär, die man sich zum wonnigen Gruseln am Lagerfeuer erzählte. Sein Kopf war mit dem Kinn auf die Brust gesackt. Seine Augen blickten weit aufgerissen ins Leere.

Äonen verstrichen.

Aus endloser Tiefe kehrte Fenndricks Bewusstsein zurück. Mit einer unendlichen Kraftanstrengung erhob er sich; seine Beine schienen aus dünnem Schilf zu bestehen. Dann wankte er auf den Leichnam zu. Er blickte in Tessias Augen und sah das namenlose Entsetzen darin, das einen grausamen Kontrast zu dem Lächeln auf ihren Lippen bildete. Er schloss ihre Augen um ihrer Totenruhe willen und um ihren Blick nicht länger ertragen zu müssen. Dabei fielen ihm die Würgemale an ihrem Hals auf. Diese Zeichen roher Gewalt auf ihrem so zerbrechlich wirkenden weißen Hals ließen ihn zurücktaumeln. Er taumelte in das Innere der Kapelle. Mit einem Male spürte er seine Kraft zurückkehren. »BOOOROOON!«, schrie er, wieder und wieder. Er riss die Tücher mit den Rabensymbolen von den Wänden und warf sie achtlos beiseite. Dann trat er auf den silbernen Kerzenständer ein, der auf dem Boden abgestellt war. Er fegte quer durch die Kapelle; das scheppernde Geräusch hallte vielfach verstärkt von den Wänden zurück, die Kerze war abgebrochen. Schließlich fasste sein von Schmerz und Wut gefangenes Gemüt einen einzigen Gedanken: Rache! Wer immer ihr dies getan hatte, der würde erleben, was es hieß, sich einen Schwarzmagier zum Feind zu machen! Er würde ihn tausend Jahre lang niederhöllische Schmerzen leiden lassen, um ihn dann auf alle Zeiten zu Asche zu verbrennen!

Leise meldete sich die Stimme der Vernunft hinter seiner Stirn zu Wort. Flüsternd zwar, kaum wahrnehmbar, aber dennoch von einer Eindringlichkeit, die ihn endlich zur Besinnung brachte. Die Stimme wisperte, dass er, wenn man ihn in diesem Zustand neben Tessias Leichnam auffände, ohne Zweifel für den Mörder gehalten würde. Sein Leumund war im Dorfe ohnehin nicht der beste, und es stand zu befürchten, dass die Schindmeringer, wenn sie ihn hier anträfen, kurzen Prozess mit ihm machen würden. Und so lief Fenndrick benommen aus der Kapelle, vorbei an Tessia, fort von dem Boronanger. Hinaus aus dem Dorf, zurück in seinen Turm. Weinen konnte er auch dort nicht.

Die Nachricht vom Tod der Boronpriesterin verbreitete sich in Windeseile im Dorf, nachdem Gunnar, der älteste Sohn des Fasterkumm, sie am späten Vormittag tot auffand. Namenloses Entsetzen füllte die Herzen der Schindmeringer, und weil ihre Angst und Ohnmacht ebenso groß waren wie ihr Zorn, liefen sie auf dem Dorfplatz zusammen. Niemand, nicht einmal die alte Sinistra fehlte. Auch die Alten und Lahmen waren herbeigeschlurft. Selbst die Kinder scharten sich um die Eiche in der Mitte des Platzes, und niemand von den Erwachsenen dachte daran, sie wegzuscheuchen. In den Gesichtern der Menschen spiegelten sich Ratlosigkeit und Angst, Zorn und Entschlossenheit, Entsetzen und Trauer. Viele von ihnen hatten Dreschflegel und Mistforken mitgebracht, die sie nun wie Waffen schwangen.

»Es ist Zeit, dem ein Ende zu machen!«, brüllte Hallinghöfer, dem die Wut ins Gesicht geschrieben stand. »Der Tod ist in unserem Dorf eingekehrt. Und das, seit dieser Zauberer hier ist. Geweihtenmord, ihr braven Leute, das ist das verabscheuungswürdigste Verbrechen, das es nur gibt.«

Zustimmende Rufe erklangen. »Und meinen Tergil hat er auch auf dem Gewissen«, erklang von hinten die Stimme von Lynn Bellentor, welche die Mutter Tergils war. Weitere zornige Rufe folgten.

Gorfinde verfolgte das Geschehen mit wachsendem Unbehagen. Sie hatte den Arm schützend um Losane gelegt, als könnte dies das Unheil, das sich im Dorf eingenistet hatte, von ihrer Ziehtochter fern halten. Die Wirtin fürchtete sich. Sie fürchtete sich vor einem entsetzlichen Mörder. Und sie fürchtete sich vor dem Zorn Borons. Was, wenn der Totengott nun Schindmeringen strafen würde wie einst Efferd das gotteslästerliche Havena?

Aber sie fürchtete sich auch noch vor etwas anderem: nämlich vor dem Zorn einer aufgebrachten Menschenmenge, die nicht eher würde ruhen wollen, bis Blut geflossen war.

»Weißt du's, Hallinghöfer?«, brüllte sie gegen den Lärm an. Augenblicklich ruckten die Köpfe der Menge herum. »Weißt du, dass es der Zauberer war?«

»Ja«, sagte Hallinghöfer nun ganz ruhig, aber mit einem Funkeln in den Augen. »Ja, ich weiß es. Hier ist der Beweis!« Und dann hob er triumphierend Fenndricks schwarzen Mantel in die Höhe, den er in der vorletzten Nacht erbeutet hatte. Ein Raunen ging durch die Menge. »Dieser Fetzen Stoff stammt von dem Hexer, der nachts auf meinem Grundstück herumschlich!«

Gorfinde war überrascht – und ungläubig. Sie hatte gesehen, wie der junge Magier in ihrer Schankstube mit der Boroni gesprochen hatte. Und wenn sie nicht mit Blindheit geschlagen war, dann wusste sie die Nervosität des jungen Mannes sehr wohl zu deuten. Ihre Lebenserfahrung sagte ihr, dass der junge Spund – Zauberer hin oder her – ein Auge auf die Geweihte geworfen hatte und diese seinen Avancen offenbar keineswegs abgeneigt gewesen war. Damit kam wohl niemand im Dorf weniger als Mörder in Betracht als der Zugezogene.

»Hört mir zu, ihr Leut'«, rief sie. »Gunnar, hast du uns nicht berichtet – und viele von euch werden sich inzwischen selbst davon überzeugt haben –, dass Ihre Gnaden Tessia zu Tode gewürgt worden ist? Keine Spur von Zauberei war an ihr festzustellen, richtig?«

Zustimmendes Gemurmel erklang.

Gunnar rief: »Ja, so war es«, ohne dass Gorfinde sein Gesicht in der Menge ausfindig machen konnte.

»Meine liebe Gorfinde«, sagte Hallinghöfer gedehnt, »wir alle kennen dich als gute Wirtsfrau. Und wir alle haben schon so manchen gemütlichen Abend bei dir verbracht. Aber das Grübeln überlässt du vielleicht besser anderen. Seit wann kann denn ein Zauberer nicht auch seine Hände gebrauchen, um ein solch grausiges Werk zu verrichten?«

»Sehr richtig«, pflichtete der alte Growin an Hallinghöfers Seite bei.

Losane flüsterte in Gorfindes Ohr: »Mutter, leg dich nicht mit ihm an. Er hat Angst um seine Kinder, und so ist er zu allem fähig.«

Doch das stachelte Gorfinde nur noch mehr an. In den Jahrzehnten als Wirtsfrau des *Fetten Ebers* hatte sie es schon mit so manchem sturzbetrunkenen Gast zu tun bekommen. Und stets hatte sie mit Entschlossenheit und notfalls dem Einsatz ihrer Körperfülle deutlich machen können, wer die Frau im Hause war.

»Recht hast du, Hallinghöfer«, erwiderte sie mit bedrohlichem Unterton, »das Grübeln über Morde überlässt man besser anderen. Dafür sind nämlich die Büttel vom Herrn Baron da. Jawohl! So hat es der Herr Praios daselbst gefügt, damit Recht geschehe und nicht ein jeder mit der Forke zusticht, wenn es ihm beliebt!«

Augenblicklich kehrte Ruhe ein. Der Hinweis auf Praios hatte sein Ziel nicht verfehlt. Die Götterfürchtigkeit der Schindmeringer mischte sich mit der Angst, etwas falsch zu machen, und dem unbestimmten Gefühl, dass der Schrecken, der in ihr Dorf eingekehrt war, zu groß war, um von ihnen auf eigene Faust in die Schranken verwiesen werden zu können. Auch Hallinghöfer, dem in unguter Erinnerung geblieben war, wie er vor Jahren schon einmal übel mit den Bütteln aneinander geraten war, zog es vor, zu schweigen.

»So«, stellte Gorfinde mit in die Hüfte gestemmten Armen grimmig fest, »dann wollen wir jetzt auf dem schnellsten Wege Nachricht zum Herrn Baron schicken, damit er die Büttel schickt, auf dass endlich wieder Ordnung einkehrt, nicht wahr?«

Da wussten die Schindmeringer, dass dies das Beste war und dass es schnell getan werden musste. Die jungen Leute stritten darum, wer von ihnen der Schnellste und Zuverlässigste sei und am besten geeignet, um eine solche Aufgabe anvertraut zu bekommen. Schließlich setzte sich Bärja durch, von der wir wissen, dass sie schon in Kindertagen so leicht von einem Vorhaben nicht abzubringen war. Conn Gemiol, der Sohn vom alten Growin, stellte sein schnellstes Pferd zur Verfügung. Rasch gab man der jungen Frau noch ein wenig aus der Vorratskammer mit, dann hieß man sie mit dem Segen der Zwölfe unverzüglich aufzubrechen und nicht eher zu ruhen, bis dass der Baron mindestens ein Dutzend Büttel schicke, um endlich Ordnung zu schaffen in seinen Landen.

Bald schon kündete nur noch eine sich langsam senkende Staubwolke von dem überhasteten Aufbruch Bärjas. Die Dörfler aber zerstreuten sich, um daheim weiter über das Furchtbare zu sprechen, das auf ihren Seelen lastete und den Weg über ihre Zungen suchte.

Indes, nicht jeder wählte zu dieser Zeit den Heimweg,

manch einer war an diesem Mittag geschäftig unterwegs, davon der eine oder die andere in alltäglichen und harmlosen Belangen. Einer aber hatte Böses im Sinn. Und er wählte den direkten Weg durch den Röbbewald.

Bärja war eine geübte Reiterin, die wusste, dass es sinnlos war, dem Tier das Äußerste abzuverlangen, wenn eine längere Reisestrecke bevorstand. So schätzte sie die Kraft und Ausdauer des prächtigen Rappen ein und ließ ihn in einen zügigen Trab verfallen. Der Röbbewald, der das Dorf zu allen Seiten umschloss, glitt links und rechts des Weges dahin. Bärja musste einen großen Bogen reiten, sodass sie sich auch nach geraumer Zeit noch nicht sonderlich weit von Schindmeringen entfernt hatte. Der alte Pfad war einstmals so angelegt worden, dass er einen bewaldeten Hügel halb umrundete, der ansonsten für Fuhrwerke ein arges Hindernis dargestellt hätte. Bärja war sich der Bedeutung ihrer Aufgabe voll und ganz bewusst. Die Hoffnungen ihrer Familie und aller ihrer Nachbarn und Freunde ruhten auf ihr. Sie hatte sich freiwillig gemeldet, weil sie es als selbstverständlich empfand, den zornigen und verängstigten Menschen im Dorf zu helfen. Zudem war sie eine gute Reiterin und konnte auf dieser Strecke gegen jeden anderen Dörfler Zeit herausholen. Wenn sie sich sputete, sich weder Rast noch Ruhe gönnte und dem Pferd das Äußerste abverlangte, würde dies vielleicht ein weiteres Menschenleben retten. Und dabei war sie ganz auf sich allein gestellt. Während Eschen, Erlen und Eichen zu beiden Seiten des Weges vorüberglitten, war nur der Hufschlag des Rappen zu hören. Seltsam nur, dass sie einen Blick im Rücken zu spüren glaubte …

Bärja schrieb das Gefühl ihrem von Angst geleiteten Einbildungsvermögen zu. Der Wald war tief im Unterholz selbst am Tage dunkel und dämmrig. Dort mochte sich etwas verbergen, aber nichts und niemand konnte von dort schnell genug bis zum Pfad eilen, ohne dass ihm das Pferd davongaloppiert wäre. Es durfte also eigentlich nichts Böses geschehen. Dennoch wurde ihr Gefühl von Furcht drängender.

Dann spürte sie die Unruhe des Tieres. Hatte sich ihre eigene Angst auf Gemiols Pferd übertragen? Oder fühlte das Tier ebenfalls jene kalte Hand, die nach ihnen zu greifen schien?

Genug! Sie musste hier fort, und zwar schnell. Bärja wollte den Rappen eben zu rasendem Galopp antreiben, da geschah es!

Plötzlich flog das Tier schräg zur Seite, als hätte es die Faust eines Riesen getroffen. Der Saum des Waldes, das Tier und ihr eigener Leib flogen vor Bärjas Augen wild durcheinander. Als die albtraumhafte Drehbewegung endete, lag sie auf dem Boden, halb unter dem massigen Leib des Pferdes begraben. Ihr rechtes Bein schmerzte fürchterlich. Das Tier war unverkennbar tot, wie Bärjas durch die Gefahr geschärfte Sinne sofort erfassten. Dann fiel ihr Blick auf den Waldrand, nur wenige Schritt entfernt. Ihre Augen weiteten sich vor Entsetzen, als sie begriff, was ihr drohte. Und sie schrie. Verzweifelt versuchte sie, sich unter dem Körper des schweren Tieres hervorzuwinden, doch ihr Bein rührte sich nicht, und jeder Versuch einer Bewegung tat entsetzlich weh. Ihr Blick war starr auf den Waldrand gerichtet. Sie steckte fest in ihrem Gefängnis aus Schmerz. Das war es, was sie dachte, als die große Schere auf sie herabsauste.

Während die Dörfler in den darauffolgenden Tagen in banger Erwartung der Büttel ausharrten, igelte sich Fenndrick in seinem Turm gänzlich ein. Nachdem seine erste Wut verraucht war, fühlte er sich seltsam schwermütig und leer. Einzig der Gedanke, den Mörder Tessias zu stellen, trieb ihn noch an. Seinen Studien und auch der Pflege seiner Umgebung oder seiner selbst widmete er kaum mehr Zeit. Dafür kreisten seine Gedanken unentwegt um die eine Frage, wer die junge Boroni getötet haben könne. Er zwang seinen wissenschaftlich geschulten Verstand, Trauer und Schmerz in die Beantwortung dieser Frage zu kanalisieren.

Systematisch rief er sich seine Beobachtungen des Tatorts in Erinnerung und brachte sie Zeile für Zeile in seinem Laboratorium zu Pergament. Unter jeder einzelnen Beobachtung notierte er mögliche Schlussfolgerungen und Konsequenzen. Die Würgemale an ihrem Hals deuteten im Gegensatz zum Mord an Tergil und Jadin nun eindeutig auf einen menschlichen oder zumindest menschenähnlichen Mörder. Was aber hatten die Rosenblätter zu bedeuten? Und die merkwürdige Art, in der Tessias Leichnam dalag? Wäre der Mord nicht gewesen, dann hätte das Arrangement eher auf eine Hochzeit hingedeutet. Hatte Tessia vielleicht einen heimlichen Verehrer gehabt? Freilich einen, der nicht ganz bei Verstand sein konnte. Oder sollten ihn diese Begleitumstände lediglich von der wahren Person des Mörders ablenken und ihn verwirren? Und wer konnte so skrupellos sein, ausgerechnet eine Geweihte zu ermorden? Alle Überlegungen, die der junge Adept während dieser Tage anstellte, führten immer wieder zu der einen Schlussfolgerung: Der Täter musste wahnsinnig sein. Nur so konnten die vielen zusammenhanglosen Fakten miteinander in Verbindung gebracht werden. Das Fehlen jeglicher Mordmotive, die Bestialität der Vorgehensweise bei Tergil und Jadin, der scheinbar grundlose Wechsel der Vorgehensweise bei Tessia … Eines jedoch weckte Fenndricks Aufmerksamkeit, weil es ihm wie ein geradezu verräterisches Detail erschien. Der Mörder hatte nicht davor zurückgeschreckt, eine Geweihte des Boron zu töten, und damit vermutlich den Zorn des Totengottes selbst auf sich gezogen. Dennoch hatte er die Leiche der Priesterin in mühseliger Arbeit auf ein Meer von Rosen gebettet. War in diesem Vorgehen trotz aller Kaltblütigkeit ein gewisser Respekt vor der Halle des Totengottes zu Tage getreten? Oder bloße Angst? Aber so sehr Fenndrick auch das Gefühl beherrschte, dass der Mörder sich hiermit auf eine Art und Weise zu erkennen gegeben hatte, die es nur noch richtig zu deuten gelte, so sehr konnte er auch den Verdacht nicht ausräumen, dass dieses Detail bloß zu seiner Verwirrung inszeniert worden war. Ohne zu einem eindeutigen Schluss gekommen zu sein, wandte er sich also jenen Anzeichen zu, von denen er annahm, dass sie nicht manipuliert worden sein konnten. Hier war in allererster Linie Tessias Blick zu nennen. Und ihr Lächeln. Jene eigentümliche Mischung aus Erlösung und Entsetzen. Als Priesterin des Boron hatte sie gewiss keine Angst vor dem Tod gehabt. Hatte sie nicht selbst ihm gegenüber einmal erwähnt, dass Boron lehre, der Tod sei wie die Erlösung des Menschen aus all seiner Qual? Nachdem sich die schrecklichen Ereignisse in Fenndricks Seele gebrannt hatten, verstand er zum ersten Mal wirklich die Weisheit dieser Lehre.

Ja, nunmehr in das Reich ihres Herrn einkehren zu können mochte ihr Lächeln erklären. Aber dieses Entsetzen in ihren Augen! Sie musste ihren Mörder gesehen haben. Und sie musste furchtbare Angst empfunden haben. Eine Äußerung Tessias kam ihm in den Sinn. Hatte sie nicht einmal gesagt, sie kenne den Mörder? Die Toten hätten es ihr geflüstert? Doch auf seine Nachfrage, wer es denn sei, hatte sie nur ausweichend geantwortet. Wie hatte sie sich noch ausgedrückt? Er dachte angestrengt nach, doch der genaue Wortlaut wollte ihm nicht mehr in den Sinn kommen. Hatte sie wirklich gewusst, wer der Täter war? Ihre Äußerung war ihm damals eher metaphysisch erschienen. Er musste sich eingestehen, dass er sie nicht ernst genommen hatte. Doch nun kamen ihm Zweifel. Was, wenn sie wirklich etwas gewusst hatte? Aber warum war sie dann untätig geblieben? Ein

Wort von ihr, und er hätte den Täter zur Strecke gebracht. Fenndrick wischte den Gedanken beiseite, da er ihm zu spekulativ erschien. Er musste sich wieder auf eindeutigere Dinge konzentrieren. Ein Mörder ging um. Einer, der wahnsinnig war. Und die einzige Person, deren Wahnsinn bisher offen zu Tage getreten war, blieb Sinistra. Er musste die Alte unentwegt überwachen. Wenn es ihm gelänge, sie auf frischer Tat zu ertappen, könnte er sie mit dem IGNIFAXIUS überraschen und, falls das nicht reichte, mit dem Zauberstab nachhelfen.

Ja, so würde es gehen!

Also beschloss Fenndrick am vierten Tag nach Tessias Tod endlich, sein Einsiedlertum aufzugeben. Er war bereits viel zu lange untätig gewesen, befand er und müsste nun endlich aktiv werden. Das war er Tessia schuldig. Zudem galt es, ein weiteres Opfer zu verhindern.

Rasch hatte er sich angekleidet und verließ den Turm. Es war ein wolkenverhangener Herbsttag. Zwar regnete es nicht, doch das Gras am Hang des Hügels war noch feucht vom letzten Regenguss. Der Lehmpfad aber, der hinunter zum Dorf führte, war so aufgeweicht und schlammig, dass er sich lieber ein wenig abseits hielt. Zwar konnte er dem Schmutz und Matsch zur Not mit seiner Kenntnis des OHNE BÜRSTE, KAMM begegnen, doch wollte er seine astrale Macht lieber für die anstehenden Unternehmungen aufsparen. Fenndrick hatte den Rand des Dorfes noch nicht ganz erreicht, da spürte er bereits die ängstlichen und feindseligen Blicke der Schindmeringer. Gern hätte er jetzt einen breitkrempigen Zauberhut besessen, um ihn sich tief ins Gesicht ziehen zu können. Doch er verfügte lediglich über den Dreispitz, den er für seine Verkleidung als Kutscher benötigt hatte, und der erschien ihm ungeeignet. Also straffte er sich und schritt erhobenen Hauptes ins Dorf. Sinistras Haus lag ein wenig abseits, doch die Eingangstür war der Dorfmitte zugewandt. Wenn er sich also in der Nähe der mächtigen alten Eiche oder des Dorfbrunnens aufhielte, sollte es ihm möglich sein, die Tür im Auge zu behalten. Dennoch hatte er kein gutes Gefühl dabei. Es konnte Stunden dauern, bis die Greisin das Haus verließ, und den ganzen Tag auf dem Dorfplatz zuzubringen sah ihm so gar nicht ähnlich. Ein solches Verhalten würde sogleich wieder Misstrauen säen. Er blickte auf das Türschild des *Fetten Ebers*. Das wäre eine Möglichkeit: Wenn er sich einen Platz am Fenster suchte, müsste es ihm möglich sein, von dort aus Sinistras Haus im Auge zu behalten. Fenndrick steuerte auf das Gasthaus zu. Die Glöckchen an der Eingangstür bimmelten bei seinem Eintreten. Es war ein gewöhnlicher Windstag, und da die meisten Schindmeringer sich ein Mahl im *Fetten Eber* nur praiostags leisten konnten, fanden sich zu dieser mittäglichen Stunde lediglich drei Bauern im Wirtshaus. Sie musterten den Magier bei seinem Eintreten feindselig, sagten jedoch kein Wort. Irgendwo in den hinteren Räumlichkeiten hörte man Losane mit den Töpfen klappern und dabei ein Lied summen. Der Geruch eines deftigen Essens erfüllte den Schankraum. Da betrat Gorfinde, die nachsehen wollte, wer eingetreten war, den Raum. Sie hatte eine Schürze umgebunden, von der die Spuren eines leckeren Mahles abzulesen waren. Die beleibte Wirtin stutzte, als sie den Zauberer sah, der sich soeben an den Tisch zur Linken der Eingangstür setzte.

Dann setzte sie ihr traviagefälliges Lächeln auf und ging zu dem neuen Gast hinüber.

»Travia zum Gruße, der Herr, was darf ich Euch bringen?«

»Bringt mir bitte ein Bier und etwas von dem, was dort so köstlich duftet!«

Damit war seine Bestellung eigentlich beendet, doch Gorfinde rührte sich nicht von der Stelle.

»Ist noch etwas?« Fenndrick verspürte wenig Lust,

sich nun noch mit den Befindlichkeiten irgendwelcher Bauern auseinander zu setzen.

»Es ist nur … Herr, Ihr seht nicht gut aus, Verzeihung, Herr.«

Fenndrick wollte erst unwirsch reagieren, doch dann sagte er kraftlos: »Ihr habt ja Recht. Es geht mir auch nicht sonderlich gut. Von Frau Ulmenasts Verscheiden habt Ihr ja sicherlich gehört.«

»Ja, Herr.« Die Miene der Wirtin hatte einen kummervollen Ausdruck angenommen. »Herr? Ihr habt Ihre Gnaden sehr gern gehabt, nicht wahr?«

Der Magier warf einen prüfenden Blick auf Gorfindes Gesicht. Er konnte kein Falsch darin erkennen. Und nachdem er sich vier Tage lang im Turm eingeschlossen und mit sich und der Welt gehadert hatte, drängte alles in ihm danach, sich in seinem Kummer mitteilen zu können. »Ja, ich habe Frau Ulmenast außerordentlich … geschätzt.«

»Wollt Ihr darüber reden?« Gorfinde hatte wie in Vorwegnahme einer Antwort auf diese Frage bereits an der gegenüberliegenden Seite des Tisches Platz genommen.

Fenndrick wusste später selbst nicht zu sagen, was es war, das ihm die Zunge löste. Vermutlich lag es daran, dass er nun schon so lange fort war und sich in der Fremde einsam fühlte. Und mit der jungen Boroni war die einzige Person gestorben, mit der er offen über alles hatte reden können.

Und so begann er zu erzählen. Er berichtete davon, was Tessia für ein wunderbarer Mensch gewesen war. Ihr Gottvertrauen, ihre Güte, ihre Schönheit; die Art, wie sie alles verstand und doch selbst so unbegreiflich blieb … Er erzählte auch, dass sie beim Tod der beiden Dörfler in Hallinghöfers Stall nicht an ein wildes Tier geglaubt hatte und dass sie gemeinsam der Sache auf den Grund hatten gehen wollen. Er berichtete von ihren Überlegungen und Nachforschungen; nur sein schändliches Missgeschick bei der Beobachtung Hallinghöfers ließ er aus. Dann kam er auf seinen Besuch bei Sinistra zu sprechen und wie er voller Stolz über das Herausgefundene am folgenden Morgen zu Tessia geeilt war. Er beschrieb die absonderlichen Umstände ihres Todes in allen Einzelheiten. Und dann, dann endlich konnte er weinen. Die Tränen liefen ihm über die Wangen. Der einzige klare Gedanke, den er fassen konnte, war der, dass sich ein solches Betragen für einen Magier vor dem einfachen Volk nicht geziemte. Und so lief er vor Scham auch noch rot an. Da setzte sich Gorfinde neben ihn auf die Bank und legte den Arm um ihn. In diesem Augenblick fiel alle Scham von ihm ab, und er weinte sich an ihrer Schulter aus, ungeachtet der anderen drei Gäste, die ihn anstarrten, und ungeachtet aller Dinge, die ihm der Magister über schickliches Benehmen in der Öffentlichkeit beigebracht hatte. Gorfinde sprach tröstende Worte, an die er sich später gar nicht mehr erinnern konnte. Doch er vergaß nie, welche unendliche Hilfe sie ihm in diesem Augenblick waren. Schließlich waren seine Tränen versiegt, und die Wirtin trocknete ihm das Gesicht mit der Schürze.

»Und nun setzt Euch wieder aufrecht, junger Herr, und denkt daran, dass Ihr als götterfürchtiger Mensch auch in einer noch so schweren Stunde niemals allein seid.«

Fenndrick versuchte sich in einen halbwegs die Form wahrenden Zustand zurückzuversetzen und lächelte tapfer.

»Denkt auch daran: Ihr müsst diese Sache nicht ausfechten, wenn Ihr zu schwer daran tragt. Schließlich sind die Büttel des Barons schon unterwegs, um dem Spuk ein Ende zu bereiten.«

»Ja, aber …«, der Zauberer räusperte sich, »aber ich kann diese Sache nicht auf sich beruhen lassen. Das wäre nicht rechtens.«

»Na, schön.« Gorfinde erhob sich. »Aber Ihr braucht wirklich nicht hier sitzen zu bleiben und weiterhin derart auffällig Sinistras Haus zu beobachten.«

Fenndrick wollte schwach protestieren, da sagte Gorfinde: »Ich kann mir zwar nicht vorstellen, dass die Alte etwas mit den Morden zu tun hat, aber wenn Ihr Wert darauf legt, kann ich gern ihr Haus im Auge behalten. Ich lasse es Euch wissen, wenn sich etwas Ungewöhnliches tut. Außerdem arbeitet meine Losane gelegentlich bei der Alten im Haushalt. Ich werde sie heißen, die Augen offen zu halten.«

Der Magier war sprachlos. Schließlich sagte er schlicht: »Danke.«

»Nichts zu danken.«

»Und, Gorfinde?«

»Ja?«

»Bitte nennt mich Fenndrick!«

Die Wirtin lächelte. »Wie du möchtest. Ich bringe dir jetzt deine Bestellung.«

Losane

Losane saß unter der einzeln stehenden Weide und schnitzte. Es war eigentlich kein besonders sonniger und warmer Tag, sodass sie des Schattens der Baumkrone nicht wirklich bedurfte. Dennoch hatte sie sich mit dem Rücken an den Stamm gelehnt und die Beine vor sich ausgestreckt. Dies war einer ihrer Lieblingsplätze. Die alte Weide ließ ihre Zweige und Blätter zu allen Seiten herunterhängen und bildete solcherart eine abgeschiedene, kleine Welt, die nur Losane gehörte. Im Sommer war es hier angenehm kühl und schattig, und im Winter, nun, im Winter konnte man hier allerdings nicht sitzen. Aber derzeit war erst Herbst, und da wollte Losane die Gelegenheit noch einmal nutzen und hier die Seele baumeln lassen. Gevatter Firun würde schon noch früh genug das Land unter Schnee und Eis ersticken. Losane hatte von Gorfinde den Tag über frei bekommen. Im *Fetten Eber* war heute nicht viel zu tun, und die Wirtin konnte das Wenige allein bewältigen. Erst am Abend zur Phexensstunde sollte Losane wieder zur Stelle sein. Also hatte sie einen ganzen Tag lang Zeit, um zu schnitzen. Inzwischen war es bereits Mittag geworden, und Losane schätzte, dass es auf die Praiosstunde zuging. Eigentlich war sie nicht sonderlich gut im Schnitzen. Sie hatte im Röbbewald einen besonders dicken Ast aufgesammelt und wollte nun einen klobigen Kochlöffel daraus schnitzen. So hatte sie es jedenfalls jedem erzählt, der ihr heute über den Weg gelaufen war. In Wirklichkeit hatte sie ein ganz anderes Begehren hierher geführt. Einer der nicht zu unterschätzenden Vorteile dieses Ortes war, dass man zwischen den Zweigen hindurch einen guten Blick über die Äcker im Westen Schindmeringens hatte. Von außen aber konnte ihre Gestalt unter dem Blätterdach kaum wahrgenommen werden. Es schien, als wäre der feine Vorhang aus Weidenzweigen, der sie zu allen Seiten umgab, nur in einer Richtung durchsichtig. So machte Losane nun schon den halben Vormittag nachlässige Schnitzbewegungen mit dem kleinen Messer, während ihre Aufmerksamkeit in Wirklichkeit zwei Gestalten galt, die dort gut sichtbar auf dem Feld arbeiteten. Die eine von beiden war Frau Fasterkumm, die Schweinebäuerin. Die interessierte Losane nicht im Mindesten. Die andere Person war Faerwyn Fasterkumm, der zweitälteste Sohn der Bäuerin. Er hatte braunes, kurz geschorenes Haar über einem Antlitz, das …

Losane seufzte. Sein Gesicht war von einer markanten Schönheit. Hohe Wangenknochen, ein kräftiges Kinn, weiße Zähne und hübsche braune Augen mit einem sanften Blick. Sein Gesicht besaß ein vollendetes Ebenmaß. Es wurde nur noch übertroffen von seinen breiten Schultern, unter denen sein schlanker, aber wohlgeformter Körper … »Au!«

Losane hatte sich in den Finger geschnitten. Sie lutschte die blutende Hand ab. So ein dummes Missgeschick! Sie musste nur Acht geben, dass Faerwyn ihr nicht eines Tages beim Holzhacken über den Weg lief. Ein blutendes Bein konnte man sich schwer in den Mund stecken. Sie nahm ihre beiläufig ausgeführte Arbeit wieder auf und blickte neuerlich zu dem Bauernburschen hinüber. In ihren Gedanken war es längst wieder Mittsommer. Es war heiß, und Faerwyn hatte sich auf dem Feld das Wams ausgezogen. Losane saß in ihrem schönsten Kleid vor ihm, dem Kleid, das sie von Sinistra … entliehen hatte.

Gern hätte Losane dieses Kleid tatsächlich angezogen. Aber sie hatte Angst, dass einer der älteren Dörfler sich daran erinnerte, dass Sinistra es früher getragen hatte. Wenn jemand das Kleid wiedererkannte, würde es unangenehme Fragen geben. Daher hatte sie das hübsche Stück bisher nur zweimal in der Abgeschiedenheit ihrer Kammer im ersten Stock des *Fetten Ebers* angezogen. Und sie hatte sich beide Male sehr damenhaft dabei gefühlt. Losane wäre gern einmal über die prächtigen Straßen in Havena oder Gareth spaziert, nur um sich anzusehen, was die vornehmen Damen dort so trugen.

Plötzlich legten sich ihr von hinten zwei Hände um den Hals. »GRRRRR, ich bin das Mörder-Ungeheuer!«

Losane mochte es überhaupt nicht, in ihrem Domizil gestört zu werden. Und noch weniger mochte sie es, von dieser Person gestört zu werden.

»Ich erzittere vor Angst. Noch ängstlicher wäre ich allerdings, wenn das Mörder-Ungeheuer nicht mehr in die Beinkleider machen würde.«

Der Griff um ihren Hals löste sich, und Sidech trat vor sie. Der Bursche war Fasterkumms Jüngster und eine echte Landplage. Er war frech, steckte seine Nase in alle Angelegenheiten, die ihn nichts angingen, und fiel jedem zur Last, der den Fehler machte, ihm über den Weg zu laufen. Im Dorf ging das Gerücht um, dass die alte Jalinka unter ihrem Pflug nicht verunglückt war, sondern sich nach einem einstündigen Gespräch mit Sidech freiwillig vor die Zugtiere geworfen hatte.

»Naaa!«, sagte der Bursche soeben. Er grinste Losane an, die ihm einen mürrischen Blick zuwarf. Er nahm ihr die Aussicht!

Außerdem hatte der Junge furchtbare Segelohren. Vielleicht hatte sie Glück und der Wind trieb ihn ostwärts.

»Junge, du stehst mir im Licht.«

Sidech schien das nicht im Mindesten zu kümmern.

»Ach?«, meinte er betont abfällig. »Ich wusste gar nicht, dass mein Bruder im Dunkeln leuchtet.«

Losane unterdrückte einen Fluch. Das furchtbare Kind hatte ihre Blicke bemerkt. Jetzt durfte sie sich nur nicht anmerken lassen, was sie dabei empfunden hatte.

»Wem soll ich denn sonst zugucken? Außer den beiden ist ja niemand hier. Und überhaupt kann ich gucken, wohin ich will«, sagte sie betont beiläufig. Sidech tänzelte unentwegt von einem Bein auf das andere. Mit dem Herumgehampel machte er Losane ganz unruhig. »Du brauchst dir gar keine Hoffnungen zu machen, solche wie dich mag mein Bruder überhaupt nicht. Außerdem bist du zu dick.«

Losane fühlte, wie sich ihr Magen verkrampfte. »Männer haben es gern, wenn Frauen ein wenig fülliger sind. Dann ist nämlich die Brust größer«, belehrte sie ihn.

»Das glaube ich nicht«, sagte Sidech bestimmt. »Sonst würdest du nicht versuchen, dünner zu sein.«

Losane überlegte kurz, ob sie nicht einfach aufstehen und gehen sollte, aber dann entschied sie sich anders. Sidech würde nach einer Weile sicherlich die Lust verlieren, sie zu quälen. Und dann lag noch ein ganzer Nachmittag mit schöner Aussicht vor ihr.

Außerdem wollte sie dem Balg den Triumph nicht gönnen.

»Wer sagt dir denn, dass ich dünner sein will?«

Sidech verschränkte die Arme vor der Brust und dozierte klug: »Dein Busen wirft Hubbel.«

»Mein Busen wirft *was?*«

»Dein Busen wirft oben Hubbel.« Der Junge blickte besserwisserisch. »Das kommt, weil du dein Mieder zu eng schnürst. Du willst dünner aussehen. Und dann wirft dein Busen Hubbel.«

Jetzt wurde es Losane wirklich zu bunt. »Was weißt du denn schon davon, wie eine Brust auszusehen hat. Reden wir darüber, wenn du ein Mann bist, du Zwerg.«

»Ich weiß genau, wie ein Busen auszusehen hat«, sagte Sidech weltmännisch. »Wenn meine Mutter sich auszieht, hat sie nie Hubbel auf dem Busen.«

»Deine Mutter ist viel zu dürr, Junge. Bei der *sind* die Hubbel der Busen.« Losane registrierte zufrieden, dass sie unwillkürlich die richtige Stelle getroffen hatte. Sidech wurde mit einem Mal sehr zornig.

»Meine Mutter ist eine der hübschesten und stärksten Frauen im Dorf, viel hübscher und stärker als Gorfinde.«

Losane, die froh war, dass das Gespräch sich von ihren eigenen Maßen entfernt hatte, zuckte nur mit den Achseln.

»Sonst noch was?«

»Ja, und außerdem ist sie gar nicht deine richtige Mutter. Und dein Vater war ein Saufkopp.«

Losane blickte ungerührt durch Sidech hindurch, als bestünde der Junge aus Luft. Diese Geschichte hatte sie nun wirklich schon oft genug gehört. Es machte ihr nichts aus, ein Findelkind zu sein, denn Gorfinde war eine gute Mutter. Und der braune Holk war schon lange tot. Also starrte sie ungerührt ins Leere, während ihre Hände wie von selbst weiterarbeiteten.

Eine ganze Weile sagte keiner von beiden etwas. Losane schwieg, weil sie den Jungen ohnehin nicht leiden konnte. Und Sidech schwieg, weil er dachte, zu weit gegangen zu sein, und fürchtete, mit der nächsten frechen Bemerkung dieses seltsame Holzgerät auf den Kopf zu bekommen. Schließlich machte er den Mund doch wieder auf.

»Was schnitzt du da eigentlich?«

»Einen Kochlöffel«, sagte Losane monoton.

»Das sieht aber nicht aus wie ein Kochlöffel.« Sidechs Frechheit hatte nicht lange pausiert.

»Du siehst ja auch nicht aus wie ein richtiger Junge.« Losane war fest entschlossen, sich nicht weiter reizen zu lassen.

»Das sieht eher aus wie … wie …« Sidech kicherte.

Losanes Augen fielen nach geraumer Zeit zum ersten Mal wieder auf den Kochlöffel, der sie ohnehin etwa so sehr interessierte wie die Brutpflege des Entenschnäblers. Da klappte ihr Kinn herunter. Sie musste wirklich sehr abgelenkt gewesen sein. Der Holzstumpf in ihren Händen war viel zu klobig geworden. Heilige Rahja, der sah ja tatsächlich aus wie eines Mannes …

Sidech kicherte und wollte gar nicht mehr damit aufhören.

»Woran du so denkst … Aber mach dir nicht zu viel Hoffnung. Der von meinem Bruder ist viel kleiner.«

Ärgerlich ließ Losane den verunglückten Kochlöffel unter ihrer Schürze verschwinden. Dann musterte sie den Jungen von Kopf bis Fuß etwa so, wie man eine Warze am dicken Zeh betrachtete.

»Fällt dir mein Bruder zur Last?«, ertönte in diesem Augenblick Faerwyns Stimme aus einiger Entfernung. Losanes Herz machte einen freudigen Satz. Sie durfte jetzt nur nichts Falsches sagen.

»Nein, nein, wir unterhalten uns gerade ganz wunderbar. Wenn du magst, komm doch herüber und gesell dich zu uns.« Sie wartete gespannt.

»Lieber nicht. Ich kann meinen Bruder nämlich nicht ausstehen.« Losane rief, geistesgegenwärtig die Strategie wechselnd: »Der wollte sowieso gerade gehen.«

Sidech empörte sich. »Das wollte ich überhaupt … au!«

Er blickte sein Schienbein an, das gerade einen Tritt abbekommen hatte; dann sah er in Losanes Gesicht. Ihre Lippen schwiegen, aber ihre Augen sprachen: Troll dich, Junge, oder ich kette dich im Schweinetrog fest!

Da beschloss Sidech, sich lieber ein wenig im Blumengarten Growins umzusehen, und verschwand.

So, das wäre geschafft. Jetzt müsste nur noch …

Losane sah Faerwyn tatsächlich auf sich zukommen.

Seine Mutter war nicht mehr zu sehen. Er beugte sich unter den ausladenden Ästen des Baumes hindurch und lächelte sein strahlendes Lächeln.

»Das ist nett von dir, dass du plaudern möchtest, Losane.«

Doch dann erschien eine misstrauische Falte auf seiner Stirn.

»Losane, kann es sein, dass du … teilweise nicht besonders fraulich bist?«

Irritiert folgte sie seinem Blick. Er starrte geradewegs auf ihren Unterleib. In ihrem Schoß zeichnete sich das Schnitzwerk, das sie unter der Schürze hatte verschwinden lassen, deutlich ab.

»Nein, das ist nur mein Kochlöffel«, sagte sie hastig.

»Aha«, machte Faerwyn. Es schien ihm angebracht, das Thema zu wechseln. »Ich habe ohnehin nicht viel Zeit. Wenn meine Mutter mit dem Essen zurückkommt und ich dann nicht bei der Arbeit bin, gibt es großen Ärger.«

»Oh«, sagte Losane enttäuscht. »Dann musst du natürlich zurück.«

»Ja«, sagte Faerwyn bedauernd, »aber ich muss dir … etwas erzählen. Es ist ein Geheimnis. Es betrifft den armen, toten Tergil. Ich kann das einfach nicht länger für mich behalten. Kann ich heute Abend in deine Kammer kommen?«

Losane hatte Mühe, vor Freude nicht laut aufzuschreien.

»Ja«, sagte sie, »ich glaube, da habe ich gerade nichts Besseres vor. Bis zur Phexensstunde habe ich Zeit. Dann muss ich der Mutter helfen.«

»Dann bin ich zur Firunsstunde bei dir«, rief Faerwyn, während er schon wieder zurücklief. Keinen Augenblick zu spät, denn da kam Frau Fasterkumm auch schon mit einem großen Korb beladen zurück aus dem Dorf.

Die Magd jubelte innerlich. Ein Treffen. Mit Faerwyn. Heute würden all ihre Träume wahr werden. Und wie er sie angesehen hatte! Losane wurde ganz heiß und kalt. Sie erhob sich und nahm ihr Schnitzwerk aus der Tasche. Sie hielt das überdimensionale Ding in den Händen. Wenn das nicht ein Omen der göttlichen Rahja war!

Ankunft

Die Magierin schritt zügig aus. Nachdem es die Kutsche mit ihren Mitreisenden nur bis Schlonz geschafft hatte, galt es, den Rest des Weges zu Fuß zurückzulegen. Der Himmel war von grauen Regenwolken bedeckt, doch das vermochte ihre Laune nicht zu trüben. Sie genoss den auffrischenden Herbstwind in ihrem Gesicht, der ihre Haare wild zerzauste. Mit der einen Hand hielt sie den Zauberstab, dessen Knauf von einer geschnitzten Kugel im Maul einer Schlange gebildet wurde. In der anderen Hand hielt sie den Stecken, an dem der Tuchbeutel befestigt war, der über ihrer Schulter baumelte. Sie trug ein einfaches, helles Reisegewand aus Leinen, das nun jedoch schon bis zum Knie mit dem Dreck des Pfades bespritzt war.

Anfangs hatte sie sich einen Spaß daraus gemacht, über die vielen Pfützen hinwegzuspringen oder darum herum zu tänzeln. Doch inzwischen war ihr mehr daran gelegen, ihr Ziel zügig zu erreichen. Sie besaß festes Schuhwerk, da konnte an Pfützen kommen, was wolle!

Nach der Beschreibung, die ihr die Mitreisenden mit auf den Weg gegeben hatten, konnte es nicht mehr weit bis Schindmeringen sein, und die Vorfreude auf ihr Reiseziel beschäftigte sie in Gedanken.

So passierte die Magierin jene Stelle, an der vor nunmehr fünf Tagen Bärja verschwunden war. Doch auf die Hufspuren, welche hier eigentümlicherweise abbrachen, achtete die Wandernde nicht. Sie folgte weiter dem

Pfad. Nach einer letzten Biegung des Weges öffnete sich schließlich der Röbbewald zu beiden Seiten hin und gab den Blick auf ein kleines, von weiten Äckern gesäumtes Dorf frei. Kein Schild kündigte seinen Namen an, doch vermutlich konnte hier ohnehin niemand lesen. Hinter dem Dorf erhob sich ein grasbewachsener Hügel, den sich ein weiterer Pfad hinaufwand. Auf der Hügelkuppe aber stand einsam und Ehrfurcht gebietend ein schwarzer Turm. Die Frau lächelte. Da würde sie wohl nicht lange herumfragen müssen, wo der Magier wohne. Sie bewegte sich zielstrebig durch das Dorf auf den Hügel zu. Gelegentlich warf sie einem der Bewohner ein gut gelauntes »Hesinde zum Gruße« zu und registrierte befremdet, dass der Gruß stets nur durch böse Blicke erwidert wurde. Als sie, ohne es zu wissen, Hallinghöfers Haus passierte, trat der Bauer ihr in den Weg und stützte sich schwer auf den Griff seiner Forke.

»Wen haben wir denn da?«

Die Magierin blickte den kleinen, breitschultrigen Mann offen an. »Entschuldigung. Ich habe deinen Namen nicht verstanden.«

»Ich habe ihn auch nicht genannt.« Die Kiefer des Bauern arbeiteten, als wollte er Korn damit mahlen. Irgendetwas schien ihn furchtbar aufzuregen.

»Wenn das dein Benimm ist, gehst du mir jetzt besser aus dem Weg ... schließlich bin ich eine Zauberin«, sagte die junge Frau ein wenig unbeholfen.

»Ja, ja«, sagte Hallinghöfer vieldeutig, »noch eine Zauberin ...«

Die Magierin beabsichtigte nicht, sich die gute Laune vom Landvolk verderben zu lassen, und so sprach sie: »FLIM-FLAM-FUNKEL.« Augenblicklich tauchte eine helle, seltsam gleichmäßig leuchtende Kugel über ihrem Zauberstab auf.

Der Bauer machte einen Sprung beiseite. Er hatte die Mistgabel nun drohend erhoben, und die Magierin gewahrte verstört, dass nicht viel fehlte und er würde sie tatsächlich abstechen.

»Du hast vor mir nichts zu befürchten. Aber es ist schön, dass du mich doch noch vorbeilässt.« Sie ließ den zornigen Herrn einfach stehen und setzte ihren Weg zum Hügel fort. Dort folgte sie dem schlammigen Pfad und hatte den sonderbaren Bauern bald vergessen. Sie stellte fest, dass man vom Hang des Hügels einen herrlichen Blick über das Dorf, die Äcker und den angrenzenden Wald hatte und dachte bei sich, dass es wohl doch so manche Annehmlichkeiten des Landlebens gebe. Schließlich hatte sie das düstere Gemäuer auf der Hügelkuppe erreicht. Sie schlug dreimal hintereinander mit dem Schlangenkopf des Zauberstabes gegen die Türe.

Drinnen fiel Fenndrick fast der Band III der Enzyklopaedia Magica aus der Hand, den er gerade in seinem Arbeitszimmer studierte. Nach einem Augenblick der Ratlosigkeit, wer es wagen konnte, ihn in seinem Domizil zu stören, fiel ihm wieder das Versprechen Gorfindes ein, ihm eine Nachricht zu schicken, wenn es Neuigkeiten von Sinistra gäbe. Rasch legte er das Zauberbuch auf den Tisch, auf dem früher die alchimistischen Geräte gestanden hatten, und hastete die beiden Stockwerke hinunter. Da wiederholte sich das Klopfen auch schon. Er strich in aller Eile noch einmal Gewand und Haare glatt, entriegelte die Tür und öffnete sie.

»… Lidda?«

»Fenndrick!«

»Bei allen Zwölfen, Lidda!«

Die Neuangekommene lachte. »Bei allen Zwölfen? Meine Güte, Fenndrick, nun lass dich nicht gleich vom Schlagfluss fällen. Ich bin es doch nur.«

»Aber, Lidda, du hier? Ich dachte, du würdest dich auf deine Abschlussprüfung vorbereiten … Aber … sehe ich recht? Das ist ja ein Zauberstab, was du da trägst!«

Lidda strahlte. »Ist das deine Art, der lieben Lidda einen herzlichen Glückwunsch zur bestandenen Abschlussprüfung zu sagen?«

Da freute sich Fenndrick mit ihr, und natürlich holte er das Versäumte sogleich nach und gratulierte ihr von Herzen.

»Nun komm doch erst mal herein, du musst müde und erschöpft sein von der Reise.«

Aber das war Lidda Spielmannsmütz keineswegs. Im Gegenteil: Wie Fenndrick sie seit Jahren kannte, sprühte sie vor Energie und war begierig darauf, seinen Turm in Augenschein zu nehmen. So zeigte Fenndrick ihr zunächst das Erdgeschoss, und natürlich sprang sie sogleich in den grünen Ohrensessel hinein. Fenndrick musste unwillkürlich grinsen, da er es selbst nicht anders getan hatte, als er das gute Stück zum ersten Mal gesehen hatte. Nur dass jetzt kein Staub mehr darauf lag. Dann führte er sie hinauf ins Schlafgemach und stellte auf der geländerlosen Steintreppe verwundert fest, dass sie sich vor dem Blick nach unten fürchtete. Seltsam fühlte er sich an die eigene Höhenangst erinnert, die sich zumindest in dieser vertrauten Umgebung inzwischen gelegt zu haben schien. Im ersten Stock löste das Himmelbett bei Lidda ein bewunderndes »Oooohhh!« aus, doch widerstand sie diesmal der Versuchung, sich mit Schwung hineinplumpsen zu lassen. Fenndrick führte sie in sein Studierzimmer im zweiten Obergeschoss und zeigte ihr sein Laboratorium, von dessen alchimistischen Apparaturen er ihr leider nur noch berichten konnte, dass er sie der Göttin Hesinde geopfert hatte. Vor dem düsteren Spiegel mit dem Knochenrahmen blieb sie stehen, dann streckte sie dem grinsenden Totenschädel oben die Zunge heraus. Fenndrick schalt sie eine alberne Göre, was er freilich schon früher des öfteren getan hatte, ohne es allzu ernst zu meinen. Endlich sprudelte die Geschichte aus ihm heraus, wie er den magisch gesicherten Schrank bezwungen hatte. Lidda nickte anerkennend. Schließlich beugte er sich verschwörerisch zu ihr hinüber und raunte: »Und nun rate mal, welcher kostbare arkane Schatz sich in diesem Schrank verbirgt?«

Lidda blickte das Eschenholz der Schranktür nachdenklich an und erwog einen Moment, den PENETRIZZEL einzusetzen, den Magister Eboreus auch sie gelehrt hatte. Dann verlegte sie sich doch lieber auf das Raten: »Hm, ich weiß nicht. Eine Kristallkugel? Ein Djinn in einer Flasche? Ein magisches Elixier?«

»Besser«, sagte Fenndrick mit funkelnden Augen und öffnete die Tür. Wortlos hielt er ihr das Daimonicon unter die Nase.

»Meine Güte, Fenndrick, lass das bloß nicht den Magister wissen. Der gibt dir Stubenarrest bis ans Ende deiner Tage.«

»Na ja«, meinte der Magier achselzuckend, »ich denke, die Zeiten sind vorbei. Aber du hast Recht, es ist ein scheußliches Werk. Ich habe meine entsprechenden Studien abgebrochen, weil ich mich des Eindruckes nicht erwehren konnte, dass nur Übles daraus erwächst.«

»Schön, Fenndrick. Sag mal, wo führt denn diese Treppe hin? Gibt es etwa noch ein Stockwerk? Bei allen Zwölfen, dieses Gemäuer ist ja höher als der Honinger Wachturm!«

»Nein«, meinte Fenndrick abwiegelnd, »eigentlich ist dort oben nur die Turmplattform. Aber lass uns einen Blick von dort über das Land werfen! Du wirst sehen, es lohnt sich.«

So stiegen sie Treppe der Außenmauer entlang hinauf durch die letzte Falltür und gelangten auf die Turmkrone. Sofort griff der herbstliche Wind nach ihnen und schien sie über die Zinnen hinausbefördern zu wollen. Lidda klammerte sich an ihren neuen Zauberstab, als ob er dem Wind Einhalt gebieten könnte. Ihr Gesicht strahlte, während ihre Augen in allen Richtungen den Horizont absuchten. Dann beugte sie sich ein Stück weit über die Zinnen und blickte auf den hohen verkrüppelten Baum.

»Brrr, lauter schwarze Raben«, kommentierte sie die krächzenden Bewohner des Baumes, »das ist ein böses Omen. Aber vielleicht erwischt es ja jemanden, der älter und unfreundlicher ist als wir.« Sie grinste. Fenndrick überlegte einen Augenblick lang, ob er ihr von den furchtbaren Ereignissen erzählen sollte, doch schob er den Gedanken dann beiseite. Das hatte Zeit. Sie war ja gerade erst angekommen.

Gemeinsam begaben sie sich wieder nach unten in die Wohnstube, und Fenndrick räumte ein paar seiner Vorräte aus dem Regal. Aufgrund einer dringenden Notwendigkeit wies er Lidda auf die Latrine an der rückwärtigen Seite des Turmes hin. Sie verschwand kurz, und als sie wiederkehrte, standen bereits zwei Teller voller Fleisch auf dem Tisch, nebst Tonbechern und einer Flasche Yaquirtaler. Lidda setzte sich und sprach nach einem kurzen »Traviaseidank« sogleich dem Wein zu. Augenblicklich färbten sich ihre Pausbacken in einem noch tieferen Rot, als es der Rosenstaub vermochte, den sie wie stets aufgetragen hatte. Dann biss sie in das unförmige Stück Fleisch.

»Fenndrick, nichts für ungut, dein Wein ist vom Feinsten, aber das Fleisch schmeckt nach gebratenem Ork-Hintern.«

»Es ist nur Pökelfleisch«, meinte er entschuldigend, »ich mache mir nichts aus kulinarischen Annehmlichkeiten.« In Gedanken aber nahm er sich vor, sie bei nächster Gelegenheit zu einem saftigen Hasenbraten in den *Fetten Eber* einzuladen.

Lidda beherrschte die Kunst, sich gleichzeitig ein Stück Essen in den Mund schieben, einen Schluck aus dem Weinbecher zu nehmen und dabei noch munter drauflos zu plappern. Und von dieser Fähigkeit machte sie nun ausgiebig Gebrauch. In ihrer unbeschwerten Art erzählte sie von den Neuigkeiten aus Honingen. Die Spielleute waren vor zwei Wochen in der Stadt gewesen und hatten mit Hochseiltanz, Bärendressur und Jahrmarktszauberei die Bürger zum Staunen gebracht. Magister Eboreus hatte den Collega Neidgrimm bei einem Disput über die Jahrmarktszauberei reichlich blass aussehen lassen, was Lidda und Fenndrick nachträglich noch viel Schadenfreude bereitete. Sie erzählte auch ausführlich von ihrer Magierweihe. Welcher umfangreichen Vorbereitungen sie bedurft hatte, wie sie nächtelang nicht hatte schlafen können und schlussendlich dann doch alles gut ausgegangen war. So war doch ausgerechnet der SENSIBAR ihr zweites Prüfungsthema gewesen, den sie beim Magister so in- und auswendig gelernt hatte! Und dann waren da ja noch Jast und Tibraid, ihre beiden jüngeren Mitschüler, aus denen Magister Eboreus in den kommenden Jahren gewiss auch noch vortreffliche Adepten machen würde, sowie die Adepta maior Derya Dorc, welche auf der Durchreise nach Honingen gekommen war. Eigentlich unterrichtete sie in Punin Arkane Kreaturenkunde, und sie hatte es sich nicht nehmen lassen, auf Einladung des Magisters hin eine kleine Privatvorlesung zu halten … Und so ging es in einem fort. Die Worte sprudelten nur so aus ihr hervor, während sich ihr Teller und die Weinflasche wie von Geisterhand immer weiter leerten. Fenndrick saß kauend auf seiner Seite des Tisches, blickte sie die ganze Zeit an und beobachtete, wie ihre Erzählungen immer wieder von ihrem typischen schelmischen Lachen unterbrochen wurden, bei dem ihre kugelrunden Wangen auf und ab hüpften. Wie sie ohne Unterlass weiterplapperte und dabei eine Fröhlichkeit ausstrahlte, die sich im Raum ausbreitete und die zumindest an diesem einen Abend stärker war als alle Schrecken, welche dieser Ort noch bereithalten mochte. Lidda war seine Mitschülerin, seine Freundin, seine Spielkameradin, fast seine jüngere Schwester gewesen, mit der er so manchen Streich ausgeheckt und so manche anschließende Strafe des Magisters gemeinsam erduldet hatte. Bei seinem Weggang aus Honingen war er davon ausgegangen, sie für lange Zeit nicht wieder zu sehen, sodass es ihn nun umso mehr mit Freude erfüllte, dass sie sich auf den Weg in das abgelegene Schindmeringen gemacht hatte. Lange nachdem sie ihr Mahl beendet hatte, ließ er sie noch erzählen und begnügte sich mit einem gelegentlichen Lachen oder einer zustimmenden Bemerkung, wenn es ihm angebracht erschien. Erst als sie dazu überging, ihm Fragen zu stellen, begann er selbst ein wenig zu erzählen. Er berichtete von dem nächtlichen Angriff Pardonas, die er nun Xylda nannte. Er machte ein paar abfällige Äußerungen über die Dörfler, was Lidda mit einem Stirnrunzeln quittierte. Dann lobte er die traviagefällige Wirtin des *Fetten Ebers* wortreich. In diesem Moment schlug sich Lidda mit der flachen Hand auf die Stirn. »Was bin ich nur für eine Trine! Da hätte ich doch fast vergessen, dir das Schreiben vom Magister zu übergeben.« Sie sprang auf und nestelte in ihrem Tuchbeutel herum.

Fenndrick freute sich ungemein. Er hatte sein eigenes Schreiben an Eboreus schon fast vergessen, doch natürlich hatte es sich der treue Magister nicht nehmen lassen, ihm zu antworten.

»Hier!«, rief Lidda aus und zog ein gerolltes und mit dem Siegel des Magisters versehenes Pergament hervor. »Er hat mir nicht sagen wollen, was darinnen steht«, brachte sie zerknirscht hervor, »und glaube nur, dass es mich einige Mühen gekostet hat, nicht meine neugierige Nase hineinzustecken.«

Fenndrick nahm die Schriftrolle entgegen und brach das Siegel, das ein stilisiertes ›E‹ zeigte, um das sich eine Schlange wand.

Neugierig las er die Zeilen aus der unverkennbaren Feder des guten Magisters:

Mein lieber Fenndrick,

es freut mich zu hören, dass es dir in der Fremde wohl ergeht. Auch in Honingen stehen die Dinge zum Guten. Lidda hat ihre Ausbildung vollendet, wie sie dir inzwischen sicherlich schon mehr als einmal erzählt hat. Meine eigenen Studien zur Einstellung der Praioskirche bezüglich der Magica Clarobservantia im Wandel der Jahrhunderte schreiten prächtig voran, und ich spiele mit dem Gedanken, sie auf dem nächsten Gildenkonvent vorzustellen. Es ist weise von dir, dass du dich mit den Einheimischen gut stellst, denn davon mag im Zweifel nicht nur der Ruf, sondern auch das Leben eines Magus abhängen.

Es freut mich besonders, dass du zu einer Geweihten des Boron einen guten Kontakt pflegst. Denke immer daran: Nur die Nähe zu den Zwölfgeschwistern trennt den Menschen vom Abgrund, der zwischen den Sternen klafft. Doch ich bin überzeugt, dass diese Priesterin die Botschaft zumindest eines der Zwölfgeschwister in dein Herz trägt.

Gern will ich einmal deiner Einladung in dein neues Domizil nachkommen. Doch muss dies warten, denn noch ist die Zeit nicht reif für Eboreus' Schüler, seinen alten Lehrmeister wieder zu sehen.

Ich bin betrübt, zum Schluss noch eine unheilvolle Angelegenheit ansprechen zu müssen. Wie du weißt, Fenndrick, beschäftige ich mich auch mit der Sterndeuterei, weil dies einem Hellsichtmagier gut zu Gesicht steht, alldieweil es Einblicke in Gegenwart und Zukunft ermöglicht. Und was ich in diesen Tagen den himmlischen Zeichen entnehmen musste, erfüllt mein Herz mit Sorge. Der Raulsstern steht in Opposition zum Rohalsstern, welcher wiederum dem Sternbild des Schwertes auffällig nahe gekommen ist.

Dies deutet auf einen Kampf hin, welcher mit magischen Mitteln ausgefochten wird, aber auch auf einen Zwist zwi-

schen weltlicher und arkaner Macht. Dass der Hundsstern sich in der Nähe der Pforte Uthars befindet, deutet darauf, dass zumindest ein Helfershelfer weltlicher Macht unterliegen könnte. Zugleich nähert sich aber schon seit Tagen die Utharspforte der namenlosen Sternenleere. Dies ist äußerst Besorgnis erregend! Es kann darauf hindeuten, dass namenloser Schrecken den Tod bringt, aber auch dass ganz andere, verbotene Pforten aufgestoßen werden. Ich hätte, mein lieber Fenndrick, diese Deutung niemals mit dir in Zusammenhang gebracht, wenn du nicht die unseligen Bücher deines Onkels erwähnt hättest. Ich bete zu allen Zwölfen, dass du sie wirklich nicht mehr anrührst.

Hesinde sei mit dir!

Dein Magister Eboreus

Post Scriptum: Bitte grüße Ihro Gnaden von mir!

Nachdenklich rollte Fenndrick das Pergament wieder zusammen und stellte es einstweilen in das Regal zu den Küchenutensilien, bis ihm ein besserer Aufbewahrungsort dafür eingefallen war.

»Und?«, fragte Lidda. »Was schreibt er?«

Fenndrick schien ihre Frage gar nicht gehört zu haben; nach einer Weile meinte er jedoch: »Hm, er ist besorgt, weil er die Zukunft aus den Sternen gelesen hat. Und nun meint er, ich würde hier irgendwelche verbotenen Dinge aushecken.«

Lidda grinste breit. »Hat er das nicht immer schon von uns gedacht? Und meistens hat es ja auch gestimmt. Ich glaube, das ist nur seine Art, dir zu zeigen, dass er dich mag.«

Fenndrick murmelte etwas Unverständliches. Er nahm sich vor, beizeiten einmal in Ruhe über die Botschaft seines Magisters zu grübeln. Doch nun war es spät und an der Zeit, zu Bett zu gehen.

Da er über keine andere Schlafstätte verfügte (hatte der Onkel denn nie Gäste beherbergt?), bot er Lidda eine Seite des riesigen Himmelbetts an. Da die Adeptin das Bett mit seiner tulamidischen Kissenlandschaft auf den ersten Blick ins Herz geschlossen hatte, willigte sie guter Dinge ein. So begaben sie sich hinauf ins Schlafgemach. Weil sie von Kindesbeinen an miteinander aufgewachsen waren, empfanden sie nichts dabei, sich für die Nacht umzukleiden und in das gleiche Bett zu kuscheln.

Dann lagen sie ruhig da und blickten beide noch eine Weile in das dämmrige Licht, das nichts weiter war als durch die Fensterläden sickernder Mondschein.

»Fenndrick?«

»Hm.«

»Siehst du die Sternkonstellation, die auf dem Betthimmel abgebildet ist?«

»Hm.«

»Vielleicht solltest du sie einmal abzeichnen. Wenn du sie mir mitgibst, könnte ich Eboreus fragen, ob sie etwas zu bedeuten hat.«

»Ja, Lidda. Man sollte immer wissen, ob man unter einem guten Stern schläft, nicht wahr? Gute Nacht, Lidda.«

»Gute Nacht, Fenndrick.«

Faerwyn

Aufgeregt schritt Losane in ihrer Kammer auf und ab. In einer halben Stunde hatte sich Faerwyn angekündigt, und sie konnte ihre Freude kaum mehr zügeln. Sie rief sich selbst zur Mäßigung auf, da sie befürchtete, ihm andernfalls gleich bei seinem Eintreten um den Hals zu fallen. Jedes Mal, wenn unten die Türglocke des Wirtshauses erklang, zuckte Losane zusammen. Dabei würde er doch gewiss nicht so früh erscheinen.

Sie hatte Sinistras Kleid angezogen und trug ihr Haar nun offen. Die Haube, die sie meist aufgesetzt hatte, ruhte nun in ihrer Nachttischschublade. Zudem hatte sie einen Strauß Blumen auf den Nachttisch gestellt, gleich neben die seltsame Skulptur, welche sie am Vormittag geschnitzt hatte. Dieses Ding hatte ihr Glück gebracht, und das konnte sie heute Abend dringend brauchen. Losane war im Umgang mit Männern nicht sonderlich erfahren. Genau genommen hatte es da einmal ein Erlebnis in Plötzbogens Heuschober gegeben, das sich auf einige wilde Küsse beschränkte. Das war bisher alles. Aber sie wollte auf keinen Fall als alte Jungfer enden oder wie ihre Mutter irgendwann, um versorgt zu sein, den falschen Mann heiraten. Das hatte sie auch gar nicht nötig. Da sie eines Tages vermutlich das Wirtshaus übernehmen würde, war für ihr Auskommen gesorgt, denn das Haus lief gut, und es war immer vom Nötigsten vorhanden. Ja, wenn man es recht bedachte, war sie aus diesem Grund wohl auch als ausgesprochen gute Partie im Dorf zu betrachten. Leider stand ihr die eigene Schüchternheit furchtbar im Wege. Lange hatte sie von Tergil geträumt, von dem sie wusste, dass er offenen Umgang mit vielen Mädchen im Dorf pflegte. In jeder Beziehung. Doch war sie ihm vor lauter Scheu meist aus dem Weg gegangen. Aber nun war Tergil tot. Losane hatte dieses Ereignis immer noch nicht ganz verstanden. Er war jung und gesund gewesen. So ein Ende hatte niemand verdient. Nein, das war nicht rechtens. Aber für sie ging das Leben weiter, und sie wollte auf keinen Fall den immer gleichen Fehler machen. Nein, heute würde sie sich mutig und forsch zeigen und mit Faerwyn den Rahjadienst erbringen. Das hatte sie sich fest vorgenommen. Zumindest einen ganz kleinen Dienst.

Sie ging auf die Knie, faltete die Hände und begann zu beten: »Heilige Rahja, Göttin der Liebe und der Freude, ich weiß, ich richte mich nicht oft an dich. Heute aber wende ich mich mit einer …« Irgendetwas machte sie unruhig. »… ganz besonderen Bitte …« Sie stockte erneut. Ihr war unwohl zumute. Sie fühlte sich beobachtet. Losane blickte zur Seite. Dort hing der Holzschnitt an der Wand, der die heilige Mutter Travia zeigte. Gorfinde hatte das Bild anfertigen lassen, kurz nachdem sie Losane damals bei sich aufgenommen hatte. Sobald das Mädchen seine erste eigene Kammer bezogen hatte, hatte Gorfinde das Bild aufgehängt, damit die heilige Mutter immerdar über das Wohlergehen der kleinen Losane wache. Doch nun wurde das Mädchen groß und die Göttin der Sittenstrenge störte es empfindlich.

Losane erhob sich und nahm das Bild von der Wand. »Verzeihung, Mutter Travia«, murmelte sie. Mit diesem Blick im Nacken konnte sie unmöglich zu Rahja sprechen. Sie ließ das Bild kurzerhand unter der Bettdecke verschwinden.

Nein, welch ein törichter Einfall! Wenn sie nun Faerwyn nahe kam, sich des Kleides entledigte und er sein Wams abstreifte, und dann schlugen sie die Decke zurück und blickten direkt auf die göttliche Travia … Nein, das durfte auf keinen Fall geschehen. Sie stellte das Bildnis auf den Nachttisch und drehte es so, dass sie es beim Beten nicht anzusehen brauchte. Dann ging sie erneut auf die Knie und fuhr fort:

»Heilige Göttin Rahja. Bitte entschuldige die Störung. Ich möchte dich heute um einen ganz besonderen Gefallen bitten. Der Faerwyn ist gleich bei mir zu Gast, wie du sicher weißt. Und ich möchte dich bitten, dass du mir hilfst. Weil ich in Liebesangelegenheiten doch so ungeschickt bin. Bitte hilf mir, alles so zu machen, wie er es am liebsten hat, und lass mich bitte keine schmachvollen Fehler begehen. Vielen Dank, und hab auch Dank für den leckeren Yaquirtaler, den wir im Hause haben.«

Losane erhob sich wieder und strich sich ihr Kleid glatt. So, nun konnte er kommen. Mit Rahjas Beistand und allem zusammengenommenen Mut sollte es wohl gelingen. Sie nahm auf ihrem Schemel Platz und wartete.

Die Türglocke bimmelte. Gorfinde war zu hören, die mit irgendeinem Gast sprach, dessen Stimme Losane nicht erkannte. Wieder ließ sie ihren Blick durch den Raum schweifen. Sie saß auf dem kleinen Schemel neben dem Schrank, in dem ihre Kleider und einige wenige andere Dinge aufbewahrt wurden. Gegenüber stand ihr einfaches Bett. Darüber an der Wand, wo zuvor das Bildnis der Travia gehangen hatte, war deutlich ein helles Rechteck in der Holzvertäfelung zu sehen. Am Kopfende des Bettes stand zur Fensterseite hin der Nachttisch, auf dem der Holzschnitt jetzt ruhte, daneben die Blumen, die sie gepflückt hatte. Und daneben lag der ›Kochlöffel‹, den sie geschnitzt hatte.

Die Zeit dehnte sich zu Ewigkeiten. Draußen setzte langsam die Dämmerung ein. Wenn es ein wenig schummrig wurde, mochte das durchaus von Vorteil sein.

Sie wartete. Wenn er nur endlich käme!

Die Türglocke! Losane hörte eine Stimme, die zu leise

war, um sie verstehen zu können. Dann Gorfindes laute Worte: »Losane? Die ist oben in ihrer Kammer. Was willst du denn von ihr?«

Losane biss sich auf die Lippen. Diese neugierige Mutter. Wenn Faerwyn jetzt nur nichts Falsches sagte. Die Antwort konnte sie nicht verstehen. Dann wieder Gorfindes Stimme: »Geh nur hinauf, es ist die zweite Tür zur Linken.« Dann hörte man leichtfüßige Schritte über die Holztreppe nach oben kommen. Die Schritte näherten sich. Die Klinke wurde heruntergedrückt. Faerwyn trat ein.

»Oh, du bist es«, sagte Losane, »ich hatte ganz vergessen, dass du kommen wolltest.«

»Peraine zum Gruße, Losane!« Faerwyn trug noch immer das Wams und die Beinkleider, welche er auch schon am Mittag getragen hatte. Doch sie waren inzwischen sichtbar sauber gebürstet worden. Auch seine Hände waren ganz sauber, und keine Ackerkrume klebte mehr daran.

»So setz dich doch!«, sagte Losane und trat wie zufällig genau vor den Schemel. Da ihm nichts anderes übrig blieb, nahm er nun auf der Bettkante Platz.

»Losane, ich … ach, das ist alles so schwierig.« Er wirkte ernsthaft zerknirscht. Losane setzte sich neben ihn auf die Bettkante. »Was ist denn? Du siehst aus, als würde dir etwas auf der Seele brennen.«

Faerwyn öffnete und schloss den Mund einige Male, ohne einen Laut von sich zu geben. Dann endlich sagte er: »Ich weiß gar nicht, wo ich anfangen soll. Es ist eine so unleidliche Geschichte. Und ich habe sie bisher für mich behalten. Aber nun muss ich endlich mit jemandem darüber reden. Und da du immer so nett zu mir bist …«

Losane lächelte. Hatte er denn sonst keine Freunde? Da fiel ihr ein, dass er und Tergil unzertrennlich gewesen waren. Kein Wunder, dass er sich nun einsam fühlte. Losane rückte ein Stück näher, nicht allein, um ihm Trost zu spenden. Sie machte das sehr geschickt. Ihr Oberkörper regte sich nicht. Auch ihre Beine machten keine sichtbare Bewegung. Und dennoch war sie einen Halbspann weit auf Faerwyn zugerutscht. Es sah aus, als hätte sie viele kleine Füße am Hintern. Derweil rutschte Faerwyn seltsamerweise ein Stück von ihr weg Richtung Fenster.

»Ich … also, das war so: Alles begann mit einer Verabredung zwischen Tergil und mir. Wir hatten vereinbart, uns nach des Tages Last am großen Baumstumpf zu treffen, du weißt, der östlich des Dorfes am Waldrand …«

Losane nickte. Sie kannte den Stumpf eines einstmals mächtigen Baumes. Er war für die Schindmeringer ein beliebtes Ziel für einen Praiostags-Ausflug. Man konnte entweder darauf sitzen oder sich darum herum setzen und ihn als Tisch für mitgebrachte Leckereien verwenden. Derweil konnten die Kinder im Wald spielen. Allerdings war das jetzt wohl kaum angeraten.

»Ist das nicht viel zu gefährlich?«, fragte sie. »Du weißt doch, dass sich da irgendwo ein blutrünstiges Tier herumtreibt.«

»Ja, aber … das wissen wir doch erst, seit Tergil … tot ist«, sagte Faerwyn verwirrt.

Losane biss sich auf die Lippen. Wo hatte sie nur ihre Gedanken? Sie beantwortete sich ihre Frage selbst, indem sie ein weiteres Stück auf Faerwyn zurutschte. Der mühte sich erneut, einige Finger breit von ihr wegzurutschen.

»Jedenfalls … trafen wir uns wie vereinbart dort. Wir redeten über dies und das, du weißt, Tergil hatte immer viel zu erzählen.«

Faerwyn verstummte.

Losane war noch ein letztes Stück auf ihn zugerutscht. Faerwyn seinerseits hatte nun den Rand des Bettes erreicht. Nun würde er sich bestenfalls noch mit einem Sprung aus dem Fenster vor ihr retten können. Und Losane war wild entschlossen, ihm selbst dann noch hinterher zu springen. Mit etwas Glück könnte sie ihm noch ein, zwei Küsse geben, bevor sie unten aufschlugen.

Faerwyns Gesicht hatte einen kummervollen Ausdruck angenommen.

»Dann gerieten wir so ein bisschen ins Plaudern, und inzwischen war die Nacht hereingebrochen. Wir setzten uns auf den Stumpf und besahen uns die Sterne. Erst erzählten wir noch ein wenig. Dann sahen wir nur noch nach oben. Und dann habe ich Tergil an den Freudenspender gefasst.«

»Aha«, machte Losane und verstand gar nichts.

»Tergil wurde furchtbar wütend und sagte, ich solle sofort die Hand von seinen Beinkleidern nehmen …«

»Du hattest die Hand auf seinen … auf seinem …?« Jetzt hatte Losane verstanden.

»Er war so wütend, dass er aufsprang und mich wegstieß. Und dann sagte er, dass er mich ohnehin nie habe leiden können und ich solle mich in die Niederhöllen scheren.«

Losane sah in ihren Gedanken nur ein Bild – überlebensgroß und von einem flammenden Rahmen umgeben: Faerwyns Hand in Tergils Schoß.

»Und dann wurde ich sehr wütend. Und ich sagte etwas furchtbar, furchtbar Gemeines zu ihm …«

Losane sammelte sich mühsam wieder. »Etwas … Gemeines? Was war es denn, was du so Furchtbares sagtest?«

Faerwyn blickte auf seine Füße. »Ich möchte … das … nicht noch einmal sagen. Es war sehr, sehr gemein. Er drehte sich wortlos um und ging. Einfach so. Tags darauf tat es mir schon wieder so richtig Leid, und ich wollte nicht meinen besten Freund verlieren, nur weil mir der Liebhaber nicht vergönnt gewesen war.«

»Und dann hast du dich entschuldigt?«, fragte Losane zweifelnd.

»Ich wollte. Aber irgendwie auch wieder nicht. Ich war zu stolz. Und außerdem hätte er mich auch nicht so anzubrüllen brauchen. Also ging ich ihm aus dem Weg. Drei Tage später war er tot.«

Bei den letzten Worten war seine Stimme dünn geworden. Losane nahm seine Hand, nunmehr nur noch, um ihn zu trösten. Dann liefen ihm plötzlich die Tränen herunter. Sie nahm ihn in den Arm und suchte nach Worten des Trostes. Er legte den Kopf an ihren Busen und schluchzte. Nun war er da, wo er hin sollte, und es war doch alles ganz anders.

»Faerwyn, nicht traurig sein!«

»Ich habe mich nicht einmal mehr entschuldigen können«, presste er hervor.

»Aber Faerwyn, das kannst du doch immer noch. Wenn du zum Herrn Boron betest.«

»Aber ich kann den Herrn Boron doch nicht mit unserem kleinlichen Streit belästigen.« Er zog die Nase hoch, während er noch immer weinte.

»Dann musst du zur heiligen Marbo beten«, sagte Losane klug. »Du bittest Marbo um Entschuldigung für das, was du Tergil gesagt hast. Und dann geht sie ins Totenreich und sagt es der Leiche vom … also dem Geist vom Tergil weiter. Das hat mir Ihre Gnaden Ulmenast beigebracht«. Sie hoffte, dass ihm dies einen Ausweg aufzeigen mochte. Tatsächlich verstummte sein Schluchzen. Eine Weile lang hielt er sie nur fest umklammert, ohne ein Wort zu sagen. Dann setzte er sich wieder aufrecht hin.

»Entschuldige … Ich falle hier so mit meiner Trauer ins Haus.«

»Das macht nichts«, sagte Losane bestimmt. »Ich helfe dir gern.«

Faerwyn lächelte tapfer. Er fuhr sich mit dem Handrücken über das Gesicht, um die Tränen abzuwischen. Es blieben nur seine geröteten Augen.

»Zur heiligen Marbo, sagst du?«

Losane nickte eifrig.

»Ist das nicht Borons Tochter?«

Erneut nickte Losane. »Ja, du weißt doch, wie das ist. Ein Vater kann seiner Tochter einfach keinen Wunsch abschlagen.« Sie blinzelte verschwörerisch. Faerwyn lächelte zaghaft.

»Losane, das ist … sehr lieb von dir. Dass du das sagst, meine ich.«

Losane machte eine abwiegelnde Handbewegung.

»Und das hat dir Frau Ulmenast erzählt?«

»Ja«, pflichtete Losane ihm bei, »als sie noch lebte, natürlich.« Einen kurzen Moment verfinsterte sich ihre Miene. Dann lächelte sie wieder. Sie wollte ihn schließlich aufmuntern.

Faerwyn blickte nun sehr nachdenklich drein. »Es wird sehr schwer werden ohne Geweihte. Sie wurde so oft gebraucht, in allen Belangen des Lebens. Hoffentlich ist das kein böses Omen für Schindmeringen.« Er erhob sich. »Ich danke dir bei allen Zwölfen, Losane. Wenn dir auch einmal etwas auf der Zunge liegt, so komm doch herüber und erzähle es mir!«

»Das will ich gern tun«, sagte sie und stand ebenfalls auf. Sie suchte nach einem aufmunternden Wort zum Abschied, doch es wollte ihr nichts mehr einfallen. Da schenkte sie ihm zum Trost ihr Schnitzwerk.

»Hier, das kannst du nötiger brauchen als ich.«

Da mussten sie beide lachen.

Faerwyn verabschiedete sich von ihr, und sie begleitete ihn noch bis zur Treppe. Als er nach unten aus ihrem Blickfeld verschwunden war, kehrte sie allein zurück in ihre Kammer.

Sie stemmte die Arme in die Hüften und blickte an die Zimmerdecke, als gäbe es dort etwas zu sehen.

»Heilige Rahja, was hast du dir dabei nur wieder gedacht?«

Losane fühlte noch immer die Enttäuschung über das entgangene Liebesabenteuer. Doch wenn das Vernommene sie irgendetwas lehrte, dann, dass sich glücklich schätzen konnte, wer zumindest einen Freund hatte. Man sollte nicht mit seinem Schicksal hadern, denn das hieße, den Ratschluss der Götter anzuzweifeln. Sie seufzte. Vielleicht hatte sie heute einen neuen Freund gewonnen. Das war mehr, als manch anderem vergönnt war. Sie beschloss, sich glücklich zu schätzen.

Dann sah sie das Bildnis der heiligen Mutter Travia auf dem Nachttisch. Seltsam.

Hatte sie das nicht andersherum gedreht?

Die Entdeckung

Als Fenndrick am darauffolgenden Morgen erwachte, war der Platz an seiner Seite leer. Lidda bereitet sich wohl unten ein kleines Morgenmahl, dachte er und nutzte die Gelegenheit, noch ein wenig im Bett liegen zu bleiben, um nachzudenken. Wie war das noch? Die Utharspforte in Opposition zum Raulsstern? Er konnte sich nicht mehr genau an die Zeilen des Magisters erinnern, war aber zu träge, um nachzusehen. Der alte Lehrmeister hatte etwas von einer Bedrohung durch den Tod geschrieben. Nun, das traf nur zu gut auf die Lage in Schindmeringen zu. Aber was sagte der Hund beim Sternbild von Uthars Pforte? Fenndrick wusste aus seiner Lehrzeit, dass der Hund für Unterstützung stehen konnte, für Hilfe, aber auch für zu jagendes Wild oder die Tugenden des Jägers. War es das? Fand unten im Dorf eine Jagd statt? Eine Jagd auf Menschen? Aber wer war dann der Jäger? Und was hatte der Rohalsstern damit zu tun?

Nachdem er eine Weile nachgegrübelt hatte, ohne sich über eine einleuchtende Bedeutung schlüssig geworden zu sein, stand er auf, um vielleicht doch noch das Morgenmahl mit Lidda gemeinsam einnehmen zu können. Er streifte das Nachtgewand ab und schlüpfte in seine schwarze Magierrobe. Gewohnheitsgemäß griff er nach dem Zauberstab, der neben dem Bett an der Wand lehnte. Dabei stellte er fest, dass Liddas Stab noch immer an ihrer Seite des Bettes stand. Typisch Frischling, dachte er bei sich. Sie hatte sich einfach noch nicht daran gewöhnt, den Stab ständig mitzuführen. Vermutlich musste sie froh sein, dass sie ihn nicht gleich in Honingen hatte stehen lassen. Er schlüpfte mit den bloßen Füßen in die Hausschuhe und schlurfte über die steinerne Treppe nach unten.

Zu seiner Verwunderung stellte er fest, dass Lidda auch im Erdgeschoss nicht anzutreffen war. Ob sie wohl sein Studierzimmer näher in Augenschein nahm oder die Aussicht von der Turmplattform genoss? Er schlurfte wieder nach oben durch das Schlafgemach bis ins zweite Obergeschoss. »Lidda?«

Der Raum lag düster und leer da. Fenndrick öffnete die Fensterläden, doch es wurde nur wenig heller. Draußen war ein dunkler und regnerischer Herbsttag angebrochen. Der junge Magier begab sich weiter hinauf und warf einen kurzen Blick durch die Luke auf die Turmplattform. Dort oben war niemand, und da der kalte Wind ihm unangenehm ins Gesicht blies, schloss Fenndrick die Falltür schnell wieder. Er hatte festgestellt, dass er allein im Turm war, und fühlte sich plötzlich einsam. Erneut spürte er den endlosen Schmerz über Tessias Tod aufwallen und beschloss, rasch zu frühstücken, um sich ein wenig abzulenken.

Er begab sich wieder durch das Laboratorium und Schlafgemach nach unten. Als er erneut in der guten Stube angelangt war, fiel ihm auf, dass Liddas Tuchbeutel noch immer neben der Eingangstür lag. Hm, ihr Gepäck hatte sie also nicht mitgenommen. Vermutlich machte sie nur einen Spaziergang durch den Wald oder erledigte ein paar Besorgungen im Dorf. Nachdem sie sich gestern über sein karges Essen beschwert hatte, stand sie in diesem Augenblick vermutlich bereits im *Fetten Eber*, um ihn bei ihrer Rückkehr mit einem köstlichen Mahl zu überraschen. Fenndrick beschloss daher, zunächst doch auf ein Frühstück zu verzichten. Obgleich sein Magen protestierte, begab er sich noch einmal zwei Stockwerke hinauf und griff nach dem dritten Band der Enzyklopaedia Magica, bei dessen Lektüre ihn Lidda am Vortag unterbrochen hatte. Mit dem Buch unter dem Arm begab er sich wieder nach unten und ließ sich in den gemütlichen Ohrensessel sinken. So, nun war er auf eine gewisse Wartezeit vorbereitet. Er schlug das Werk an der richtigen Stelle wieder auf, um sein Studium fortzusetzen. Doch er konnte sich nicht so recht auf die Zeilen vor ihm konzentrieren, da er ständig an die *Pforte Uthars* denken musste, welche der Magister in seinem Schreiben erwähnt hatte. Die *Pforte Uthars*. Hatte er nicht kürzlich erst darüber gelesen? Was war es noch gleich gewesen? Fenndrick blätterte in der Enzyklopädie zurück. Nachdem er bis zur ersten Seite vorgedrungen, aber nicht fündig geworden war, ging er das Werk noch einmal von der ersten bis zur letzten Seite in aller Schnelle durch. Doch wieder fand er nicht, wonach er suchte. Hm, dann musste er es wohl in einem anderen Buch gelesen haben …

In diesem Augenblick ertönte das ärgerliche Maunzen Xyldas. Fenndrick, der wusste, dass das Tier sehr bösartig werden konnte, wenn man es nicht hereinließ, erhob sich, ging hinüber zur Eingangstür und öffnete sie. Draußen war keine Spur von Xylda zu sehen. Verwirrt schloss er die Tür wieder, legte den Riegel von innen vor und nahm in seinem Sessel Platz. Er hatte gerade zu lesen begonnen, da ertönte das Maunzen erneut. Und diesmal war sich Fenndrick sicher, dass es nicht von draußen kam. Es schien vielmehr unter dem Sessel hervorzukommen.

»Xylda, Xylda, was hast du jetzt wieder angestellt?«, murmelte Fenndrick kopfschüttelnd. Er schob den schweren Sessel beiseite. Darunter war nichts weiter als der alte Tulamidenteppich, den Fenndrick noch immer nicht ausgetauscht hatte. Der junge Magier suchte mit den Augen ratlos den Boden nach der Katze ab, da erklang dumpf ein weiteres ärgerliches Maunzen. Und es schien von *unterhalb* des Teppichs zu kommen.

Fenndrick stutzte einen Lidschlag lang, dann kniete er

sich nieder und zog mit einem Ruck den Teppich weg. Darunter kam nichts weiter zum Vorschein als der normale Steinfussboden seines Wohnturms. Doch Fenndrick ließ sich nicht entmutigen; er wusste, was er gehört hatte. Entschlossen beugte er sich über den Boden, bis er mit den Augen bis auf Fingerbreite herangekommen war. Eine Weile lang blickte er ratlos umher, ohne genau zu wissen, was er eigentlich zu finden hoffte. Dann fiel ihm die schmale Spalte auf, die fast unsichtbar durch den Steinboden lief. Wenn ihn nicht alles täuschte, war das ...

Fenndrick sprang auf und griff nach einem Küchenmesser. Er kniete nieder und schob es in die schmale Ritze. Dann hebelte er mit dem Messer ein rechtschrittförmiges Teil des Bodens heraus. Die Klappe war an einer Seite offenbar mit einem Scharnier versehen und schwang nun erstaunlich leicht nach oben auf. Auf der Unterseite bestand sie aus Holz, das augenscheinlich auf der Oberseite mit dünnen Steinplatten versehen worden war, um den Anschein eines normalen Rechtschrittes Boden zu erwecken. Unter der Klappe klaffte ein schwarzes Loch. »Eine Geheimtür«, flüsterte Fenndrick fasziniert, »eine Geheimtür in meinem Turm!«

Er griff nach seinem Zauberstab und entzündete kraft seiner Gedanken dessen Kopfende. Nun prasselte und leuchtete der Zauberstab wie eine Fackel, doch ohne sich in dem Feuer zu verzehren. Dennoch reichte der Lichtschein nicht aus, um nach unten zu blicken. Fenndrick konnte zwar den Stab in die Öffnung halten, doch musste er dann selbst beim Blick in die Tiefe ins Feuer schauen und wurde geblendet. Also nahm er das Küchenmesser und ließ es ins Dunkel fallen. Augenblicklich errtönte ein helles Klirren. Allzu tief konnte es also nicht sein! Mit neu erweckter Abenteuerlust befahl er dem Stab zu verlöschen. Dann klemmte er ihn sich unter den Arm und kletterte rücklings in das schwarze Loch. Mit beiden Händen hielt er sich oben am Rand fest, während seine Beine langsam nach unten glitten. Dabei rutschte einer seiner Hausschuhe vom Fuß und schlug unten mit einem leisen Geräusch auf. Jetzt nur nicht ablenken lassen! In etwas mehr als zwei Schritt Tiefe ertastete sein nunmehr nackter Fuß endlich Grund. Also ließ sich Fenndrick vollends hinunter. Er stand in lichtloser Finsternis. Ein feuchter, modriger Geruch lag in der Luft. Er musste sich in einer unterirdischen Kammer im Innern des Hügels befinden! Erneut befahl er dem Stab zu entflammen. Und dann sah er im flackernden Licht Liddas grässlich verrenkten Leichnam. Fenndrick schrie in namenlosem Entsetzen. Der Stab verlosch. Völlige Finsternis umfing den Zauberer. Fenndrick brüllte wie von Sinnen. In Panik versuchte der junge Magier aus dem unterirdischen Raum zu entkommen. Er grabschte nach den Wänden, fuchtelte wild mit beiden Händen über seinem Kopf herum, um die Ränder der Falltür oder wenigstens irgendeine Fuge zu erreichen. Vergebens. Sein Schreien wurde schriller. Im Dunkel bekam er nichts als glitschige Mauern und wucherndes Moos zu fassen. Er schrie und schrie immer entsetzlicher. Seine Stimme überschlug sich, während er in seinem Gefängnis herumraste wie ein tollwütiger Wolf. Er hatte längst die Orientierung verloren und stieß nur noch panisch von einer Wand an die nächste. Seine Hände waren blutig vom Kratzen über den kalten Stein, seine Nägel brachen ab. Irgendwo kreischte Xylda, und scharfe Krallen zerfetzten Fenndricks Robe und rissen ihm blutige Striemen ins Bein. Die Schreie des jungen Magiers steigerten sich ins Unermessliche. Er sprang zur Seite und krachte mit dem Kopf gegen eine Wand. Seine Stimme erstarb zu einem Wimmern, während er zur Seite taumelte. Seine Stirn war nass von Schweiß und Moos und Blut. Dann glitt er mit dem nackten Fuß auf dem glitschigen Boden aus und fiel der Länge nach hin, mitten auf die arme tote Lidda. Er schrie und brüllte immer wieder »TESSIA, TESSIA, BORON!« Dann wurde sein Brüllen zunehmend von einem hysterischen Kichern durchbrochen. Er gurgelte und murmelte vor sich hin und gewahrte nicht einmal mehr den Speichel, der aus seinem Mundwinkel rann …

Es dauerte lange, bis Fenndrick es schaffte, aus dem lichtlosen Dunkel hervorzukriechen und zurück in sein Wohngemach zu klettern. In seinen Augen schimmerte ein fiebriger Glanz. Er kauerte vor dem Kamin auf dem nackten Boden. Obgleich die Feuerstelle erkaltet war, hatte eine brennende Hitze seinen Leib erfasst. Sein Hausschuh und der Zauberstab lagen noch immer irgendwo da unten. Lidda. Lidda. Sie musste hinuntergestürzt sein und sich das Genick gebrochen haben. Lidda. Ja, das Genick gebrochen haben und dann von außen wieder die Falltür geschlossen und den Sessel darüber geschoben haben. Fenndrick kicherte. Lidda. Jemand hatte sie umgebracht. Lidda. Lidda. Hier in seinem Turm. Die *Pforte Uthars* war geöffnet. Immer herein mit den Toten. Damit auch alles seine Richtigkeit hatte, nicht wahr, Herr Magister? Tessia. Lidda. Jadin. Tergil. Und darüber der Raulsstern. Ein Hoch auf den Reichsgründer! Hatte noch jemand eine Leiche? Lidda. Lidda. Man kann noch viel weiter zählen. Ja, und Boron kennt sie alle. Ob sie sich wohl grüßten im Totenreich? So ein großer Turm. Da passten doch noch mehr Leichen herein. Lidda. Lidda. Er würde ihr aus dem Daimonicon vorlesen. Ja, das war eine gute Idee. Vielleicht würde sie dann wieder lebendig werden. Tessia. Tessia. So schön kann der Tod sein. Nimm mich mit auf deine letzte Reise! Wir wollen nicht, dass du vom Weg abkommst und in die Sternenleere fällst. Lidda. Lidda. Du warst eine gute Boroni.

Fenndrick taumelte nach oben in sein Schlafgemach. Wie im Traum legte er sein Nachtgewand an. Dann legte er sich in die Mitte des Bettes und faltete die Hände über der Brust, um zu sterben.

Seine Stirn glühte.

Fieberträume

Fenndrick wälzte sich unruhig in dem mächtigen Himmelbett hin und her. Sein Nachtgewand klebte ihm vor Schweiß eng am Körper, seine Stirn glühte. Manchmal ruckte sein Oberkörper nach vorn, und halb spuckte, halb würgte er dunklen Schleim hervor. Wenn der Anfall vorüber war, sank er erschöpft auf sein Lager zurück und blickte zu dem künstlichen Sternhimmel des Bettes empor. Das Bild verschwamm vor seinen Augen. Fenndrick konnte nicht mehr unterscheiden, ob es der Schweiß war, der ihm in die Augen lief, oder ob sein Blick sich bereits getrübt hatte. Dann schloss er die Augen wieder und lauschte mit ganzer Seele dem dunklen Pochen seines Blutes in den Ohren.

Merkwürdig, dachte er in einem klaren Moment, je mehr ihn das Leben verließ, desto lauter machte es sich bemerkbar. Dann vernebelten sich seine Gedanken aufs Neue. Obschon er die Augen geschlossen hatte, sah er dunkle Schatten um sein Bett herumtanzen. Sie riefen ihm etwas zu und lachten. Sie schienen ihn zu verspotten. Fenndrick wälzte sich auf die andere Seite. Die Decke war nass vor Schweiß.

Er müsste das Bettzeug wechseln, dachte Fenndrick, müsste das Bettzeug wechseln! Er wollte sich erheben, doch sein Körper schien ihm nicht mehr zu gehorchen. Seine Hand langte zittrig nach oben und strich eine Haarsträhne beiseite, die ihm im Gesicht klebte. Sein Blick war starr in die Dunkelheit gerichtet. Eine große bleiche Gestalt schälte sich daraus hervor, und ein grinsender Totenschädel beugte sich zu ihm. »Du hast mich gerufen?«, schien der lippenlose Mund ihm zuzuwispern. Der Tod grinste, wie er es immer tat …

In diesem Augenblick krümmte sich Fenndrick erneut. Aus den Tiefen seiner Eingeweide würgte er, nur unterbrochen von rasselndem Luftholen, in mehreren Schüben eine zähe Masse hervor. Während der Rest des Schleimes zwischen seinen Zähnen heruntertroff, erfasste ihn eine heftige Kältewelle. Mit einem leisen Stöhnen sank er zurück in die Waagerechte und zog sich die klamme Decke bis zum Hals hinauf. »Fenndrick! Hatte ich dich nicht gewarnt, mein Junge?«, rief ihm die Stimme des Magisters von irgendwoher zu. »Spiel mit dem Tod, spiel mit ihm!«, kreischte die Stimme des Onkelchens dazwischen.

Irgendjemand lachte schrill. Fenndrick vermochte nicht festzustellen, ob es der Onkel war oder er selbst. Er schloss die Augen wieder und übergab sich ganz der Gnade Borons. Sein Geist aber fiel tief in einen seltsamen Traum …

Fenndrick blickte sich verwirrt in dem riesigen Saal um. Der König thronte am Kopfende der Halle, bleich waren seine Züge und streng sein Blick. Zu seiner Rechten saß ein Geweihter der Hesinde, gehüllt in das grüne Tuch seiner Profession. Zur Linken des Herrschers aber rutschte ein Narr in schreiend bunter Gewandung kichernd auf seinem Stuhl hin und her. Kleine Glöckchen bimmelten an seiner gelb-blau-roten Mütze.

»Nun«, erhob der bleiche König das Wort, »was wünscht Ihr, mein Hofzauberer? Einen Wunsch sollt Ihr frei haben.«

Fenndrick schluckte. Der Saal war voller Menschen, die leise wisperten und raunten. Sie standen zu beiden Seiten eines roten Läufers, der bis zum Königsthron führte.

»Ich … verzeiht, Euer Majestät, aber ich möchte, dass der Schrecken ein Ende hat und ich gesund und wohlbehalten zurück in meinen Turm kann, wenn Ihr erlaubt.«

»Ihr wollt aus meinem Reiche fort?« Die Stimme des Königs brauste auf wie ein schwerer Sturm. Seine Augen funkelten ihn aus tiefen Höhlen an.

»Wenn Ihr erlaubt, Euer Majestät.« Fenndrick senkte demütig das Haupt.

In diesem Augenblick beugten sich der Hesindegeweihte und der Narr zugleich zu dem König hinüber und flüsterten ihm von beiden Seiten etwas in die Ohren. Da huschte ein seltsames Lächeln über das Gesicht des Herrschers. Er wartete, bis die beiden ihre Plätze wieder eingenommen hatten, dann richtete er das Wort an den Bittsteller. »Ein großer Wunsch. Doch soll Euch gewährt werden, was Ihr begehrt. Wenn, ja, *wenn* Ihr uns ein Rätsel löst!«

»Ein Rätsel?«, fragte Fenndrick unsicher und zuckte sogleich zusammen, da er sich erinnerte, dass er nach der höfischen Etikette nicht ungefragt das Wort an den Throninhaber hätte richten dürfen. Die Menge ließ ein angstvolles Murmeln hören.

»Ein Rätsel«, bestätigte der König, generös über Fenndricks Verfehlung hinwegsehend. »Denn wisset: Es gibt *drei Dinge* in meinem Reich, die nicht so sind, wie sie zu sein scheinen. Und Ihr werdet mir sagen, welche drei Dinge dies sind! Damit Ihr aber die nötige Ruhe zum Nachdenken erhaltet, sollt Ihr in den Kerker geworfen werden, bis Ihr des Rätsels Lösung gefunden habt!«

Während der König sprach, war ein wissendes Lächeln im Gesicht des Hesindegeweihten erschienen. Als aber der Herrscher geendet hatte, da sah der Priester erstaunt aus und der Narr kicherte wie irre. Entsetzt musste Fenndrick erleben, wie die Wachen ihn auf Geheiß des Königs ergriffen und in Ketten legten. Durch viele dunkle Korridore und über viele steile Treppen wurde er geführt, hinab in das Verlies, das dunkel war und modrig und ohne Hoffnung.

Da saß Fenndrick nun und quälte sich mit dem Gedanken, dass der König ihm ein großes Unrecht angetan hatte. So verging der erste Tag.

Am zweiten Tag aber verfiel der junge Magier in große Angst, da er befürchtete, nie wieder aus dem Gefängnis herauszukommen.

Doch am dritten Tage riss er sich zusammen und grübelte über des Rätsels Lösung. Wie sollte er wissen, was in dem Königreich, das er nicht einmal kannte, alles nicht stimmte? Die Aufgabe erschien ihm unlösbar, und doch mühte er sich mit dem Eifer der Verzweiflung, sie zu bewältigen. Am Abend schließlich erschienen die Wachen und führten ihn vor den König. Wieder befand sich eine riesige Menschenmenge in dem gewaltigen Saal.

»Nun«, fragte der Regent. »Wisst Ihr des Rätsels Lösung?«

Fenndrick hielt den Blick angstvoll gesenkt. »Vielleicht zum Teil«, sagte er leise.

»Dann sprecht!«, befahl der Herrscher.

»Ich bin es, der in Eurem Reich nicht so ist, wie er zu sein scheint. Denn ich bin nicht Euer Hofzauberer, sondern nur ein träumender Gast.«

Eine große Stille senkte sich über die Burg. Erwartungsvoll blickte das Volk den bleichen Regenten an, der mit unbewegter Miene zwischen seinen beiden Beratern auf dem Thron saß. Dann lächelte der König.

»Wohl gesprochen!«, sagte der König, und da erschallte großer Jubel in der Menge. Er hob die Hand, und es kehrte wieder Ruhe ein. »Doch es harren noch zwei weitere Dinge der Entdeckung. Solange Ihr diese nicht gefunden habt, werdet Ihr weiter im Kerker schmoren!«

Verbittert musste Fenndrick erleben, wie die Wachen auf Geheiß des Königs ihn erneut ergriffen ...

Zum zweiten Mal wurde er durch viele dunkle Korridore und über viele steile Treppen geführt, hinab in das Verlies, das dunkel war und modrig und ohne Hoffnung.

Da saß Fenndrick und quälte sich mit dem Gedanken, dass der König ihm ein großes Unrecht angetan hatte. So verging der vierte Tag.

Am fünften Tag verfiel der junge Magier neuerlich in große Angst, nie wieder aus diesem Gefängnis herauszukommen.

Am sechsten Tag aber riss er sich zusammen und grübelte über des Rätsels Lösung nach. Wie sollte er wissen, was sonst noch in dem Königreich nicht stimmte? Unlösbar erschien ihm die Aufgabe, und doch mühte er sich mit dem Eifer der Verzweiflung, sie zu bewältigen. Am Abend schließlich erschienen die Wachen und führten ihn vor den König. Wieder wartete eine riesige Menschenmenge in dem gewaltigen Saal.

»Nun«, fragte der Regent. »Habt Ihr das Rätsel gelöst?«

Fenndrick hielt den Blick angstvoll gesenkt. »Vielleicht zum Teil«, sagte er leise.

»Dann sprecht!«, befahl der König.

»Es ist Euer Berater zur Linken«, sagte der Zauberer. »Es ist kein richtiger Berater, sondern ein Narr!«

Und wiederum senkte sich eine große Stille über die Burg. Erwartungsvoll blickte das Volk den bleichen Herrscher an, der mit unbewegter Miene zwischen seinen beiden Beratern auf dem Thron saß. Dann lächelte der König.

»Wohl gesprochen!«, sagte er, und da erschallte großer Jubel in der Menge. Der Regent hob die Hand, und es kehrte wieder Ruhe ein. »Doch es harrt noch eine weitere Sache der Entdeckung. Solange Ihr diese nicht gefunden habt, werdet Ihr weiter im Kerker schmoren!«

Verzweifelt musste Fenndrick miterleben, wie die Wachen ihn auf Geheiß des Königs erneut ergriffen.

Zum dritten Mal wurde er durch viele dunkle Korridore und über viele steile Treppen geführt, hinab in das Verlies, das dunkel war und modrig und ohne Hoffnung.

Da saß er nun schon wieder und quälte sich mit dem Gedanken, dass der König ihm ein großes Unrecht angetan hatte. So verging der siebte Tag.

Am achten Tag verfiel der junge Magier erneut in große Angst, nie wieder aus diesem Gefängnis herauszukommen.

Am neunten Tage aber riss er sich zusammen und grübelte über des Rätsels Lösung nach. Wie sollte er wissen, was in dem Königreich, das er nicht einmal kannte, als Drittes nicht stimmte? Die Aufgabe erschien ihm unlösbar, und doch mühte er sich mit dem Eifer der Verzweiflung, sie zu bewältigen. Dieses Mal aber wollte ihm keine rechte Lösung mehr einfallen. Die wenigen Dinge, die er gesehen hatte, schienen ihm ohne Falsch gewesen zu sein. Da kroch eine entsetzliche Angst seinen Leib hinauf. Bei der dritten Antwort würde er scheitern!

Am Abend erschienen die Wachen und führten ihn vor den König. Wieder war eine riesige Menschenmenge in dem gewaltigen Saal versammelt.

»Nun«, fragte der Regent. »Habt Ihr das Rätsel gelöst?«

Fenndrick hielt den Blick angstvoll gesenkt. »Vielleicht zum Teil«, sagte er leise.

»Dann sprecht!«, befahl der König.

Fenndrick nahm all seinen Mut zusammen und sagte: »Ihr seid es selbst, Euer Majestät. Euer Wort ist nicht, wie es zu sein scheint, denn Ihr habt nicht wahr gesprochen. Es gibt eben nur *zwei Dinge*, die in Eurem Königreich nicht stimmen.«

Und wieder senkte sich eine große Stille über die Burg. Erwartungsvoll blickte das Volk den bleichen König an, der mit unbewegter Miene inmitten seiner beiden Berater auf dem Thron saß. Da wurde der König sehr zornig.

»Einen Lügner heißt Ihr mich?« Die Menge wich angstvoll zurück, und mitleidige Blicke trafen Fenndrick. »Das hat noch keiner gewagt. Hört, Ihr werdet erneut in den Kerker geworfen, und wenn Ihr nicht binnen dreier Tage des Rätsels wirkliche Lösung gefunden habt, dann sollt Ihr am vierten Tage dem Tod auf dem Richtblock überantwortet werden!«

Fenndrick wehrte sich und schrie, als er abgeführt wurde. »Das könnt Ihr nicht tun, Euer Majestät, Ihr wisst, dass des Rätsels Lösung richtig war! Ich bitte Euch, um der Wahrheit willen!« Aber der Regent ließ sich nicht erweichen, und Fenndrick wurde in den Kerker geworfen.

Da saß er nun in all seiner Verzweiflung. Neun Tage lang hatte er gelitten und sich geängstigt und das Hirn über die richtigen Antworten zermartert. Und nun saß er hier, weil er eben diese gefunden hatte, und sein Tod rückte mit jedem Atemzug näher. Was blieb ihm denn noch zu tun, als zu den Göttern zu beten, sie mögen Wahrheit vor Eitelkeit stellen und ihn vor diesem grausamen Despoten retten?

So verbrachte Fenndrick den zehnten Tag mit Beten.

Doch nichts geschah und keine wundersame Errettung trat ein. Und der dreizehnte Tag rückte immer näher.

Am elften Tage befiel ihn ein großer Zorn. Und er schrie und verfluchte die Ungerechtigkeit, die ihm widerfahren war. So brüllte er weiter und verlangte den Geweihten der Hesinde und den Narren zu sehen, die ihm bei der Göttin schwören sollten, dass die dritte Antwort die falsche gewesen sei.

Angesichts dieser Herausforderung eines Dieners der Göttin selbst befiel die Wachen große Neugier, und sie eilten tatsächlich fort, um den Priester und den Possenreißer zu holen.

So standen alsbald die beiden Berater vor dem Gefängnis des Zauberers.

»Sagt mir, dass meine Antwort nicht richtig war, bei Eurer Göttin!«, herrschte Fenndrick den Diener der allweisen Göttin an.

Da blickte der Priester ihn mitleidig an und sagte: »Wäre die Antwort rechtens, dann wäre unser König ein Lügner, weil er behauptet hat, dass drei Dinge im Reich nicht stimmten. Dann gäbe es in Wirklichkeit eben nur zwei solcher Dinge. Wenn aber der König ein Lügner wäre, dann wären es ja doch wieder drei Dinge, die nicht stimmten. In diesem Fall aber ist der König kein Lügner und Eure Antwort falsch.«

Da ergriffen Wut und Raserei von Fenndrick Besitz und er schrie: »Sie ist nicht falsch! Meine Behauptung ist ebenso wahr wie falsch! Sie ist beides zugleich, und ich habe die Aufgabe gelöst!«

Der Priester schüttelte nur bedauernd den Kopf.

Fenndricks Kraft erlahmte. Er hörte auf, an den Stäben zu rütteln, und sank niedergeschlagen zu Boden. »Was wollt Ihr denn von mir?«, fragte er mit brüchiger Stimme. »Stellt denn nicht Hesinde uns Rätsel, damit wir sie lösen? Und habe ich denn nicht eine kluge Lösung ersonnen?«

»Nun«, sprach der Geweihte da, »manchmal möchte die Göttin der Gelehrsamkeit uns aber auch etwas lehren …«

»Und was?«, fragte Fenndrick schwach. »Was will sie uns lehren?«

»Dass man einen König nicht Lügner nennt«, sagte der Narr und kicherte. Die kleinen Glöckchen an seiner Mütze klingelten.

»Ich hatte die richtige Antwort. Hesinde weiß es!«, stieß Fenndrick mit ersterbender Stimme hervor.

Der Geweihte zuckte mit den Schultern. »Jene Aufgabe, die vor Euch liegt, verlangt eben mehr als nur einen klugen Kopf. Wenn Ihr nicht die Kraft habt, Euch selbst zu überwinden und einen einmal eingeschlagenen Weg auch wieder zu verlassen, dann ist es vielleicht besser, wenn Ihr aus dem Leben tretet.«

Damit entfernten sich die beiden Berater, und nur das Kichern des Possenreißers war noch lange Zeit aus den Tiefen der Burg zu vernehmen. Sie hatten einen ratlosen Zauberer zurückgelassen.

Am zwölften Tage grübelte Fenndrick lange über die Worte des Geweihten nach.

Am Abend schließlich erschienen die Wachen und führten ihn vor den König. Wieder wartete eine riesige Menschenmenge in dem gewaltigen Saal.

»Nun«, fragte der Regent. »Habt Ihr das Rätsel gelöst oder soll der Kopf rollen?«

Fenndrick hielt den Blick angstvoll gesenkt. »Vielleicht habe ich es geschafft«, sagte er leise.

»Dann sprecht!«, befahl der König.

Der junge Zauberer hielt den Blick starr auf den Boden gerichtet, während er sprach: »Die dritte Sache, die in Eurem Königreich nicht stimmt, ist meine Rede. Was ich Euch vor drei Tagen sagte, war falsch und gelogen.«

Und wieder senkte sich eine große Stille über die Burg. Erwartungsvoll blickte das Volk den bleichen König an, der mit unbewegter Miene zwischen seinen beiden Beratern auf dem Thron saß.

Da lächelte der König, und als er erneut das Wort an Fenndrick richtete, war seine Stimme wie der Sturm und voller Macht, und er befahl: »Lebt!«

Und seine Stimme war so gewaltig, dass Fenndrick erwachte.

Fenndrick schlug die Augen auf. Es war dunkle Nacht. Was hatte ihn nur für ein merkwürdiger Traum ereilt? Er konnte sich kaum mehr erinnern. Es hatte irgendetwas mit den Zwölfen zu tun gehabt … mit einem göttlichen Ratschluss, und er, Fenndrick sollte leben, ja, leben. Mit einem fiebrigen Lächeln auf den Lippen sank Fenndrick erneut in tiefen und diesmal traumlosen Schlaf.

Sinistra

Fenndrick betete so inbrünstig wie nie zuvor in seinem Leben. Er war an diesem Morgen zitternd aus dem Bett gekrochen und hatte sich schwach und todkrank gefühlt. Doch von der Nacht war eine nebulöse Erinnerung an einen Traum geblieben, der ihm neue Hoffnung gegeben und in ihm ein tiefes Gefühl der Beruhigung hinterlassen hatte. Als er sich jedoch daran machen wollte, endlich seinen Zauberstab, den Schuh und das Messer aus der Geheimkammer zu holen, da spürte er, wie erneut die Angst an seiner Seele und seinem Verstand zu nagen begann. Und nun betete er und legte all sein Hoffen und Bitten in die Hände der Götter. Alles, alles würde er erdulden, wenn sie ihn nur nicht den Verstand verlieren ließen!

»Herrin Hesinde, allwissende Göttin, ich bedarf deiner Hilfe wie nie ein Mensch zuvor. Bitte, bitte gib mir die Kraft zu bewahren, was deine göttliche Gabe ist: den Verstand, den du mir gegeben hast, und den ich nie, nie, niemals missen darf. Bitte, Hesinde, ich flehe dich an, erbarme dich meiner und rette mich vor dem namenlosen Wahnsinn!«

Der Magier wiederholte diese Worte wieder und wieder. Und er spürte, wie eine beruhigende Wirkung davon ausging. Die allweise Göttin würde nicht zulassen, dass das Schicksal ihn ihrer Gaben beraubte, nein, das würde sie nicht tun!

Schließlich erhob er sich, um seine grausige Arbeit zu verrichten. Er überlegte lange, wie er mit dem Leichnam

Liddas verfahren sollte. Gern hätte er ihr ein ordentliches Begräbnis auf dem Schindmeringer Boronanger zukommen lassen, doch schien ihm dies nicht möglich, ohne sich selbst in allerhöchste Gefahr zu begeben. Wenn die Dorfbevölkerung erfuhr, dass nun auch noch ein Gast in seinem eigenen Turm zu Tode gekommen war, gäbe es für die Leute sicherlich keinen Zweifel mehr daran, dass er der Mörder wäre. Vermutlich würde ein aufgebrachter Mob versuchen, sich gewaltsam Zutritt zu seinem Domizil zu verschaffen. Am Ende würden sie den Turm gar als vermeintlichen Quell allen Übels kurzerhand in Brand stecken. Natürlich konnte er Lidda auch nachts in aller Heimlichkeit im Röbbewald verscharren, doch auch dies erschien ihm höchst riskant. Wenn ihn doch irgendjemand dabei sehen sollte, wäre sein Leben gewiss verwirkt. Eine Borongeweihte oder auch nur irgendeinen Diener der Zwölf, der eine ordentliche Messe lesen konnte, gab es nun ohnehin nicht mehr. So wusste sich Fenndrick nicht anders zu helfen, als die Tote in ihrem traurigen Grab zu belassen. Unter Aufbietung all seiner Willenskraft wankte er hinunter ins Erdgeschoss und kletterte noch einmal hinab in die feuchte Gruft. Er schloss Lidda die Augen und schob ihren Körper ein Stück zur Seite, während er krampfhaft die Wand anblickte. Der Raum, den er nun zum ersten Mal bei Lichte sah, war nichts weiter als eine winzige, acht Rechtschritt messende unterirdische Kammer. Es gab keine Einrichtungsgegenstände, und der einzige Zweck dieser modrigen Gruft schien eben der eines feuchten Grabes für Lidda zu sein. In einer Ecke aber hockte noch immer Xylda und leckte sich unberührt von dem entsetzlichen Geschehen die Pfoten. Fenndrick hob sie hinauf durch die Öffnung, wo sie ihre wiedergewonnene Freiheit mit einem triumphierenden Maunzen begrüßte. Dann griff er Zauberstab und Messer und zog auch den Hausschuh wieder an. Hastig kletterte er hinauf ins Erdgeschoss und verschloss die geheime Luke sorgfältig. Dann erst sprach er die Worte, die ihm angemessen erschienen:

»Boron, Herr des Todes, nimm dich dieser armen Seele an. Lidda Spielmannsmütz hat die Zwölfe stets geachtet und nichts ernsthaft Böses je im Schilde geführt, so lange ich sie kenne.

So bitte ich dich, Marbo, stimme deinen göttlichen Vater milde. Herr Boron, sei ihrer Seele gnädig!«

Er legte den Teppich wieder über die Luke und rückte den Sessel darauf. Nun sah alles wieder aus, als wäre nichts geschehen. Fenndrick atmete tief durch. Das wäre geschafft. Gern hätte er sich jetzt ein wenig hingesetzt, um in Ruhe über das Geschehene nachzudenken, doch er brachte es einfach nicht fertig, es sich in dem Sessel über der toten Lidda bequem zu machen. Also ging er im Raum unruhig auf und ab und starrte dabei immer wieder das Bildnis seiner selbst an, das auf dem Kaminsims stand.

Nun war noch ein Mord geschehen. Wenn dieses entsetzliche Spiel irgendwann enden sollte, müsste er, Fenndrick, jetzt endlich einen entscheidenden Erfolg in seinen Nachforschungen erzielen. Also galt es die Lage sorgfältig zu überdenken. Er hatte über Jahre hinweg bei Magister Eboreus das Analysieren arkaner Zusammenhänge erlernt. Es konnte doch nicht so viel schwerer sein, diese Angelegenheit systematisch zu untersuchen. Sein Verstand war geschult, sagte er sich, nun musste er ihn nur noch einsetzen.

Primo: Ein weiterer Mord ist geschehen. Ein direkter Zusammenhang zu den vorhergehenden Taten ist nicht ersichtlich. Jedoch scheint eher eine Ähnlichkeit zu dem Mord an Tessia vorzuliegen als zu der Bluttat im Stall Hallinghöfers.

Secundo: Die Verstorbene wurde augenscheinlich gewaltsam hinuntergestürzt. Da Fenndrick den Leichnam gegen Morgen gefunden, Lidda am Vorabend aber noch lebendig gewesen war, musste die Tat in der Nacht verübt worden sein.

Tertio: Der Tatort war erschreckender Weise sein eigener Turm. Das bedeutete, dass der Täter sich irgendwie Zutritt verschaffen konnte. Da Fenndrick aus Vorsicht bereits seit den ersten Morden stets von innen den schweren Riegel vorgelegt hatte, musste der Mörder auf anderem Wege hineingelangt sein. Es sei denn, Lidda hätte ihm den Riegel von innen geöffnet, weil er geklopft hatte oder sie die Latrine hatte aufsuchen wollen. Dann hätte der Täter aber den Turm auf anderem Wege wieder verlassen müssen, denn der Riegel, entsann sich Fenndrick deutlich, war am Morgen nach der Tat vorgelegt gewesen. Also musste es eine ihm unbekannte Zugangsmöglichkeit zum Turm geben. Was konnte das sein? Vielleicht eine weitere Geheimtür? Ein unterirdischer Gang, der bis zur Geheimkammer führte? Fenndrick schauderte bei dem Gedanken, sich noch einmal hinunter zu dem Leichnam begeben zu müssen. Oder der Täter war von oben gekommen. Vielleicht ein geflügeltes Geschöpf, das auf der Turmplattform gelandet war? Er musste erneut an eine Furcht einflößende Chimäre denken. Ein Mann mit Klauen und Flügeln? Dabei blieb aber immer noch die Frage ungeklärt, warum ein solches Geschöpf die vielen Jahre seit seiner Erschaffung friedlich geblieben war, um erst kurz nach der Ankunft des neuen Turmherrn zuzuschlagen.

Doch es gab schließlich noch eine weitere Verdächtige: Fenndrick sah vor seinem inneren Auge die alte Sinistra einen Besen besteigen und bis zur Turmplattform hinauffliegen. Es gehörte nicht allzu viel Phantasie dazu, sich das bösartige alte Weib als Hexe vorzustellen. Ja, das wäre möglich. Sie konnte sich in der Nacht nach unten geschlichen haben. Sie war auch die Einzige, die früher schon einmal im Turm gewesen war und von daher möglicherweise die geheime Falltür kannte. Also hatte sie diese geöffnet. Lidda hatte ein Geräusch gehört, war aufgewacht und nach unten gegangen, um nachzusehen. In der unterirdischen Kammer war inzwischen Xylda gelandet, entweder war sie hineingesprungen oder von der Alten hinuntergestoßen worden. Sinistra hatte sich im Dunkel des Raumes hinter den Regalen versteckt. Lidda hatte die Katze unten in der Kammer gehört, sich über die Öffnung gebeugt, um nach dem Rechten zu sehen, und da hatte sie plötzlich die Alte von hinten gestoßen. Lidda war zu Tode gestürzt. Sinistra hatte alles so hinterlassen, wie sie es vorgefunden hatte, und nur vergessen, die Katze wieder aus dem Loch zu holen. Dem schlafenden Fenndrick hatte sie kein Leid angetan, da sie ihn für ihren Geliebten hielt. Dann war sie mit ihrem Besen wieder davongeflogen … Fenndrick blieb vor Aufregung stehen. Ja, so könnte es gewesen sein. Natürlich, das war sogar das Motiv, das alle vier Morde verband! Ihre unglückliche Liebe zu Onkel Mocurion, die nicht mehr so recht erwidert wurde. Deswegen hatte sie Tergil und Jadin ihr Schäferstündchen missgönnt. Und deswegen hatte Tessia sterben müssen. Weil sie ihn liebte! Und deswegen hatte auch Lidda sterben müssen. Weil sie mit ihm in einem Bett geschlafen hatte. Fenndrick schwindelte. Er fühlte sich auf eine widerwärtige Art und Weise mitschuldig an dem, was geschehen war. Er hatte doch um Sinistras kranke Liebe zu ihm gewusst. Er hätte die Gefahr kommen sehen müssen. Tessia und Lidda könnten noch leben, wenn er nur seinen Verstand gebraucht hätte! Er zwang sich, Ruhe zu bewhren. Jetzt nur nicht wieder die Gewalt über sich selbst verlieren. Es galt, weiterhin wissenschaftlich zu denken.

Conclusio: Sinistra ist im höchsten Maße des Mordes verdächtig.

Aber wie sagte sein guter Magister immer? »Ein sicherer Verdacht erringet des Herrn Praios' Wohlgefallen erst durch den Beweis, Fenndrick, denn die Vermutung ist nichts weiter als der Leitfaden des ungestümen Tors.«

Also musste es Fenndrick gelingen, einen Nachweis ihrer Schuld an wenigstens einem der Morde zu führen. Das sollte ihm ein Leichtes sein, schließlich war er Hellsichtsmagier! Er könnte sie mittels des PENETRIZZEL überwachen. Oder er verschaffte sich Zutritt zu ihrem Haus und suchte mittels des ODEM ARCANUM alles nach ihrem magischen Flugbesen ab, den musste sie ja irgendwo gelassen haben. Und wenn dies auch nichts half, konnte er ihr immer noch gegenübertreten und EIGENSCHAFTEN SEID GELESEN anwenden, eine Formel, auf die er besonders stolz war. Wenn Sinistra eine Hexe war, würde es diesem Zauber sicherlich nicht verborgen bleiben. Hatte er sie erst einmal enttarnt, so könnte er ihr enthüllen, dass er keineswegs Mocurion war. Vermutlich würde sie ihn dann als Mitwisser aus dem Weg schaffen wollen. Für diesen Fall musste er den IGNIFAXIUS parat haben. Ja, eine Hexe dem Feuer zu überantworten, das war die klassische Vorgehensweise. Fenndrick wusste nicht viel über Hexen, aber nach dem Wenigen, was ihm bekannt war, hatte Feuer noch nie seine Wirkung verfehlt. Dennoch war dies der schwierigste Teil seines Planes. Er beherrschte den IGNIFAXIUS nicht besonders gut. Zudem würde es sehr schnell gehen müssen, damit sie keine Zeit zu magischer Gegenwehr hatte. Fenndrick wusste, dass Hexen einen furchtbaren Fluch auf ihre Feinde legen konnten, doch er hatte keine Ahnung, welches arkane Muster dem zu Grunde lag. Somit würde er sich gegen einen solchen Angriff nicht zur Wehr setzen können. Eine so alte Hexe war bestimmt sehr mächtig. Er durfte ihr erst gar keine Zeit geben, sich irgendeine Gemeinheit einfallen zu lassen. Der IGNIFAXIUS war ein sehr schneller Zauber. Damit sollte es möglich sein!

Fenndrick hielt den Plan damit für abgeschlossen und wollte bereits mit den Vorbereitungen beginnen, da fiel ihm eine Schwachstelle auf. Was war mit diesem Odil? Das grässliche Geschöpf könnte ihn aufstöbern, wenn er heimlich im Haus herumschlich. Ein Fauchen dieses Ungeheuers konnte alles zunichte machen. Sinistra hörte, dass etwas nicht stimmte, die Überraschung wäre dahin, und ein furchtbarer Fluch würde ihm die Glieder vom Leibe faulen lassen. Nein, er musste zuerst die widerwärtige Chimäre beseitigen. Aber wie? Für dieses abnorme Geschöpf einen Zauber verschwenden? Nein, das erledigte er besser auf die eher traditionelle Art. Ein kräftiger Hieb mit dem Zauberstab sollte ausreichen, schließlich war es nur ein kleines Ungeheuer, Chimäre hin oder her. Nun gut, er musste also das Geschöpf irgendwo allein auftreiben. Vermutlich stromerte es nach Katzenart durch den nahe gelegenen Wald. Dann würde er sich im Waldstück hinter Sinistras Haus auf die Lauer legen, gut versteckt vor den Augen der immer misstrauischer werdenden Dörfler.

Fenndrick überdachte den Plan noch einige Male und befand, dass er so Erfolg versprechend war, wie es in dieser Situation nur eben möglich war. Dann fiel ihm ein, dass ja Gorfinde ein Auge auf Sinistra hatte werfen wollen. Vielleicht war dabei etwas herausgekommen, das ihm einen Teil der Arbeit abnahm. Immerhin musste Sinistra in der vorletzten Nacht ihr Haus mit einem Besen verlassen haben, um ihr grausiges Werk zu verrichten. Wenn Gorfinde Zeugin dieses Vorfalles war, würde dies die alte Hexe schwer in Bedrängnis bringen. Er plante also heute Abend einen Besuch im *Fetten Eber* ein. Anschließend könnte er dann mit Einbruch der Dämmerung seine Unternehmung beginnen.

Nachdem der Entschluss solcherart gereift war, begab er sich nach oben, um die Spuren der vergangenen Nacht mit seinem letzten Rest Wasser abzuwaschen. Er würde morgen früh neues am Brunnen holen müssen. Morgen früh, wenn Sinistra überwältigt und der ganze Spuk vorbei war …

Tags zuvor, während Fenndrick bewegungs- und besinnungslos auf dem Himmelbett seines Onkels gelegen hatte, trug Gorfinde ihrer Tochter auf, ein Auge auf die alte Sinistra zu werfen, wie es die Wirtin Fenndrick versprochen hatte.

»Losane, hör gut zu. Wenn du heute nach der Alten schaust, dann wirst du nicht nur so vor dich hin arbeiten. Dann musst du auf alles achten, was dir ungewöhnlich vorkommt, hörst du?«

Das Mädchen wusste nicht so recht, was es davon zu halten hatte. »Aber Mutter, das einzig Ungewöhnliche im Hause der Alten ist das wunderliche Weib selbst. Du weißt doch, dass sie schon seit Jahren kaum noch vor die Tür geht.«

»Recht hast du«, sagte Gorfinde geduldig, »aber der junge Herr oben im Turm hat Sinistra im Verdacht, dass sie schuld ist an den Verbrechen.«

Losanes Augen weiteten sich. »Aber Mutter, unsere Sinistra? Ja, sie ist gemein zu mir und sie redet schlecht von allen im Dorfe, aber die Frau Ulmenast erwürgen? Wie soll sie das denn tun, so alt und gebrechlich, wie sie ist?«

Gorfinde seufzte. »Das weiß ich ja auch nicht, Kind. Aber nun hab ich's dem Herrn Zauberer einmal versprochen, dass du nach ihr siehst, und da willst du deine alte Mutter doch gewiss keine Lügnerin heißen.«

»Wenn du mich fragst«, mäkelte Losane, »ist das einzig Ungewöhnliche hier im Dorf der Herr Zauberer. Bei uns ist nie jemand zu Schaden gekommen, bis der Herr vom Turm zuzog.«

»Nun redest du schon wie der einfältige Hallinghöfer und das andere leichtgläubige Volk, das ihm zuhört«, schalt die beleibte Wirtin Losane ärgerlich. »Das kannst du mir aber glauben, dass der Herr kein böser Mörder ist, und von Menschen verstehe ich etwas. Wenn du dein ganzes Leben den Leuten das Bier bringst und zuhörst, was sie nach vieren oder fünfen davon so erzählen, dann wirst du auch einen Blick dafür bekommen, Kind.«

»Einen Blick für Zauberer? Oder für Mörder?«

»Werd nicht frech, Mädchen! Und nun sieh nach der Alten, und dann sei's drum!«

»Ja, Mutter«, sagte Losane in einem Tonfall, der genausogut »Versuch's mal eine Tür weiter« bedeuten mochte. Sie verspürte nicht die mindeste Lust, der Alten nachzuspionieren. Seit Jahren ging sie als Einzige im Dorf regelmäßig bei Sinistra ein und aus. Daher kannte sie die störrische Greisin so gut wie kein Zweiter im Dorf. Wenn das eine Mörderin wäre, hätte sie es doch längst gemerkt! Da sie aber wusste, dass ihre Mutter nicht mehr mit sich würde reden lassen, beließ sie es einstweilen dabei. Sie würde eben pflichtschuldig ein wenig bei der Alten herumschnüffeln, und damit wäre die Sache erledigt.

»Und noch etwas, Losane.« Gorfinde hatte eine unheilsschwangere Miene aufgesetzt.

»Was denn?«

»Gib auf dich Acht!« Bei der Eindringlichkeit, mit der ihre Mutter dies sagte, musste Losane ein Kichern unterdrücken. Dass ausgerechnet die Alte eine gefährliche Mörderin sein sollte! So ein Unfug! Aber sie schaffte es, einen ernsten Gesichtsausdruck aufzusetzen und zu nicken. Dann verschwand sie rasch in der Küche, um nicht doch noch losprusten zu müssen. Sie ging hinüber in die Vorratskammer und füllte einen Korb mit Sachen, welche sie Sinistra regelmäßig mitbrachte. Sie legte Wurst und Käse hinein und einen Laib Sauerteigbrot dazu. Dann noch ein Tonkrüglein, das ihre Mutter mit Rosinen in Apfelmus gefüllt hatte, weil dies der Alten mundete;

schließlich gab sie noch vom guten Weißbrot hinzu. Eine Schande war das, so ein gutes Brot an die unfreundliche Alte zu verschwenden. Aber Losane wusste, dass es das einzige Brot war, das die Greisin essen konnte, ohne es in Wasser einzuweichen. Oh, gut, dass ihr das Wasser einfiel. Sie musste Sinistra gleich noch einen Eimer voll vom Brunnen holen. So griff Losane nach dem schweren Holzeimer, der gut und gern 10 Maß fassen mochte, und rückte noch einmal rasch ihre Haube zurecht, weil sie wusste, dass Sinistra keine Unordentlichkeit duldete. Dann fasste sie den Korb mit der Linken und den Eimer mit der Rechten.

»Bis nachher, Mutter«, rief sie, während im Hinausgehen die Türglocke bimmelte.

»Travia mit dir, Losane«, schallte es aus dem oberen Stockwerk.

Losane sog die frische Luft ein. Das war eine gute, klare Luft zum Arbeiten. Es nieselte leicht, aber das sollte sie nicht stören. Sie ging zum Brunnen hinüber und grüßte dabei Dero Fasterkumm, den Bruder des Schweinebauern, von dem wir bereits gehört haben. Dann ließ sie den Eimer in den Brunnen hinab, bis er etwa zur Hälfte gefüllt war. Das sollte reichen, um zu putzen und der Alten ein wenig zum Trinken abzufüllen. Mit Korb und Eimer nicht eben leicht bepackt, ging Losane schnaufend zum Hause Sinistras. Die Alte eine Mörderin? Was für ein Unsinn. Überhaupt, wo sollte sie denn nachspionieren? Es gab doch im Haus der Greisin ohnehin keinen Winkel, in dem sie nicht schon einmal die Staubfäden beseitigt hatte. Nein, besser ließ sie diesen Unsinn einfach sein. Es mochte mehr bringen, die Alte einfach offen zur Rede zu stellen. Losane hatte schon häufiger erlebt, dass Sinistra eine schlechte Lügnerin war. Sie war einfach zu vergesslich. Nach ein, zwei Sätzen wusste sie oft schon nicht mehr, was sie gesagt hatte, und verstrickte sich in Widersprüche. Losane war überzeugt, dass sie es sofort merken würde, wenn Sinistra die Tat abzustreiten versuchte, obwohl sie sie begangen hatte. Ja, das würde das Beste sein, einfach offen heraus damit. Ein solch schwerwiegender Vorwurf mochte die Alte zwar erzürnen, aber eine Weile später hätte sie es ohnehin wieder vergessen.

Inzwischen war Losane beim Haus mit den verblassenden Pflanzenornamenten angekommen. Da ihr keine freie Hand zum Klopfen blieb, kündigte sie ihr Kommen mit einem lauthalsen »Travia zum Gruße!« an. Dass keine Reaktion erfolgte, war sie gewohnt. Sie stieß die Tür mit dem Fuß auf und begab sich in die Diele. Ein Blick in die gute Stube offenbarte ihr, dass die Alte nicht hier war. Natürlich, sonst hätte man sie gewiss schon hinter dem geschlossenen Laden stehen sehen. Losane betrat die Küche und stellte erst einmal Korb und Eimer ab. Sinistra war auch hier nirgends zu sehen. Sie ging noch einmal durch Diele, Wohnstube und Küche und stellte mit geübtem Blick fest, dass es nicht viel zu tun gab. Einmal kurz ausfegen vielleicht und ein wenig nach dem Geschirr sehen. Seltsam, wo sich die Alte nur herumtrieb? Sie ging doch sonst nicht aus dem Haus.

Losane blickte in der Abstellkammer unter der Treppe nach dem Besen zum Ausfegen, doch sie konnte ihn nicht finden. Kurzerhand beschloss sie, dass es ohnehin nicht so schmutzig sei und sie ihren Aufenthalt auf ein wenig Küchenarbeit beschränken würde. Es wäre ihr ohnehin das Liebste, wenn sie das Haus wieder verlassen könnte, ohne der Greisin begegnet zu sein. Die Arbeiten bei der feindseligen Alten gehörten zu den unangenehmsten Dingen, die Losane unter der Woche zu verrichten hatte, weil Sinistra an allem, was ihre Magd tat, etwas auszusetzen hatte.

In der Küche füllte sie den Zuber mit ein bis zwei Maß Wasser aus dem Holzeimer und legte die wenigen Teller und die zwei Becher, welche Sinistra gebraucht hatte, hinein. Sie war gerade damit beschäftigt, das Geschirr mit einem groben Lappen abzuwischen, da hörte sie ein Geräusch. Es war so ungewöhnlich, dass es eine Zeit dauerte, bis sie begriff, woher es kam. Jemand befand sich auf der Treppe zum Speicher. Losane musste an Jadin und Tergil denken. Und an Ihre Gnaden Ulmenast. Plötzlich bekam sie furchtbare Angst. Was, wenn der noch immer nicht gefasste Mörder sich gerade hier im Hause herumtrieb? Wenn doch nur endlich die Büttel des Barons hier wären! Losane ergriff den Eimer mit dem restlichen Wasser in der festen Absicht, ihn jedem Unbekannten, der sich im Hause herumtrieb, auf den Kopf sausen zu lassen. In der anderen Hand hielt sie noch immer den Lappen, als sie zur Diele hinüberging. Auf der Treppe vom Speicher stand … Sinistra! Losane atmete auf. Die Alte bewegte sich mit unsicheren Schritten Stufe um Stufe hinunter, was geraume Zeit in Anspruch nahm.

»Was stehst du da herum und glotzt?«

»Verzeihung …«, sagte Losane und wedelte hilflos mit dem Lappen in der Luft herum, »seht, ich habe Euch Wasser vom Brunnen mitgebracht.«

»Noch mehr?«, kicherte die Alte. »Ich weiß ja schon gar nicht mehr, wo ich mein ganzes Wasser lassen soll.«

»Soll ich es lieber wegschütten?«

»Gar nichts sollst du, dummes Ding.« Sinistra war mit einem Mal wieder sehr ungehalten.

»Was habt Ihr denn auf dem Speicher gemacht?«, fragte Losane unschuldig, die sich mit einem Mal wieder des Auftrags ihrer Mutter besann.

»Nach dem Rechten gesehen«, knurrte die Alte mit einem bedrohlichen Unterton.

Plötzlich fiel Losane siedend heiß ein, dass sie der Alten noch immer nicht ihr hübsches Festtagskleid zurückgebracht hatte.

»Ja, da wirst du blass, nicht wahr.« Sinistras faltiges

Gesicht hatte einen undeutbaren Ausdruck angenommen. »Du diebische kleine Metze.«

Losane stammelte etwas in der Art, dass sie das Kleid gewiss bald zurückbringen werde und es ja nur habe ausleihen wollen.

Dann schoss es ihr mit einem Mal durch den Kopf, dass die Alte nun ohnehin sehr zornig war. Da konnte sie diese ja gleich mit ihren Fragen konfrontieren.

»Wie habt Ihr das eigentlich gemacht, Tergil und Jadin und Frau Ulmenast zu ermorden?«, fragte sie frech.

Sinistras von Satinav gezeichnete Gestalt rührte sich nicht. Nur die Augen funkelten böse. »Göre, du, scher dich fort, du Säuferbalg!« Losane machte einen Schritt rückwärts. Die vor Hass zitternde Stimme der Greisin übertraf ihre übliche Boshaftigkeit noch bei weitem.

»Wirst auch nicht wiederkommen, niemals mehr!«

Da Losane sich infolge des eigenen Betragens äußerst unwohl fühlte, war ihr nichts lieber, als sich hastig zu verabschieden, doch da hielt Sinistra sie zurück. »Nicht durch die Eingangstür. Durch die Hintertür sollst du nach draußen, wie alle billigen Dienstboten!« Losane stellte fest, dass sie dazu nun unmittelbar an der Alten vorbeimusste. Aber nichts wollte sie nun weniger als diese noch mehr zu erzürnen. Daher tat sie, wie ihr geheißen wurde. Sie ließ Eimer und Lappen einfach fallen und drückte ihren fülligen Körper in der engen Diele an der zornsprühenden Greisin vorbei, wobei sie den Blick schamvoll zu Boden senkte. Dann hastete sie auf die rückwärtige Tür zu. Sie nahm am Rande wahr, dass der gesuchte Besen hier an die Wand gelehnt stand, und wollte sich gerade durch die Tür davon machen, da ertönte noch einmal Sinistras schrille Stimme: »Und einen guten Heimweg wünsche ich dir, diebische Hure, du!«

Losane blieb ihr eine Erwiderung schuldig. Sie war viel zu sehr mit Laufen beschäftigt. Erst als sie um Sinistras Haus herum und ein gutes Stück entfernt war, verlangsamte sie den Schritt. Sie war reichlich außer Atem. Stundenlang zu arbeiten, das machte ihr nichts aus, aber für das Laufen war sie nicht gemacht. Sie hatte zudem das unangenehme Gefühl, verfolgt zu werden, und blickte sich um. Da war niemand. Sie nahm die Haube vom Kopf, die ohnehin verrutscht war, und ließ sie in der Tasche verschwinden. Was hatte sie sich nur dabei gedacht, sich mit dem furchtbaren Weib anzulegen? Was ihr vormals wie Mut erschienen war, war in ihren Augen jetzt nichts als Torheit. Die Alte vergaß vieles, aber ob ihr *das* auch entfallen würde? Wenn nicht, dann war sie ihre einträgliche Stellung jedenfalls los. Das war es jedoch nicht, was Losane so beunruhigte. Je weiter sie sich von Sinistras Haus entfernte, desto größer wurde das ungute Gefühl, das sie begleitete. Sie hatte sich ein wenig abseits des Dorfes gehalten, um nicht gleich von dem ersten Neugierigen gefragt zu werden, warum sie wie von der Wilden Jagd gehetzt aus dem Haus der Alten gelaufen kam. Aber nun erschien es ihr weit klüger, sie wäre innerhalb des Ortes geblieben, statt einen Bogen zu schlagen. Sie blickte sich wieder um. War da nicht eine Bewegung im Dickicht des Waldes gewesen? Sie hatte nicht einmal mehr den Eimer in der Hand …

Losane drehte sich einmal um sich selbst. Am liebsten hätte sie in alle Richtungen gleichzeitig geblickt. Da war nichts, beruhigte sie sich. Außerdem konnte sie in der Ferne Hallinghöfer auf dem Feld arbeiten sehen. Sie war also doch unter Menschen, da konnte ihr ja nichts passieren. Jedenfalls wollte sie das fest glauben.

Sie machte einen unsicheren Schritt, da ertönte ein helles Knirschen. Ihr Blick fiel auf einen glänzenden Gegenstand, auf den sie gerade getreten hatte. Losane bückte sich und hob ihn auf. Es war eine große, grobe Schere, wie sie zum Zurückschneiden von Büschen und Bäumen dienen mochte. Aber sie war ja voller rotbräunlichem Schmutz! Na, wer weiß, wie lange die hier wohl schon gelegen hat. Dennoch befand Losane, es sei das Beste, sie mitzunehmen. So eine Schere war ein kleiner Schatz. Sie hatte einmal erlebt, dass Gorfinde mit einem fahrenden Händler lange um so ein Ding gefeilscht hatte. Am Ende hatte sie das gute Stück immer noch stolze 25 Silbertaler gekostet. Und diese Schere hier war viel größer und vielleicht noch mehr wert. Vielleicht verlief der Tag doch nicht so schlecht, wie es bisher den Anschein gehabt hatte. Ihre Ängste waren so plötzlich verflogen, wie sie aufgetaucht waren. Immerhin war sie jetzt auch bewaffnet. Sie pfiff die Melodie von ›Fang den Oger, kleiner Zwerg‹ und näherte sich wieder dem Dorf. Wer die Schere wohl hier verloren hatte? Es gab weit und breit nichts, was man damit geschnitten haben könnte. Aber vielleicht war sie ja einfach von einem fahrenden Wagen gepurzelt. Auf jeden Fall gehörte sie nun der ehrlichen Finderin. »Und fängt der Oger dich, dann hat es sich«, sang Losane leise, als sie den Ortsrand erreichte. Sie kam an Growins hübschem Garten vorbei. Allmählich ging die Blütezeit der meisten seiner Blumen zur Neige, doch die ordentlichen Beete waren noch immer hübsch anzusehen.

»Hab ich dich, du falsche Schlange!« Der betagte Growin erhob sich von einem Schemel und war offensichtlich mehr als nur ungehalten. »Mir meine Schere zu stehlen, du räudige Diebin, du!« Auf seinen Wangen bildeten sich vor Aufregung rote Flecken, und er meinte ohne Zweifel Losane.

»Aber Growin. Was brüllst du denn so? Die hab ich draußen im Wald gefunden, wo du sie bestimmt nicht verloren hast.«

»Red mir nichts ein, Mädchen. Ich erkenne doch meine Schere.«

Dann fuhr er in versöhnlicherem Tonfall fort: »Aber vielleicht haben diese ungezogenen Nachbarsbälger sie mir gestohlen und dort liegen lassen. Gib sie mir, und ich will die Sache auf sich beruhen lassen.«

Losane hörte gar nicht gern, dass sie ihren Schatz schon wieder preisgeben sollte. Sie zögerte und überlegte derweil fieberhaft, wie sie eben dies verhindern könnte. Leider hatte Hesinde sie in diesem Moment verlassen, sodass ihr so gar nichts einfiel. Also fügte sie sich und sagte: »Na schön, aber vergiss nicht, dass ich sie für dich gefunden habe.«

Sie hielt Growin die Schere hin, der soeben die Hand danach ausstreckte. Dann weiteten sich seine Augen, und seine Hand erstarrte mitten in der Luft.

»Aber … das ist ja Blut!«

Losane blickte ihrerseits auf die Schere in ihrer Hand. Hm, es war mit der Zeit ziemlich dunkel geworden, aber was sie für Dreck gehalten hatte, könnte tatsächlich altes, eingetrocknetes Blut sein. »Oh«, sagte sie nur.

»Soso, die hast du also gefunden«, sagte er in einem seltsamen Tonfall und bewegte sich dabei langsam rückwärts. Wie zufällig steuerte er auf seinen Schemel zu. Losane sah einen Spaten daneben stehen.

»Aber Growin, was hast du denn nur?«

»Nichts, Mädchen. Du willst mir meine Schere wiederbringen und das ist brav von dir!« Growin lächelte. Aber irgendetwas an diesem Lächeln stimmte nicht. Dann merkte Losane, woran es lag: Die Augen lächelten nicht mit. Growin hatte nun den Schemel erreicht, seine Hand schloss sich um den Spaten.

Da fuhr Losane auf dem Absatz herum und lief so schnell sie konnte. Die Schere hatte sie einfach fallen gelassen. Wenngleich dem Leser verraten sei, was er gewiss schon vermutet, dass nämlich Losane keine allzu große Geschwindigkeit zu erzielen vermochte, sollte es doch reichen, um den bejahrten Growin hinter sich zu lassen. Sie lief quer über den Dorfplatz und stürmte zur Tür des *Fetten Ebers* herein. Gorfinde, die hinter der

Theke stand, blickte sie entgeistert an. »Um Travias willen, Losane, was ist denn?« Dann hatte sie plötzlich einen kräftigen Knüppel in den Händen. »Ist sie hinter dir her, die alte Mörderin?« Noch während sie dies schrie, war sie mit einer Behändigkeit, die man einem Menschen ihrer Körperfülle gar nicht zugetraut hätte, um die Theke herumgefegt und stürzte auf die Tür zu. Wäre in diesem Moment jemand zur Tür hereingekommen, sie hätte ihm wohl den Schädel zertrümmert. Als sich jedoch nichts rührte, blieb Gorfinde schließlich stehen und blickte ihre Ziehtochter fragend an.

»Sind denn alle verrückt geworden?«, schluchzte Losane.

Fenndrick hatte sich mit den Schminkutensilien seines Onkels vor den Knochenspiegel im Studierzimmer begeben. Den Tag über hatte er damit verbracht, seine Lektüre der *Mikromagischen Studien* fortzusetzen. In deren Verlauf erschlossen sich ihm zunehmend die einzelnen Arbeitsschritte des Onkels bei der Vorbereitung seiner chimärologischen Experimente. In dem Werk war detailgenau festgehalten worden, welche winzigen arkanen Kraftlinien als magisches Geflecht den Körper unterschiedlicher Kreaturen durchzogen. Nun, da Fenndrick von den Experimenten Mocurions wusste, war ihm auch klar, welchem Ziel diese Beschreibungen dienten: der willkürlichen Neuformung eben dieser Kraftlinien zum Zwecke der Neuschaffung oder Pervertierung von Leben. Der Onkel spekulierte umfangreich über eine aus dem BALSAMSALABUNDE abgeleitete ›Meta-Formel der Schöpfung‹. Doch während es die Funktion des BALSAMSALABUNDE war, zerstörte Linien durch Magie wiederherzustellen, um so Verletzungen auszukurieren, war der Zweck einer solchen Meta-Formel ein völlig anderer. Mocurion hatte beabsichtigt, nach eigenem Gutdünken formen zu können – mit dem letztendlichen

Ziel eigener Schöpfungen. Fenndrick vermutete, dass diese Aufzeichnungen noch vor der Beschäftigung seines Onkels mit der Chimärologie entstanden waren. Wahrscheinlich hatte der Wunsch, die Grenzen der bisherigen Schöpfung zu überwinden, nachdem seiner Suche nach der Meta-Formel kein Erfolg beschieden war, den Onkel veranlasst, sich der Kunst der Verschmelzung von Kreaturen zuzuwenden. Die Idee von der Meta-Formel faszinierte Fenndrick. Er erwog gar, auch sein Leben der Erforschung dieser Formel zu widmen. Vorsichtig werden ließ ihn allerdings das offensichtliche Scheitern seines Onkels bei eben dieser Suche. Das Vorhaben war als solches so groß angelegt und so vermessen, dass Fenndrick sowohl an seiner theologischen Legitimierbarkeit als auch an seiner prinzipiellen Durchführbarkeit zweifelte. Wenn aber am Ende eines entbehrungsreichen Lebens voll emsigen Forschens die Erkenntnis stand, dass das Projekt sämtliche Möglichkeiten eines einfachen Menschen überstieg, was blieb dann von diesem Leben? Was blieb außer den Trümmern eines Hauses, dessen Fundament bereits auf Sand gebaut worden war? Ohne dass die *Mikromagischen Studien* an irgendeiner Stelle auch nur einen Hauch vom Leben des Onkels preisgaben, hatte Fenndrick begriffen, dass es vermutlich genau dies war, was den armen Mocurion zermürbt haben musste.

Nun aber war der Nachmittag zur Neige gegangen, und Fenndrick stand vor dem Spiegel. Er stellte fest, dass sein Gesicht auch vor der Anwendung von Puder und Kohlestift bereits weit unheimlicher dreinschaute als früher. Die furchtbaren Ereignisse der letzten Tage hatten ihre Spuren in seine Züge eingegraben. Fenndricks Augen saßen tief in den Höhlen, die Wangen wirkten eingefallen. Das ganze Gesicht war blass und ausgezehrt. Fenndrick war vollauf zufrieden. Nichts konnte einen Schwarzmagier ärgerlicher stimmen als eine harmlos und freundlich wirkende Erscheinung, befand er. Was nützten all die jahrelangen Bemühungen um ein Furcht einflößendes Auftreten, düstere Andeutungen und finstere Gewänder, wenn man ein Gesicht mit sich herumtrug, das einen ausschauen ließ wie den heiligen Badilak. Nein, ein rechtes Schwarzmagierantlitz musste Entbehrungen, Macht, geheimnisvolle Kräfte erahnen lassen. Dass erst sein angegriffener Zustand ihm ein derart Furcht einflößendes Auftreten ermöglicht hatte, tat der Sache dabei keinen Abbruch. Vermutlich war es allen großen Magiern ähnlich ergangen. Wenn man lange genug mit Schwefel, Krötensekret und anderen alchimistischen Substanzen hantierte, blieb eine gewisse ruffördernde Ansammlung von Pestilenzen vermutlich nicht aus. Fenndrick musste an die Geschichten denken, die man sich in Honingen über den schrecklichen Borbarad erzählt hatte. Es hieß, er habe seine Gestalt beliebig wechseln und jede nur erdenkliche Form annehmen können. Fenndrick glaubte nicht an einen solchen Unsinn. Wenn er ständig in anderer Gestalt aufgetreten war, woher hätten die Menschen dann noch wissen sollen, dass es Borbarad war, der vor ihnen stand? Nein, es war nur zu offensichtlich, dass hier abergläubische Geschichten über ein Dutzend verschiedener Magier zu einer Sagenfigur verschmolzen waren. Im Übrigen hielt Fenndrick nicht viel von Borbarad. Sicher, ganze Landstriche zu erobern und dämonisch zu pervertieren sprach von einer beeindruckenden Machtfülle. Aber eben auch von einer gewissen Stillosigkeit. Ein Magierleben sollte der Forschung gewidmet sein. Das Vernichten von Ländern und Ausrotten von ganzen Städten galt in zivilisierten Kreisen als sehr unschicklich. Schwarzmagier, so war Fenndricks feste Überzeugung, solle man sein, um keinerlei Grenzen der Forschung anzuerkennen, und nicht um Völker zu unterjochen. Während ihm all dies durch den Kopf ging, hatte er mit dem Kohlestift das Dunkel seiner Augen noch unterstrichen. Das Puder hatte sein Gesicht endgültig zu einer weißen Maske des Todes werden lassen. Er erwog, auch noch das Beutelchen mit dem Rosenstaub aus dem Schlafgemach zu holen. Lippen, rot wie Blut, mochten ihren Eindruck nicht verfehlen. Doch dann nahm er Abstand davon. Wer zu viel des Guten tat, machte sich leicht lächerlich. Er musste an die Geschichte von Cusonius, dem Beschwörungsmagier, denken. Cusonius hatte sich eigens Furcht einflößende Zähne aus Elfenbein fertigen lassen, die er in der Öffentlichkeit getragen hatte. Leider war es ihm damit nicht mehr möglich gewesen, den Mund geschlossen zu halten, weshalb ein steter Speichelfaden aus seinem Mundwinkel getroffen war. Er war fortan zu keinem wissenschaftlichen Disput mehr eingeladen worden. Auch Schwarzmagier mögen es nicht, wenn ihnen nach dem Disput die Argumente des Gegenübers im Gesicht kleben. Fenndrick wusste nicht, ob diese Geschichte sich tatsächlich so zugetragen hatte. Auf jeden Fall war sie äußerst wirkungsvoll, um angehende Schwarzmagier vor größeren Dummheiten zu bewahren. Also kein Rosenstaub.

Er musterte sich selbst noch einmal eingehend. Ja, das war die richtige Mischung aus vornehmer Blässe und Furcht einflößender Blutleere. Also begab er sich hinunter in den ersten Stock und verstaute die Utensilien des Onkels wieder in der Schublade des Schränkchens. Dann eilte er weiter hinunter und schlüpfte in seine Stiefel. In einer Stunde würde es dämmern. Wenn er nun zum *Fetten Eber* aufbrach, konnte er sich noch in Ruhe mit Gorfinde unterhalten und sich rechtzeitig bei Einbruch der Dunkelheit um Sinistras Haus kümmern. Fenndrick trat nach draußen und zog die Tür hinter sich zu. Vorsichtshalber suchte er noch einmal die Latrine auf. Es konnte eine lange Nacht werden, und er wollte gewiss nicht von der bösen Hexe überrascht werden, während er …

Jedenfalls war es sicherer so. Nachdem er sich erleichtert hatte, schritt er guter Dinge hinunter ins Dorf. Heute Nacht würde dem Unwesen dieses Mörders ein für alle Mal ein Ende bereitet werden. Tessias Tod würde gerächt werden. Und Liddas. Er beobachtete von seiner erhöhten Position am Hang, wie das Landvolk die ersten Tiere zurück in die Ställe trieb. Hallinghöfer konnte er nicht erspähen, was ihm nur recht war. Dem misstrauischen Bauern wollte er jetzt nun wirklich nicht begegnen, um sich in eine Diskussion über seinen Magierumhang verstricken zu lassen. Er nahm die abfälligen und furchtsamen Blicke um ihn herum wahr, als er das Dorf erreichte. Wie hatte es der Magister in seinem Schreiben ausgedrückt? Sich mit den Dörflern gut zu stellen mochte einem Magier einmal das Leben retten. Nun, dachte Fenndrick grimmig, sich mit einem Schwarzmagier gut zu stellen könnte auch den Dörflern einmal das Leben retten. Er hatte nun den Dorfplatz erreicht und näherte sich sogleich dem Wirtshaus. Als er die Tür öffnete, schlugen ihm rauchgeschwängerte Luft und der Lärm vieler Stimmen entgegen. Das halbe Dorf schien sich um diese Zeit hier zu treffen. Schlagartig wurde es ruhig. Feindselige Blicke starrten ihn an. Feindselige, nicht furchtsame. In der Menge schienen sie sich stark zu fühlen. Ob es wirklich klug war, sich um diese Zeit hier sehen zu lassen? Den jungen Zauberer beschlich ein mulmiges Gefühl. Aber nun war es zu spät, um umzukehren. Er hatte schon viel zu lange in der offenen Tür gestanden und gezögert. Rasch schloss er sie wieder unter dem gewohnten Bimmeln. »Hesinde zum Gruße, die Damen und Herren«, sagte er mit dunkler Stimme und schritt erhobenen Hauptes zur Theke. Leises Gemurmel setzte ein. Losane rauschte an ihm vorbei. Doch eigentlich sah Fenndrick nur eine ungeheure Fülle von schäumenden Bierkrügen, über denen ein rundes, rotes Gesicht keuchte. »Travia zum Gruße«, sagte da Gorfinde.

Ihre Stimme war mit Absicht laut, obschon sich auch eine normale Begrüßung bereits deutlich von dem leisen Gemurmel in der ganzen Wirtsstube abgehoben hätte. Von irgendwoher war die Stimme von Milia Plötzbogen zu hören, der Frau des abenteuerlustigen Polter: »Dass der sich noch hertraut!«

Gorfinde warf einen ärgerlichen Blick in Richtung der dürren Frau mit den grau-blonden Haaren.

»In meinem Gasthaus ist jeder willkommen, solange er gut bezahlt und sich anständig benimmt«, sprach die Wirtin überlaut, und ihr Tonfall sagte deutlich, dass derjenige, welcher ihr nun noch widerspräche, sich gewiss nicht anständig benähme …

Dann sagte sie leise zu Fenndrick: »Es ist kein guter Zeitpunkt, wie Ihr … wie du siehst. Ich habe alle Hände voll zu tun.«

»Soll ich später noch einmal wiederkommen?«, fragte der junge Magier verdrießlich, der schon seinen schönen Zeitplan ins Wanken geraten sah.

»Nein, nein. Ich will einen Augenblick für dich entbehren. Geh nur durch jene Tür dort in die Küche! Ich folge gleich nach. Losane, übernimm du die Theke!« Das Mädchen war es gewohnt, den Ausschank zeitweilig auch allein zu übernehmen, und fügte sich.

Fenndrick hatte derweil die Küche betreten. Über dem Kamin hing ein großer Kupferkessel, in dem ein duftender Eintopf blubberte.

Der Zauberer trat in eine kurze, stumme Zwiesprache mit seinem Magen, der heute noch nichts Warmes bekommen hatte und es partout nicht einsehen wollte, dass es einem Meister der arkanen Künste nicht gut zu Gesicht stand, im Gasthaus einen Topf Suppe zu stehlen. Nachdem die Vernunft das Gemüt niedergerungen hatte, öffnete sich die Tür und Gorfinde trat ein.

»Entschuldige, ich habe nicht viel Zeit.«

»Das macht nichts«, sagte Fenndrick nicht ohne Verständnis, »es ist auch nur mein Begehr, in aller Kürze zu erfahren, was sich bei Sinistra in den letzten beiden Tagen ereignet hat.«

Gorfinde zuckte mit den Achseln. »Nicht viel, eigentlich. Sie stand an den Vor- und Nachmittagen viel am Fenster, wie sie es häufig tut. Des Abends war Licht in ihrer Wohnstube und nur dort. Das Haus verlassen hat sie nicht.«

Fenndrick wirkte enttäuscht. »Auch nicht des Nachts?«

Die massige Wirtin wirkte verlegen. »Nun, äh, nachts habe ich geschlafen. Ich meine, warum sollte eine Greisin auch nachts ihr Haus verlassen?«

Fenndrick fasste sich an die Stirn, als suchte ihn ein plötzlicher Schmerz heim. »Warum? Frag das einmal Tessia und Tergil und Jadin!« Im gleichen Augenblick, in dem er dies ausgesprochen hatte, tat es ihm auch schon Leid. Doch Gorfinde wirkte eher verständnisvoll als erzürnt.

»Du glaubst immer noch, dass die Alte etwas damit zu tun hat. Aber da muss ich dich enttäuschen. Meine Losane hat Sinistra zur Rede gestellt und schwört Stein und Bein, dass das Weib nicht in die Morde verwickelt ist. Und wenn sich einer mit der zänkischen Hexe auskennt, dann ist es das Mädchen. Es hat sich auch ein wenig im Haus umgesehen und sagt, da ist nichts und noch weniger, und da kann der Herr im Turm noch so oft fragen. Und ich muss sagen, Recht hat sie, wie soll denn eine so gebrechliche alte Frau solche furchtbaren Taten begehen? Und jetzt entschuldige mich, ich muss zurück in den Schankraum.«

Mit einem Seufzer eilte sie zurück in die Betriebsamkeit ihrer Gaststube. Fenndrick blieb reichlich ratlos in der Küche zurück.

Eine Blase schälte sich aus dem Eintopf und platzte. Hatte sie nicht Recht? Sprach aus Gorfinde nicht die schlichte Weisheit eines lange eingeübten praktischen

Denkens? Und hatte er sich nicht in all seiner wissenschaftlichen Beweisführung furchtbar verrannt? Sinistra lebte vermutlich von Kindesbeinen an in Schindmeringen. Und da sollte sie stetig auf ihren Besen steigen und herumfliegen, ohne dass dies je einmal aufgefallen war? Den Mord an der Dorfjugend in Hallinghöfers Stall mochte man noch mit einem grausamen Zauberspruch erklären können, aber Tessia war eindeutig erwürgt worden. Wie sollte eine Frau, die kaum mehr laufen konnte, das bewältigt haben? Fenndrick blickte missmutig auf seine eigenen Fußspitzen. All das Puder und der Kohlestift in seinem Gesicht konnten nicht verhindern, dass er sich vorkam wie ein dummer kleiner Junge. Ein unartiger Ausreißer, der sich von den Vorschriften des alten Lehrmeisters zu weit entfernt hatte. Und nun hatte er sich in eine wirklichkeitsferne und törichte Idee hineingesteigert. Aber wer, wenn nicht Sinistra, konnte der Täter sein? Fenndrick ließ seinen Blick über Hartwurst, Schwarzbrot, Holzteller, Tonbecher, eine Schöpfkelle, einen Korb mit Äpfeln und einen Eimer mit Milch gleiten. Keines dieser Dinge inspirierte ihn sonderlich.

Was nun?

Zurückkehren zum Turm, die Morde Morde sein lassen und sich seinen Studien widmen? Und wenn dann erneut ein Opfer entdeckt würde? Er konnte nicht Augen und Ohren gänzlich davor verschließen, denn an ihm nagte die Behauptung der Dörfler, dass aller Spuk erst mit seiner Ankunft im Dorf begonnen habe. Nein, er würde keine Ruhe finden, bis die unheimlichen Geschehnisse geklärt waren. Er ballte die Hand zur Faust. So leicht ließ er sich nicht entmutigen. Wenn es hier im Dorf etwas Unheimliches geben durfte, dann ihn selbst und nichts anderes! Desillusioniert, aber mit einer aus Ratlosigkeit geborenen Entschlusskraft begab er sich wieder in den Schankraum. Er rief Gorfinde einen kurzen Dank zu und hob zum Abschied den Zauberstab.

Als die Tür des *Fetten Ebers* mit einem Bimmeln hinter ihm zufiel, erreichte ihn eben noch ein nachgerufenes »Travia mit dir!« Gorfindes.

Draußen hatte nunmehr die Dämmerung eingesetzt. Er spazierte seinem ursprünglichen Plan folgend wie beiläufig in Richtung des Röbbewaldes. Er würde den Wald ein gutes Stück von Sinistras Haus entfernt betreten und dann im Gehölz einen Bogen bis zu ihr schlagen. Sinistra war die einzige Verdächtige in dieser Angelegenheit und er würde ihr auf den Zahn fühlen. Allerdings nahm er von dem Gedanken Abstand, ihr grässliches Schoßtier zu erschlagen. Solange ihre Schuld zumindest ernsthaft angezweifelt werden konnte, durfte er das nicht, ohne weiteren Unmut auf sich zu ziehen. Das zumindest war die Schlussfolgerung, die er aus Gorfindes Äußerung gezogen hatte.

Er hatte nun den Waldrand erreicht und schlug sich durch das Unterholz. Derweil den Himmel immer noch ein Rest Helligkeit erfüllte, hob sich der Wald bereits nur noch als dunkler Schatten davor ab. Fenndrick verschmolz in seiner Magierrobe mit dem Unterholz. Er hoffte, dass sein weißes Gesicht nicht wie das Madamal zwischen dem Stämmen hervorleuchtete. Vielleicht wäre es klüger gewesen, auf das Puder zu verzichten und dafür mit dem Kohlestift durch das ganze Gesicht zu fahren. Aber schließlich wollte er ja nicht herumlaufen wie irgendein heruntergekommener Gossenstreuner. Da er im Dunkeln selbst kaum mehr etwas sah, es jedoch auch für nicht ratsam hielt, seinen Zauberstab zu entflammen, hatte er einige Mühe, voranzukommen. Er ertastete mit der freien Hand und dem Stab ungelenk den Weg vor sich, um das Schlimmste zu verhindern. Dennoch knackte und krachte das Unterholz einige Male beängstigend laut, als er sich durch dichtes Gestrüpp hindurchzuzwängen versuchte. Bald waren seine Hände und sein Gesicht zerkratzt. Seine Füße strauchelten immer wieder über Baumwurzeln oder verfingen sich in einer kleinen Grube, die er in der Finsternis des nächtlichen Waldes nicht ausmachen konnte. Doch schließlich sah er den Schatten von Sinistras Haus hinter dem Waldrand auftauchen. Er hielt sich im Dunkeln zwischen Eichen und Eschen und blickte hinüber. Und jetzt? Durch die Hintertür eindringen? Was blieb ihm anderes übrig? Er schlich aus dem Wald und legte die letzten Schritte freier Fläche bis zur Hauswand geduckt laufend zurück. Dann presste er die Stirn an die Hauswand und sprach den PENETRIZZEL. Die Wand zerschmolz vor ihm, als bestünde sie aus flüssigem Wachs, und sein Blick drang in das Innere ein. Jedenfalls nahm er das an, denn er sah nun gar nichts mehr. Seinem Gefühl nach war ihm die Zauberei durchaus geglückt, und so musste er davon ausgehen, in einen unbeleuchteten Raum geblickt zu haben. Er löste die Zaubermatrix in seinem Geist auf und spürte, wie der Kraftstrom versiegte. So kam er nicht weiter. Außerdem hatte ihn der Zauber erschöpft, und er war sich des Umstandes bewusst, im Notfall immer noch den rettenden IGNIFAXIUS wirken können zu müssen. Fenndrick blickte auf die Hintertür. Durch die Ritze war ein schmaler Lichtstreif zu sehen. Er ging hinüber und legte sein Ohr an das Holz. Außer dem Pochen seines eigenen, aufgeregt klopfenden Herzens glaubte er nichts zu hören. Er lugte durch das Schlüsselloch und erhaschte einen Blick auf eine schmale, leere Diele. Fast leer. Er konnte gerade noch einen aufgeregten Schrei unterdrücken. An der Wand lehnte ein Besen! Sehr gut. Er war auf dem richtigen Wege. Die Diele selbst war unbeleuchtet, doch aus einer angrenzenden Türöffnung fiel etwas Licht ein. Sinistra war nicht zu sehen, aber vermutlich hielt sie sich dort auf, wo der Feuerschein herkam. Fenndrick konzentrierte sich auf die Matrix des FORAMEN. Dann besann er sich eines anderen und streckte die Hand nach der Klinke aus. Leise drückte er das kühle Metall nach unten. Die Tür schwang auf. Phex war ihm hold! Sie war gänzlich unverschlossen. Bis auf das Äußerste gespannt, glitt der junge Magier lautlos ins Innere des Hauses. Er setzte in unendlicher Langsamkeit einen Fuß vor den anderen, Spann um Spann näherte er sich der geöffneten Tür. Nun hörte er ein leises Summen, das offenbar aus dem Raum dahinter kam. In diesem Moment knirschte das Leder seines Stiefels. Fenndrick war augenblicklich erstarrt, aber er konnte das Geräusch nicht zurücknehmen. Das Summen war verstummt. Er hielt den Atem an. Das Summen hatte erneut eingesetzt und klang unbekümmert wie zuvor. Der ungebetene Gast traute sich wieder zu atmen. Er war jetzt bis auf anderthalb Schritt an die Türöffnung herangekommen. Zu seiner Rechten war noch eine Treppe, welche nach oben führte. Doch die Stufen waren von der Tür aus einsehbar. Also fiel diese Möglichkeit weg. Nachdem er sich eben noch fast verraten hatte, musste er unbedingt sein Vorhaben beschleunigen. Da kam ihm ein ebenso gewagter wie genialer Einfall. Es würde äußerst schwierig werden und vermutlich den Rest seiner Kraft kosten, aber es mochte ihn angesichts der Umstände vielleicht zum Ziel führen. Er konzentrierte sich auf den PENETRIZZEL und legte die Stirn an die Wand neben der erleuchteten Türöffnung. Seine Kraft floss und die Maserung des Holzes rauschte an seinem magischen Blick vorbei. Dann sah er den Raum dahinter. Es war die Wohnstube, erinnerte er sich nun, die er schon einmal betreten hatte. Sinistra saß auf ihrem Stuhl mit den abgegriffenen Lehnen. Ihre Augen blickten in eine Ferne, in die ihr niemand folgen konnte. Sie wiegte ihren Oberkörper sanft vor und zurück, während sie die brüchige Melodie summte. Das sechsbeinige Scheusal war nirgends zu sehen. Und nun kam das eigentliche Wagnis! Fenndrick versuchte seine Konzentration auf den PENETRIZZEL aufrechtzuerhal-

ten und rief sich zugleich die Matrix des EIGENSCHAF-
TEN SEID GELESEN in Erinnerung. Zwei Zauber zugleich zu wirken würde ihm alles abverlangen, was der
Magister ihn je gelehrt hatte. Aber beides waren Formeln, die er gut beherrschte. Es musste funktionieren!
Schweiß trat ihm auf die Stirn. In seinem Geist ver-
schwammen die magischen Matrices miteinander. Nein,
nur das nicht. Er stellte sich die arkanen Muster wie
zwei durchsichtige Bilder vor, die er voreinander hielt.
Es sollten beide zu sehen sein, ohne dass die Motive sich
vermischten, sonst wären unkontrollierbare Kraftent-
weichungen die Folge. Ein Bild in schwarzer und eines
in roter Tinte, deutlich kontrastiert. Seine Wangenmus-
keln arbeiteten, die Schläfen pochten. Dann endlich entfaltete sich der zweite Zauber. Fenndrick starrte eine
Weile in höchster Konzentration. Doch schon erlosch der
Zauber, und sein Kopf löste sich in Freude und Enttäuschung zugleich von der Wand. Freude über den gelun-
genen Doppelzauber, dessen Bewältigung ihn mit Stolz
erfüllte. Wenn Magister Eboreus das gesehen hätte!
Doch die Freude wich immer mehr der Enttäuschung.
Er hatte im Geist der Alten nach der Ausprägung magischer Fertigkeiten geforscht. Sich tiefe Einblicke in ihre
hexische Natur erhofft. Aber er hatte nichts dergleichen
gefunden. Sinistra war etwa so magisch wie ein Bims-
stein!

Der Rückzug war ihm später wie eine endlose Tortur
erschienen. Die wenigen Schritt Entfernung, die er zur
Hintertür schleichen musste, dehnten sich zu Meilen.
Der Weg durch den Wald und zurück zum Turm erschien ihm länger als das große Donnersturmrennen.
Als er schließlich das dunkle Gemäuer erreicht hatte,
sank er leer und ausgebrannt in den Sessel. Seine Gedanken kreisten um die tote Lidda. Die arme tote Lidda,
die noch immer einige Schritt unter ihm in ihrem stei-

nernen Grab lag. Er hatte nichts für sie tun können. Sein einziger Verdacht, seine einzige Spur hatte sich in nichts aufgelöst. Sinistra war nichts weiter als eine verwirrte Greisin, deren böseste Tat wahrscheinlich darin bestand, den Kindern zum Saatfest keine Zimtstangen zu schenken. Wahrlich, ein Fall für die Inquisition.

Fenndrick fühlte sich unendlich müde. Eine bleierne Schwere legte sich auf seine Glieder. Wo gewöhnlich die magische Kraft in ihm schlummerte, fühlte er nun nur noch ein gezacktes Loch in sich klaffen. Und sein Gemüt war von Enttäuschung niedergerungen. Vier Morde. Vier furchtbare Morde. Und kein Verdächtiger, keine sinnvolle Spur, keine Ahnung von gar nichts. Nichts als ein dummer Zauberlehrling, der unschuldigen Leuten in die gute Stube stieg und, wenn sie Pech hatten, ihre Haustiere erschlug. Er war ein Tagträumer und Nichtsnutz. Schwerfällig erhob er sich und schleppte seine müden Glieder nach oben, um im Schlaf wenigstens sich selbst entfliehen zu können.

Das Daimonicon

Den folgenden Tag wollte Fenndrick ganz seinen arkanen Studien widmen. Aber dem Leser sei verraten, dass letztlich alles ganz anders kam, als unser Zauberer es sich vorgestellt hatte.

Dass man den Tag nicht vor dem Abend loben solle, hätte Magister Eboreus gewiss dazu gesagt, Tessia indes hätte auf den stets rätselhaften Ratschluss der Götter verwiesen, während Gorfinde sich darauf berufen hätte, dass es eben komme wie es komme. Doch diese braven Leute waren an besagtem Tage weit weg in Honingen, tot oder mit Backen beschäftigt. Da hatten gleich alle drei gute Gründe, Fenndrick nicht zu begegnen. Und so musste er den vielleicht schwersten Tag seines Lebens ohne die Hilfe seiner Getreuen in Angriff nehmen. Ob es ihm gelingen sollte, was er sich erhoffte, werden wir sehen.

Zunächst jedenfalls begann alles recht gewöhnlich. Fenndrick zerbrach sich bei einem eintönigen Frühstück, bestehend aus Zwieback mit Butter, den Kopf darüber, wie er nun weiter vorgehen solle. Da das Mahl bald beendet, der Magen voll und der Kopf noch immer leer war, richtete er ein kurzes Gebet an Hesinde, sie möge ihn mit mehr Weisheit segnen, als ihm bisher gegeben war. Da eine göttliche Inspiration aber einstweilen ausblieb, beschloss er, sich zunächst seinen gewöhnlichen Arbeiten zu widmen. Wenn er die Enttäuschung vom Vortag etwas besser verdaut hätte, flog ihm vielleicht auch wieder die eine oder andere Idee zu. Zwar reichte das Geld des Magisters sicher noch eine Weile, zumal sein Lebenswandel derzeit eher von amazonischer Bescheidenheit war, doch die Frage, wovon er dauerhaft sein Dasein fristen sollte, war noch immer ungelöst. Über dieser Frage grübelnd, entsann Fenndrick sich des Daimonicons. Das gefährliche Werk war sein vermutlich wertvollster Schatz. Wenn er das Buch, das weiterzulesen er ohnehin nicht mehr vorhatte, verkaufen würde, käme er mit dem Erlös gewiss über den einen oder anderen Winter. Dennoch widerstrebte ihm die Idee, es aus der Hand zu geben. Er hatte den Inhalt nicht einmal ansatzweise studiert und doch bereits festgestellt, dass dieses Buch in den falschen Händen eine furchtbare Gefahr darstellte. Es einfach irgendeinem Magier in die Hand zu drücken mochte einen nicht wieder gutzumachenden Schaden anrichten. Natürlich war dies eher die Einstellung seines Magisters als seine eigene Überzeugung von der Grenzenlosigkeit der Forschung. Aber es genügte ja schließlich, wenn seine persönlichen Studien grenzenlos waren; in den Händen *anderer Leute* wollte er so gefährliche Dinge jedenfalls nicht wissen. Hm, also würde aus einem Gewinn bringenden Verkauf des Buches wohl nichts werden. Aber es gab noch eine zweite Möglichkeit: Wenn er den ledernen Wälzer komplett studierte, könnte er vielleicht jene Teile des Inhaltes, bei denen es ihm verantwortbar erschien, in klingende Münze umsetzen, die wahren Namen dämonischer Wesenheiten und anderes zum praktischen Handeln geeignetes Wissen aber im Schrank des Onkels eingeschlossen halten. Er befand, dass dies ein kluger Einfall sei. Allerdings würde das natürlich voraussetzen, dass er das furchtbare Werk entgegen seinem bisherigen Entschluss weiterlesen musste – eine Vorstellung, die ihn nicht gerade begeisterte. Jedenfalls sagte er sich das. Obwohl … eigentlich war er auch ein wenig neugierig. Sehr sogar. Als er sich das letzte Mal mit dem

Daimonicon beschäftigt hatte, war es finstere Nacht gewesen und ein Gewitter hatte getobt. Nun, am helllichten Tage (und den trüben Herbsttag als einen solchen anzusehen war er wild entschlossen), würde die Lektüre sicherlich ihren Schrecken nicht mehr in dieser Weise entfalten können. Bemüht guter Dinge begab er sich hinauf in das Studierzimmer, nahm das Buch aus dem Schrank und am Tisch Platz. Rasch hatte er die Stelle gefunden, bis zu der er letztes Mal vorgedrungen war. Ihm fiel ein, dass die fehlende Seite noch immer nicht aufgetaucht war. Vermutlich hatte der Onkel sie mit in sein Grab genommen. Mit dieser Annahme lag Fenndrick gänzlich falsch, wie wir noch sehen werden, was ihm bereits sehr zum Nachteil reichte.

Nun jedenfalls wirkte Fenndrick mit der neuen Kraft, welche er aus der Nachtruhe geschöpft hatte, den XENOGRAPHUS und begann auf magischem Wege das folgende Kapitel zu entziffern. Es widmete sich den Eigenheiten und Wesenheiten aus der Domäne Asfaloths, welcher der erzdämonische Herr der pervertierten Elemente war. Im selben beiläufigen Plauderton wie schon zuvor schilderte der Autor Monstrositäten und Wirklichkeitsverdrehungen, wie es sie nur in der Niederhölle geben konnte. Und nach Fenndricks Willen sollten sie da auch für immer bleiben. Andererseits gewann er beim Lesen auch einen Eindruck von der gewaltigen Macht, welche die Herrschaft über diese Kräfte mit sich führen würde. Und wer Herrschaft über die Dämonen ausübte, mochte sie doch auch zwingen können, ihre Kräfte zum Guten einzusetzen? Der Magister hatte in einem vergleichbaren Fall einmal den Dozentenfinger erhoben und von Feuer gesprochen, das mit Feuer bekämpft werden müsse. Allerdings war damals nicht von Dämonen die Rede gewesen, und Fenndrick bezweifelte, dass Eboreus in diesem Fall eine solche Strategie gutheißen würde. Der junge Magier sah in seiner Erinnerung den

Magister, wie er Lidda, Jast und ihm einmal einen seiner Ratsprüche mit auf den Weg gegeben hatte: »Die Spitäler der Noioniten sind voll von Menschen, die versucht haben, mit dem Verstand zu beherrschen, was wider den Verstand ist.« Wie viele von diesen Unglücklichen mochten von der gleichen Überlegung ausgegangen sein wie Fenndrick?

Er verwarf also den Gedanken einer Beschwörung der hier beschrieben Wesenheiten (zumindest vorerst) und las weiter.

Der Autor beschäftigte sich nun mit den Gehörnten Dämonen, welchen er noch größere Machtfülle zuwies und deren bloße Beschreibung Fenndrick zutiefst beunruhigte. Immer wieder stieß er im Text auf praktische Beschwörungshinweise. Fenndrick fröstelte. Irrte er sich oder zog da ein kalter Wind durch den Turm? Er las weiter: »Bei jenen Wesenheiten aber lasse große Vorsicht walten, sonst fügen sie dir grausigste Dinge zu, von denen die Durchquerung der *Pforte Uthars* wohl noch das Harmloseste ist.«

Fenndrick stockte. Die *Pforte Uthars?* Das hatte er doch schon einmal gelesen. Aber in welchem Zusammenhang noch gleich? Irgendwo in seinem Hinterkopf regte sich eine Stimme, die ihm zuflüsterte, dass er dies sogar mehr als nur einmal gelesen habe und dass es von größter Wichtigkeit sei. Fenndrick kratzte sich am Kopf. Wenn ihm doch nur wieder einfiele …

Natürlich! Seine Nachforschungen hatten ihn so in Anspruch genommen, dass er das Schreiben des Magisters ganz vergessen hatte, welches Lidda ihm überreicht hatte. Er erhob sich und eilte hinunter ins Erdgeschoss, wo das zusammengerollte Pergament noch immer auf seiner provisorischen Ablage zwischen den Holzbechern und seinem Brotbeutel lag. Rasch entrollte er das Schreiben und überflog noch einmal die Zeilen. Uthars Pforte, welche die Pforte zum Totenreich war, war in der umfangreichen Sterndeutung des Magisters erwähnt. Das Sternbild des Hundes sei in der Nähe der Sterne von Uthars Pforte, entnahm Fenndrick dem Schreiben. Nun, das könnte auf den Tod des Hundes hindeuten, denn die Pforte zum Totenreich beschritt natürlich nur, wer sein Leben verwirkt hatte. So hatte wohl auch der Magister es gedeutet, denn er sprach vom Tode eines Helfershelfers der weltlichen Macht. Wer mochte damit gemeint sein? Fenndrick wollte keine Person einfallen, auf welche dies zutraf. Wer in Schindmeringen besaß schon weltliche Macht? Der Bauer mit der längsten Mistgabel? Nein, so kam er nicht weiter. Fenndrick hielt das Pergament unschlüssig in den Händen. Zudem wollte die Stimme in seinem Kopf nicht verstummen, die ihn daran erinnerte, dass er noch etwas über Uthars Pforte gelesen hatte.

Warum nur fiel ihm das nicht mehr ein? Allzu viel hatte er im Vergleich zu früheren Studienjahren seit seiner Ankunft hier in Schindmeringen ohnehin nicht mehr gelesen. Zunächst hatten ihn die häuslichen Arbeiten in dem lange verlassenen Turm in Anspruch genommen, und dann hatte ihn der Gang der Ereignisse im Dorf immer wieder abgelenkt. Nun, zeitweilig hatte er in der *Enzyklopädia Magica* geblättert. Aber dass darin etwas über die *Pforte Uthars* geschrieben stand, konnte er sich beim besten Willen nicht vorstellen. Schließlich handelte es sich um ein magisches Standardwerk und nicht um die *Annalen des Götterzeitalters*. Na schön, das fiel also weg. Dann hatte er natürlich begonnen, die Studien seines Onkels nachzuvollziehen. Einen Zusammenhang zwischen den *Mikromagischen Studien* und der mythologischen *Pforte Uthars* schien ihm jedoch völlig abwegig. Verbliebe da noch das *Daimonicon*, das er gerade eben erst wieder zur Hand genommen hatte. Das aber beschäftigte sich mit niederhöllischen Wesen und Domänen …

Fenndrick pfiff durch die Zähne! Mit einem lauten »Hesindeseidank« beeilte er sich, wieder nach oben zu kommen. Natürlich, bei seiner vorhergehenden Lektüre des *Daimonicons*, die nun schon länger zurücklag, war er bereits einmal auf eben diesen Begriff gestoßen. Nachdem er die zwei Treppen hinauf zu seinem Arbeitszimmer bewältigt hatte, eilte er sogleich wieder an den Tisch und blätterte neugierig zurück zu den vorangegangenen Kapiteln. Hier! Kurz bevor eine Seite fehlte. Fenndrick las noch einmal die Zeilen, bis er auf die *Pforte Uthars* stieß. Ja, hier war die Rede von einer dreizehnmal verfluchten Perversion der Pforte. Hm, dann ging es vielleicht gar nicht um das Tor zum Totenreich, sondern um ihr dämonisch verderbtes Gegenstück, das in diesen Zeilen näher beschrieben wurde. Daneben war eine Illustration …

Fenndrick erstarrte. Voll ungläubigen Schreckens starrte er auf die Zeichnung, welche ihm beim ersten Betrachten so nichtssagend vorgekommen war. Aber damals hatte er ja auch nichts von dem Schrecken gewusst, der nach Schindmeringen gelangen würde. Jene Illustration zeigte ein schwarzes Etwas, das sich auf einem Hügel erhob, zu dem ein verschlungener Pfad hinaufführte.

Und Fenndrick hegte nun keinerlei Zweifel mehr, was der dunkle Schatten auf der Hügelkuppe darstellen sollte!

Plötzlich sah er ganz klar vor sich, was er tun musste. So leer und ratlos sein Geist noch am gestrigen Abend gewesen war, so schnell arbeitete er nun plötzlich. Der Turm. Das dreizehnmal verfluchte Tor. Etwas Entsetzliches war in die Welt gelangt. Durch seinen Turm. Vielleicht befand er sich hier in allergrößter Gefahr. Vielleicht ließ das Schreckliche sich bannen oder exorzieren. Vielleicht konnte man die Verbindung zum Ursprung des Schreckens kappen. Es gab nur eine Person, die darüber Bescheid wissen konnte. Die Einzige, die außer ihm den Turm je betreten hatte. Die Geliebte Mocurions.

So schnell wie noch nie zuvor in seinem Leben ergriff Fenndrick den Zauberstab und schlüpfte zwei Stock tiefer in die Stiefel. Er verzichtete auf jegliche weitere Aufmachung und raste aus dem Turm hinaus, hinunter ins Dorf.

Er erreichte das Haus mit den einstmals hübschen, aber nun nur noch undeutlich zu erkennenden Pflanzenornamenten völlig außer Atem. Er pochte sogleich an die Tür, noch während er japsend Luft einsog. Von drinnen war kein Laut zu hören. Fenndrick trat einen Schritt zurück. Hoffentlich war der Alten nichts zugestoßen! Wenn sie das fünfte Opfer war, würde er niemals erfahren, was es mit dem Schrecken auf sich hatte. Eine plötzliche Beklemmung befiel ihn, der böse Verdacht, vielleicht zu spät gekommen zu sein und nichts mehr vorzufinden als die Leiche der Greisin in ihrem eigenen Blute.

Dann gewahrte er den Schatten hinter dem geschlossenen Fensterladen. Er atmete auf. Das konnte nur die neugierige Sinistra sein! Ohne eine weitere Aufforderung abzuwarten, trat er ein. Er durchquerte in Windeseile die Diele und ging in die gute Stube.

»Verzeih mein Eintreten, äh, Liebste.«

»Du bist immer willkommen«, sagte die Alte und lächelte selig.

»Ich habe einige Fragen an dich.« Fenndrick musste seine Ungeduld zügeln. Am liebsten hätte er die Alte gepackt und alle Antworten aus ihr herausgeschüttelt.

»Ja, Fragen. Viele Fragen hast du.« Sinistra schien seltsamerweise gar nichts anderes erwartet zu haben. Fenndrick besann sich darauf, wie misstrauisch sie reagiert hatte, nachdem er ihr das letzte Mal eine Frage gestellt hatte. Sie hatte sofort gemerkt, dass Mocurion die Antwort eigentlich hätte wissen müssen. Er musste also äußerst vorsichtig vorgehen, um sich nicht zu entlarven.

»Nun, es betrifft meinen Turm.«

»Darüber hast du mich noch nie gefragt«, stellte sie mit brüchiger Stimme fest.

Das war ein Anfang. Fenndrick brannten die Fragen auf der Zunge. Aber er durfte sie nicht offen stellen. Vielleicht führte es zum Erfolg, wenn er das richtige Thema anschnitt und hoffte, dass Sinistra ins Plaudern geriet.

»Du erinnerst dich doch gewiss noch an deine Besuche im Turm, nicht wahr, Liebste?«

Die Greisin entblößte braune Zahnstummel in einem breiten Lächeln. »Ja, mein Schwarzer.«

Fenndrick wusste nicht, was er heute von Sinistra halten sollte. Einerseits freute ihn ihre Bereitschaft ihm Auskunft zu geben, andererseits weckte die ungewohnte Freundlichkeit sein Misstrauen. War das ein und dieselbe Person wie das zänkische, alte Weib zuvor?

»Meine Liebe, was erfreut dein Herz so?«, schob er eine ungeplante Frage dazwischen.

»Da fragst du noch, mein Schwarzer? Natürlich, dass wir bald wieder zusammen leben werden.«

Fenndrick stutzte. Wie kam sie denn darauf? Wenn sie diese fixe Idee weiterspann, konnte sich das noch als äußerst lästig erweisen. Bei dieser verwirrten Alten wusste man nie, woran man war.

»Ja … gewiss«, sagte Fenndrick, dem gerade eine gute Idee gekommen war. »Bald darfst du bei mir im Turm einziehen, aber nur, wenn du mir ein paar Fragen richtig beantwortest. Ohne zornig zu werden und ohne dich zu wundern, verstehst du?«

Fenndrick wartete gespannt auf ihre Reaktion.

»Ich weiß«, sagte die Alte nur.

Damit hatte er nun am wenigsten gerechnet. Aber immerhin beschleunigte das die Sache ungemein.

»Sinistra, äh … Liebes, weißt du etwas über die *falsche Pforte Uthars*?«

»Die *Pforte Uthars* …« Die Greisin schien bemüht

nachzudenken. »Ist das Tor zu Borons Reich. Ja, wenn wir tot sind. Klopf. Klopf. Herr Boron.«

»Ja, doch«, sagte Fenndrick mit wachsender Ungeduld. Und in Gedanken fragte er sich, warum Hesinde ihre Gaben so ungleichmäßig verteilte.

»Aber ich meine nun die *falsche Pforte Uthars*. Oben im Turm. Die dreizehnmal verfluchte Pforte.«

Sinistra wirkte verängstigt. »Dreizehnmal? Da ist Böses im Spiel«, sagte sie mit zittriger Stimme.

»Ja, Böses.« Fenndrick wäre am liebsten geplatzt. »Aber wenn ich das Böse besiegen soll, musst du mir sagen, wo die Pforte ist.« So, nun war es heraus. Sie musste nur noch antworten.

»Die *Pforte Uthars*?«

»Die *FALSCHE PFORTE UTHARS*!« Fenndrick war kurz davor, auf seinem Zauberstab durch die Luft zu reiten.

»Weiß nicht«, sagte Sinistra betrübt, »was soll das sein, die falsche Pforte?«

»Aber du warst doch mit meinem … mit mir oben im Turm?« Fenndricks Hand krampfte sich um den Zauberstab.

Sinistra blickte traurig und hauchte ein zögerliches »Ja«.

»Dann musst du doch etwas davon mitbekommen haben. Oder von … mir erzählt bekommen haben.«

Die Greisin schien dem Schluchzen nahe zu sein. »Ich weiß nichts. War nur kurz da. Und ganz selten. Hast mir doch nie etwas erzählt über deine Forschungen, das weißt du doch.«

Fenndrick sackte in sich zusammen. Hätte er in diesem Augenblick nicht den Stab gehabt, an dem er sich mit beiden Händen festhielt, dann hätte er sich vermutlich vor Schwäche setzen müssen. Sie wusste nichts. Konnte das sein? Konnte es sein, dass sein Onkel tatsächlich nie über diese Dinge gesprochen hatte? Ja, vielleicht hatte er nicht einmal selbst etwas davon gewusst.

Fenndrick fühlte sich schwach und elend. Die Einzige, die es hätte wissen können, hatte keine Ahnung. Dann war alles vergebens. Wieder war er nicht klüger als zuvor. Der ganze Schrecken hatte doch erst mit seiner Ankunft im Dorf begonnen. Er musste irgendetwas im Turm ausgelöst haben, das die falsche Pforte aufgestoßen hatte. Aber was? Er war völlig ratlos. Wenn Sinistra ihm nicht weiterhalf, konnte ihm niemand helfen. Also war er neuerlich gescheitert. In tiefster Resignation verabschiedete er sich: »Hab Dank für deine Mühe. Ich muss nun wieder ...«

»... zurück in die Wälder. Wie auch gestern«, ergänzte Sinistra mit trauriger Stimme.

Fenndrick ging schlagartig in Hab-Acht-Stellung. Sinistra ... sie wusste, dass er gestern Abend hier gewesen war? Aber woher? Er hatte sie mittels Magie durch eine Wand hindurch beobachtet, das konnte sie unmöglich gemerkt haben. Dann fiel ihm das kleine Geräusch wieder ein, das er verursacht hatte. Die Alte musste Ohren wie ein Luchs haben. Sie schien ihm aber nicht gram zu sein. Wenn er vorsichtig blieb, kam er aus der unangenehmen Angelegenheit vielleicht unbeschadet heraus.

»Es ... tut mir sehr Leid, dass ich gestern Abend ... unangemeldet gekommen bin«, sagte er unsicher.

»Gestern Morgen«, erwiderte Sinistra schlicht.

Fenndrick zögerte. Vielleicht war das ein Ausweg? »Ja, du hast Recht. Ich war gestern Abend nicht hier, sondern gestern Morgen.«

»Ja«, Sinistra kicherte, »und vorgestern Morgen und vorvorgestern Morgen.«

Fenndrick war irritiert. Die Alte redete schon wieder wirr. Er wusste nicht recht, wie er damit umgehen sollte. Andererseits bot ihm das natürlich die Möglichkeit, sich unbescholten aus der Affäre zu ziehen.

»Da sprichst du wahr, meine Liebe. Warum sollte ich

dich auch abends aufsuchen? So ein Unsinn. Ja, ich war am Morgen da und am Morgen zuvor und ...«

Schlagartig begriff Fenndrick. Das war es! Eine eiskalte Hand griff nach seinem Herzen und zog es unerbittlich zusammen. Die Morde, das scheinbar wirre Gerede der Alten, Tessias Tod, die Pforte, das Buch ... all das gab mit einem Mal auf eine entsetzliche Art und Weise Sinn! Er sah den Mörder vor sich, und die Erkenntnis traf ihn wie ein Schlag. Mit Panik in den Augen raste er davon, ließ die Alte einfach stehen. Er rannte. Aus dem Haus. Weiter und weiter. Sein Herz pochte wie wild. Der Boden sauste nur so unter seinen Stiefeln dahin. Er wusste, was ihn erwartete. Er wollte weglaufen. Dem Verhängnis entkommen. Und doch raste er mitten ins Zentrum des Schreckens.

Der Schwarzmagier

Fenndrick erwartete sich bereits, als er in das Studierzimmer stürzte. Er hatte mit einem Stoß die Luke geöffnet und taumelte hinein in sein Arbeitszimmer. Er war völlig außer Atem. Sein Herz pochte bis zum Hals. Bunte Flecken tanzten vor seinen Augen. Er schwankte vor den mannshohen Knochenspiegel. Der Totenkopf grinste ihn bösartig an. Doch das war es nicht, was ihn zutiefst erschrak. Seine entsetzliche Erwartung hatte sich erfüllt. Der Spiegel war leer. Vollkommen leer.

Das heißt, er zeigte sein Studierzimmer, den Schrank, den Tisch, die rückwärtige Wand – aber nicht Fenndrick. Der Zauberer schnappte verzweifelt nach Luft.

»Er ... ist ...«

»... nicht mehr dort«, sagte seine Stimme hinter ihm.

Fenndrick drehte sich mit einem Gefühl eisigen Entsetzens auf dem Absatz herum und sah sich selbst aus dem Schatten hinter dem Schrank hervortreten.

»Guten Abend!« Fenndrick blickte Fenndrick mit einem amüsierten Lächeln an. Er hatte das gleiche schmale Gesicht mit den eingefallenen Wangen und die gleichen, tief in den Höhlen liegenden Augen wie Fenndrick. Aber die Augen. Irgendetwas war damit. Fenndrick konnte nicht genau erfassen, was es war. Es war, als bewegte sich *etwas* hinter diesen Augen, immer dann, wenn man sich gerade auf anderes konzentrierte.

»Meinst du nicht, dass du dich begrüßen solltest?«

Fenndrick blickte noch immer amüsiert auf den mühsam zu Atem kommenden Fenndrick.

»Wer … bist du?«, hauchte Fenndrick.

»Ich? Ich bin du. Wir sind ich.«

»So ein …«, sagte Fenndrick.

»Unsinn?«, fragte Fenndrick.

»Ich will wissen …«, sagte Fenndrick.

»… wer ich bin?«, fragte Fenndrick.

»Hör endlich auf …«, sagte Fenndrick.

»… deine Gedanken zu lesen?«, fragte Fenndrick.

Fenndrick nickte nur, um nicht noch mehr verwirrt zu werden.

»Ich lese deine Gedanken nicht«, sagte der Zauberer, »ich *habe* sie.«

»Was heißt das?«

»Das heißt, ich bin du. Wir sind ich.«

»Nein«, sagte Fenndrick. »Ich kann deine Gedanken nicht lesen. Sonst hätte ich von Anfang an um die furchtbaren Morde gewusst, die du verübt hast.«

»Ja«, sagte Fenndrick, »du hast Recht. Und dennoch habe ich auch Recht. Wir haben Recht.«

Fenndrick, der nun endlich wieder zu Atem gekommen war, war vor Angst fast gelähmt. Dennoch, wenn sein Ebenbild ihn hätte töten wollen, dann hätte es dazu schon zahlreiche Gelegenheiten gehabt. Doch diese Erkenntnis beruhigte ihn wenig.

»Das sollte sie aber«, sagte Fenndrick. »Wie du richtig erkannt hast, werde ich dich nicht töten.«

»Hör auf, meine Gedanken zu lesen!«, rief Fenndrick voll Zorn.

»Aber sagte ich nicht gerade, dass ich sie nicht *lese*, sondern *habe*? Wir sind Fenndrick, erkennst du uns nicht?«

»Und warum kann ich deine Gedanken dann nicht lesen?«

Fenndrick schmunzelte wie über einen köstlichen Scherz. »Das hättest du wohl gern. Wie ich schon sagte: Ich bin du. Und ein wenig mehr. Ich bin gewachsen, Fenndrick, stärker geworden …«

»… mit jedem Opfer«, stellte Fenndrick fest.

»Na, siehst du«, sagte Fenndrick im Tonfall eines Vaters, der seinem Sohn den Lernerfolg von Herzen gönnt, »du kannst zwar nicht Gedanken lesen, aber deine Kombinationsgabe wiegt es fast wieder auf.«

»Es war nicht allzu schwer«, sagte Fenndrick trocken, »da bei den Leichen von Jadin und Tergil das ganze Blut fehlte. Das hat dich verraten.«

»Das macht nichts«, sagte Fenndrick gönnerhaft, als wollte er über seinen eigenen Fehler hinwegsehen. Aber war Fenndrick nicht auch Fenndrick? War es nicht gleichgültig, ob er sich oder Fenndrick den Fehler vergab? Fenndrick war verwirrt.

»Für einen Vampir war die Vorgehensweise zu ungewöhnlich. Nach den …«, hob Fenndrick an.

»… alten Lehrbüchern des Magisters«, setzte Fenndrick fort, »… konnten es keine Vampire sein. Ich weiß, Fenndrick, ich habe die Bücher ebenfalls gelesen. *Wir* haben sie gelesen. Ein Vampir hätte die Opfer nicht zu zerreißen brauchen. Er hat schließlich seine Fangzähne. Wenn es also kein Vampir war, konnte es sich nur um Blutmagie handeln. Jemand setzte die Essenz des Blutes in magische Kraft um. Das hast du gut erkannt, Fenndrick. Glaub mir, es ist nicht einfach, aus allen Körperteilen noch den letzten Tropfen Blut herauszusaugen«, Fenndricks Gesicht wirkte bei diesen Worten ehrlich bekümmert. Er schien Bestätigung für sein hartes Schicksal zu erwarten.

»Aber warum hast du Tessias Blut nicht genommen?«, fragte Fenndrick mit dünner Stimme.

»Das Blut einer Geweihten? Ich bitte mich, da hätten wir uns aber gehörig die Zunge verbrannt. Ich zumindest.«

»Aber«, sagte Fenndrick und spürte, wie ihn dabei wieder der Schmerz überschwemmte, »warum musste sie dann sterben?«

»Weil sie eine Geweihte war, Fenndrick. Ihr finsterer Totengötze hätte unserer Zukunft im Wege gestanden.«

»Sie hätte dir gefährlich werden können«, stellte Fenndrick fest. Er war überzeugt, dass dies der Grund war. Und das ermutigte ihn, denn es bewies, dass das Geschöpf vor ihm nicht unbesiegbar war.

»Ja, sie hätte mir gefährlich werden können. Uns beiden. Sie stand unserer Zukunft im Wege«, bestätigte Fenndrick.

»Deiner Zukunft«, korrigierte Fenndrick. »Ich habe sie geliebt. Bei Rahja, ich habe sie wirklich geliebt.« Seine Stimme zitterte. »Und wenn du meine Gedanken hundertmal teilst, so glaube ich dennoch nicht, dass du verstehen kannst, was das bedeutet.«

»Da irre ich mich gründlich, Fenndrick. Oder du? Wir.« Seine Stimme sprach nun ebenfalls von unsäglichem Schmerz. »Du glaubst, wir hätten es schwer gehabt, weil unsere Tessia ermordet wurde und dann auch noch unsere alte Jugendfreundin Lidda. Aber was glaubst du, wie groß erst mein Schmerz war. Ich musste ihren Tod nicht nur ertragen, ich musste ihn herbeiführen!« Bei den letzten Worten erstarb seine Stimme. Er verbarg das Gesicht in den Händen.

»Deswegen die Blumen«, keuchte Fenndrick. »und deswegen ihr eigentümliches Lächeln. Sie sah *mich,* als sie starb, ich meine, *dich*.« Er spürte, wie seine Verwirrung wuchs. Er hatte Mühe, sich auf seine Gedankengänge zu konzentrieren, denn die nackte Angst hielt seinen Geist noch immer im Griff.

»Ja«, kam eine erstickte Stimme zwischen den beiden Handflächen hervor, »wir liebten sie. Deswegen bettete ich sie auf ein Meer von Rosen. Sie hatte den schönsten Tod von allen.«

»Du bist ja krank! Du bereust ihren Tod, und dann mordest du munter weiter!«

»Nein, Fenndrick. Es war eine furchtbare Qual für

mich. Lidda, liebe Lidda, mit der du immer einen Streich zu verüben wusstest, der den guten Magister auf Trab hielt. Es war so furchtbar, als ich sie in das dunkle Loch stieß. All die Jahre, die wir beste Freunde waren. Du siehst, Fenndrick, es ist unsere Erinnerung, die aus mir spricht.«

Fenndrick blickte sich an. Sein Kopf schmerzte bei jedem Gedanken, den er zu fassen versuchte. Er wusste, dass er nach Tessias und Liddas Tod die Kontrolle verloren hatte. Das durfte ihm nicht noch einmal passieren. Wenn ihm das Denken nur nicht so verflucht schwer fallen würde. »Warum habe ich … haben wir Liddas Blut nicht genommen?«

»Das haben wir, mein Lieber. Da alles sehr schnell gehen musste – immerhin schliefst du im Obergeschoss –, konnte ich nur mit einem unserer Messer einen schmalen Schnitt durch ihren Hals führen. Das musst du übersehen haben. Aber ich gebe zu, es war recht dunkel dort unten. Du hast unvernünftigerweise unseren Zauberstab verlöschen lassen. Und zudem wirktest du ein wenig … erschöpft.« Sein Gesicht war voll der Sorge um Fenndrick.

»Aber warum«, fragte Fenndrick verzweifelt, »warum mussten gerade sie sterben? Wir haben sie doch geliebt.«

»Sie waren schlecht für unsere Zukunft. Eine Geweihte und eine Weißmagierin, sie hätten uns gefährlich werden können. Sie standen den Plänen im Wege, die du für uns gemacht hast.« Bei den letzten Worten hatte seine Stimme einen optimistischen Klang angenommen. Fenndrick atmete auf. Er hatte die Hoffnung nicht nur gehört, er hatte sie gespürt. Es war ein Ausweg in Sicht. Ja, endlich würde das immer neue Leiden ein Ende haben. Wenn nur sein Kopf nicht so wehtäte.

»Ja, meine Pläne«, sagte Fenndrick wie in Trance. »Ich kann mich nur gegenwärtig so schwer erinnern. Wegen der fürchterlichen Kopfschmerzen.« Seine Miene war inzwischen schmerzverzerrt. Aber gewiss musste er nicht mehr lange durchhalten. Da war doch dieser Ausweg, von dem er gesprochen hatte. Diese Pläne. Er krümmte sich vor Schmerz.

Fenndrick beugte sich nun besorgt zu ihm hinunter. Er fasste ihn bei der Schulter und gab ihm Vertrauen und Halt.

»Ja, unsere Pläne. Du wirst auf die andere Seite des Spiegels gehen, so wie ich es getan habe. Dort kannst du wachsen und stärker werden, genau wie ich hier. Gemeinsam werden wir unvorstellbar mächtig werden, Fenndrick.

»… unvorstellbar mächtig«, murmelte Fenndrick.

»… und das Beste: In der Welt jenseits des Spiegels gibt es keine Grenzen der Forschung, Fenndrick, dann haben wir endlich, was wir immer wollten!«

»Was wir immer wollten«, wiederholte Fenndrick tonlos.

Die Verheißung stand leuchtend vor ihm. Der Spiegel, welcher ihm bisher stets dunkel und bedrohlich erschienen war, glänzte in einem überderischen Licht. Ein Schritt, und sein furchtbarer Kopfschmerz hätte endlich ein Ende. Wie gut, dass er sich getroffen hatte. Die Ratschläge, die man sich selbst gab, waren immer noch die besten. Er trat auf den Spiegel zu. Irgendwo miaute Xylda. Tief begraben unter rasendem Schmerz meldete sich eine Erinnerung in Fenndricks Kopf …

»Nun eile dich«, drängte Fenndrick, »ich kann uns nicht mehr so leiden sehen!«

Fenndrick stand unschlüssig vor dem Spiegel. Diese Erinnerung …

Unter unendlichen Mühen fragte er: »Warum war Xylda in der Geheimkammer eingesperrt?«

Der Zauberer blickte kummervoll. »Das war ein Versehen. Ich hatte das arme Tier im Dunkeln nicht bemerkt. Es musste ja alles so schnell gehen.«

Fenndricks hatte das Gefühl, als würden Hämmer seine Schläfen bearbeiten. Er presste die Worte hervor, als wäre jeder Buchstabe so schwer wie Stein auf der Zunge: »Du hast ihr … Maunzen und … Fauchen nicht gehört? Das glaube ich … nicht. Du hast die Katze ab … sichtlich dort unten eingesperrt, damit ich Liddas … Leichnam finde.«

Fenndrick sagte in väterlichem Tonfall: »Aber Fenndrick, so ein Unsinn, warum hätte ich dann die Falltür vor dir verstecken sollen?«

Der Magier hatte das Gefühl, nicht mehr viel Zeit zu haben, bevor ihm der Schädel platzte. »Um … mich zu … täuschen. Du wolltest, dass ich Lidda finde. Und Tessia. Du wolltest, dass … ich den … Verstand verliere. Und du … willst es immer noch.«

»Wir wollen es«, sagte Fenndrick sanft.

»Nein, *du*«, sprach da der Zauberer mit harter Stimme, der nun erkannt hatte, dass er – und nur er – Fenndrick war und den furchtbaren Plan seines Gegenübers durchschaut hatte.

»*Du* wolltest es, nicht *ich!* Du hast keine Macht mehr über mich!« Schlagartig löste sich der Kopfschmerz auf. Fenndrick richtete sich wieder zu seiner vollen Größe auf und blickte sein Spiegelbild Auge in Auge an.

»Du bist nicht ich. Du bist ein unheiliger Dämon. Deswegen lag Tessias Leichnam *vor* der Kapelle. Du kannst keinen heiligen Boden betreten!« Seine Stimme war voll von Triumph und Zorn. Er hatte die geistige Klammer durchbrochen, die sein Denken gefangen gehalten hatte. Oh, wie er dieses Geschöpf hasste!

»Du wolltest mich von Anfang an zermürben. Du kanntest meine Gedanken. Du wusstest, wer mir die liebsten Menschen auf der Welt waren. Du wusstest genau, wie du es anstellen musstest, um meinen Geist zu brechen, denn du kennst ihn in- und auswendig.«

Sein Ebenbild verschränkte die Arme vor der Brust.

»Na schön. Ich habe versucht, dich in den Wahnsinn zu treiben. Und das nicht ohne Erfolg, mein Lieber. Du tapptest im Dunkel deiner eigenen Umnachtung und die ganze Zeit über auch im Dunkel der Ratlosigkeit. Fast wärst du mir nicht auf die Schliche gekommen. Wenn die törichte Alte nicht eine dumme Bemerkung gemacht hätte, die mich verriet. Dabei hatte ich ihr ausdrücklich aufgetragen, mit niemanden darüber zu sprechen, nicht einmal mit uns. Nun, die senile Person hat mich *einmal* verraten. Eine zweite Gelegenheit wird sie nicht mehr bekommen.« Er blickte Fenndrick fröhlich an.

»Warum warst du überhaupt bei ihr?«, fragte Fenndrick.

»Ich brauchte Antworten. Es gibt Dinge, Fenndrick, die ich deinem Geist nicht entnehmen kann, weil sie darin nicht enthalten sind. Dazu gehören die chimärologischen Erkenntnisse deines Onkels. Sinistra war die ideale Wissensquelle für mich. Sie kannte Mocurion so gut wie kein Zweiter. Und wenn sie irgendjemandem von mir erzählt hätte, wer hätte dem verrückten alten Weib Glauben geschenkt?«

»Sinistra weiß etwas über die Studien meines Onkels?« Fenndrick war begierig darauf, mehr über Mocurions Werk zu erfahren. Doch er war nicht sicher, ob dies nicht ein neuerliches Täuschungsmanöver der Bestie war. Bei seinen eigenen Erkundungen hatte er eher den Eindruck gehabt, dass Mocurion seine Erkenntnisse vor ihr geheim gehalten hatte.

»Das hat er auch«, sagte sein Gegenüber freundlich. »Aber es stellte sich heraus, dass Sinistra etwas über seinen gegenwärtigen Aufenthaltsort weiß.«

Dem Magier stockte der Atem. Er sah nur sein eigenes Gesicht vor sich, dessen Lippen ein amüsiertes Lächeln umspielte.

»Nein«, keuchte er, »das ist eine Lüge. Mocurion ist tot.«

»Glaubst du? Warum hätte ich mir dann all die Mühe mit der Alten machen sollen? Mich wieder und wieder mit ihr zu treffen?«

Fenndrick schwankte. Konnte das möglich sein? Dass er den geliebten Onkel auf irgendeiner südländischen Zuckerrohrplantage in einer Hängematte liegend wiedertraf?

»Genug«, brüllte er, wie um sich selbst von dem vermeintlichen Trugbild zu befreien. »Du kannst mich nicht mehr narren, du Ausgeburt der Niederhöllen! Ich werde deiner unheiligen Existenz ein Ende bereiten.«

Ein trockenes Lachen erklang. »Dann wird Mocurion seinen Neffen niemals wiedersehen. Ich bin nicht nur in deinem Geist, Fenndrick. Ich kann sehr wohl auch eher herkömmliche Methoden anwenden, mein Lieber. Erwähnte ich schon, dass ich an Kraft und Stärke gewann mit jedem Tropfen Blut, den ich trank? Fenndrick, ich besitze alle Fähigkeiten, über die du ebenfalls verfügst, und noch viel, viel mehr. Ich kann menschliches Gewürm in der Luft zerreißen, meine astrale Macht ist um ein Gewaltiges größer, die Zahl meiner Zauber ist Legion, und ich beherrsche selbst deine wenigen armseligen Formeln um ein Vielfaches besser. Wenn dein IGNIFAXIUS gerade einmal meinen Stiefel ansengt, lässt dich der meinige in tausendjährigem Höllenfeuer lodern. Nun, was willst du jetzt tun, großer Zauberer?«

Bei den letzten Worten seines Ebenbildes schien es Fenndrick, als wäre die Kreatur gewachsen, größer und bedrohlicher geworden. Das Wesen warf einen riesenhaften dunklen Schatten, und seine Worte waren Macht. Diese grausame Stimme machte ihn zittern, und aus den Augen der Kreatur loderte der Hass von schwarzen Sonnen, bereit, ihn zu verzehren.

Fenndrick schluckte. Er war dem Ungeheuer nicht gewachsen. Da war sie wieder, seine panische Angst. Das furchtbare Gefühl, diese Nacht nicht zu überleben. Er wäre bereit gewesen, es als Verzweiflungstat auf einen Versuch mit dem IGNIFAXIUS ankommen zu lassen. Doch er konnte nicht einmal mehr das. Der gestrige magische Einbruch in Sinistras Haus und die heutige ausgiebige Anwendung des Entschlüsselungszaubers bei der Lektüre des Daimonicons hatten seine Kräfte völlig aufgezehrt. Er konnte nicht einmal mehr eine Kerze anzünden mit seinem Flammenstrahl.

Fenndrick überlegte fieberhaft. Er musste sich etwas einfallen lassen. Er brauchte Zeit.

»Warum führte die Blutspur von den Leichen Tergils und Jadins in Hallinghöfers Haus?«, fragte er scheinbar interessiert.

»Oh, da du noch ein wenig Zeit benötigst, um dir zu überlegen, wie du mich vernichten kannst, will ich deine Frage gerne beantworten. Ich bin anschließend zu Hallinghöfer hineingegangen und habe ein paar Dinge entwendet, derer ich vielleicht noch bedürfen würde. Die Blutspur habe ich übrigens mit Absicht gelegt und auch gleich die Kleidung der beiden Toten verschwinden lassen. Solltest du ruhig diesen Bauerntölpel verdächtigen und wildeste Vermutungen über das Fehlen von Kleidungsstücken anstellen. Das waren genug falsche Spuren, um dich geraume Zeit lang beschäftigt zu halten. So konnte ich in Ruhe an Kraft gewinnen und von Tag zu Tag mächtiger werden. Und fürwahr: Es ist mir auch vortrefflich gelungen.«

Das Wesen grinste zufrieden. Fenndrick wusste sich noch immer keinen Rat, wie er diese Monstrosität vernichten sollte. Er war magisch ausgebrannt. Ein Zauberer ohne Zauberkraft. Und das Schlimmste war: Sein Gegenüber wusste dies, denn es hatte nun auch jeden einzelnen dieser Gedanken gelesen.

»Ganz recht, Fenndrick. Du hast verloren. Also füge dich.«

Der falsche Fenndrick deutete mit einer einladenden

Handbewegung auf den Spiegel. Ein furchtbarer Zorn flammte in Fenndrick auf. Sollte alles so enden?

»NNNEEEIIINNN«, brüllte er, zuckte nach vorn und ließ mit aller Kraft seinen Zauberstab in das Gesicht seines Gegners krachen. Dann taumelte er selbst wie vom Hammer getroffen zur Seite. Er war völlig benebelt. Erst allmählich kam er wieder zu sich. Bunte Ringe tanzten vor seinen Augen. Er fühlte wie Blut seine Wange hinunterlief.

»Wer bist du?«, stammelte er. »Was bist du?«

»Dein Spiegelbild«, sagte sein Gegenüber, dem dort, wo der Stab ihn getroffen hatte, ebenfalls Blut die Wange hinunterlief.

»Schau auf die Wunde an der Wange, dann siehst du, dass ich spiegelverkehrt bin.« Er betastete sie vorsichtig. »Fenndrick, was immer deinem Spiegelbild widerfährt, das geschieht auch dir. Du weißt, dies ist die Art von Spiegeln. Du kannst mich also nicht töten.«

»Dann ... dann töte ich mich selbst, wenn ich dich damit vernichten kann, du Ungeheuer.« Fenndrick hatte die letzten Worte hasserfüllt hervorgestoßen. Doch sein Spiegelbild lächelte nur kalt.

»Nein, Fenndrick. Du vergisst, dass deine Gedanken mir ein offenes Buch sind. Ich weiß, das du keinen Selbstmord begehen kannst. Und ich weiß auch, warum.«

Fenndrick spürte, dass das seelenlose Geschöpf wahr sprach. Er war überzeugt, dass ein Selbstmord gegen die Gebote des Totengottes verstoßen und ihm den Einzug in die alveranischen Paradiese verwehren würde. Damit wäre er nicht einmal mehr im Tode mit Tessia vereint. Zwei liebende Seelen, die bis ans Ende aller Zeiten auseinander gerissen waren. Das niederhöllisch verdorbene Geschöpf hatte ihn völlig in der Hand.

Sein verzweifelter Blick traf den seines Gegenübers. Die Augen dieser Kreatur sahen aus wie seine eigenen, und doch hatte er noch immer das Gefühl, als würde sich etwas hinter diesen Augen bewegen ...

Dann glomm plötzlich ein Gedanke in ihm auf.

»Ja ... ein Spiegelbild stirbt erst, wenn sein Besitzer stirbt. Aber umgekehrt ist es ebenso. Deswegen hast du mir die ganze Zeit kein Leid zugefügt. Deswegen hast du nur versucht, meinen Verstand zu verwirren, denn mein Bewusstsein ist das Einzige, das du nicht teilst.«

Sein Spiegelbild lachte unbändig. »Schlaues Bürschchen, Fenndrick, man könnte fast meinen, wir schöpfen aus der gleichen Quelle der Klugheit. Verzeihung, wenn das nicht deiner Theorie widerspricht.«

»Du kannst mich nicht mehr verwirren«, sagte Fenndrick mit fester Stimme. »Du kannst mir überhaupt nichts tun. Deswegen hast du versucht, mich um den Verstand zu bringen. Und deswegen hast du das alberne Spielchen mit dem Schlüsselwort Xylda gespielt. Die ganze Verschlüsselung dieses Buches ist nicht von Mocurion vorgenommen worden, sondern erst von dir. Du wolltest mich beschäftigt halten und mich verwirren. Damit ich deinen Plänen nicht im Wege stehe, denn ich bin der einzige Gegner, den du nicht bezwingen kannst, ohne dich selbst zu töten!«

Ein böses Lächeln war auf seine Lippen getreten. Sein Gegner mochte ihn in der Hand haben. Aber er ihn ebenso.

»Wie ich sehe«, sagte das Spiegelbild süffisant, »bist du dir nun endlich über den Charakter unserer gegenseitigen Abhängigkeit im Klaren. Schön. Dann können wir ja beginnen, uns miteinander zu arrangieren.«

Fenndrick überlegte fieberhaft. Zwei Gegner, von denen keiner den anderen töten konnte, ohne selbst zu sterben. Es war ein Spiel ohne Ausweg. Sein Gegenüber hatte Recht, es gab keine andere Möglichkeit, als eine Vereinbarung miteinander zu treffen. Einen Pakt auf Gegenseitigkeit.

Der falsche Magier lächelte. »Richtig erkannt, kleiner Fenndrick. Allerdings hätte ich natürlich die Macht, deinen lieben Magister zu töten. Wenn er mich sieht, wird er mich vermutlich in aller Herzlichkeit willkommen heißen. Was hältst du davon, wenn ich eine Flasche Yaquirtaler mit ihm leere, mit ihm gemeinsam über unsere alten Zeiten plaudere, seine Qualitäten als mein Lehrmeister deutlich lobe und ihm dann einen Dolch zwischen die Rippen stoße? Oh, natürlich müsste ich dann seine beiden verbleibenden Schüler auch aus dem Weg räumen. Wir wollen ja schließlich nicht, dass es Zeugen gibt, nicht wahr?«

Fenndrick stiegen die Tränen in die Augen. Es konnte nicht sein, dass die letzten geliebten Menschen, die er besaß, auch noch sterben sollten. Aber er vermochte das Ungeheuer, das unerschütterlich vor ihm stand, nicht aufzuhalten.

»Du hast gewonnen«, sagte er, »ich tue, was immer du willst. Wenn du nur den Magister leben lässt.«

An der Kaltblütigkeit seines Ebenbildes gab es keinen Zweifel. Dieses Scheusal in seiner Gestalt war zu allem fähig. Und es würde mit jedem Mord immer stärker werden. Er konnte es nicht bezwingen. Es war aussichtslos, er hatte auf ganzer Linie versagt.

Der falsche Fenndrick wirkte mit einem Mal sehr zuversichtlich und strahlte eine tiefe Freundlichkeit aus. Er wechselte die Position, sodass er Fenndrick kameradschaftlich den Arm um die Schulter legen konnte. »Soooo, dann wollen wir jetzt gemeinsam einen kleinen Ausflug in die Welt hinter den Spiegeln unternehmen, nicht wahr?«

In dem Moment aber, in dem das Geschöpf beiseite getreten war, fiel Fenndricks Blick auf das Daimonicon, das noch immer aufgeschlagen auf dem Tisch lag.

Das Daimonicon.

Das Buch mit der fehlenden Seite.

Seine Gedanken überschlugen sich. Warum fehlte die Seite? Das seelenlose Geschöpf hatte ihn schon mehrfach erfolgreich genarrt. War es wirklich ein Kräftegleichgewicht? Gab es tatsächlich keinen Ausweg für ihn? Gesetzt den Fall, nicht Mocurion, sondern die Spiegelkreatur hätte die Seite entwendet, dann stellte sich die Frage: Warum? Wollte er ihn damit auch wieder nur verwirren und ablenken?

»Nun komm, die Welt hinter den Spiegeln wartet darauf, von dir entdeckt zu werden.« Der falsche Zauberer übte mit dem Arm, den er um Fenndricks Schultern geschlungen hatte, sanften Druck aus.

Der junge Magier überlegte fieberhaft. Er musste Zeit gewinnen.

»Wie bist du denn eigentlich in unsere Welt gelangt? Steht nicht im Daimonicon ...«, Fenndrick rief sich in Erinnerung, was er heute noch einmal nachgelesen hatte, und rezitierte: »In diese Domäne aber, Reisender, gelangst du durch das dreizehnmal verfluchte Tor. Es ist eine Perversion der *Pforte Uthars*, die man nur in einer Richtung beschreiten kann. Denn die Tore jener Domäne lassen sich nie nur in einer Richtung durchschreiten. Nutzt du sie, Reisender, gelangt unweigerlich auch etwas hinaus.« Fenndrick blickte sein Ebenbild an seiner Seite fragend an.

»Du versuchst, Zeit zu schinden«, stellte das Geschöpf sachlich fest. Es blickte Fenndrick amüsiert an. Das Gesicht um die Augen herum lachte. Aber hinter den Augen brodelte der Wahnsinn.

»Du kannst niemanden hinters Licht führen, der deine Gedanken lesen kann, Fenndrick. Was du versuchst, ist unmöglich. Aber da ich auch lese, dass dich die Frage wirklich interessiert: Beim Eindringen in eure Welt war mir deine Xylda behilflich. Nachdem du sie in den Turm gelassen hattest, stromerte sie nachts im Studierzimmer herum. Es war nicht allzu schwer, das einfältige Geschöpf in die Welt vor den Spiegeln zu locken.«

»Die Welt hinter den Spiegeln«, korrigierte Fenndrick.

Das Geschöpf an seiner Seite lächelte. »Das ist eine Frage des Standpunktes. Wenn du erst einmal von der anderen Seite in den Spiegel gesehen hast, wirst du verstehen, was ich meine.«

Fenndrick hörte nicht zu. Seine Gedanken rasten. Was könnte auf der fehlenden Seite des Daimonicons gestanden haben? Die bekannten Worte endeten mit der Beschreibung der dreizehnmal verfluchten Pforte …

»Nun komm«, sagte sein Begleiter sanft.

»Warum stößt du mich nicht einfach hinein?«, fragte Fenndrick plötzlich. Im gleichen Lidschlag war ihm die Antwort klar. Das Geschöpf konnte es nicht. Bei der geringsten Anwendung von Gewalt könnte der Spiegel bersten. Es musste noch immer eine Verbindung zwischen der Kreatur und dem Artefakt bestehen! Fenndricks Augen zuckten hinüber zum Spiegel. Im gleichen Augenblick zuckten auch die Augen der Kreatur Richtung Spiegel. Jetzt oder nie!

»TESSIA!« brüllte Fenndrick und schmetterte den Zauberstab mit aller Kraft auf den grinsenden Totenschädel. Zeitgleich brüllte das Geschöpf: »IGNIFAXIUS!«

Die Welt versank im Chaos.

Epilog

Im *Fetten Eber* war das gewaltige Krachen nicht unbemerkt geblieben. Draußen vor der Wirtsstube liefen die Dörfler aufgeregt zusammen. »Praios straft den bösen Hexer«, riefen die einen. »Nein, der Zauberer heckt nur eine neue Namenlosigkeit aus«, riefen die anderen. Drinnen in der Wirtsstube drängten sich die verbleibenden Gäste, die bei dem infernalischen Lärm nicht gleich auf den Dorfplatz gelaufen waren, um die beiden Fenster, die in Richtung des Turmes zeigten. Gorfinde und Losane hatten sich rücksichtslos zwischen die Gaffenden gedrängt, um eine gute Sicht zu haben – schließlich war es ihr Gasthaus. Bauer Hallinghöfer war ebenfalls hier, wie auch Bauer Fasterkumm und sein Sohn Faerwyn. Und draußen gaffte der alte Growin ungläubig. Und Milia Plötzbogen. Und die alte Sinistra starrte durch die Fensterläden. Und alle blickten sie mit ungläubigen Augen auf das Unfassbare: Die Fensterläden im zweiten Obergeschoss des Turmes waren von ungeheurer Wucht abgerissen und auf den Boden geschleudert worden. Das gewaltige Krachen war inzwischen verstummt. Aber noch immer stoben leuchtende blaue Funken aus den Fensteröffnungen heraus. Dazwischen loderten gelbe Flammen. Und blaue Blitze zuckten über das Mauerwerk. Aus dem Turm aber war eine Gestalt herausgetreten, die sich schwer auf einen Stab stützte. Sie schlurfte langsam und schwerfällig den Hügel hinunter. Im Dorf bildete sich sofort eine Gasse, denn alle Dörfler hielten respektvollen Abstand. Der Mann beach-

tete die Menge nicht und betrat den *Fetten Eber*. Die Türglocke bimmelte.

Gorfinde war die Erste, die sich wieder fing. »Travia
zum Gruße«, sagte sie tonlos. Vor ihr stand eine schwarze Gestalt.

Der Umhang des Mannes war an den Rändern ange-
sengt. Es stank nach verbranntem Haar. Er ging eigentümlich gekrümmt, und nur der Stab schien ihm noch
Halt zu geben. Das Schlimmste jedoch war sein Gesicht.
Es waren Fenndricks Züge, doch sie waren eine Maske
des Schmerzes. Qualm stieg aus seiner Robe auf. In seinen Augen aber war etwas Wildes.

Gorfinde stammelte: »Fenndrick, in Travias Namen,
bist du das?«

»Nein«, erwiderte die Gestalt mit rauer Stimme.
»Mein Name ist Fenndrakon. Fenndrakon von Havena.«

Anhang

Maße

1 Finger = 2 cm
1 Spann = 10 Finger = 20 cm
1 Schritt = 5 Spann = 50 Finger = 1 m
1 Meile = 1000 Schritt = 5000 Spann = 1 km

Die aventurischen Zwölfgötter

Jedem der zwölf Götter ist ein Monat geweiht und nach ihm benannt. Das Jahr beginnt mit dem heißesten Monat, weil dieser dem obersten Gott, dem Sonnengott Praios, zugeordnet ist.

Gott (Monat) – Einflussbereich – Symbole – Farben

Praios (Juli) – Gott der Sonne und des Gesetzes – Greif, Sonne – golden, rot

Rondra (August) – Göttin des Krieges und des Sturmes – Löwin, Löwe, Tiger, Schwert – rot, silbern, weiß

Efferd (September) – Gott des Wassers, des Wetters und der Seefahrt – Delphin, Dreizack – blau, grün

Travia (Oktober) – Göttin des Herdfeuers, der Gastfreundschaft und der ehelichen Liebe – Gans – orangefarben, kupfern

Boron (November) – Gott des Vergessens, der Nacht, des Schlafs und des Todes – Rabe, gebrochenes Rad, Balkenwaage – schwarz

Hesinde (Dezember) – Göttin der Gelehrsamkeit, der Künste und der Magie – Schlange – gelb, grün

Firun (Januar) – Gott des Winters und der Jagd – Eisbär – weiß, eisblau

Tsa (Februar) – Göttin des Friedens, der Freiheit, der Geburt und der Erneuerung – Regenbogen, Ei, Eidechse – Regenbogenfarben

Phex (März) – Gott des Handels, der Diebe, der Nacht, des Nebels, der List, des Glücks, des Unfugs und des Humors – Fuchs – grau

Peraine (April) – Göttin des Ackerbaus und der Heilkunde – Storch, Ibis – grün

Ingerimm (Mai) – Gott des Handwerks, der Schmiedekunst, des Feuers und des Erzes – Hammer und Amboss – rot, schwarz

Rahja (Juni) – Göttin des Weines, Rausches, der Lust und geschlechtlichen Liebe – Stute – rot, rosa

Personen und Örtlichkeiten

Albernia: eine Provinz des Neuen Reiches

Aldare: eine ehemalige Angebetete Hallinghöfers

Alrik: der Sohn Gorfindes

Bärja: eine mutige junge Frau

Brauner Holk: der verstorbene Mann von Gorfinde

Burgenland: ein von alten Wehranlagen durchsetztes Gebiet in Albernia

Chorhop: ein südländischer Stadtstaat

Conn Gemiol: Sohn des alten Growin

Deria Dorc: eine Magierin aus Punin

Derulf Dondrich: er liegt begraben auf dem Schindmeringer Boronanger

Eboreus: der alte Magister von Fenndrick und Lidda, Jast und Tibraid

Enid: die jüngere Schwester von Bärja

Faerwyn Fasterkumm: einer der Söhne Fasterkumms, Freund von Tergil

Falbion: ein Magierkollege von Magister Eboreus

Fasterkumm: ein alter Schweinebauer

Fenndrick: ein junger Zauberer, Schüler von Magister Eboreus

Fiona: die Schwiegertochter des alten Growin

Gareth: die Hauptstadt des Neuen Reiches

Gerdya: Tochter von Bauer Hallinghöfer

Gesigunde: eine Kuh

Gondheim: Ortschaft in Albernia

Gorfinde: Wirtin im *Fetten Eber*, Ziehmutter von Losane, Mutter von Alrik

Growin Gemiol: ein alter Blumennarr

Gunnar Fasterkumm: einer der Söhne des alten Fasterkumm

Gyswina: sie liegt begraben auf dem Boronanger Schindmeringens

Hallinghöfer: ein Bauer
Havena: die Hauptstadt Albernias
Helionda: eine ehemalige Angebetete Hallinghöfers
Hilwa: eine ehemalige Angebetete Hallinghöfers
Honingen: eine albernische Stadt
Jadin: tot; zu Lebzeiten die Verehrerin Tergils
Jalinka: eine alte Bäuerin, die unter den Pflug geriet
Jast: einer der Schüler von Magister Eboreus
Jelkina: eine wunderliche Frau
Jesidero: Zweiter Secretarius des Stadtrates von Chorhop
Jossek: ein alter Schindmeringer
Knötterer: ein Verblichener auf dem Schindmeringer Boronanger
Leowyn: genannt »der Große«, Fenndricks Feind in Kindertagen
Lidda Spielmannsmütz: eine Schülerin von Magister Eboreus und
    Freundin Fenndricks
Losane: eine Magd, die Ziehtochter Gorfindes
Lynn Bellentor: Mutter von Tergil
Milia Plötzbogen: Polter Plötzbogens Frau
Mocurion: Fenndricks Onkel, Schwarzmagier
Neidgrimm: ein Magierkollege von Magister Eboreus
Odil: ein erschreckendes Haustier
Polter Plötzbogen: ein abenteuerlustiger Schindmeringer
Röbbewald: ein riesiger Wald um Schindmeringen herum
Romero Jacobella: Erster Secretarius des Stadtrates von Chorhop
Schindmeringen: kleines Dorf im Burgenland
Schlonz: winziges Örtchen im Burgenland
Selinde: eine Kuh
Sidech Fasterkumm: der jüngste Sohn des alten Fasterkumm
Sinistra: ein seltsames altes Weib
Terdirion: ein Boroni, Vorgänger von Tessia in Schindmeringen
Tergil: tot; zu Lebzeiten der Freund Faerwyns
Tessia Ulmenast: die Borongeweihte Schindmeringens
Tibraid: einer der Schüler von Magister Eboreus
Xylda: Mocurions Katze
Zeforika: der mächtigste Grandenclan von Chorhop

Das Schwarze Auge

1. Band: Ulrich Kiesow, *Der Scharlatan* · 06/6001
2. Band: Uschi Zietsch, *Túan der Wanderer* · 06/6002
3. Band: Björn Jagnow, *Die Zeit der Gräber* · 06/6003
4. Band: Ina Kramer, *Die Löwin von Neetha* · 06/6004
5. Band: Ina Kramer, *Thalionmels Opfer* · 06/6005
6. Band: Pamela Rumpel, *Feuerodem* · 06/6006
7. Band: Christel Scheja, *Katzenspuren* · 06/6007
8. Band: Uschi Zietsch, *Der Drachenkönig* · 06/6008
9. Band: Ulrich Kiesow (Hrsg.), *Der Göttergleiche* · 06/6009
10. Band: Jörg Raddatz, *Die Legende von Assarbad* · 06/6010
11. Band: Karl-Heinz Witzko, *Treibgut* · 06/6011
12. Band: Bernhard Hennen, *Der Tanz der Rose* · 06/6012
13. Band: Bernhard Hennen, *Die Ränke des Raben* · 06/6013
14. Band: Bernhard Hennen, *Das Reich der Rache* · 06/6014
15. Band: Hans Joachim Alpers, *Hinter der eisernen Maske* · 06/6015
16. Band: Ina Kramer, *Im Farindelwald* · 06/6016
17. Band: Ina Kramer, *Die Suche* · 06/6017
18. Band: Ulrich Kiesow, *Die Gabe der Amazone* · 06/6018
19. Band: Hans Joachim Alpers, *Flucht aus Ghurenia* · 06/6019
20. Band: Karl-Heinz Witzko, *Spuren im Schnee* · 06/6020
21. Band: Lena Falkenhagen, *Schlange und Schwert* · 06/6021
22. Band: Christian Jentzsch, *Der Spieler* · 06/6022
23. Band: Hans Joachim Alpers, *Das letzte Duell* · 06/6023
24. Band: Bernhard Hennen, *Das Gesicht am Fenster* · 06/6024
25. Band: Niels Gaul, *Steppenwind* · 06/6025
26. Band: Hadmar von Wieser, *Der Lichtvogel* · 06/6026
27. Band: Lena Falkenhagen, *Die Boroninsel* · 06/6027
28. Band: Barbara Büchner, *Aus dunkler Tiefe* · 06/6028
29. Band: Lena Falkenhagen, *Kinder der Nacht* · 06/6029
30. Band: Ina Kramer (Hrsg.), *Von Menschen und Monstern* · 06/6030
31. Band: Johan Kerk, *Heldenschwur* · 06/6031
32. Band: Gun-Britt Tödter, *Das letzte Lied* · 06/6032

Das Schwarze Auge

33. Band: Barbara Büchner, *Das Galgenschloß* · 06/6033
34. Band: Karl-Heinz Witzko, *Tod eines Königs* · 06/6034
35. Band: Hadmar von Wieser, *Der Schwertkönig* · 06/6035
36. Band: Barbara Büchner, *Schatten aus dem Abgrund* · 06/6036
37. Band: Barbara Büchner, *Seelenwanderer* · 06/6037
38. Band: Hadmar von Wieser, *Der Dämonenmeister* · 06/6038
39. Band: Christel Scheja, *Das magische Erbe* · 06/6039
40. Band: Linda Budinger, *Der Geisterwolf* · 06/6040
41. Band: Momo Evers, *Und Altaia brannte* · 06/6041
42. Band: Barbara Büchner, *Blutopfer* · 06/6042
43. Band: Lena Falkenhagen, *Die Nebelgeister* · 06/6043
44. Band: Karl-Heinz Witzko, *Die beiden Herrscher* · 06/6044
45. Band: Bernhard Hennen, *Die Nacht der Schlange* · 06/6045
    Hardcover
46. Band: Barbara Büchner, *Das Wirtshaus* Zum lachenden
    Henker · 06/6046
47. Band: Karl-Heinz Witzko, *Die Königslarve* · 06/6047
48. Band: Tobias Frischhut, *Geteiltes Herz* · 06/6048
49. Band: Hadmar von Wieser, *Erde und Eis* · 06/6049
50. Band: Britta Herz (Hrsg.), *Gassengeschichten* · 06/6050
51. Band: Heike Kamaris & Jörg Raddatz, *Sphärenschlüssel* ·
    06/6051
52. Band: Alexander Huiskes, *Die Hand der Finsternis* · 06/6052
53. Band: Martina Nöth, *Zwergenmaske* · 06/6053
54. Band: Gun-Britt Tödter, *Koboldgeschenk* · 06/6054
55. Band: Heike Kamaris & Jörg Raddatz, *Blutrosen* · 06/6055
56. Band: Ulrich Kiesow, *Das zerbrochene Rad: Dämmerung* · 06/6056
57. Band: Ulrich Kiesow, *Das zerbrochene Rad: Nacht* · 06/6057
58. Band: Jesco von Voss, *Der Letzte wird Inquisitor* · 06/6058
59. Band: Olaf Flatergast, *Druiden-Rache* · 06/6059
60. Band: Alexander Wichert & Christian Thon, *Blakharons Fluch* ·
    06/6060
61. Band: Karl-Heinz Witzko, *Westwärts, Geschupple!* · 06/6061
62. Band: Thomas Finn, *Das Greifenopfer* · 06/6062

Das Schwarze Auge

63. Band: Alexander Lohmann, *Die Mühle der Tränen* · 06/6063
64. Band: Sarah Nick (Hrsg.), *Aufruhr in Aventurien* · 06/6064
65. Band: Thomas Baroli, *Lichter Tag* · 06/6065
66. Band: Thomas Baroli, *Die Schwärze der Nacht* · 06/6066
67. Band: Alexander Wichert, *Sand und Blut* · 06/6067
68. Band: Alexander Huiskes, *Der geheime Pfad* · 06/6068
69. Band: Markus Tillmanns, *Das Daimonicon* · 06/6069
70. Band: Martina Nöth, *Verborgene Mächte* · 06/6070 (in Vorb.)
71. Band: Martina Nöth, *Die letzte Schlacht* · 06/6071 (in Vorb.)

Sonderausgabe des 15., 19. und 23. Romans in einem Band:
Hans Joachim Alpers, *Die Piraten des Südmeers* · 06/9185

Sonderausgabe des 12., 13. und 14. Romans in einem Band:
Bernhard Hennen, *Drei Nächte in Fasar* · 06/9197

Weitere Bände in Vorbereitung